Visual Basic 程序设计项目教程

主　编　薛红梅　张永强

副主编　申艳光　刘志敏　王彬丽

　　　　马丽艳　王瑞林

编　委　李震平　杜　巍　张艳丽

　　　　杨　丽　宁振刚　范永健

北京理工大学出版社

BEIJING INSTITUTE OF TECHNOLOGY PRESS

内容简介

本书通过项目“学生管理系统”引出VB知识点，重点介绍了VB的基本知识及其应用。每章采用“项目目标—项目分析—项目实现—知识进阶—项目交流”教学五部曲的项目化教学模式，用项目引领教学内容，集成基于项目学习和探究式学习的一体化主动学习方法，强调了理论与实践相结合，以实际应用为目标，突出了对学生基本技能、实际操作能力及工程师职业能力的培养，符合学生思维的构建方式。

本书共分8章，包括软件工程的基本知识、Visual Basic集成开发环境与基本概念、程序设计基础、用户界面设计、文件、菜单与工具栏、图像与MDI窗体、ActiveX控件与多媒体、数据库应用等内容。

本书可作为工科院校计算机程序设计课程的教材，并可为不同层次的Visual Basic程序设计人员学习提供参考。

图书在版编目（CIP）数据

Visual Basic程序设计项目教程 / 薛红梅，张永强主编. —北京：北京理工大学出版社，2010.12（2011.3重印）

ISBN 978-7-5640-3962-2

Ⅰ. ①V… Ⅱ. ①薛… ②张… Ⅲ. ①BASIC语言－程序设计－高等学校－教材 Ⅳ. ①TP312

中国版本图书馆CIP数据核字（2010）第218952号

出版发行 / 北京理工大学出版社

社　址 / 北京市海淀区中关村南大街5号

邮　编 / 100081

电　话 /（010）68914775（办公室） 68944990（批销中心） 68911084（读者服务部）

网　址 / http://www.bitpress.com.cn

经　销 / 全国各地新华书店

印　刷 / 北京国马印刷厂

开　本 / 787毫米×1092毫米　1/16

印　张 / 16.75

字　数 / 390千字

版　次 / 2010年12月第1版　2011年3月第2次印刷

印　数 / 4001～6000册　　责任校对 / 陈玉梅

定　价 / 32.00元　　责任印制 / 王美丽

前　言

“什么是工程教育的正确方法”一直以来是一个备受关注的话题。工程教育的目的是将学生培养成为“整装待发”的工程师，也就是在其从事职业前具备较好的工程能力和扎实的技术基础知识。

新型的工程教育需要回答这些问题：未来工程课程的核心内涵是什么？哪些能力的培养必须安排在课程计划中？哪些可以在毕业后的工作过程中积累？从抽象知识到实际应用之间的逻辑顺序是什么？

CDIO（Conceive — Design — Implement — Operate，构思—设计—实施—操作/运营）改革，以一体化和实用方式回应了工程教育的历史和未来的挑战，使学生知道如何在现代团队环境下构思、设计、实施及运行复杂且具有高附加值的工程产品、过程和系统。自2000年起，世界范围内以MIT为首的几十所大学操作实施了CDIO模式，迄今已取得显著成效，深受学生欢迎，得到产业界高度评价。

建设符合我国实际需求的适应大工程理念和CDIO工程新的教育模式的教材体系是本教材改革的核心内容之一，它将有助于课程体系和教学内容更加合理和科学，有助于学生以主动的、实践的方式学习和获取工程能力，包括个人的科学和技术知识、终身学习能力、交流和团队工作能力，以及在社会及企业环境下建造产品和系统的能力。

本教材特色如下:

1. 融入CDIO理念，采用新的教学五部曲

本教材采用以项目实例“学生管理系统”为导向的教学模式，集成基于项目学习和探究式学习的一体化主动学习方法。采用“项目目标—项目分析—项目实现—知识进阶—项目交流”教学五部曲的项目化教学模式，用项目引领教学内容，强调了理论与实践相结合，突出了对学生基本技能、实际操作能力及工程师职业能力的培养，符合学生思维的构建方式。通过项目设计，激发学生学习兴趣，培养获取知识（自主学习）、共享知识（团队合作）、运用知识（解决问题）、总结知识（技术创新）和传播知识（沟通交流）的能力与素质，训练其职业道德修养和社会责任意识，提高学生认知能力，从而为学生提供真实世界的学习经验。

2. 围绕现代工程师应具备的素质要求，多方位、多角度培养学生的工程能力

教材中利用“想想议议”“知识进阶”“项目交流”“角色模拟”“调研与分析”“能力拓展与训练”“问题卡片”等栏目多方位、多角度培养学生的工程能力，包括终身学习能力、团队工作和交流能力、在社会及企业环境下建造产品的系统能力等。

“想想议议”是一些启发性较强、难度不太大的问题，旨在培养学生善于观察、勤于思考、勤于讨论的良好学习习惯和品质。有一些“想想议议”问题与社会、生活和科技发展紧密联系，旨在培养学生解决实际问题的能力。

“知识进阶”和“项目交流”中包括一些思维密度较大、思维要求较高的问题和要求，旨在培养学生的系统思维能力、发散思维能力、创新思维能力、沟通能力、适应变化的自信和能力以及团队协作创新的工作理念。

“思辩题”旨在培养学生的批判性和创造性思维。

“角色模拟”主要是通过模拟工程师与真实世界之间的互动，通过项目分析、设计与实现，旨在培养学生工程实践应用能力，培养学生在团队中有效合作、有效沟通、有效管理的能力，提高学生应用工程知识的能力和处理真实世界问题的能力。

“能力拓展与训练”有利于激发学生的自主探究性，在拓展创作中实现自我价值，并培养主动学习、经验学习和终身学习的能力。

“问题卡片”旨在培养学生主动学习、自主学习的能力和积极的态度。

3. 贴近学生生活，倡导“快乐学习”理念

本教材精选贴近学生生活具有趣味性和实用性的项目实例“学生管理系统”，按照教学规律和学生的认知特点将知识点融于项目实例中。

4. 强调人文素质培养

每章后附有“你我共勉”，旨在培养学生良好的学习态度和职业道德。

总之，本书在适度的基础知识与理论体系覆盖下，突出了工程教育的教学方法论，主要特色在于采用创新教学方法和学习环境为学生提供真实世界的学习经验，力求达到 CDIO 改革的总体目标，使学生更深入地掌握技术基础知识、领导新产品、过程和系统的建造与运行，理解研究和技术发展对社会的重要性和战略影响。

本教材共分为 8 章，内容包括程序设计基础、用户界面设计、文件、菜单与工具栏、图形操作、ActiveX 控件与多媒体、数据库。

本教材由薛红梅、张永强任主编，申艳光、刘志敏、王彬丽、马丽艳、王瑞林任副主编，统稿工作由薛红梅、刘志敏和王彬丽完成。各章编写分工为：第 1 章由张永强编写，第 2 章由薛红梅、王瑞林、范永健编写，第 3 章由刘志敏编写，第 4 章由申艳光编写，第 5 章由李震平、宁振刚编写，第 6 章由张艳丽、杨丽编写，第 7 章由马丽艳编写，第 8 章由王彬丽编写，附录由杜巍编写。在编写过程中得到了河北工程大学领导和教师们的大力支持，在此表示深深的敬意和感谢。

限于作者的水平及时间的仓促，加之对 CDIO 理念的研究尚处初探阶段，书中难免存在不足之处，恳请读者批评和指正，以使其更臻完善！

本书有配套的《Visual Basic 程序设计实验实训》，同时提供电子课件和项目素材，可以发邮件至 xind-jj@hebeu.edu.cn 索取或录登 www.bitpress.com.cn 下载。

编　者

目　录

第1章　绪　　论

本章要点：

- 什么是软件及软件工程？
- 什么是软件危机？
- 软件项目开发流程有哪些步骤？
- 什么是算法和程序设计？

1.1　软件及软件工程

1.1.1　什么是软件

根据国际化标准组织的定义，软件是与计算机系统操作有关的程序、过程、规则，以及任何有关的文档资料和数据。程序是计算机可以执行的程序以及与程序有关的数据，文档是用来描述、使用和维护程序及数据所需要的图文资料。

软件系统按功能可将软件划分为系统软件和应用软件。

1. 系统软件

系统软件是计算机系统的底层管理软件，它与计算机硬件紧密配合，管理与硬件相关的数据输入、处理和输出，使计算机系统的各个部分协调、高效地工作，如操作系统、数据库管理系统等。

2. 应用软件

应用软件是为解决某种专门问题而设计的软件。它包括应用软件包，以及为解决科研及生产中的实际问题而由用户设计的应用软件，如文字处理软件、CAD 软件、城市交通监管系统、生产设备的自动控制系统软件等。

想想议议：

到现在为止，我们学过和使用过哪类软件？

1.1.2　软件工程与软件危机

软件工程概念的出现源自软件危机。

在 20 世纪 60～70 年代，出现了软件危机。所谓软件危机，是指在软件开发和维护过程中所遇到的一系列严重问题。

具体地说，在软件开发维护过程中，软件危机主要表现在以下几方面。

（1）主观盲目地制订软件开发计划，对工作量估计不足，进度计划无法遵循，使得开发工作的完成时间一再拖延，经费预算经常超支。

（2）不重视软件测试工作，提交给用户的软件质量差，在运行中暴露出大量的问题。在应用领域工作的不可靠软件，轻者影响系统的正常工作，重者发生事故，甚至造成生命财产的重大损失。

（3）开发过程没有统一的规范化方法和管理流程，设计和实现过程的文档资料不完整，开发人员各行其是，互相之间接口的统一问题常常被忽视，软件结构不清晰。这些都使得软件难以维护。

为了消除软件危机，通过认真研究解决软件危机的方法，认识到软件工程是使计算机软件走向工程科学的途径，逐步形成了软件工程的概念，开辟了工程学新兴领域——软件工程学。

所谓软件工程是应用于计算机软件的定义、开发和维护的一整套方法、文档、实践标准和工序。软件工程包括 3 个要素，即方法、工具和过程。方法是完成软件工程项目的技术；工具支持软件的开发、管理、文档生产；过程支持软件开发的各个环节的控制、管理。

软件工程的核心思想是把软件产品看做一个工程产品来处理。把需求计划、可行性研究、工程审核、质量监督等工程化的概念引入软件生产当中，以使其满足工程项目的 3 个基本要素：进度、经费和质量。

1.1.3　软件工程过程与软件生命周期

1. 软件工程过程

ISO 9000 定义：软件工程过程是把输入转化为输出的一组彼此相关的资源和活动。

定义支持了软件工程过程的两方面内涵：其一，软件工程过程是指为获得软件产品，在软件工具支持下由软件工程师完成的一系列软件工程活动，包括软件规格说明、软件开发、软件确认、软件演进 4 种基本活动；其二，从软件开发的观点看，软件工程过程是使用适当的资源（包括人员、硬软件工具、时间等），为开发软件进行的一组开发活动，在过程结束时将输入（用户要求）转换为输出（软件产品）。

2. 软件生命周期

通常，将软件产品从提出、实现、使用、维护到停止使用的过程称为软件生命周期。也就是说，软件生命周期是指一个软件从提出开发要求到该软件停止使用的整个时期。一般包括可行性研究与需求分析、设计、实现、测试、交付使用以及维护等活动，这些活动可以有重复，执行时也可以迭代。

（1）可行性研究与计划制订。确定待开发软件系统的开发目标和总的要求，给出它的功能、性能、可靠性以及接口等方面的可能方案，制订完成开发任务的实施计划。

（2）需求分析。对开发软件提出的需求进行分析并给出详细定义。编写软件规格说明书及初步的用户手册，提出评审。

（3）软件设计。系统设计人员和程序设计人员应该在反复理解软件需求的基础上，给出软件的结构、模块的划分、功能的分配以及处理流程。

（4）软件实现。把软件设计转换成计算机可以接受的程序代码。

（5）软件测试。在设计测试用例的基础上，检验软件的各个组成部分，编写测试分析报告。

（6）运行和维护。将已交付的软件投入运行，并在运行使用中不断地维护，根据新提出的需求进行必要的扩充和删改。

1.1.4 软件项目开发流程

软件项目其实是一个逐步演绎的过程，包括启动、计划、实施和交付4个阶段。在每一个阶段中，设计的业务有需求分析、设计、编码、测试、交付。在每一个业务处理中，项目的担当者还需要对项目进行进度管理、质量管理、成本管理、团队管理和风险管理。

1. 项目启动

系统分析员作为客户与项目团队之间的桥梁，应该和客户进行很好的沟通，了解业务，为接下来的系统设计做好业务基础。一般采取的方法是到客户那里进行实地问卷，考察交流。当系统分析员向客户描绘系统应该实现的功能与客户达成共识后，才进入系统的设计阶段。进入设计阶段，系统分析员不能够只为了实现业务而随意地设置系统构件，这个时候不但要考虑系统的功能，还要考虑系统的性能和系统的扩展性。当系统的业务要求和性能要求满足客户的需求后，进入下一个阶段，如果不符合，则继续进行这一阶段。

2. 项目计划

在这个阶段，应该做的是完成项目进度表，人员的组建，系统环境的设置，还有项目的风险分析，开发采用的语言，代码的编码规约。这些基本上可以通过系统设计图纸所描述的系统架构来设置。

3. 项目实施

在这个阶段，编码与测试是主要的任务。程序员编写系统设计图纸中构件的具体实现代码。编写出来的代码应符合编码规约中的要求。为了防止错误，程序员之间可以互相检查编写出来的代码。好的编码方式是采用测试驱动开发的方法。编写完代码后，程序员还应该自己进行测试，测试通过后才能够提交。为了跟踪项目进度情况，应该在每天结束工作以前开会，在会议上登记当日工作的完成进度，登记遇到的问题，并且在会议上进行解决。

4. 项目交付

大的项目交付一般采用的是分期交付。当完成某一个模块后就进行交付。在这个阶段交付的项目应该按照需求分析上面罗列的清单进行交付，交付的项目一般包括用户使用说明书、软件代码和编译后可运行的系统。

想想议议：

与用户沟通获取需求的方法有哪些？

1.1.5 软件开发文档

软件开发文档是软件开发人员、管理人员、维护人员、用户和计算机之间的桥梁。文档编写是软件开发过程中的一项重要工作，在软件开发工作中占有突出的地位和相当大的工作量，没有文档的软件，不能称为软件产品。

软件开发文档可以分为系统文档和用户文档两大类。系统文档描述的是系统设计、实现和测试等各方面的内容；用户文档则是对系统的功能及使用方法的描述，但并不涉及这些功能的实现过程。

1. 系统文档

系统文档是指从问题定义、需求说明到验收测试计划这样一系列与系统实现有关的文档，它对于理解程序和维护程序来说是极为重要的。

系统文档通常包括可行性研究报告、项目开发计划、软件需求说明书、总体设计说明书、详细设计说明书、开发进度表、测试计划、测试报告和项目开发总结报告等。

2. 用户文档

用户文档详细地描述了软件的功能、性能和用户界面，以及如何使用软件等具体细节，它是帮助用户了解系统的“窗口”。

用户文档至少应包括功能描述、安装文档、使用手册、操作指南。

想想议议：

作为软件开发人员应具备什么样的素质和能力？

1.2 算法和程序设计

1.2.1 算法

1. 算法

所谓算法是指对解题方案准确而完整的描述。

对于一个问题，如果可以通过一个计算机程序，在有限的存储空间内运行有限长的时间而得到正确的结果，则称这个问题是算法可解的。但算法不等于程序，也不等于计算方法。一个算法的优劣可以用空间复杂度与时间复杂度来衡量。

想想议议：

求自然数 1+2+…+100 的和，解决这个问题有多少种算法，并比较这些算法的优劣？

2. 算法的基本特征

1）可行性

针对实际问题设计的算法，人们总是希望能够得到满意的结果。但一个算法又总是在某个特定的计算工具上执行的，因此，算法在执行过程中往往要受到计算工具的限制，使执行结果产生偏差。

2）确定性

算法的确定性，是指算法中的每一个步骤都必须是有明确定义的，不允许有模棱两可的解释，也不允许有多义性。

3）有穷性

算法的有穷性，是指算法必须能在有限的时间内做完，即算法必须能在执行有限个步骤之后终止。算法的有穷性还应包括合理的执行时间的含义。因为如果一个算法需要执行千万年，显然失去了实用性。

4）拥有足够的情报

一个算法是否有效，还取决于为算法所提供的信息是否足够。通常，算法中的各种运算总是要施加到各个运算对象上，而这些运算对象又可能具有某种初始状态，这是算法执行的起点或是依据。因此，一个算法执行的结果总是与输入的初始数据有关，不同的输入将会有不同的结果输出。当输入不够或输入错误时，算法本身也就无法执行或导致执行有错。一般来说，当算法拥有足够的情报时，此算法才是有效的，而当提供的情报不够时，算法可能无效。

3. 算法的基本要素

一个算法通常由两种基本要素组成：一是对数据对象的运算和操作；二是算法的控制结构。

1）算法中对数据的运算和操作

每个算法实际上是按照解题要求选择合适的操作所组成的一组指令序列。因此，计算机算法就是计算机能处理的操作所组成的指令序列。

通常，计算机可以执行的基本操作是以指令的形式描述的。一个计算机系统能执行的所有指令的集合，称为该计算机系统的指令系统。计算机程序就是按解题要求从计算机指令系统中选择合适的指令所组成的指令序列。在一般的计算机系统中，基本的运算和操作有以下四类：

- 算术运算主要包括加、减、乘、除等运算；
- 逻辑运算主要包括“与”“或”“非”等运算；
- 关系运算主要包括“大于”“小于”“等于”“不等于”等运算；
- 数据传输主要包括赋值、输入、输出等操作。

2）算法的控制结构

一个算法的功能不仅取决于所选用的操作，而且还与各操作之间的执行顺序有关。算法中各操作之间的执行顺序称为算法的控制结构。

算法的控制结构给出了算法的基本框架，它不仅决定了算法中各操作的执行顺序，而且也直接反映了算法的设计是否符合结构化原则。描述算法的工具通常有传统流程图、N–S 结构化流程图、算法描述语言等。一个算法一般可以用顺序、选择、循环 3 种基本控制结构组合而成。

4. 算法设计基本方法

计算机解题的过程实际上是在实施某种算法，这种算法称为计算机算法。计算机算法不同于人工处理的方法。以下是工程上常用的几种算法设计方法，在实际应用时，各种方法之间往往存在着一定的联系。

1）列举法

列举法的基本思想是，根据提出的问题列举所有可能的情况，并用问题中给定的条件检验哪些是需要的，哪些是不需要的。

2）归纳法

归纳法的基本思想是，通过列举少量的特殊情况，经过分析，最后找出一般的关系。

3）递推法

所谓递推，是指从已知的初始条件出发，逐次推出所要求的各中间结果和最后结果。其中初始条件或是问题本身已经给定，或是通过对问题的分析与化简而确定。

4）递归法

人们在解决一些复杂问题时，为了降低问题的复杂程度（如问题的规模等），一般总是将问题逐层分解，最后归结为一些最简单的问题。这种将问题逐层分解的过程，实际上并没有对问题进行求解，而只是当解决了最后那些最简单的问题后，再沿着原来分解的逆过程逐步进行综合，这就是递归的基本思想。

5）减半递推法

实际问题的复杂程度往往与问题的规模有着密切的联系。因此，利用分治法解决这类实际问题是有效的。所谓分治法，就是对问题分而治之。工程上常用的分治法是减半递推技术。所谓“减半”，是指将问题的规模减半，而问题的性质不变；所谓“递推”，是指重复“减半”的过程。

5. 算法分类

计算机算法分为数值运算和非数值运算两大类。数值运算的目的是求数值解，如求方程的根、求定积分等；非数值运算包括的范围较广，如人事管理、图书检索等。由于数值运算有现成的模型，可以运用数值分析方法，因此人们对数值运算的算法研究比较深入，有许多较成熟的算法可供选用，常常把这些算法汇编成册（写成程序形式），或将这些程序存放在磁盘或光盘等存储介质中，供用户调用。因此计算机的算法研究主要对一些典型的非数值运算算法进行较深入的研究。

6. 算法描述

描述算法有多种工具，自然语言、传统流程图、N–S 流程图、判定表、判定树、伪码等。下面介绍几种常见的算法描述方法。

1）自然语言

用自然语言表示算法，通俗易懂，特别适用于对顺序结构算法的描述。

例如：s=1+2+3+4+…+N 求和问题使用自然语言描述如下。

（1）输入 N 的值。

（2）设 i 的值为 1；s 的值为 0。

（3）如果 i≤N，则执行（4），否则转到（7）执行。

（4）计算 s+i，并将结果赋给 s。

（5）计算 i+1，并将结果赋给 i。

（6）重新返回到（3）开始执行。

（7）输出 s 的结果。

使用自然语言描述算法的不足之处表现在下面几个方面：

- 易出现二义性；
- 难以清晰表达出分支、循环结构；
- 其描述的算法冗长。

2）传统流程图

传统流程图四框一线，符合人们的思维习惯，用它表示算法，直观形象，易于理解。常用的框图符号如图 1–1 所示。

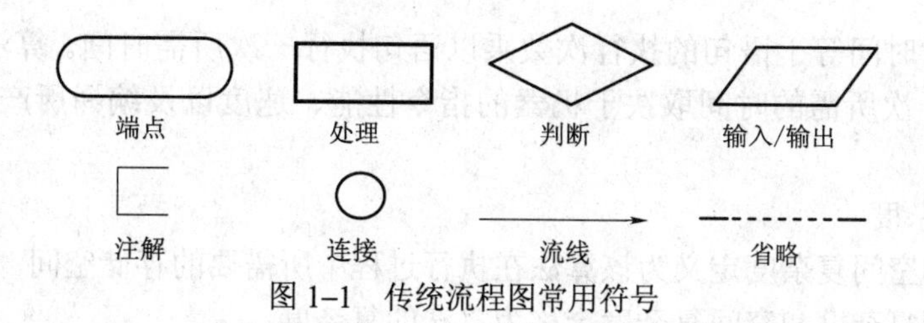

图 1–1 传统流程图常用符号

例如，s=1+2+3+4+…+N 求和问题使用流程图描述如图 1–2 所示。

流程图采用简单规范的符号，直观形象、结构清晰地显示算法各步骤之间的逻辑关系，使得算法容易理解。但是，当算法比较复杂时，占用篇幅较多。另外，由于流程图中流程线的使用没有严格限制，可以使流程随意地转来转去，使流程图变得毫无规律，阅读时难以理解算法的逻辑，从而使算法的可靠性和可维护性难以得到保证。

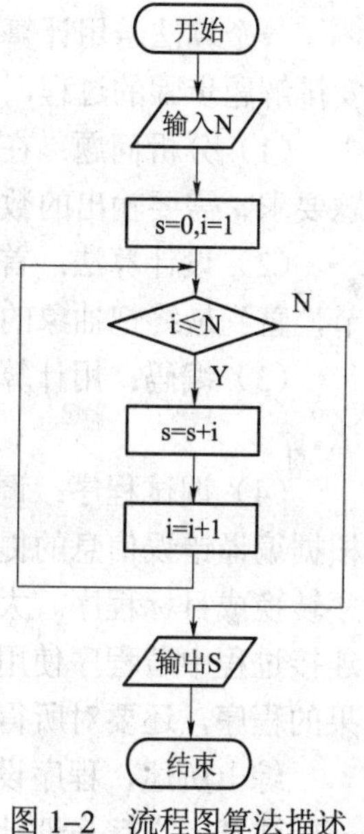

图 1–2 流程图算法描述

3）N–S 图

1973 年美国学者提出了一种新型流程图：N–S 流程图。这种流程图描述顺序结构如图 1–3（a）所示，选择结构如图 1–3（b）所示，当型循环结构如图 1–3（c）、直到型循环结构如图 1–3（d）所示。

N–S 流程图比较容易描述较复杂的选择结构和循环结构。

（1）顺序结构：程序执行完 A 语句后接着执行 B 语句。

（2）选择结构：当条件 P 成立时，则执行 A 语句，否则执行 B 语句。

（3）当型循环结构：当条件 P 成立时，则循环执行 A 语句。

（4）直到型循环结构：循环执行 A 语句，直到条件 P 成立为止。

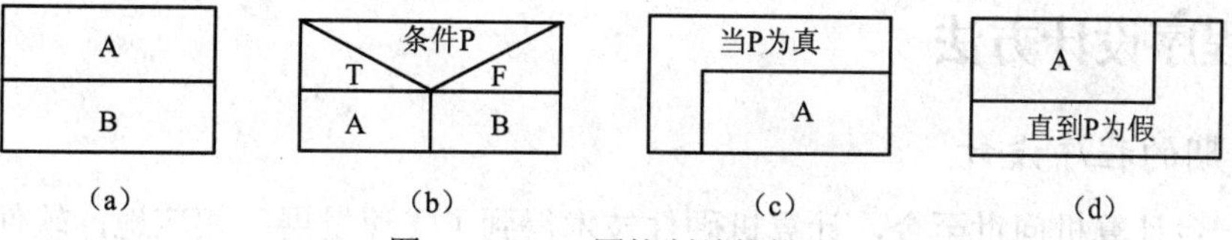

图 1–3 N–S 图控制结构描述

（a）顺序结构；（b）选择结构；（c）当型循环；（d）直到型循环

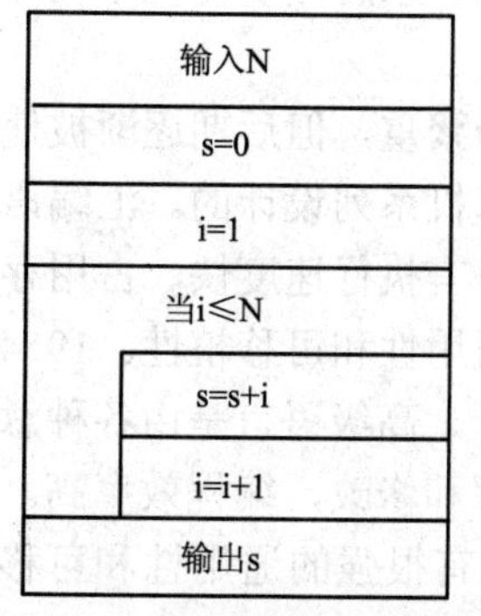

图 1–4 N–S 图算法描述

例如，s=1+2+3+4+…+N 求和问题使用 N–S 图描述如图 1–4 所示。

7. 算法分析

对算法的分析主要是对算法的时间复杂度和空间复杂度的分析，以求改进算法的效率。

1）时间复杂度

一个算法的时间复杂度是该算法的时间耗费，即算法执行过程中所需要的基本运算次数。

一个算法所消耗的时间等于算法中每条语句的执行时间之和。

每条语句的执行时间等于语句的执行次数乘以语句执行一次所需时间。算法转换为程序后，每条语句执行一次所需的时间取决于机器的指令性能、速度以及编译所产生的代码质量等因素。

2）空间复杂度

一个算法的空间复杂度定义为该算法在执行过程中所需要的存储空间。

算法的时间复杂度和空间复杂度合称为算法的复杂度。

1.2.2 程序设计

一个算法若用计算机语言来书写，则它就是一个程序。计算机程序设计是为计算机规划、安排解题步骤的过程，一般来说由以下 4 个步骤组成。

（1）分析问题：在着手解决问题之前，要通过分析来充分理解问题，明确原始数据、解题要求、需要输出的数据及形式等。

（2）设计算法：首先进行算法的总体规划，然后逐层降低问题的抽象性，逐步充实其细节，直到最终把抽象的问题具体转化为算法。

（3）编码：用计算机语言表示算法的过程称为编码。程序是用计算机语言编码的解题算法。

（4）调试程序：调试过程包括编译和连接等。编译程序对源程序进行语法检查，程序员根据编译错误信息的提示，查找并改正错误后再编译，直到没有语法错误为止，编译将源程序转换成目标程序。大多数语言还要用连接程序把目标程序与库文件连接成可执行文件。在连接过程中若程序使用了错误的内部函数名，则会引起连接错误。对运行顺利结束并得到结果的程序，还要对所得结果进行分析。只有得到正确结果的程序才是正确的程序。

综上所述，程序设计就是分析问题、设计算法、编码、调试与测试的过程。

注意： *在程序设计过程中算法是程序设计的灵魂。*

1.2.3 程序设计方法

1. 早期的程序设计

从第一台计算机问世至今，计算机硬件技术得到了飞速发展，相应地，软件开发工具经历了机器语言、汇编语言、高级语言到面向对象程序设计语言等阶段，程序设计方法也经历了早期的手工作坊式的程序设计、面向过程的结构化程序设计到面向对象的可视化程序设计等阶段。

20 世纪 50 年代，人们用机器语言编写代码，程序设计工作十分繁重，但后期逐渐被使用符号指令的汇编程序设计所代替。汇编语言是为特定计算机或计算机系列设计的。汇编语言程序比机器语言程序易读、易检查、易修改，同时又保持了机器语言执行速度快、占用存储空间少的优点。汇编语言也是面向机器的一种低级语言，不具备通用性和可移植性。1954 年提出了第一个高级语言——FORTRAN 语言，大大简化了程序设计，高级语言是由各种意义的词和数学公式按照一定的语法规则组成的，它更容易阅读、理解和修改，编程效率高。高级语言不是面向机器的，而是面向问题的，与具体机器无关，具有很强的通用性和可移植性。

20 世纪 70 年代初期，大型系统软件（如操作系统、数据库等）的出现给程序设计带来了新的问题，如软件开发无计划性、软件需求不充分、软件开发过程无规范、开发出来的软件常常蕴涵着大量的错误等，人们称其为“软件危机”，此后，人们开始探讨程序设计的思想和方法。

2. 结构化程序设计

结构化程序设计方法诞生于 1969 年，由荷兰的计算机科学家 Dijkstra 提出，发展到 20 世纪 80 年代，已经成为当时程序设计的主流方法。结构化程序设计的基本思想是采用自顶向下、逐步求精、模块化程序设计等设计原则和单入口、单出口的控制结构，将大型系统分解为功能独立的模块，使其最终实现顺序、选择和循环 3 种基本结构。

随着计算机应用的迅猛发展，尤其是可视化、网络化和多媒体的出现，计算机软件涉及的内容已包罗万象，软件复杂性增大，结构化程序设计方法问题被重新提出，人们需要在计算机系统中自然地表示客观世界，减少软件复杂性。

3. 面向对象程序设计

面向对象程序设计（OOP）诞生于 20 世纪 80 年代，起源于 Smalltalk 语言。它吸收了结构化程序设计的优点，同时又考虑到现实世界与计算机空间的关系，认为现实世界是由一系列彼此相关并且能够相互通信的实体组成，这些实体就是面向对象方法中的对象，每个对象都有自己的自然属性和行为特征，而一些对象共性的抽象描述就是面向对象方法中的核心——类。

面向对象的程序设计方法是运用面向对象的观点来描述现实问题，然后再用计算机语言来描述并处理该问题。结构化程序设计突出过程，即如何做，它强调代码的功能是如何得以完成。面向对象程序设计突出真实世界和抽象的对象，即做什么，它将大量的工作由相应的对象来完成，程序员在应用程序中只需说明要求对象完成的任务。

面向对象程序设计具有如下优点。

（1）使软件开发过程符合人们的思维方法，便于分析解决复杂而多变的问题。

（2）使软件的维护和功能增减易于实现。

（3）使程序代码可重用，从而提高了软件开发的效率。

（4）与可视化技术相结合，使用户界面图形化、更美观友好。

想想议议：

现在有没有以汉语为描述语言的计算机程序设计语言？

1.3 学生管理系统项目介绍

本教材以“学生管理系统”这个工程项目为例，讲述了软件分析、设计和编程的整个过程。

1.3.1 系统分析

1. 系统调查

学校在日常教学活动中出现的主要问题包括以下几方面。

（1）学校现行的学籍档案等管理方式仍为基于文本、表格等纸介质的传统手工处理方式，管理没有完全科学化、规范化，处理速度较慢，因此影响各项工作的开展，难以进行有效的信息反馈。

（2）学校领导对整个学校的学生信息不能得到及时反馈，因此不能适时指导教学方向，以至影响教育质量。

（3）部门之间信息交流少，信息渠道单一，不利于协调工作，容易出错。因此，通过建立学生管理信息系统，使学生管理工作科学化、规范化、程序化，促使提高信息处理的速度和正确性，第一时间把握学生信息，以提高整体教学水平。

2. 系统的可行性研究

通过调查分析，本系统设计方案有以下 3 个可行性。

（1）技术可行性：本系统采用 MS Windows XP 作为操作平台，数据库管理系统选用 Access，可代替现有的数据手工传递工作，降低出错率，提高数据的可用性。本系统的应用软件开发平台选用 Visual Basic 6.0，这是目前最常用的开发工具之一。

（2）经济可行性：采用新的学生管理系统可减少人工开支，节省资金，并且可大大提高信息量的获取，缩短信息处理周期，提高学生信息利用率，使教学质量更上一个台阶。

（3）营运可行性：本系统操作简单，易于理解，只需通过简单培训，上手较快，学校的相关教师均能进行操作，营运环境要求低。

通过可行性分析研究，认为学生管理系统的开发方案切实可行，可以进行开发。

3. 系统的目标

学生管理系统是一个现代化软件系统，它通过集中式的信息数据库将各种档案管理功能结合起来，达到共享数据、降低成本、提高效率、改进服务等目的。学生管理系统应达到以下目标。

（1）能够管理学生在校期间的各类档案。

（2）能够快速地进行各类档案信息查询。

（3）能够对所有档案信息提供报表功能。

（4）减少人员的参与和基础信息的录入，具有良好的自治功能和信息循环。

（5）减轻管理人员的工作任务，降低管理成本。

1.3.2 需求分析

项目实现的目标是实现学生信息关系的数据化、智能化、系统化、规范化、无纸化和自动化。针对学生管理的特点，需要完成的主要功能有以下几方面。

（1）有关学籍等信息的输入，包括学生基本信息、所在班级等。

（2）学生信息的查询，包括学生基本信息、已学课程及其成绩等。

（3）学生信息的修改。

（4）学生成绩信息的输入、查询和修改。

（5）学生成绩信息的统计。

本项目所设计的学生管理系统基本包含如图 1–5 所示的一些功能，每一个功能模块又都包含一系列的子模块。在实际的项目开发中可以根据需要增加或更改功能模块。

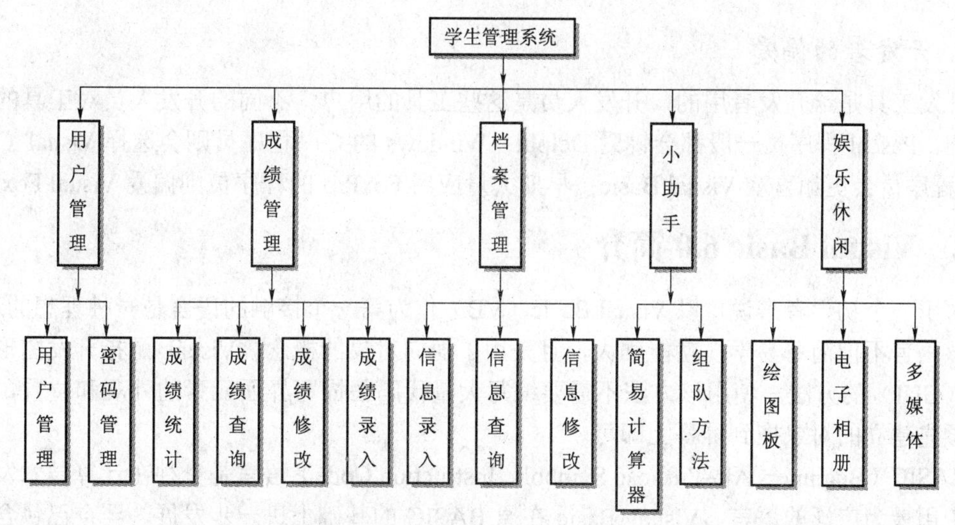

图 1–5　“学生管理系统”功能结构

1.4　软件开发工具的选择

软件开发已经逐步从原来的手工作坊式发展到了软件工程阶段，软件开发本身也在不断发展，开发工具的选择，已经成为软件开发成功的要素之一。

1.4.1　影响开发工具选择的因素

1. 最终用户的需求

程序的最终使用群体是软件开发的服务对象，也影响着开发工具的选择。从计算机使用的程度划分，最终的使用者可以分为 IT 人员、各行业的专业人员以及普通用户。使用者的不同，对软件的需求也不会相同。IT 人员自然需要更多的功能、更自由的定制以及二次开发空间；行业用户往往需要一个整体的解决方案，从而提升其整体竞争力；普通用户要求使用更加方便简单。

2. 软件自由度

未来扩展软件的自由度，较少的封装和充分的功能暴露是必然的。Visual C++成为 Microsoft 对其操作系统功能的“权威”封装，至今在 Windows 系统开发中占据主流地位；Delphi 扩充了 Pascal 语法，提供了 RAD（Rapid Application Development）支持，而且还可以很容易修改 VCL（Visual Component Library）得到新的组件，具有很强的灵活性；Visual Basic 语法结构简单，同样可以非常轻松地调用 API 函数扩展自身的功能；Visual FoxPro 也可以通过 ODBC 和 ASP 等技术很容易地与其他程序交互。

3. 针对性各有特色

在针对性上，各个工具都具备各自的优势。在单机应用上，Visual FoxPro 具有全球最快的数据访问引擎；而使用 Visual Basic/Visual C++，再加上 SQL Server，就在性能、开发效率、稳定性上都得到了保证；Delphi 在挂接非微软数据库时，以及在需要和 CORBA 程序交互时都具有优势。

4. 开发者的偏爱

开发工具是给开发者用的，开发人员是这些工具的用户。不同的开发人员对工具的偏爱也不同，Pascal 程序员一般都会钟爱 Delphi；Windows 的 C++程序员则会选择 Visual C++；Basic 程序员会更加喜欢 Visual Basic；早期大量应用 FoxPro 的程序员则偏爱 Visual FoxPro。

1.4.2 Visual Basic 6.0 简介

对于一个初学者来说，以 Visual Basic（VB）作为第一个接触的语言是一种理想的选择，因为该语言不但简单易学，功能强大，且采用了面向对象的概念。Visual 是指开发图形用户界面（GUI）的方法。使用该方法不需要编写大量代码去描写界面元素的外观和位置，而只要把预先建立的对象拖到屏幕上即可。

BASIC（Beginners All–Purpose Symbolic Instruction Code）语言是一种在计算技术发展历史上应用最为广泛的语言。Visual Basic 在原 BASIC 的基础上进一步发展，至今已包含了数百条语句及关键词，其中很多与 Windows GUI 有直接关系。专业编程人员可以用 Visual Basic 实现 Windows 的任何编程语言的功能；对于初学者来说，只需要掌握几个关键词就可以建立简单的应用程序。

1. Visual Basic 6.0 的特点

无论用户开发小的应用程序，还是开发大型专业系统，甚至是开发一个跨越 Internet 的分布式应用系统，Visual Basic 都可为用户提供合适的工具。

1）可视化的程序设计方法

用户利用系统提供的大量的可视化控件，按设计要求的界面布局，在屏幕上画出各种图形对象，并设置这些图形对象的属性，VB 便自动产生界面设计代码，而用户只需编写实现程序功能的那部分代码即可，从而大大提高了程序设计效率。

2）面向对象的程序设计思想

VB 使用的编程思想和方法是面向对象的程序设计，在 VB 中用来构成图形界面的可视化控件就是“对象”。比如，窗体上有两个命令按钮，一个用来计算学生平均分数，一个用来打印数据，这两个按钮就是不同的对象，必须分别针对它们编写程序代码。

3）事件驱动的编程机制

VB 通过事件来执行对象的操作。比如，Windows 桌面上的“开始”按钮就是一个对象，当用户单击该按钮时就在其上产生一个“单击”事件，而产生该事件时将执行一段程序，用来实现“单击”后要完成的功能。

4）结构化程序设计语言

VB 具有高级程序设计语言的语句结构，语句简单易懂，并具有功能强大灵活的调试器和编译器。

5）强大的数据库访问能力

VB 提供了强大的数据库管理和存取操作的能力。利用数据控件和数据库管理窗口，能直接编辑和访问 Access、dBase、FoxPro 等数据库，还能通过 VB 提供的开放式数据连接接口（ODBC），以直接访问或建立连接的方式使用并操作后台大型网络数据库，如 SQL Server 、Oracle 等。VB 6.0 还新增了功能强大、使用方便的 ADO 技术，支持所有 OLE DB 厂商。

6）高度的可扩充性

VB 支持第三方软件商为其开发的可视化控件对象，只要拥有此控件对象的 OCX 文件，就可将其加入到 VB 系统中；VB 提供了访问动态链接库（DLL）的功能；提供了访问和调用应用程序接口（API）函数的能力，API 是 Windows 环境中可供任何应用程序访问和调用的一组函数集合。

7）支持动态数据交换

VB 提供了动态数据交换技术，可在应用程序中与其他应用程序建立动态数据交换，在不同的应用程序之间进行通信。

8）支持对象链接和嵌入

对象链接和嵌入（OLE）技术是指将每个应用程序看成一个对象，将不同的对象链接起来，再嵌入到某个应用程序中，使得 VB 能够开发集成声音、图像、文字等多种对象的应用程序。

2. Visual Basic 6.0 的安装

在安装 Visual Basic 之前，必须确认计算机满足最低安装要求，并阅读安装盘根目录下的 Readme 文件。使用企业版系统对硬盘的要求约为 140 MB 左右，安装帮助系统 MSDN 还需要约 67 MB 空间。

运行安装程序时将会为 Visual Basic 创建目录，从而选择要安装的 Visual Basic 部件。

（1）在 CD–ROM 驱动器中插入 CD 盘。

（2）安装程序在 CD 盘的根目录下，可用操作系统中的适当命令来运行。如果计算机能够在系统中运行 AutoPlay，则在插入 CD 盘时，安装程序会被自动加载。

（3）选择“安装 Visual Basic 6.0”单选按钮，依照屏幕上的安装指令进行操作。

3. Visual Basic 6.0 的启动

要使用 Visual Basic 6.0 程序设计语言进行程序设计，用户必须首先启动 Visual Basic 6.0，进入到 Visual Basic 6.0 集成开发环境之中，才能进行程序设计。

启动 Visual Basic 6.0 的常用方法有以下 3 种。

1）利用“开始”菜单

单击“开始”按钮，选择“程序”命令，然后选择“在 Microsoft Visual Basic 6.0 中”的 Visual Basic 6.0 选项即可启动 Visual Basic 6.0。启动后，一般首先看到的是“新建工程”对话框，如图 1–6 所示。选择“标准 EXE”图标，单击“打开”按钮，则进入 Visual Basic 6.0 的集成开发环境。

Visual Basic 6.0 的集成开发环境主要包括以下几个元素。

（1）菜单栏：显示所有使用的 Visual Basic 命令。

（2）工具栏：在编程环境下提供对常用命令的快速访问。

（3）工具箱：提供一组工具，用于设计时在窗体中添加控件。

（4）工程资源管理窗口：列出当前工程中的窗体和模块。

（5）属性窗口：列出对选定窗体和控件的属性设置值。

（6）窗体布局窗口：允许使用表示屏幕的小图像来布置应用程序中各窗体的位置。

2）利用快捷方式

直接双击桌面上的 Visual Basic 6.0 快捷方式图标，也可启动 Visual Basic 6.0。

图 1–6 “新建工程”对话框

3）利用“资源管理器”或“我的电脑”

利用“资源管理器”或“我的电脑”找到 Visual Basic 6.0 类型的文件，双击其图标。

1.5 认识集成开发环境

所有的 Visual Basic 应用程序都是在集成开发环境下开发的。Visual Basic 集成开发环境除了有 Windows 窗口中常见到的菜单栏和工具栏以外，还有工具箱、代码编辑器、窗体编辑器、工程资源管理器、属性窗口和窗体布局窗口等几部分组成，如图 1–7 所示。除此以外，运行程序时还有立即窗口、本地窗口和监视窗口。

1. 标题栏

标题栏位于窗口的顶部，用来显示窗口的标题，在标题后面的方括号中指出当前应用程序所处的状态。图 1–7 标题栏显示的是“工程 1－Microsoft Visual Basic［设计]”，表示当前处在 Visual Basic 环境，正在工作的是工程 1，处于设计状态。

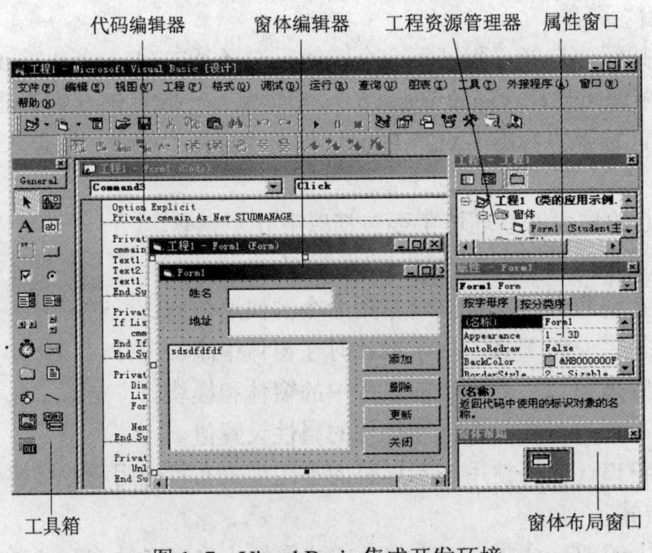

图 1–7 Visual Basic 集成开发环境

说明：在 Visual Basic 中，应用程序所处的状态有设计状态、运行状态和调试状态 3 种。

2. 菜单栏

菜单栏位于标题栏的下方。菜单栏和工具栏是进行人机对话的途径，它们的使用与其他 Windows 应用程序中的用法基本相同，用户可通过鼠标或键盘对其进行操作。

菜单栏提供了可使用的 Visual Basic 命令。除提供一些标准的菜单项外，还提供了编程专用的功能菜单，如工程、格式、调试等。

3. 工具栏

工具栏在编程环境下以图标的形式提供了常用菜单命令的快捷访问，单击工具栏上的按钮就可以执行相应的操作。在 Visual Basic 中除了“标准”工具栏外，还提供了“编辑”“窗体编辑器”和“调试”工具栏，用户可以根据需要打开或者关闭相应的工具栏。

4. 工具箱

工具箱提供了若干个在设计时需要使用的一组工具。这些工具以图标的形式排列在工具箱中。设计人员在设计阶段可以使用这些工具在窗体上构造出所需的应用程序界面。工具箱中的图标根据设计需要还可以增加。

5. 集成环境的窗口

1）工程资源管理器窗口

工程是指用于创建一个应用程序的文件的集合。一个应用程序也可以包括几个工程。工程资源管理器列出创建一个应用程序的所有窗体和模块。

2）属性窗口

属性是指对象的特征，如大小、标题或颜色。属性窗口列出对选定窗体和控件的属性列表。通过属性窗口可直接修改属性值。属性窗口中的属性列表有两种排列方式：“按字母序”使属性按字母顺序排列显示；“按分类序”使属性按分类顺序显示。两者之间可通过选择相应选项卡来切换。

3）窗体布局窗口

窗体布局窗口显示出当前设计窗体运行时在屏幕上的实际位置。工程中的所有窗体均会在窗体布局窗口中显示出来，用鼠标拖动窗口中的窗体可快速调整其位置。

集成环境中的窗口就像仪表一样，检测着应用程序各方面的变化。要显示这些窗口，有下列方法。

（1）利用菜单：在“视图”菜单中单击要显示的窗口。

（2）利用工具栏：单击“标准”工具栏上相应的按钮。

（3）利用快捷键：通过键盘直接按快捷键，如打开工程资源管理器窗口的快捷键是 Ctrl+R，打开属性窗口的快捷键是 F4。

6. 窗体编辑器

窗体编辑器作为自定义窗口用来设计应用程序的界面。Visual Basic 为应用程序中每一个窗体提供了一个自己的窗体编辑器窗口，可通过在窗体中添加控件、图形和图片来创建所希望的外观与用户进行交互，并完成特定的功能。

在设计窗体时，首先要打开窗体编辑器。可用下面两种方法实现。

（1）在工程资源管理器窗口中，双击要打开的窗体，如图 1–8 所示。

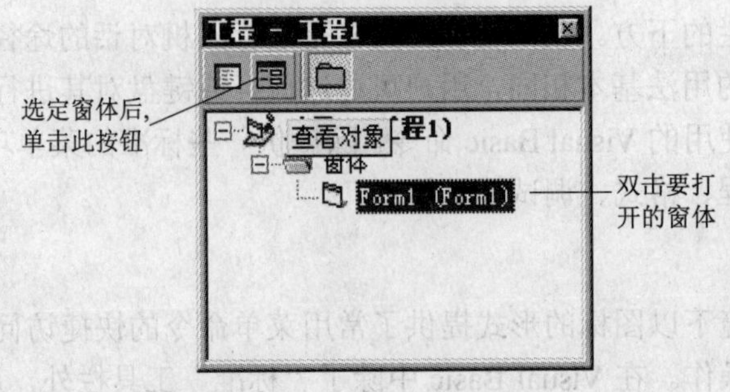

图 1–8 打开窗体编辑器

（2）在工程资源管理器窗口中，选中要打开的窗体（如 Form1），然后再单击“查看对象”按钮。

7. 代码编辑器

代码编辑器是编写程序代码（即事件过程）的主要场所。Visual Basic 中的代码编辑器相当于一个专用的字处理软件，有许多便于编写 Visual Basic 代码的功能。它能替程序员自动填充语句、属性和参数，使得编写代码更加准确、方便。工程资源管理器中的每一个模块都对应一个独立的代码编辑器窗口。如图 1–9 所示。

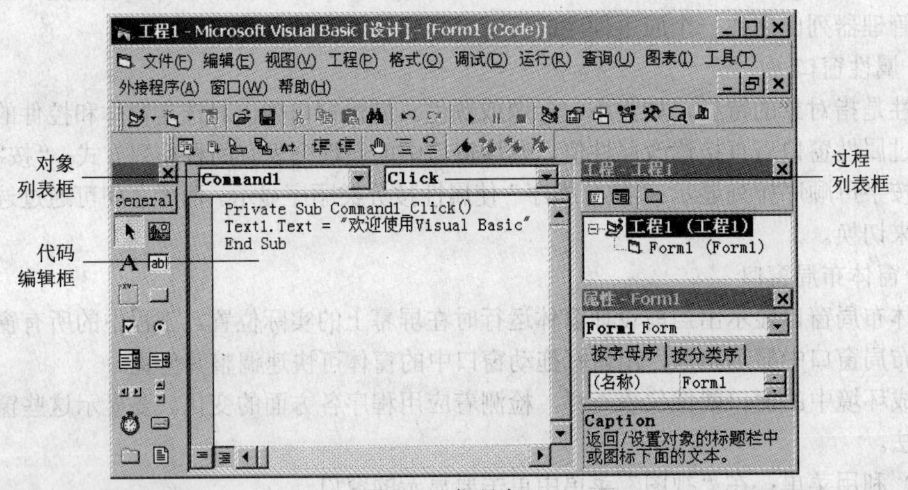

图 1–9 代码窗口

代码窗口包含如下的元素。

（1）对象列表框：用对象列表框可以实现不同对象之间的切换，单击列表框的下拉三角按钮，可显示与该窗体有关的所有对象的清单。

（2）过程列表框：列出对象的过程或事件，或显示选定过程的名称。如图 1–9 中是 Click 事件，单击列表框的下拉三角按钮，可以显示这个对象的全部事件。用过程列表框可以访问同一对象的不同事件过程，例如，Form 对象的过程列表框包括 Load、Click、DblClick 等。

（3）代码编辑框：用来编辑代码。

1）代码编辑框的显示方式

在代码编辑框中，可以选两种不同的方法来查看代码：一种是查看显示全部过程；另一种是只显示一个过程，如图 1–10 所示。

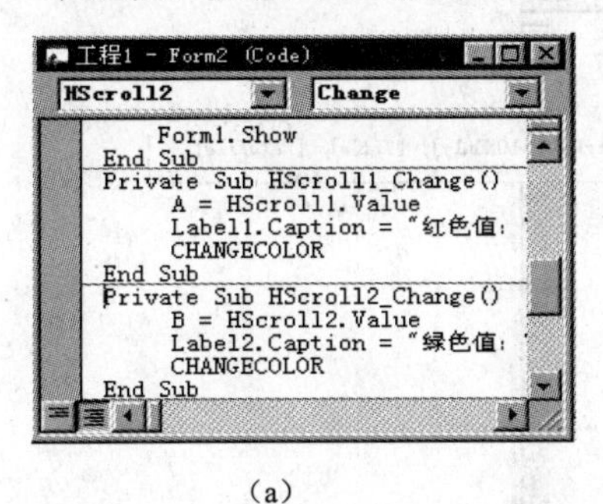

（a）

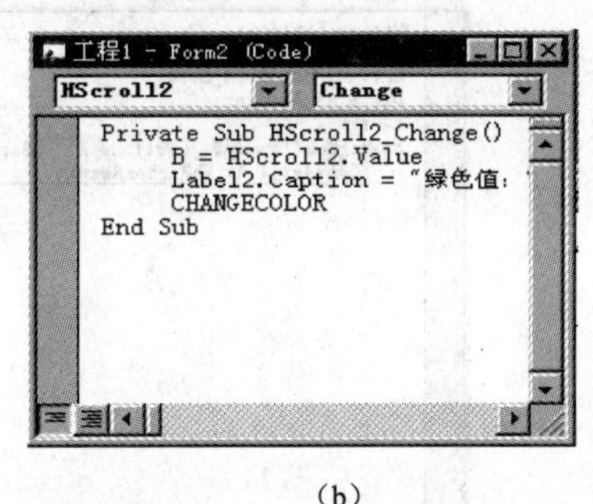

（b）

图 1–10 “全模块查看”和“过程查看”的区别

（a）全模块查看；（b）过程查看

（1）同一代码窗口中显示全部过程：单击代码编辑器左下角的“全模块查看”按钮；或在“工具”菜单下选择“选项”命令，在“选项”对话框的“编辑器”选项卡中，选中“默认为整个模式查阅”复选框。

（2）代码窗口每次只显示一个过程：单击代码编辑器左下角的“过程查看”按钮；或在“选项”对话框的“编辑器”选项卡中，撤销对“默认为整个模式查阅”的选择。

2）代码编辑器的自动功能

代码编辑器像一个高度专门化的字处理软件，有许多便于编写 Visual Basic 代码的功能。主要体现在“自动列出成员特性”和“自动快速信息功能”两方面，通过它们能自动填充语句、属性和参数。用户熟悉此功能后将大大提高编码效率。常见的情形有以下几种。

（1）选定对象列表框后，在过程列表框中选择 Click 事件，自动添加事件过程的第 1 句“Private Sub Form_Click( )”和最后一句“End Sub”。

（2）如果定义变量，在输入“Dim Strme As”后，代码编辑器显示一个列表框，列出可以使用的数据类型，可用鼠标或光标移动键选定所需的类型，也可以继续键入数据类型的前几个字母，使可选范围逐渐缩小以便选择。

（3）在代码中输入一个控件名时，输入英文“.”之后，“自动列出成员特性”会弹出这个控件的下拉式属性/方法列表框，键入属性名的前几个字母，就可以从表中选中该属性名，按 Tab 键或空格键即完成这次输入。当不能确认给定的控件有什么样的属性时，这个选项是非常有帮助的，如图 1–11 所示。

注意：*用户在书写代码时，除了汉字以外，其他的字符必须是英文字符。*

（4）“自动快速信息”功能显示语句和函数的语法。当输入合法的 Visual Basic 语句或函数名之后，语法立即显示在当前行的下面，并用黑体字显示它的第 1 个参数。在输入第 1 个参数值之后，第 2 个参数又出现了，同样也是黑体字，如图 1–12 所示。这就是代码编辑器的“自动快速信息”功能。

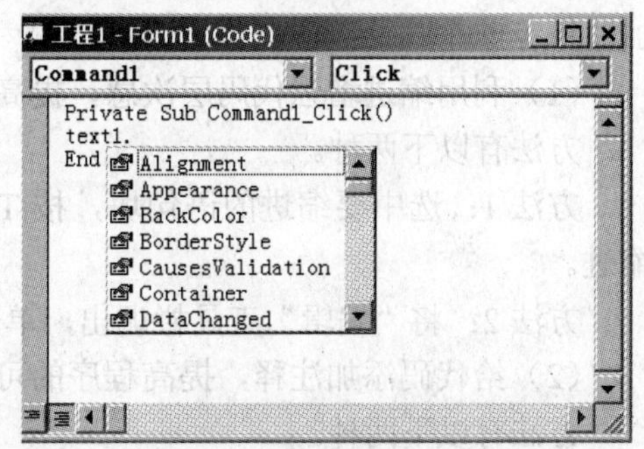

图 1–11 代码编辑器的“自动列出成员”功能

利用这一功能在输入代码时可以方便看到函数的语法规则，使代码输入更准确。

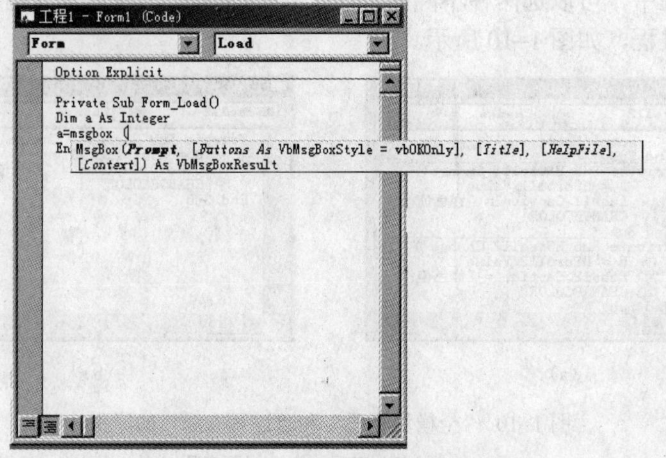

图 1–12　代码编辑器的自动提示功能

代码编辑器不仅在输入时提供自动功能，在编辑时也可通过键盘或“编辑”工具栏来激活该功能。调用方法如表 1–1 所示。

表 1–1　在代码窗口中激活自动功能

命　令	快　捷　键	功　　能
属性/方法列表	Ctrl+R	包括对象可使用的属性和方法
常数列表	Ctrl+Shift+R	列出可供使用的正确常数
快速信息	Ctrl+I	提供选定变量、函数、语句、方法或过程的语法
参数信息	Ctrl+Shift+I	使用函数或语句时，提供参数的相关信息
插入关键字	Ctrl+Space	自动完成输入关键字或变量名

将列表中的数据类型插入到语句中，有两种方法。

（1）双击所需的数据类型。

（2）选定数据类型后，按 Tab 键、空格键、Enter 键中的任一键，或将光标移到下一行。

3）代码编辑器中的多行操作

在代码编辑器中选定多行后，除了可以进行删除、复制、移动外，还可以进行缩进和添加注释等操作。

（1）利用缩进增强代码层次感，提高代码阅读的清晰性和可读性。

方法有以下两种。

方法 1：选中要缩进的语句块，按 Tab 键增加一级缩进，按 Shift+Tab 组合键取消一级缩进。

方法 2：将“编辑”工具栏调出，单击其上的“缩进”按钮和“凸出”按钮。

（2）给代码添加注释，提高程序的可读性和可理解性。

方法有以下两种。

方法1：添加单行注释，在要加注释的位置按英文状态下的“'”键，然后在其后输入注释内容，此内容可以根据编码人员需要输入中文、英文、符号等。此时输入的注释内容通常为淡绿色，与代码的黑色加以区别。

方法2：设置注释块，选定要注释的语句块，将“编辑”工具栏调出，单击其上的“设置注释块”按钮和“解除注释块”按钮。

另外，在调试程序时，常常要观察跳过其中某些语句的运行结果，如果删除它们来运行程序，那么要想再用这些语句时还需重新录入，显然这种方法不可取。这时可以先将这些语句设置为注释语句，它们就成为不可执行语句，不参与运行了。这是编码人员常用的调试小技巧。

（3）代码编辑器中的代码使用的颜色、字体、字号等都可以由用户进行设置。

方法是在“工具”菜单中选择“选项”命令，在弹出的对话框中打开“编辑器格式”选项卡，即可进行设置，如图1–13所示。

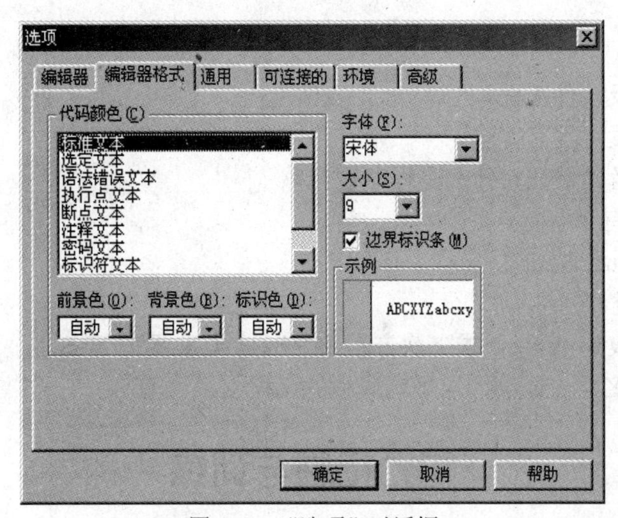

图1–13　“选项”对话框

想想议议：

VB代码的编辑与Word文档的编辑是否相似？

8. 立即、本地和监视窗口

这些附加窗口是为调试应用程序提供的。它们只在集成开发环境中运行应用程序时才有效。

项目交流

分组自选角色扮演用户和项目开发人员，模拟进行项目需求分析，用户对“学生管理系统”都有哪些要求（包括功能、界面和操作模式等）？项目开发人员应该怎样和用户进行交流？要求写出项目需求报告，然后共同分析项目实施的可行性。

项目需求记录

序号	模块名称	模块功能	实现方法和手段
1			
2			
3			
4			
5			

交回讨论记录摘要，记录摘要包括时间、地点、主持人（即组长，建议轮流当组长）、参加人员、讨论内容等。

基本知识练习

一、简答题

1. 什么是软件及软件工程？
2. 软件项目开发流程有哪些？
3. 什么是算法及其特征？什么是程序设计？
4. Visual Basic 有哪些特点？
5. 如何安装 Visual Basic？

二、算法描述题

1. 画出输入系数 a，b，c，求二次方程 $ax^2+bx+c=0$ 实根的 N–S 图。
2. 画出输入 N 名学生成绩，求平均成绩的流程图。

能力拓展与训练

一、调研与分析

1. 分组考察计算机软件开发公司，每组并提交一份考察记录单。考察内容要求：

（1）对具体的项目，公司给出的规划与构建方案；

（2）人员的分配情况；

（3）作为项目开发人员所具备的素质；

（4）开发语言的选择。

2. 你还了解哪些高级语言及软件开发工具？它们和 VB 有哪些异同点？试进行分析与比较。

二、自主学习与探索

讨论分析下面的问题，搜索相关资料，提交一份学习报告。

假设你被任命为一家软件公司的项目负责人，你的工作是管理该公司已被广泛应用的字处理软件的新版本开发。由于市场竞争激烈，公司规定了严格的完成期限并且已对外公布。你打算如何开展这一项目的工作，为什么？

（1）与用户沟通获取需求的方法有哪些？

（2）软件的质量反应在哪些方面？

（3）汉语程序设计语言会不会成为一种发展方向？

三、思辨题

1. 现在社会发展的大形势下，计算机对人的要求是什么，怎样可以学以致用，怎样才能算得上是一个计算机“人才”？

2. 在软件设计与开发过程中，领域专家和计算机专业人员谁最重要？

3. 目前很多高校将 VB 程序设计设置为第一门程序设计课程，请分析原因。

四、我的问题卡片

请把学习中（包括预习和复习）思考和遇到的问题写在下面的卡片上，然后逐渐补充上简要的答案。

问题卡片

序号	问题描述	简要答案
1		
2		
3		
4		
5		
6		
7		
8		
9		
10		

你我共勉

万事开头难，每门科学都是如此。——马克思

第2章　程序设计基础

本章要点：

- 什么是对象及类？
- 工程的概念及基本操作。
- 窗体、命令按钮、标签和文本框的常用属性、事件和方法。
- 基本数据类型、常量和变量。
- 顺序结构、选择结构、循环结构。
- 运算符和表达式。
- 数组的基本操作。
- 过程的应用。

2.1　项目一　系统登录界面和主界面

2.1.1　项目目标

本项目实例主要任务是设计完成“学生管理系统”的登录界面和主界面，如图2–1和图2–2所示。

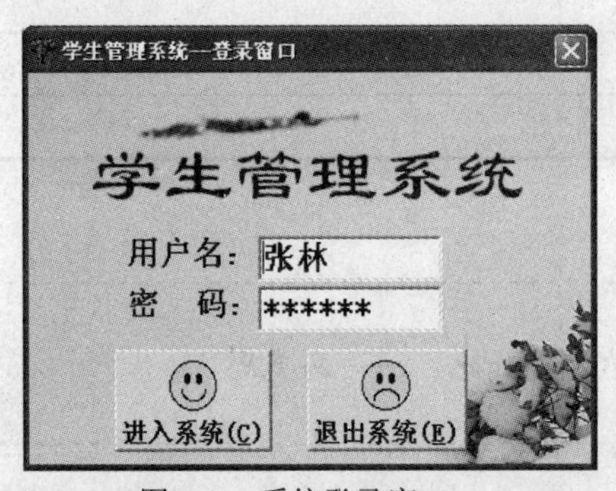

图2–1　系统登录窗口

图2–2　主界面窗口

2.1.2　项目分析

本项目实例主要运用VB6.0中的窗体、文本框、标签、命令按钮4个对象，学习工程的创建、打开、保存和简单的代码编写等基本操作。

登录窗口上的对象有：1个显示标题的标签、2个显示提示信息的标签、2个命令按钮。主要操作：用户输入用户名和密码，单击“进入系统”按钮，系统判断用户名和密码正确后进入主界面，单击“退出系统”按钮，退出管理系统。

主界面上的对象有：1个显示标题的标签、5个命令按钮。5个命令按钮的标题分别是：成绩管理、档案管理、小助手、娱乐休闲、退出。主要操作为：用户单击相应的命令按钮后打开对应的界面进行操作。

2.1.3 项目实现

创建 Visual Basic 应用程序有5个主要步骤。

（1）创建应用程序界面。

（2）设置对象的属性。

（3）编写代码。

（4）运行和调试程序。

（5）保存程序。

以下是使用 Visual Basic 6.0 创建系统登录界面和主界面的完整过程。

1. 创建工程

单击“开始”按钮，选择“程序”命令，然后选择“在 Microsoft Visual Basic 6.0 中”的 Visual Basic 6.0 选项即可启动 Visual Basic 6.0。启动后，首先看到的是“新建工程”对话框，如图2–3所示。选择“标准 EXE”图标，单击“打开”按钮，则进入 Visual Basic 6.0 的集成开发环境，创建一个新的工程。

在新建工程中自动产生一个默认窗体 Form1，选择工具栏中的添加窗体按钮，打开“添加窗体”对话框，默认“窗体”图标，如图2–4所示。单击“打开”按钮，就可以在工程中添加一个新的窗体 Form2，同样方法可添加新的窗体：Form3、Form4、Form5、Form6 等。

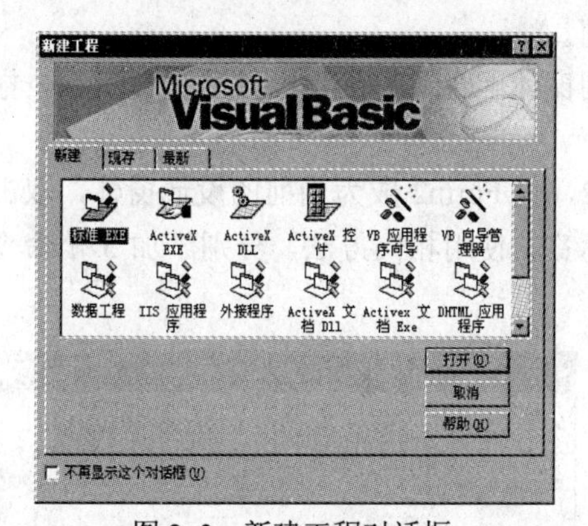

图2–3　新建工程对话框

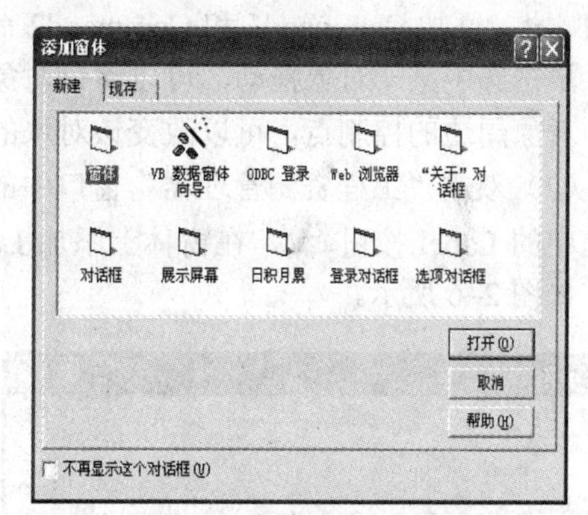

图2–4　新建窗体对话框

说明：工程中文件的基本操作如下。

（1）向工程中添加文件方法有以下3种。

方法1：选择“工程”菜单中的“添加窗体”命令，屏幕上出现“添加窗体”对话框，如图2–4所示；然后选定一个现存的文件，将其打开就可将选定的文件添加到当前工程中。

方法2：直接从“工程”菜单中选择“添加***”命令（这里“***”可以是窗体、MDI 窗体、模块等）。

方法3：右击要添加文件的工程或此工程中的任何文件，在弹出的快捷菜单中选择“添加***”命令。

注意：在工程中添加现有的文件时，只是简单地将该文件引用并纳入工程，而不是添加该文件的复制件。因此，如果更改该文件并保存它，将会影响包含此文件的所有工程。若想改变文件而不影响其他工程，应在工程资源管理器中选定该文件，从“文件”菜单选择“文件另存为”命令，然后以一个新的文件名保存此文件。

（2）从工程中删除文件。从工程中删除文件的操作方法：在“工程资源管理器”中选择要删除的文件；打开“工程”菜单或右击从该文件的快捷菜单中，选择“移除 ***”命令（这里“***”是选中的文件名），此文件将从工程里删除掉。删除文件并不是指该文件从磁盘中消失，它仍然存在于磁盘上。

注意：如果从工程里删除了文件，则在保存此工程时，Visual Basic 要更新该工程文件中的文件列表信息。但是，如果在集成开发环境之外删除一个文件，则 Visual Basic 系统不能更新此工程文件。因此，当打开此工程时，Visual Basic 系统将显示一个错误信息，警告一个文件丢失。

2. 程序界面设计

VB6.0 集成开发环境中的工具箱用于设计窗体上的各种对象。双击工具箱上的按钮，在窗体中央将出现相应的对象，调整对象的尺寸并将该对象拖拽到所需要的位置，就可以建立程序界面了。具体操作如下。

（1）双击“工程资源管理器”窗口中的 Form1，使 Form1 成为当前的设计窗体，双击工具箱中的 Label 按钮，即在窗体上添加了 Label1 标签，使用相同方法添加 Label2 和 Label3 标签。双击工具箱中的 Text 按钮，添加 Text1 和 Text2 文本框，双击工具箱中的 Command 按钮，添加 Command1 和 Command2 命令按钮。

单击选中某一对象拖动，可以将该对象放置到窗体上合适的位置，如图 2–5 所示。拖拽选中对象周边的控制点，可以改变该对象的大小。

（2）双击“工程资源管理器”窗口中的 Form2，使 Form2 成为当前的设计窗体，双击工具箱中的 Label 按钮，在窗体上添加 Label1 标签。使用相同方法，分别添加 5 个命令按钮，如图 2–6 所示。

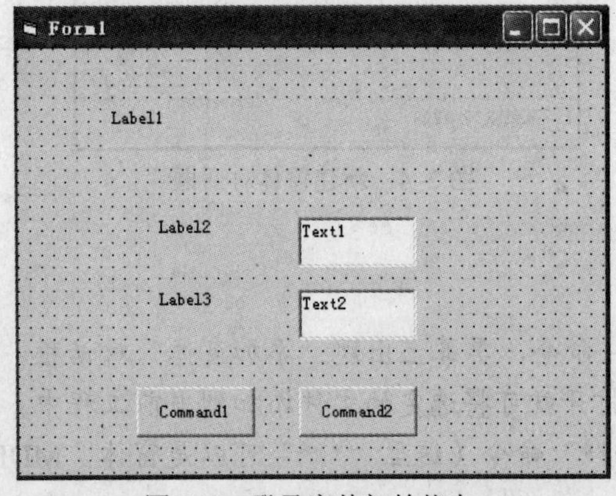

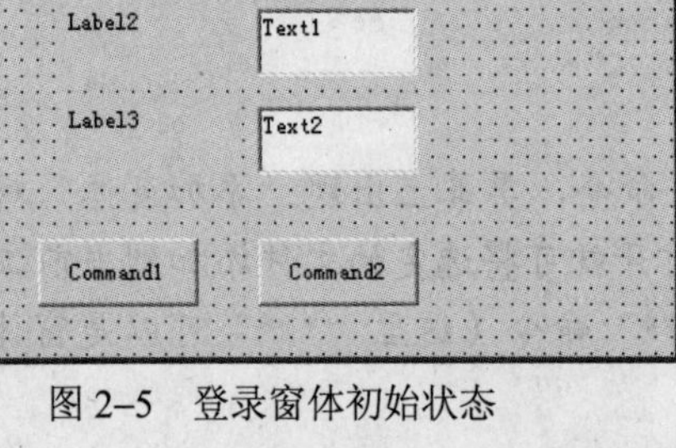

图 2–5　登录窗体初始状态

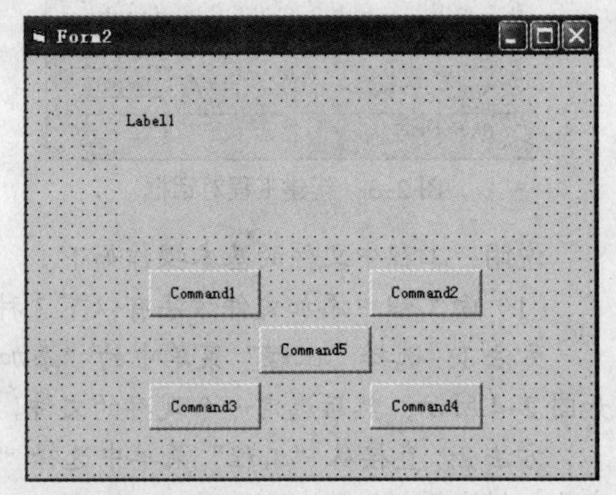

图 2–6　主界面窗体初始状态

说明：控件的基本操作如下。

（1）控件的添加，方法有3种。

方法1："单击+拖动"法。

① 在工具箱中单击要添加的控件（此时是"文本框"）。

② 将鼠标移到窗体上，指针变成十字线。

③ 将十字线放在控件的左上角，拖动十字线画出适合需要的控件大小的方框。

方法2："双击"法。

双击工具箱中的控件图标可在窗体中央创建一个尺寸为默认值的控件；然后再根据需要将该控件移到窗体中的其他位置。

方法3："Ctrl+单击"法。

按住Ctrl键并单击工具箱中的控件，松开Ctrl，在窗体编辑区拖动，可以连续添加多个名称相同的控件。

注意：初学者尽量不要用"复制"和"粘贴"方法来创建控件，因为使用这种方法初学者容易创建成控件数组。

（2）控件的选择。单个控件的选择是在该控件上单击即可。多个控件的选择方法有以下两种。

方法1：选择多个不相邻的控件时，先选中一个控件，然后按住Shift键或Ctrl键不放，再单击其他要选择的控件即可；若要撤销对某控件的选择，同样按住Shift键或Ctrl键不放，再单击该控件即可。

方法2：选择一个区域内的多个控件时，先单击"指针"按钮，拖动鼠标画框，包围要选择的控件即可。

（3）调整控件的大小。可以使用以下4种方法。

方法1：选中要调整尺寸的控件，拖动尺寸句柄，直到控件达到所希望的大小为止。

方法2：选中要调整尺寸的控件，用Shift键加方向键调整选定控件的尺寸。

方法3：设定控件的Height和Width属性值。

方法4：设置多个控件大小时，先选定这些控件，然后打开"格式"菜单，选择"统一尺寸"命令，在打开的子菜单中选择相应的命令。这时只有一个控件（主控件）被实心控制柄包围着，通常称最后选择的那个控件为"主控件"。Visual Basic将按照主控件的尺寸来设置其他控件的大小。

（4）移动控件。方法有以下3种。

方法1：鼠标拖动。

方法2：在属性窗口中，通过改变相应控件Top和Left属性值来精确调整。

方法3：选中控件后，使用Ctrl键加方向键控件每次移动一个网格单元。如果该网格关闭，则控件每次移动一个像素。

（5）锁定控件位置。锁定控件的目的是为了防止已设置好的控件无意中被再次移动。方法有以下两种。

方法1：从"格式"菜单中选择"锁定控件"命令。

方法2：在"窗体编辑器"工具栏上单击"锁定控件切换"按钮，再次单击即可解锁。

注意：锁定控件位置后，使用鼠标和键盘将不能对控件进行移动操作，但仍可以在属性窗口中通过改变控件的Top和Left属性值来移动锁定的控件。

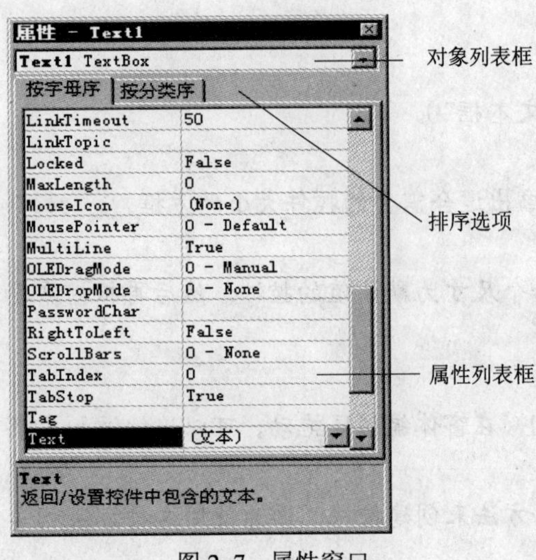

图 2-7 属性窗口

（6）控件的对齐。先选中要对齐的多个控件，然后打开“格式”菜单，选择“对齐”命令，在打开的子菜单中选择相应的命令。

（7）控件的删除

先选中要删除的一个或多个控件，然后打开“编辑”菜单，选择“删除”命令或直接按 Del 键。

3. 对象属性设置

窗体上对象的外观、名称以及其他的特性是由其属性决定的，对象的大部分属性可以通过属性窗口设置或修改，如图 2-7 所示。

（1）双击“工程资源管理器”窗口中的 Form1，使 Form1 成为当前的设计窗体，在属性窗口设置窗体上 7 个对象的属性值。

Form1 上各对象属性设置如表 2-1 所示。

表 2-1 Form1 对象属性设置

对　象	属　性	设 置 值
窗体 Form1	Caption	学生管理系统——登录窗口
	Picture	选择要添加为背景的图片
	Icon	选择要添加的标题栏图标
	MinButton	False
	MaxButton	False
标签 Label1	Caption	学生管理系统
	Font	隶书、粗体、36 号字
	ForeColor	蓝色
标签 Label2	Caption	用户名
	Font	隶书、粗体、12 号字
	ForeColor	蓝色
标签 Label3	Caption	密码
	Font	隶书、粗体、12 号字
	ForeColor	蓝色
文本框 Text1	Text	设置为空
	Font	隶书、粗体、12 号字
文本框 Text2	Text	设置为空
	PasswordChar	*
	MaxLength	6
	Font	隶书、粗体、12 号字

续表

对　　象	属　　性	设 置 值
文本框 Text2	Caption	进入系统（&C）
命令按钮 Command1	Font	宋体、粗体、四号字
	Style	1–Graphical
	Picture	选择要添加的按钮图标
命令按钮 Command2	Caption	退出系统（&E）
	Font	宋体、粗体、四号字
	Style	1–Graphical
	Picture	选择要添加的按钮图标

（2）双击“工程资源管理器”窗口中的 Form2，使 Form2 成为当前的设计窗体，改变窗体上 6 个对象的属性设置值，各对象属性设置如表 2–2 所示。

表 2–2　Form2 对象属性设置

对　　象	属　　性	设 置 值
窗体 Form2	Caption	学生管理系统——主界面
	Picture	选择要添加为背景的图片
	Icon	选择要添加的标题栏图标
	MinButton	False
	MaxButton	False
标签 Label1	Caption	学生管理系统
	Font	隶书、粗体、36 号字
	ForeColor	蓝色
命令按钮 Command1	Caption	成绩管理
	Font	隶书、粗体、四号字
	Style	1–Graphical
	Picture	选择要添加的按钮图标
命令按钮 Command2	Caption	档案管理
	Font	隶书、粗体、四号字
	Style	1–Graphical
	Picture	选择要添加的按钮图标
命令按钮 Command3	Caption	小助手
	Font	隶书、粗体、四号字
	Style	1–Graphical
	Picture	选择要添加的按钮图标

续表

对　象	属　性	设 置 值
命令按钮 Command3	Caption	娱乐休闲
	Font	隶书、粗体、四号字
命令按钮 Command4	Style	1–Graphical
	Picture	选择要添加的按钮图标
	Caption	退出系统
	Font	隶书、粗体、四号字
命令按钮 Command5	Style	1–Graphical
	Picture	选择要添加的按钮图标

说明：设置对象的属性有以下两种方法。

方法 1：使用属性窗口，在设计状态设置属性。

选中一个对象后，在“属性窗口”中找到所需要的属性，然后从键盘输入该属性的值，或在系统给出的几种可能之中进行选择。属性一旦被设置，在运行应用时将被作为初始值。

注意：必须先将要设置的对象激活（该控件周围出现 8 个小黑块），右边的属性窗口所显示的才是该对象的属性，这时才能进行属性设置。否则，容易出现“张冠李戴”的现象。

方法 2：在代码窗口中，通过赋值语句设置属性。其语法格式：

[对象名.] 属性名=属性值

例如，本项目实例中的 Form1.Caption="学生管理系统——登录窗口"。

此语句的功能是将 Form1 窗体的 Caption 属性设置为一个新值“学生管理系统——登录窗口”，在该窗体的标题栏处就会出现"学生信息管理系统——登录窗口"。

注意：

① 上述语法格式中的方括号“[ ]”表示此内容在不引起混淆的情况下可以省略，一般情况下，省略对象名即被认为是当前窗体。但是为了保证程序较好的可阅读性，最好不要省略。本书语法格式中的方括号“[ ]”均表示可以省略。

② 一般不必一一设置对象的全部属性，而是采用它的默认值，只有在默认值不能满足需要时才指定所需要的值。

4. 编写对象事件过程代码

代码窗口是用于进行程序设计的窗口，可显示和编辑程序代码。双击窗体上的对象可以打开代码窗口。

（1）双击“工程资源管理器”窗口中的 Form1，使 Form1 成为当前的设计窗体，以下是 Form1 登录窗口程序的代码设置。

① 双击 Form1 窗体上的“进入系统”命令按钮，进入代码窗口，编写如下事件过程代码。

```
Private Sub Command1_Click( )
    If Text1.Text = "张林" And Text2.Text = "123456" Then
        Form2.Show                    '加载并显示 From2 窗体
```

```
            Unload Me                                  '卸载当前的 From1 窗体
        End If
End Sub
```

② 双击 Form1 窗体上的“退出系统”命令按钮，进入代码窗口，编写如下事件过程代码。

```
Private Sub Command2_Click()
    End                                            '结束当前应用程序
End Sub
```

（2）双击“工程资源管理器”窗口中的 Form2，使 Form2 成为当前设计窗体，以下是 Form2 主界面程序的代码设置。

① 双击 Form2 窗体上的“成绩管理”命令按钮，进入代码窗口，编写如下事件过程代码。

```
Private Sub Command1_Click()
    Form3.Show                                     '显示 Form3 窗体
    Unload Me                                      '卸载当前窗体
End Sub
```

② 双击 Form2 窗体上的“档案管理”命令按钮，进入代码窗口，编写如下事件过程代码。

```
Private Sub Command2_Click()
    Form4.Show                                     '显示 Form4 窗体
    Unload Me                                      '卸载当前窗体
End Sub
```

③ 双击 Form2 窗体上的“小助手”命令按钮，进入代码窗口，编写如下事件过程代码。

```
Private Sub Command3_Click()
    Form5.Show                                     '显示 Form5 窗体
    Unload Me                                      '卸载当前窗体
End Sub
```

④ 双击 Form2 窗体上的“娱乐休闲”命令按钮，进入代码窗口，编写如下事件过程代码。

```
Private Sub Command4_Click()
    Form6.Show                                     '显示 Form6 窗体
    Unload Me                                      '卸载当前窗体
End Sub
```

⑤ 双击 Form2 窗体上的“退出系统”命令按钮，进入代码窗口，编写如下事件过程代码。

```
Private Sub Command5_Click()
    End                                            '结束应用程序
End Sub
```

说明：

（1）进入代码编辑器的方法如下。

方法 1：在工程资源管理器窗口中选中要进行编码的模块，然后单击该窗口左上角的“查看代码”按钮。

方法 2：在窗体设计器中双击某个对象。

方法 3：在“视图”菜单中选择“代码窗口”命令。

方法 4：按 F7 键。

（2）有关窗体的语句和方法如下。

当一个窗体要显示在屏幕上之前，该窗体必须先“装载”，也就是被装入（Load）内存，然后显示（Show）在屏幕上，同样，当窗体暂时不需要时，可以从屏幕上隐藏（Hide）；或直接从内存中“卸载”（Unload）。

① Load 语句。该语句把一个窗体装入内存。执行 Load 语句后，可以引用窗体中的控件和各种属性，但此时窗体没有显示出来。

语法格式：

Load 窗体名

② Unload 语句。该语句与 Load 语句的功能相反，它指从内存中删除指定的窗体。

语法格式：

Unload 窗体名

Unload 的一种常见用法是 Unload Me，其意义是关闭自身窗体。关键字 Me 代表该语句所在的窗体。

③ Show 方法。该方法是用来显示一个窗体，它兼有加载和显示窗体的两种功能。

语法格式：

[窗体名.] Show

④ Hide 方法。该方法用来将窗体暂时隐藏起来，但并没有从内存中删除。

语法格式：

[窗体名.] Hide

5. 保存工程

对工程中的文件进行了修改或更改了工程设置之后，应当保存工程，否则所做修改将丢失。保存工程时不仅要保存工程文件，同时要保存工程中用到的其他类型文件。具体操作如下。

（1）选择“文件”菜单中的“保存工程”命令或单击“标准”工具栏上的“保存”按钮。

（2）如果是第 1 次保存工程，或选择了“文件”菜单中的“工程另存为”命令之后，显示“文件另存为”对话框，提示用户输入一个文件名来保存此工程文件，并且逐一提示用户保存所有修改过的窗体和模块，本项目实例保存的工程文件名为 “学生管理系统”，保存的窗体文件名依次为 “登录窗口”“主界面”“成绩管理”“档案管理”“小助手”“娱乐休闲”。本项目实例工程资源管理窗口如图 2–8 所示。

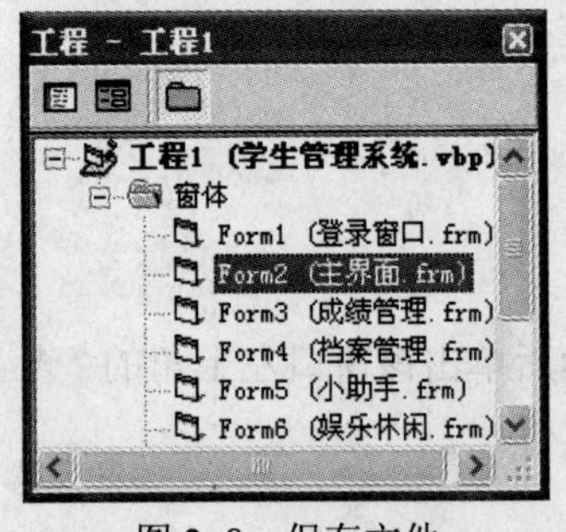

图 2–8 保存文件

说明：如果单独保存工程中的某一个文件，首先在工程窗口中右击要保存的文件（如 Form1），然后在弹出的快捷菜单中选择“保存 Form1.frm”命令，这样就可以单独保存这个窗体文件了。

至此，一个完整的程序编制完成，以后要再次修改该程序，只需单击“打开工程”按钮，选择工程文件后将程序调入即可。

注意：

① 程序运行之前，务必先将其保存，以避免意外丢失。

② 应用程序至少有两种类型文件需要保存：一个是工程文件（.vbp）；另一个是窗体文件（.frm）。

③ 保存时，一定要建好文件夹，将所有文件保存在同一文件夹中。

6. 执行程序

VB6.0 程序有两种运行模式，即解释运行模式和编译运行模式。

1）解释运行模式

完成程序编写并保存后，单击工具栏上的“启动”按钮▶或者按 F5 键，或者选择“运行”→“启动”命令，系统读取程序代码，将其转换成机器代码，然后执行。为了便于调试程序，在程序开发阶段往往使用解释运行模式。

单击工具栏上的“结束”按钮■或者选择“运行”→“结束”命令，结束程序运行。

注意：当有多个窗体或工程组时，运行程序要注意设置启动工程和窗体，操作步骤如下：

（1）首先设置启动工程：在“工程资源管理器”中，右击要设为启动的窗体所属的工程，在弹出的快捷菜单中选定“设置为启动”命令。

（2）然后设置启动窗体：选择“工程→属性”命令，然后在弹出的对话框中单击“通用”选项卡，在打开的“通用”选项卡选中“启动对象”复选框即可。

2）编译运行模式

选择“文件”→“生成工程 1.exe”命令，系统将程序转换成机器代码，并保存成扩展名为.exe 的可执行文件，就可以脱离 VB 环境，在 Windows 环境下，直接运行.exe 应用程序了。

2.1.4　相关知识

1. Visual Basic 的基本概念

为了理解应用程序开发过程，先要理解 Visual Basic 的一些关键概念。

1）对象和类

Visual Basic 是面向对象的程序设计语言，对象的概念是面向对象编程技术的核心。从面向对象的观点看，所有的面向对象应用程序都是由对象组合而成的。对象就是现实世界中某个客观存在的事物，是对客观事物属性及行为特征的描述。在现实生活中，其实我们随时随地都在和对象打交道，我们骑的车、看的书以及我们自己，在一个 VB 程序员眼中都是对象。

在面向程序设计中把对象的特征称为属性，对象的行为称为方法，对象的活动称为事件，这就构成对象的三要素。

类是同类对象的属性和行为特征的抽象描述，类与对象是面向对象程序设计语言的基础。类是从相同类型的对象中抽象出来的一种数据类型，也可以说是所有具有相同数据结构、相同操作的对象的抽象。类具有继承性、封装性、多态性、抽象性。类的内部实现细节对用户来说是透明的，用户只需了解类的外部特征即可。

2）对象的属性、方法和事件

在 Visual Basic 中，对象是数据和代码的集合。对象可以是一个应用程序的一部分，控件和窗体都是对象，在窗体上摆放控件的过程就是一种用对象组装应用程序的过程。可以用对象的属性、事件、方法来控制一个对象，其中属性是对象的特征，作用于对象上的过程称为方法，事件是能被对象识别的动作。

（1）属性（Properties）。属性用来表示对象的特征，它定义了对象的外观和行为，如窗体、控件的颜色和大小等。但每种对象所具有的属性是不同的。例如窗体有 Caption 属性，而文本框控件没有 Caption 属性。

日常生活中的对象同样具有属性、方法和事件。如气球，它的属性包括可以看到的一些性质，如它的直径和颜色；还有一些属性描述气球的状态（充气的或未充气的）或不可见的性质，如它的寿命。通过定义，所有气球都具有这些属性；这些属性也会因气球的不同而不同。

（2）方法（Method）。除了属性以外，对象还有方法，它使对象执行一个动作和任务。例如，气球还具有本身所固有的方法和动作。如：充气方法（用氦气充满气球的动作）、放气方法（排出气球中的气体）和上升方法（放手让气球飞走），所有的气球都具备这些能力。“方法”实际上是 Visual Basic 的一种专用子程序，用来完成一定的操作。如 Print、Move 是常用方法。不同的对象所含的方法种类和数量也不尽相同。

在代码中使用方法的语法格式有两种，具体使用哪一种取决于该方法是否有返回值。

格式 1：无返回值方法的调用。

语法格式：

[对象名].方法名[参数表]

例如，本项目中：Form2.Show，表示将 Form2 窗体显示出来。

如果方法中用到多个参数，就要用逗号将它们分开。

格式 2：有返回值方法的调用。

如果需要方法的返回值，就必须把参数用括号括起来，并将调用赋给一个变量。其语法格式如下：

变量名=对象名.方法名（[参数表]）

说明：

① 方法只能在代码中使用；

② 若对象名省略，表示当前对象为窗体；

③ 有的方法有参数，有的方法无参数。

（3）事件（Event）。对象除了属性和方法外，还有预定义的对某些外部事件的响应。Visual Basic 中的“事件”是指由系统事先设定的、能被对象识别和响应的动作，因此事件是窗体或控件识别的动作。Visual Basic 的每一个窗体和控件都有一个预定义的事件集。每个对象能识别的事件是不同的。例如窗体能够识别单击和双击事件，而命令按钮只能识别单击事件却不能识别双击事件。每个对象所能识别的事件在设计阶段可以从代码窗口上部右边的“过程列表框”中看出，如图 2–9 所示。

尽管 Visual Basic 中的对象能自动识别预定义的事件集，但要判定它们是否能响应具体事件以及如何响应具体事件则是编程的责任。代码部分（即事件过程）与每个事件对应。要让控件响应事件时，就必须把代码写入该事件的过程之中。当事件发生时，该事件过程中的代码就会被执行。在开发应用程序时，要尽可能地为有效操作编写代码。

说明：事件可以由用户触发，也可以由系统触发。

事件过程是事件发生时要执行的代码。对象的事件过程格式：

Private Sub 对象名_事件名()

```
⋮
End Sub
```

注意：一个事件发生的同时其他事件会伴随发生。例如，在 DblClick 事件发生时，MouseDown、MouseUp 和 Click 事件也会发生。

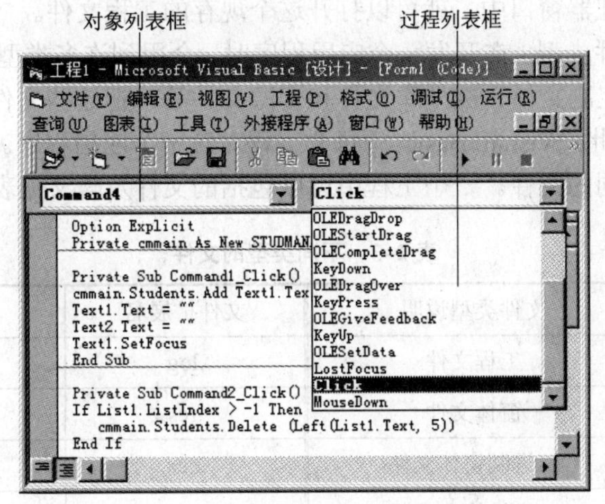

图 2–9　过程列表框中选择对象可识别事件

想想议议：

在 Visual Basic 中，事件对于程序代码的执行起到了什么作用？

（4）属性、方法和事件的比较。属性和方法的用法在形式上有些类似，即：

对象名.属性名

对象名.方法名

但是，“对象名.方法名”可以单独作为一个语句，如 Form1.Hide 是一个完整的语句，而“对象名.属性名”只是引用了一个对象的属性，它不是一个完整的语句，只是语句的一个组成部分，如将文字“学生管理系统”赋给 Form1 窗体的 Caption 属性的语句表示为：

Form1.Caption="学生管理系统"

Form1.Caption 不能成为一个单独的语句。

属性名一般是名词（如：Caption，Top，Left，Font 等），方法名一般是动词（如：Print，Move，Show 等），事件名也是动词（如：Click，Load 等），但事件名一般不能出现在语句中，它只能出现在事件的子程序的名字中（如：Command1 _Click，Form_Load 等）。

3）工程

深刻理解工程的含义是使用 Visual Basic 进行应用程序开发的前提。在 Visual Basic 中不论应用程序的规模大小，都对应着一个甚至几个工程，使用 Visual Basic 就是与工程和对象打交道。

（1）工程。工程是建造应用程序的文件的集合。为了用 Visual Basic 创建应用程序，应当使用一个工程，用它来管理组成应用程序所有不同的文件。

当创建一个应用程序时，通常要创建一些新窗体，也可以利用以前工程所创建的窗体。对于可能纳入工程的其他模块或文件同样如此。来自其他应用程序的 ActiveX 控件和可插入对象也可以在工程之间共享。工程的所有部件被汇集在一起，并在完成代码编写之后，便可以编译工程，将其转化为可以执行的文件。

（2）工程文件。工程文件是与工程相关联的所有文件和对象以及所有设置环境信息的一个简单列表。每次保存工程，Visual Basic 都要更新工程文件（.vbp）。工程文件包含文件列表，它与出现在工程资源管理器窗口的文件列表相同。

通过双击一个现存工程的图标，或从“文件”菜单中选择“打开工程”命令，或将该文件拖动到工程资源管理器窗口中，就可以打开这个现存的工程文件。

（3）工程中的文件类型。在开发一个应用程序时，会用到许多类型文件，比如窗体文件、模块文件、ActiveX 控制文件、类型库文件和资源文件等，把这些文件组织在一起就形成一个工程（Project）。因此，Visual Basic 中每个工程对应一个应用程序。要使用工程来管理构成应用程序的所有不同的文件。一个工程中可以包括的文件及含义见表 2–3。

表 2–3 不同类型的文件

文件扩展名	文件类型说明	文件扩展名	文件类型说明
.vbp	工程文件	.log	装载错误日志文件
.frm	窗体文件	.res	资源文件
.frx	二进制窗体文件	.ocx	ActiveX 控件文件
.cls	类模块文件	.vbg	工程组文件
.bas	标准模块文件		

工程文件就是与该工程有关的全部文件和对象的清单，也有所设置的环境选项方面的信息。每次保存工程时，这些信息都要被更新。所有这些文件和对象也可供其他工程共享。工程文件只是一个定义文件，它并不真正包含所用到的那些文件，而只是记录了这些文件的一些信息。

当要创建一个新的应用程序时，就要创建一个新的工程。Visual Basic 6.0 提供了 13 种不同类型的工程。选择“文件”菜单的“新建工程”命令，在弹出的“新建工程”对话框中可以看到每种工程都有相应的工程模板（Project Template）。当创建新工程时，Visual Basic 就通过这些模板默认地创建这种类型工程中所需的最基本的文件和最基本的设置。比如当要创建“标准 EXE”工程时，Visual Basic 将默认地创建一个窗体。

（4）工程组。在 Visual Basic 的专业版和企业版中，可以同时打开多个工程。在装入了多个工程时，工程资源管理器窗口的标题将变成“工程组”，所有打开的工程部件都会显示出来。

向工程组中添加工程的操作如下：

- 在“文件”菜单中选择“添加工程”命令，在工程组中添加工程；
- 选择现有工程或新的工程类型，并单击“打开”按钮。

从现有工程组中删除一个工程的操作如下：

- 在“工程资源管理器”里选中一个工程或一个工程文件；
- 在“文件”菜单中选取“移除工程”命令。

2. 窗体 Form

窗体是设计应用程序的基本平台，绝大多数的部件都是添加在窗体上的。窗体对象是 Visual Basic 应用程序的基本构造模块。设计时，窗体就像一张画纸，可以使用工具箱中的工具在其上进行界面设计，可以操作窗体和控件，设置它们的属性，对它们的事件编程。运行时，窗体是用户与应用程序之间进行交互操作的人机界面。

前面已经初步介绍了对象的属性、事件和方法，窗体也有自己的属性、事件和方法，用来控制窗体的外观和行为。

1）窗体的属性

窗体的属性会影响窗体的外观。可以在设计时在“属性”窗口中完成，或者运行时由代码来实现。经常用到的属性如表2–4所示，在以后的学习和实践中读者将逐步熟悉这些窗体属性。

表2–4　窗体的常用属性

名　称	属性及说明	设　置　值
BackColor 和 ForeColor	设置窗体背景色和前景色	正常RGB颜色和系统默认颜色
BorderStyle	设置窗体的边界样式	可设置6种值，默认值为2
Caption	设置窗体标题栏中显示的文本内容；要显示标题，需把BorderStyle属性设置为非0值	一个新窗体的默认标题文本是窗体Form加上一个特定的整数，例如Form1等
Controlbox	设置窗体左上角是否显示控制菜单按钮	True（默认）：含窗体图标和控制按钮 False：不含窗体图标和控制按钮
Enabled	设置窗体是否对鼠标或键盘作出响应	True（默认）：对事件作出响应 False：对事件不作出响应，只能显示文本和图形
Font	设置窗体中显示文本的字体	
Height 和 Width	设置窗体的初始高度和宽度	
Icon	设置窗体图标；Visual Basic的图标库在Visual Studio 6.0共享文件夹的\ Graphics\ Icons子文件夹中	通常为图标文件名（*.ico）
Left 和 Top	设置窗体的左上角位置	
MaxButton 和 MinButton	设置窗体中是否含有最大化和最小化按钮；如果BorderStyle属性设置为0、3、4、5，则该属性无效	True（默认）：窗体中含最大（小）化按钮 False：窗体中不含最大（小）化按钮
Name	设置当前窗体的名称，在代码中用这个名称引用该窗体；此属性在运行时无效	一个新窗体的默认名是窗体Form加上一个特定的整数，例如第一个新窗体是Form1
Picture	设置在窗体内显示的图形；如果要在代码中设置，可使用LoadPicture函数	默认为None
Visible	设置窗体是否可见	True（默认）：可见 False：不可见
WindowState	设置程序运行时窗体的显示状态	Normal（0）（默认）：以正常方式显示 Minimized（1）：以最小方式显示 Maximized（2）：以最大方式显示

说明 1：设置窗体和控件的字体属性有以下两种方法。

方法 1：在属性窗口中设置。选择“属性”窗口中的 Font 属性，然后在“字体”对话框中设置字体属性值。设置字体属性值如表 2–5 所示。

表 2–5 字体特征属性

属 性	类型	功 能 描 述
FontName	String	指定字体的名字，比如：黑体、Arial、Courier
FontSize	Single	以磅为单位来指定字体的大小（在打印时每英寸 72 磅）
FontBold	Boolean	如果为 Ture，文本为黑体
FontItalic	Boolean	如果为 Ture，文本为斜体
FontStrikethru	Boolean	如果为 Ture，在文本中画一条删除线
FontUnderline	Boolean	如果为 Ture，在文本中添加下划线
FontTransParent	Boolean	如果为 Ture 则保留原来的背景，显示的信息与背景信息重合，否则背景被前景的图形或信息覆盖

方法 2：在代码窗口中设置。设置各个窗体和控件的字体属性，一般有以下两种方法。

① 直接给字体属性赋值。

比如：

```
Text1.FontName = "黑体"
Text1.FontSize = 16
Text1.FontBold = True
Text1.FontItalic = True
```

② 利用 Font 对象，给 Font 对象的属性赋值。

比如，上例也可以用下面程序段实现。

```
With Text1.Font
    .Name = "黑体"
    .Size = 16
    .Bold = True
    .Italic = True
End With
```

注意：选择字体属性时应注意次序。首先应设置 Name 属性，然后设置 Boolean 类型的属性，如 Bold 和 Italic 属性为 True 或为 False。

说明 2：设置颜色。对于所有的颜色属性，VB 使用固定的系统。每种颜色都由一个 Long 整数表示，并且在指定颜色的所有上下文中，该数值的意义相同。设置颜色属性有以下两种方法。

方法 1：在设计时，选择属性窗口中的与颜色相关的属性（如表 2–6 所示），然后利用调色板设置。

表 2-6　颜色属性

属　性	功能描述
BackColor	设置背景颜色，如果在绘图方法进行绘图之后改变 BackColor 属性，则已有的图形将会被新的背景颜色所覆盖
ForeColor	设置文本颜色或图形的前景色
BorderColor	给设置边框颜色
FillColor	设置填充颜色

方法 2：在设计时有 4 种方式可指定颜色值。

① 使用 RGB 函数。

② 使用 QBColor 函数，选择 16 种颜色中的一种。

③ 使用在“对象浏览器”中列出的内部常数之一。

可使用“对象浏览器”中列出的内部常数设置颜色。例如，若指定红色作为颜色参数或颜色属性的设置值，则都可以使用常数 vbRed 设置：

```
BackColor = vbRed
ForeColor = vbRed
```

④ 直接输入一种颜色值。可以给颜色参数和属性指定一个值直接指定颜色。多数情况下，用十六进制数输入这些数值更简单。RGB 颜色的有效范围是从 0 到 16777215(&HFFFFFF)。每种颜色的设置值（属性或参数）都是一个 4 个字节的整数。对于这个范围内的数，其高字节都是 0，而低 3 个字节（从最低字节到第 3 个字节）分别定义了红、绿、蓝 3 种颜色的值。红、绿、蓝 3 种成分都是用 0～255（&HFF）之间的数表示。

用十六进制数来指定颜色，其语法：&HBBGGRR。

BB 指定蓝颜色的值，GG 指定绿颜色的值，RR 指定红颜色的值。每个数段都是两位十六进制数，即从 00 到 FF，中间值是 80，&可以用在开头或末尾。因此，如果数值是这 3 种颜色的中间值，则指定了灰颜色，如&H808080。

例如：

```
Form1.BackColor = &H000000          '设定背景为黑色
Form2.BackColor = &HFFFF00          '设定背景为黄色
```

将最高位设置为 1，就改变了颜色值的含义，即颜色值不代表一种 RGB 颜色，而是一种从 Windows“控制面板”指定的环境范围颜色。这些数值对应的系统颜色范围是从&H80000000～&H80000015。

2）窗体的常用事件

窗体作为对象，能够执行方法并对事件作出响应。窗体的事件有很多，常用事件如下。

（1）Click 和 DblClick 事件。运行时，如果单击窗体，则会触发 Click 事件；如果双击窗体，则会触发 DblClick 事件。触发 DblClick 事件时，首先触发 Click 事件，然后才触发 DblClick 事件。

（2）Initialize 事件。仅当窗体第一次创建时触发 Initialize 事件。它在 Load 事件之前发生。

（3）KeyDown、KeyUp 和 KeyPress 事件。按下键盘上的某个键时，将触发 KeyDown 事

件；松开某个键时，将触发 KeyUp 事件；只要按下键盘键就会触发 KeyPress 事件。

（4）Load、QueryUnload 和 Unload 事件。当窗体装入到内存时，将触发 Load 事件；试图关闭窗体时，将触发 QueryUnload 事件；

窗体卸载前最后发生 Unload 事件。即 Unload 事件发生前有 QueryUnload 事件发生。QueryUnload 事件提供了停止窗体卸载的机会。

（5）MouseDown、MouseUp 和 MouseMove 事件。单击鼠标时，将触发 MouseDown 事件；松开鼠标时，将触发 MouseUp 事件；拖动鼠标时，将触发 MouseMove 事件。

（6）Resize 事件。当调整窗体的大小时，就会触发一个 Resize 事件。

3）常用方法

窗体的方法有很多，常用的方法归纳如下。

（1）Cls 方法。

语法格式：

```
[对象名.]Cls
```

作用是清除运行时 Form（或 PictureBox ）所生成的图形和文本，默认指当前活动窗体。

注意：Cls 方法只能清除运行时在窗体或图片框中显示的文本和图形，不能清除窗体在设计时的文本和图形。

（2）Move 方法。

语法格式：

```
[对象名.]Move 左边距[,上边距[,宽度[,高度]]]
```

参数说明如下。

① 对象名：可以是窗体及除时钟控件和菜单外的所有控件，默认指当前活动窗体。

② 左边距、上边距、宽度、高度： 数值表达式，以缇为单位。

作用是使对象移动，同时也可以改变移动对象的尺寸。

例如：

```
Private Sub Form_Click()
    Move Left – 20,Top + 40,Width – 50,Height – 30
End Sub
```

（3）SetFocus 方法。

语法格式：

```
[对象名.] SetFocus
```

作用是将焦点移至指定的窗体（或控件）。

想想议议：

窗体的 Show 和 Hide 方法的作用与设置窗体的 Visible 属性为 True 或 False 的作用等价吗？

3. 控件分类

窗体上的控件用来获取用户的输入信息和显示输出信息。每个控件都有一组属性、方法和事件。

Visual Basic 的控件可分为 3 大类：内部控件、ActiveX 控件和可插入对象。

（1）内部控件。内部控件就是在工具箱中默认出现的控件如图 2-10 所示，这些控件都在 Visual Basic 的.exe 可执行文件中。内部控件总是出现在工具箱中，不像 ActiveX 控件和可插入对象那样可以添加到工具箱中或从工具箱中删除。表 2–7 对所有内部控件作了总结。

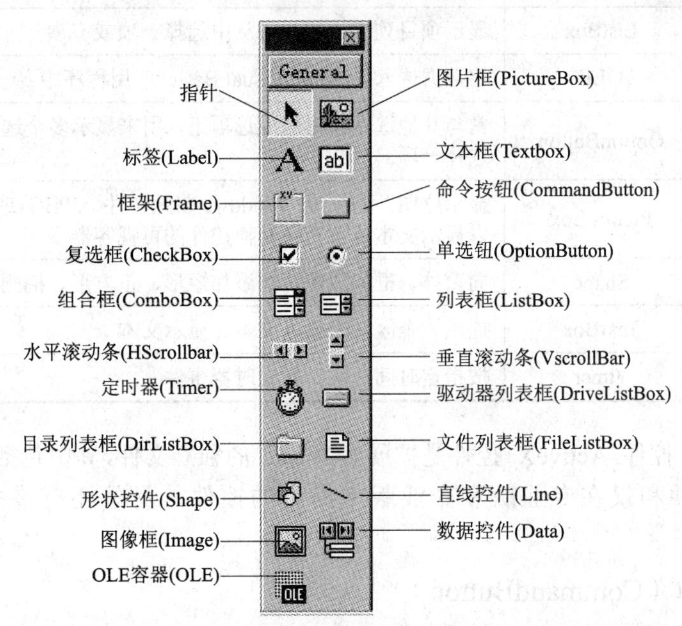

图 2–10　Visual Basic 6.0 中的内部控件

表 2–7　内部控件（按控件类的字母先后顺序）

控　件	控件类	描　　述
复选框	CheckBox	显示 True/False 或 Yes/No 选项。一次可在窗体上选定任意数目的复选框
组合框	ComboBox	将文本框和列表框组合起来。用户可以输入选项，也可从下拉式列表中选择选项
命令按钮	CommandButton	在用户选定命令或操作后执行它
数据	Data	能与现有数据库连接并在窗体上显示数据库中的信息
目录列表框	DirListBox	显示目录和路径并允许用户从中进行选择
驱动器列表框	DriveListBox	显示有效的磁盘驱动器并允许用户选择
文件列表框	FileListBox	显示文件列表并允许用户从中进行选择
框架	Frame	为控件提供可视的功能化容器，使其他控件分成可标识的控件组
水平滚动条 垂直滚动条	HscrollBar VscrollBar	对于不能自动提供滚动条的控件，允许用户为它们添加滚动条（注意，这些滚动条与许多控件的内建滚动条不同。）
图像框	Image	显示位图、图标或 Windows 图元文件、JPEG 或 GIF 文件，单击时类似命令按钮
标签	Label	为用户显示用户不可交互操作或不可修改的文本，或用于标注没有 Caption 属性的控件（如文本框）
直线	Line	在窗体、框架或图片框上绘制简单的线段

续表

控　件	控件类	描　述
列表框	ListBox	显示项目列表，用户可从中选择一项或多项
OLE 容器	OLE	将数据嵌入/链接到 Visual Basic 应用程序中
选项按钮	OptionButton	常与其他选项按钮组成选项组，用来显示多个选项，用户只能从中选择一项
图片框	PictureBox	显示位图、图标或 Windows 图元文件、JPEG 或 GIF 文件，也可以显示文本或者充任其他控件的可视容器
形状	Shape	向窗体、框架或图片框添加矩形、正方形、椭圆或圆形
文本框	TextBox	提供一个区域来输入文本、显示文本
定时器	Timer	按指定时间间隔执行定时器事件

（2）ActiveX 控件。ActiveX 控件是扩展名为.ocx 的独立文件，其中包括各种版本 Visual Basic 提供的控件和仅在专业版和企业版中提供的控件，另外还有许多第三方提供的 ActiveX 控件。

4. 命令按钮（CommandButton）

1）常用属性

（1）Caption 属性。Caption 属性用于设置命令按钮的标题和创建快捷方式。

Caption 属性最多包含 255 个字符。若标题超过了命令按钮的宽度，则会自动折到下一行。但是，如果控件无法容纳其全部长度，则标题会被截断。

创建命令按钮的访问键快捷方式，只需在作为访问键的字母前添加一个连字符&，例如，本项目实例中的“进入系统”命令按钮的 Caption 属性设置为：“进入系统（&C)”。运行时，按钮上显示“进入系统（C)”。当用户按 Alt+C 组合键时，相当于单击了该按钮，运行其 Click 事件过程。

（2）Enabled 属性。返回或设置一个值，用来确定一个窗体或控件是否能够对用户产生的事件作出反应。

- True（默认值）：允许对象对事件作出反应。
- False：阻止对象对事件作出反应。

（3）Visible 属性。返回或设置一个值，用以指示对象为可见或隐藏，注意和 Enabled 属性的区别。

- True（默认值）：对象是可见的。
- False：对象是隐藏的。

（4）Style 属性。

设置命令按钮的样式是标准的还是图形的。

- Standard（0）：标准 Windows 风格的按钮。
- Graphical（1）：带自定义图片的图形按钮，此时可以用 Picture 属性设置按钮处于未按下状态时的图形，用 DownPicture 属性设置按钮处于按下状态时的图形，用 DisabledPicture 属性设置按钮无效时的图形，此外，该属性也可用于显示命令按钮的背景色。

2）常用事件

（1）Click 事件。单击命令按钮时将触发按钮的 Click 事件并调用已写入 Click 事件过程中的代码。

注意：CommandButton 控件不支持双击事件。

（2）GotFocus 事件和 LostFocus 事件。

GotFocus 事件是当对象获得焦点时产生，获得焦点可以通过按 Tab 键进行切换或单击对象的用户动作；在代码中用 SetFocus 方法改变焦点来实现。

LostFocus 事件是在一个对象失去焦点时发生，焦点的丢失是由于 Tab 键移动或单击另一个对象操作的结果；或者是代码中使用 SetFocus 方法改变焦点的结果。

5. 文本框（TextBox）

1）常用属性

TextBox 控件有时也被称作编辑字段或者编辑控件，可用于显示设计时用户的输入或运行时赋予控件的信息。

（1）Text 属性。Text 属性包含输入到 TextBox 控件中的文本。默认时，文本框中输入的字符最多为 2048 个。若将控件的 MultiLine 属性设置为 True，则可输入多达 32KB 的文本。

（2）MultiLine 属性。是否允许在 TextBox 控件中显示多行文本。

- True：输入多行文本。
- False：默认设置，不允许输入多行文本。

（3）ScrollBars 属性。在 TextBox 上定制滚动条组合。当 MultiLine = True 时，该属性才有效。

- None：默认设置，不含滚动条。
- Horizontal：含水平滚动条。
- Vertical：含垂直滚动条。

（4）Both：含水平和垂直滚动条。如图 2-11 所示显示了含不同滚动条的文本框。

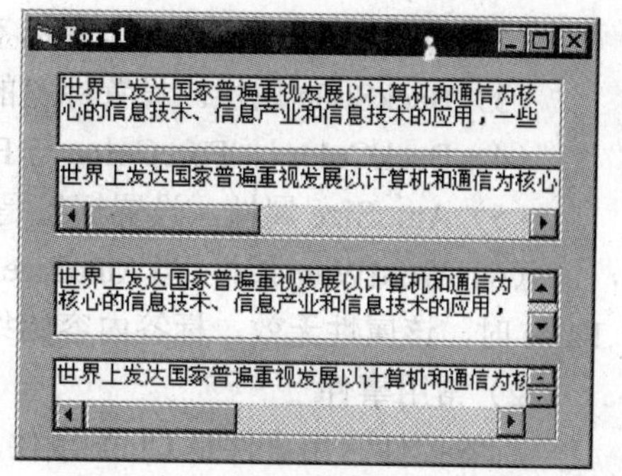

图 2-11　含不同滚动条的文本框

（5）SelStart、SelLength 和 SelText 属性。控制文本框中的插入点和文本选定操作。

① SelStart 属性：返回或设置所选择文本的起始点；如果没有文本被选中，则指出插入点的位置。

② SelLength 属性：返回或设置所选择的字符数。

③ SelText 属性：返回或设置包含当前所选择文本的字符串；如果没有字符被选中，则为零长度字符串（""）。

注意：这些属性常应用于运行时文本的选择，设计时是不可用的。

（6）Locked 属性。

可用 Locked 属性防止用户编辑文本框内容。将 Locked 属性设置为 True 后，用户可滚动文本框中的文本并将其突出显示，但不能作任何变更。

说明：此时通过用户交互不能修改，但可通过编程修改。所以可用于创建只读文本框。

（7）MaxLength 属性。

设定输入文本框的最大字符数。输入的字符数超过 MaxLength 后，系统会因不接受多出的字符而发出嘟嘟声。

（8）PasswordChar 属性。

指定显示在文本框中的字符。例如，若希望在密码框中显示星号，则可在属性窗口中将 PasswordChar 属性指定为“*”。常和 MaxLength 属性一起用于创建密码文本框。

想想议议：

① 文本框的 ScrollBars 属性设置了非零值，却没有出现滚动条，试分析原因。

② 文本框没有 Caption 属性来标识自身，如何解决这一问题？

2）常用事件

（1）Change 事件。该事件当用户改变正文或通过代码改变 Text 属性的设置时发生。

例如，当用户在 Text1 中输入字符时，如何使 Text2 也显示相同的内容呢？可以用以下代码来完成。

```
Private Sub Text1_Change()
    Text2.Text = Text1.Text
End Sub
```

（2）GotFocus 和 LostFocus 事件。

在文本框得到焦点时触发 GotFocus 事件；失去焦点时触发 LostFocus 事件。

6. 标签（Label）

Label 控件可以显示用户不能直接改变的文本。用户可以编写代码来改变 Label 控件显示的文本，也可以使用 Label 来标识控件，比如 TextBox 控件没有自己的 Caption 属性，这时就可以使用 Label 来标识这个控件。

1）常用属性

（1）Caption 属性。设置标签显示的内容，最多 1 024 个字符。

（2）BorderStyle 属性。设置标签的边界样式。

（3）BackStyle 属性。设置标签的背景样式。

（4）BackColor 、ForeColor 与 Font 属性。设置标签的外观。

（5）AutoSize 属性。设置标签是否能根据内容自动改变尺寸。

（6）WordWrap 属性。当 AutoSize = True 时，控制标签是否根据内容进行折行；当 AutoSize= False 时，该属性无效，标签内容始终折行。

2）常用事件

标签控件常用事件是 Click 事件。单击标签时将触发按钮的 Click 事件并调用已写入 Click 事件过程中的代码。

2.2 项目二　学生成绩输入

2.2.1 项目目标

本项目实例主要任务是设计完成“成绩管理”中的“成绩输入”界面。“成绩管理”界面中包括成绩输入、成绩评定、成绩统计、统计分析 4 部分，“成绩管理”窗口如图 2–12 所示。“成绩输入”窗口如图 2–13 所示。

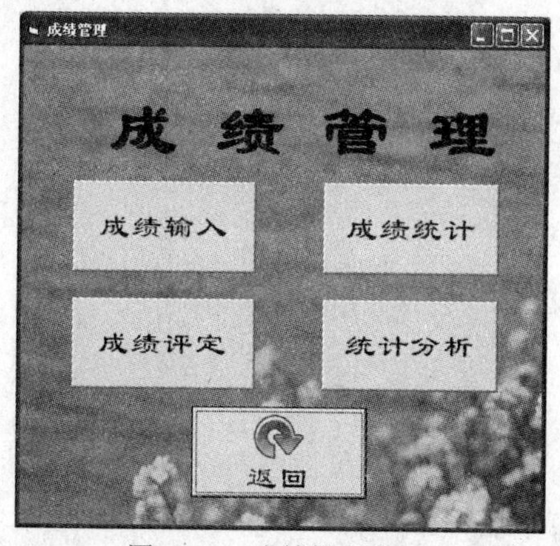

图 2–12　成绩管理窗口

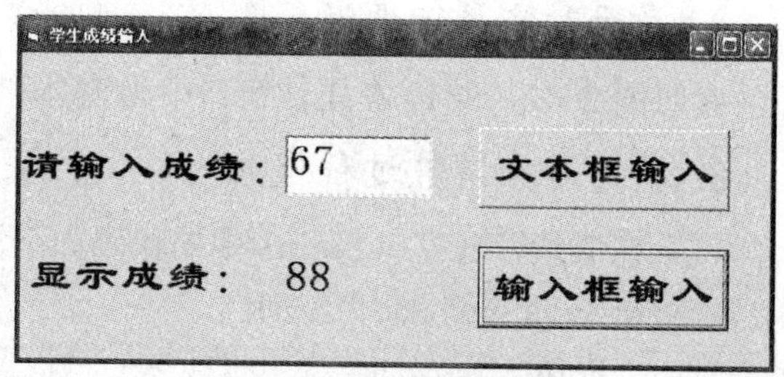

图 2–13　成绩输入窗口

2.2.2　项目分析

本项目实例主要运用了 VB6.0 中的数据类型、变量和常量等几个知识点，并利用文本框、标签、输入框、消息框进行数据的输入输出操作。

“成绩管理” 窗口中有 5 个命令按钮和 1 个标签，要为这 6 个对象设置相应的属性值，并且为 5 个命令按钮编写代码来显示对应的窗口。

“成绩输入”窗口中包括 3 个标签、1 个文本框和 2 个命令按钮，要为这 6 个对象设置相应的属性值，并且为两个命令按钮编写代码来完成成绩的输入，其中第一个命令按钮是接收文本框中输入的成绩，将成绩直接显示在标签中。另一个命令按钮使用文本框来完成成绩的输入，并通过消息框提示确认成绩输入正确后才显示到标签中，如图 2–14 所示。

2.2.3　项目实现

1. 程序界面设计

依次添加窗体 Form7、Form8、Form9、Form10，并进行保存。保存窗体名称分别为成绩输入、成绩评定、成绩统计、统计分析，如图 2–15 所示。

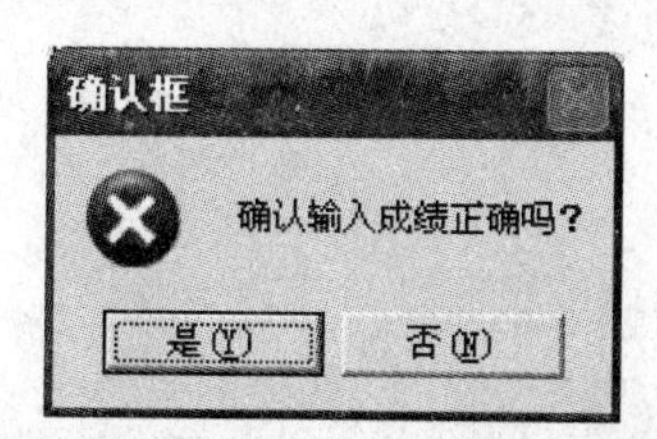

图 2–14　输入成绩确认框

图 2–15　窗体列表

双击“工程资源管理器”中的 Form3（成绩管理）窗体，进入 Form3 的窗体设计状态，添加 5 个命令按钮：Command1、Command2、Command3、Command4、Command5 和 1 个标签 Label1。

双击“工程资源管理器”中的 Form7（成绩输入）窗体，进入 Form7 的窗体设计状态，添加 3 个标签：Label1、Label2、Label3，1 个文本框 Text1 和 2 个命令按钮：Command1、Command2。

2. 界面对象属性设置

参照图 2–12，2–13 在属性窗口中为窗体和控件设置相应的属性值。

3. 编写对象事件过程代码

（1）在成绩管理窗口 Form3 中的代码如下。

```
Private Sub Command1_Click()
    Form7.Show                    '显示成绩输入窗口
End Sub
Private Sub Command2_Click()
    Form8.Show                    '显示成绩评定窗口
End Sub
Private Sub Command3_Click()
    Form9.Show                    '显示成绩统计窗口
End Sub
Private Sub Command4_Click()
    Form10.Show                   '显示统计分析窗口
End Sub
Private Sub Command7_Click()
    Form2.Show                    '返回成绩管理窗口
    Form3.Hide                    '隐藏成绩管理窗口
End Sub
```

（2）在成绩输入窗体 Form7 中的代码如下。

```
Private Sub Command1_Click()
    Dim score As Single           '定义存放成绩的变量
    score = Val(Text1)            '接收文本框 Text1 的成绩输入值
    Label3.Caption = score        '在标签 Label3 中显示成绩值
End Sub
Private Sub Command2_Click()
    Dim score As Single, a As Integer
    '使用输入框输入成绩
    score = Val(InputBox("请输入学生成绩:", "成绩输入框"))
    '使用消息框进行消息提示
    a = MsgBox("确认输入成绩正确吗?", vbYesNo + vbCritical, "确认框")
```

```
        If a = vbYes Then
            Label3.Caption = score
        Else
            MsgBox "请重新输入", "消息框"
        End If
End Sub
```

2.2.4　相关知识

1. 程序的编码基础

1）书写规则

书写 Visual Basic 应用程序应遵循一定的书写规则。这里从以下几个方面介绍有关规则，包括如何断行和合并代码行、如何添加注释、如何使用数字以及 Visual Basic 命名约定。

（1）断行。Visual Basic 允许将一条长语句书写在多个语句行上，此时使用断行标志，即在代码换行处用续行符（一个空格后面跟一个下划线）将长语句分成多行。如：

```
i = MsgBox("是否保存对文档 1 的修改?", vbYesNoCancel + vbQuestion _+
        vbDefaultButton1, "Microsoft Word")
```

（2）同一行上书写多个语句。通常，一行中书写一个 Visual Basic 语句，而且不用语句终结符。但是当语句较短时也可以将两个或多个语句放在同一行，此时要用冒号（:）将它们分开，这样使得源程序占用的语句行较少，如：

```
Text1.Text = "Hello": Text1.BackColor = vbGreen
```

但是，为了便于阅读代码，最好还是一行放一个语句。

（3）在代码中添加注释。为了提高程序的可读性，在程序中可以使用注释，注释内容用注释符标识。注释符为单撇号（'），告诉 Visual Basic 忽略它后面的内容。注释可以独占一行，也可以放在任一语句行的后面。如：

```
'下面语句是完成对文本框相关属性设置。
Text1.BackColor = vbRed        '设置文本框的背景色为红色
```

注意：

① 编写程序时，初学者要严格遵循书写规则，否则会出现编译错误。

② 注释的内容从注释符开始直到该行结束，因此，不能在同一行上将注释插在语句之中或续行符之后，也不能在同一行的两条语句之间插入注释。

2）命名规则

在编写 Visual Basic 代码时，要声明和命名许多元素（变量、常数、过程等）。在 Visual Basic 代码中声明的过程、变量和常数的名字，必须遵循以下命名规则。

（1）以字母或汉字开头，由字母、汉字、数字或下划线组成。

（2）不可以包含嵌入的句号或者类型声明字符（规定数据类型的特殊字符将在表 2–6 中显示）。

（3）不能超过 255 个字符。控件、窗体、类和模块的名字不能超过 40 个字符。

（4）字母不区别大小写，不能和受到限制的关键字同名。受到限制的关键字是 Visual

Basic 使用的词，是语言的组成部分，其中包括预定义语句（如 If 和 Loop）、函数（如 Len 和 Abs）和操作符（如 Or 和 Mod）。

如：X1、First、Li_Hua 都是合法的标识符，而 2a、Sin 是不合法的。

2. 数据类型

Visual Basic 不但提供了丰富的标准数据类型，用户还可以自定义数据类型（将在本章项目五中介绍）。表 2–8 列出了所有的标准数据类型。

表 2–8　数值型数据类型

数据类型		关键字	类型声明符	前缀	占字节数	范　围
数值类型	整型	Integer	%	int	2	–32 768～32 767
	长整型	Long	&	lng	4	–2 147 483 648～2 147 483 647
	单精度型	Single	!	sng	4	负数：–3.402 823E38～–1.401 298E–45 正数：1.401 298E–45～3.402 823E38
	双精度型	Double	#	dbl	8	负数：–1.797 693 134 862 32D308 ～–4.940 656 458 412 47D–324 正数：4.940 656 458 412 47D–324～1.797 693 134 862 32D308
	货币型	Currency	@	cur	8	–922 337 203 685 477.580 8～922 337 203 685 477.580 7
	字节型	Byte	无	byt	1	0～255
逻辑型		Boolean	无	bln	2	True 和 False
日期型		Date	无	dtm	8	01，01，100～12，31，9 999
字符型		String	$	str	与字符串长度有关	0～65 535 个字符
万能型（变体型）		Variant	无	vnt	根据需要分配	
对象型		Object	无	obj	4	任何对象引用

1）数值类型（Numeric）

（1）应该给变量加前缀来指明它们的数据类型，特别是对大型程序而言，可以大大提高程序的可读性。

（2）选择使用哪种数值类型应从需要存储的数据的范围和精度两方面考虑，并且尽可能选择占字节数少的类型，以减少存储空间，提高程序效率。比如，存储人的年龄只需使用整型；如果要存储某企业年总产值，要求精度小数点后两位，那么就可以选择单精度和双精度，如果预计最大值不会超过单精度的范围，则选择单精度即可；如果超出就只能选择双精度，否则会出现“溢出”错误；如果存储某精密仪器的微小的半径，要求精度为小数点后 10 位，那么只有选择双精度了，VB 中规定单精度浮点精度为 7 位，双精度浮点精度为 16 位。

（3）单精度浮点数有小数形式、整数加类型符形式和指数形式多种表示形式，即±n.n、±n!、±nE±m、±n.nE±m，如 123.456、123.456!、0.123 456E+3；双精度浮点数只要在小数形式后加“#”或用“#”代替“!”，对指数形式用“D”代替“E”或指数形式后加“#”，即±n.n#、±n#、±nD±m、±n.nD±m，如 123.456#、0.123456D+3、0.123456E+3#。

（4）所有数值变量都可相互赋值，也可对 Variant 类型（万能型）变量赋值。在将浮点数赋予整数之前，Visual Basic 要将浮点数的小数部分四舍五入，而不是将小数部分截掉。

注意：每种数据类型都有其使用范围，在应用数据类型时不要超出其使用范围，否则会出现编译错误。

2）逻辑型（Boolean）

若变量的值只是 True/False，则可将它声明为逻辑型。默认值为 False。Boolean 型数据主要用来进行判断。

注意：

① 当逻辑型数据转换成整型数据时，True 转换成-1，False 转换成 0。

② 当其他数值类型数据转换成逻辑数据时，非 0 数转换为 True，0 转换成 False。

3）日期型（Date）

Date 型数据主要用来表示日期与时间，用号码符（#）定界符引起来。表示的日期范围从公元 100 年 1 月 1 日到 9999 年 12 月 31 日，时间范围为 00:00:00 到 23:59:59。

Date 型数据有多种表示方法，比如：#12/5/96#、#1996-12-5 12:30:00 PM#、#96，12，5#、#May 1，1996#、#1 May 96#。

注意：

① 日期型数据可以做加减运算。

② 日期型数据也可以用数字序列表示，小数点左边的数字代表日期，而小数点右边的数字代表时间，0 为午夜，0.5 为中午 12 点，负数代表 1899 年 12 月 31 日之前的日期和时间，此类方法不常用。

4）字符型（String）

字符是用双撇号（"）符引起来的一串字符，包括西文字符和汉字。比如，"abc"、"VB 程序设计"。

注意：

① ""表示空字符串，而" "表示包含一个空格的字符串。

② 若字符串中有双引号，则要用连续的两个双引号表示。如字符串"计算机"，在 VB 中表示为"""计算机"""。

5）万能型（Variant）

万能型变量能够存储所有系统定义类型的数据。如果把它们赋予万能型变量，则不必在不同的数据类型间进行转换，Visual Basic 会自动完成任何必要的转换。比如 Dim　x1 后面无类型声明就表示为万能型。

6）对象型（Object）

对象型变量用 4 个字节来存储，它可以是控件对象、OLE 对象等，可用 Set 语句为已声明的 Object 变量赋值。

3. 变量

变量是在程序运行过程中其值可以发生变化的量。变量具有名字、数据类型和值等属性。变量可以使用上述各种类型。

1）声明变量

声明变量就是事先将变量通知程序。一般必须先声明变量名和其类型，以便系统为它分配存储单元。声明方式分为显式和隐式两种。

（1）用 Dim 语句显式声明。

语法格式如下：

Dim|Private|Public |Static 变量名［As 数据类型］

参数说明：

① Dim |Private|Public 是定义变量的作用范围，将在后面介绍；

② Static 是定义变量为静态变量；

③［As 数据类型］，此项省略则为万能型。也可以用类型声明符来代替。比如，Dim intx As Integer，sngy As Single 等价于 Dim intx%，sngy!。

说明：

① 一条 Dim 语句可以同时定义多个变量，但每个变量必须有自己的类型声明，不能相互共用。

② 用来保存字符串的变量可声明为字符串型变量。字符串变量有变长字符串与定长字符串两种。

变长字符串定义格式：

Dim|Private|Public |Static 字符串变量名 As String

定长字符串定义格式：

Dim|Private|Public |Static 字符串变量名 As String*字符数

变长字符串最多可包含大约 20 亿（2^{31}）个字符；定长字符串可包含 65 535（64 KB）个字符。

例如：

```
Dim S1 As String          '定义变长字符变量 S1，长度可增可减。
Dim S2 As String  *6      '定义长度为 6 的字符串变量 S2
```

说明：

① 当为定长字符变量所赋的值小于其定义长度时，右补空格；否则将右边多余部分截去。

② 给不同类型变量赋值时，VB 会自动强制变量转换为适当的数据类型。

例如，执行下列程序段：

```
Dim intX As Integer,   strY As String
    strY = 12345
    intX = strY
```

intX 的值为 12345（整型数据）；strY 的值为"12345"（字符串型）。

（2）隐式声明。在使用一个变量之前不必先声明这个变量，可以直接引用，称隐式声明。例如，下面这段程序，运行时单击窗体，窗体上没有任何结果，也不会出现错误信息，因为要打印的是 nuw 的值，系统认为 nuw 是一个新变量，VB 自动将初始化为空（数值类型的变量初始化为 0）。

```
Private Sub Form_Click()
    Dim num As Single
    num = 50
    Print nuw
End Sub
```

这种用法的缺点是当变量名写错时不易发现，VB 分辨不出是隐式声明了一个新变量，还是将现有的变量名输错了，因此编程者不得不调试程序。建议编程者应尽量采用显式声明变量。

（3）强制显式声明。如果设置了强制显式声明，那么只要遇到一个未经明确声明就使用的变量名，VB 就发出错误警告。操作方法有以下两种。

方法 1：在通用声明段中加入声明语句 Option Explicit。

方法 2：选择“工具”菜单中的“选项”命令，在打开的对话框中打开“编辑器”选项卡，再勾选“要求变量声明”复选框。这样 VB 会在后续的模块中自动插入 Option Explicit，但是不会加入到已有代码中，必须在工程中通过手工将 Option Explicit 语句加到任何现有模块中。Option Explicit 语句的作用范围仅限于语句所在模块。

说明：为了便于程序调试，尤其对初学者，使用变量前最好强制显式声明。

4. 常量

常量是在程序执行期间值不能发生改变的量。

在 VB 中，常量有 3 种：直接常量、用户声明的符号常量和系统提供的常量。

（1）直接常量。直接常量就是各种数据类型的常数值，如 123、123.45、1.23E+5、12.3D3 等。除了十进制常数外，还有八进制、十六进制常数。

八进制常数形式：数值前加&O，如&O1234。

十六进制常数形式：数值前加&H，如&H1B3A。

（2）用户声明的符号常量。符号常量是具有名字的常数，用名字取代永远不变的数值。

创建属于用户自己的符号常量，语法格式：

［Public|Private］Const 符号常量名［As 数据类型］=表达式

其中，表达式由数值常数或字符串常数以及运算符组成。注意表达式中不能使用函数调用。

比如：

```
Const conPi = 3.14159265358979
Public Const conMaxPlanets As Integer = 9
Const conReleaseDate = #1/1/95#
Public Const conVersion = "07.10.A"
```

注意：

① 尽管符号常量有点像变量，但不能像对变量那样修改符号常量，也不能对符号常量赋新值。

② 符号常量一旦被声明，则在其后的代码中只能引用，不能改变，即只能出现在赋值号的右边，不能出现在左边。

③ 符号常量的作用范围也分为过程级、模块级和公用级 3 种。

（3）系统提供的常量。这种常量是应用程序和控件提供的。在“对象浏览器”中的 Visual Basic（VB）和 Visual Basic for Applications（VBA）对象库中列举了 Visual Basic 的常数。其他提供对象库的应用程序（如 Microsoft Excel 和 Microsoft Project），也提供了常数列表，这些常数可与应用程序的对象、方法和属性一起使用。比如，窗体状态属性 WindowsState 可接受 vbNormal、vbMinimized、vbMaximized 三种系统常量，也可以用 0、1、2 表示。又如，vbRed 是颜色常量等。

想想议议：

VB 中的常量和变量与数学中学过的常量和变量有哪些异同点？

5. 变量的作用范围

声明变量使用的语句不同、声明语句所放置的位置不同，所声明变量的作用范围也有差异。根据变量的作用范围的不同，可将变量分成过程级变量、模块级变量和公用变量 3 种。

（1）过程级变量（局部变量）。在过程内部可声明过程级动态变量和过程级静态变量。

① 过程级动态变量。声明格式如下。

Dim　变量名［As 数据类型］

含义：在过程内部用 Dim 语句声明的变量只有在该过程执行时才存在。过程一结束，该变量的值也就消失了。

例如，编写如下代码，运行程序，单击窗体 3 次，结果如图 2–16 所示。

```
Private Sub Form_Click()
    Dim i As Integer      '声明过程级动态变量
    i = i + 1             'i 增 1
    Print i
End Sub
```

② 过程级静态变量。声明格式如下。

Static　变量名　［As 数据类型］

含义：静态变量的作用范围仍是在其声明语句所在的过程内，但在整个代码运行期间都能保留使用变量的值。

例如，将 Dim 改为 Static，运行程序，单击窗体 3 次，结果如图 2–17 所示。这种程序可以用来记录用户单击窗体的次数。

图 2–16　过程中声明过程级动态变量

图 2–17　过程中声明过程级静态变量

```
Private Sub Form_Click()
    Static i As Integer   '声明过程级静态变量
```

```
    i = i + 1
    Print i
End Sub
```

（2）模块级变量。声明格式如下。

Dim | Private 变量名［As 数据类型］

含义：在模块顶部的通用声明段中用 Dim 语句或 Private 语句声明变量，将使变量对该模块的所有过程都可用，但对其他模块的代码不可用。注意一定要在通用声明段中声明。

例如：编写如下代码，运行程序，先单击“给 i 赋值并打印 i 的值”按钮一次，再单击“打印 i 的值”按钮一次，结果如图 2–18 所示，可以发现模块级变量起到了在两个按钮的单击事件中共享值的作用。

```
Private i As Integer              '在通用声明段中声明为模块级变量
Private Sub Command1_Click()      '“给 i 赋值并打印 i 的值”按钮的单击事件
    i = 10
    Print i
End Sub
Private Sub Command2_Click()      '“打印 i 的值”按钮的单击事件
   Print i
End Sub
```

例如：编写如下代码，运行程序，单击窗体 3 次，结果如图 2–19 所示，可以发现模块级变量起到了静态变量的保留值的作用。

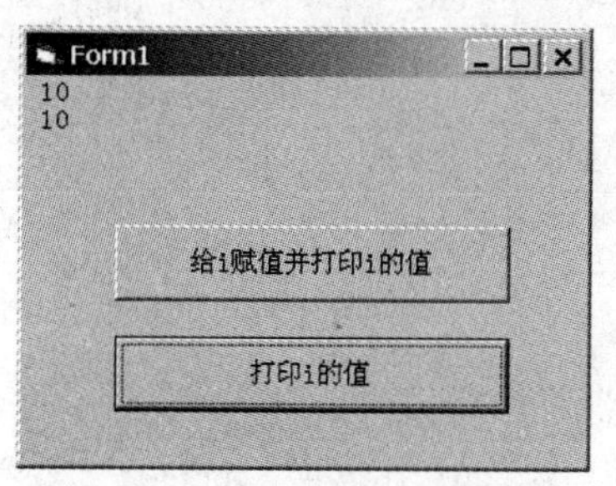

图 2–18　模块级变量值的共享

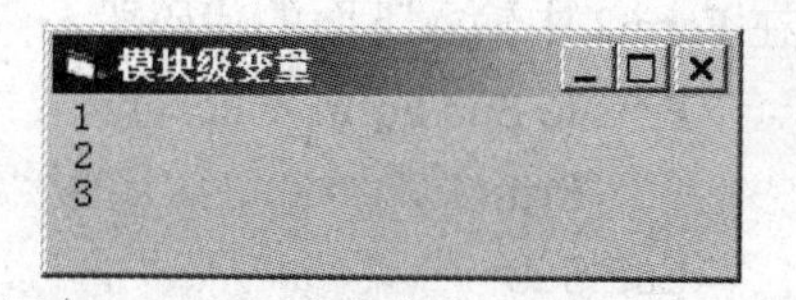

图 2–19　通用声明段中声明模块级变量

```
Dim i As Integer                 '在通用声明段中声明为模块级变量
Private Sub Form_Click()
    i = i + 1
    Print   i
End Sub
```

（3）公用变量。声明格式如下。

Public 变量名［As 数据类型］

含义：为了使模块级的变量在其他模块中也有效，在任一模块的通用段中用 Public 语句声明公用变量，将使变量在整个应用程序中有效。公用变量中的值可用于应用程序的所有过程。

例如，在工程 1 中建立 Form1、Form2 和模块 Module1，界面如图 2–20 所示。

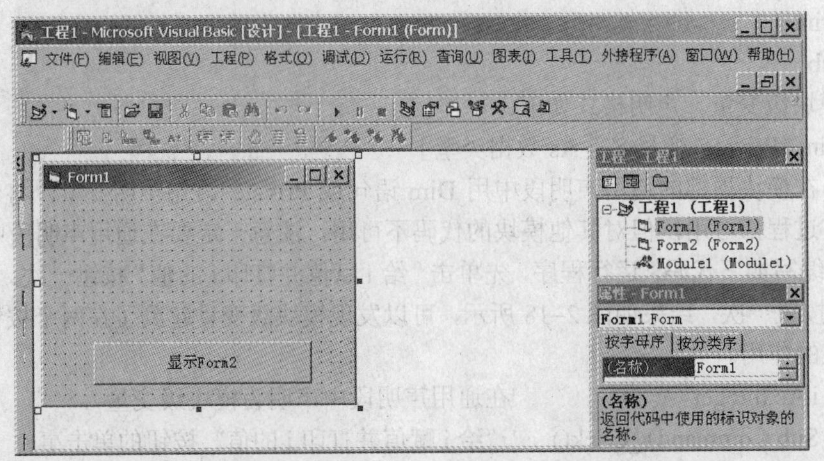

图 2–20 含有两个窗体和一个模块的工程

在 Module1 中输入如下声明语句。

```
Public i As Integer
```

在 Form1 中输入下面的代码段。

```
Private Sub Command1_Click()          '显示 Form2 的命令按钮
    Form2.Show                        '显示 Form2
End Sub
Private Sub Form_Click()
    i = 5
    Print i
End Sub
```

在 Form2 中输入下面的代码段。

```
Private Sub Form_Click()
    Print i
End Sub
```

设置启动窗体为 Form1，运行后，单击 Form1 一次，结果如图 2–21（a）所示；再单击 Command1 按钮，将启动 Form2 窗体，单击 Form2 一次，结果如图 2–21（b）所示。可以看到 i 的值均打印为 5，说明公用变量的值在不同模块间共享。

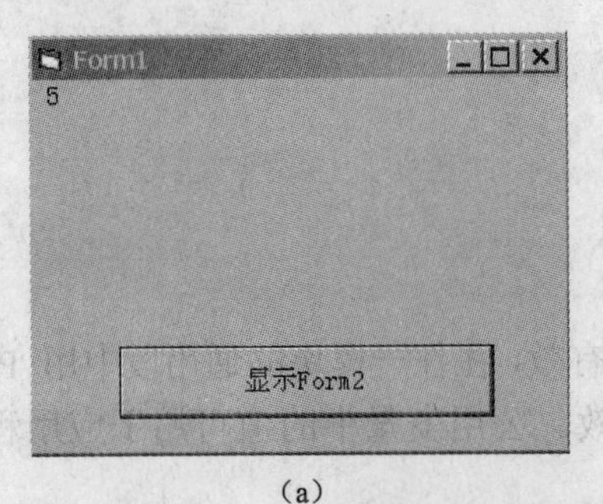

（a）

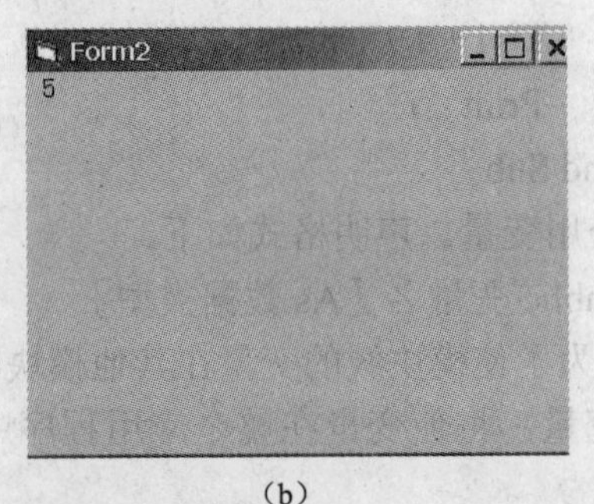

（b）

图 2–21 公用变量的值在不同模块间共享

下面总结一下 3 类变量的不同声明方式与作用范围，如表 2–9 所示。

表 2–9　三类变量的定义及其作用范围

作用范围	声明方式	声　明　位　置	能否被本模块中其他过程访问	能否被其他模块访问
局部变量	Dim，Static	过程之中	N	N
模块级变量	Dim，Private	模块的通用声明段中	Y	N
公共变量	Public	模块的通用声明段中	Y	Y

6. 顺序结构

结构化程序设计具有三种控制结构：顺序结构、选择结构和循环结构。

顺序结构是一类最基本和最简单的结构。顺序结构的特点：程序按照语句在代码中出现的顺序自上而下地逐条执行；顺序结构中的每一条语句都被执行，而且只能被执行一次。在顺序结构程序设计中用到的典型语句：赋值语句、输入和输出语句。

在 VB 中也有赋值语句，而输入/输出语句可以通过文本框控件、标签控件、InputBox 函数、MsgBox 函数和过程以及 Print 方法等来实现。

1）赋值语句

赋值语句的语法格式：变量名=表达式

赋值语句的作用是计算赋值号右侧表达式的值，然后将计算结果赋给左侧的变量。

此外，也可以通过赋值语句给对象的属性赋值，语法格式如下：

对象名.属性名 = 属性值

在赋值时，若右边表达式的类型与左边变量类型不同时，则遵循以下规则。

（1）当将一种数值类型的表达式赋给另一种数值类型的变量时，会强制转换成左边变量的精度。比如：

```
inti=4.5     'inti 为整型，赋值时先转换，进行四舍五入，结果为 5
```

（2）当表达式是数字字符串，左边变量是数值类型，自动转换成数值类型再赋值，但当表达式有非数字字符或空串时则出错。

（3）当逻辑型赋值给数值型时，True 转换为–1，False 转换为 0。反之，当数值型赋值给逻辑型时，非 0 转换为 True，0 转换为 False。

（4）任何非字符类型赋值给字符类型时，自动转换为字符类型。

注意：

① 语句中的"="是赋值符，它将表达式的值赋给对象的属性或变量，不是等号，在条件表达式中出现的才是等号。

比如 x=y 和 y=x 是两个不等价的赋值语句，而在条件表达式中是完全等价的。

又如，i=i+1 如果作为赋值语句是正确的，而作为等号理解是永远不成立的。

② 赋值号左边只能是变量，不能是常量、符号常量或表达式。

比如下面 3 个语句都是错误的。

sin(x)=2*x+3 :10=x+y5 : x+y=5

③ 不能在一条赋值语句中同时给多个变量赋值。

比如运行下面的程序段，结果会是 3 个 0。

```
Private Sub Form_Click()
    Dim i As Integer, j As Integer, k As Integer
    i = j = k = 1
    Print i, j, k
End Sub
```

这是因为执行前 i、j、k 变量的默认值是 0，编译时，VB 只将最左边的一个“=”作为赋值号，而右边两个都作为等号处理了。执行时先进行 j=k 的比较，结果为 True，再进行 True=1 的比较，结果为 False，最后将 False（0）赋给 i，所以最终 i、j、k 变量的值都是 0。

想想议议：

a%=5.6，b%="123"，c%="a123" 三个语句的运行结果是什么？

2）数据输入和输出

一个程序通常可分为 4 部分：说明（声明要用到的变量、符号常量、数组等）、输入、处理和输出。在 VB 中常用以下两个交互性函数来配合输入。

（1）使用标签和文本框控件。利用标签的 Caption 属性来输出数据；利用文本框控件的 Text 属性获得用户从键盘输入的数据，或将计算的结果输出。

例如，“成绩输入”窗口实现了从文本框 Text1 输入学生成绩后通过标签 Label3 显示如下。

```
Dim score As Single              '变量定义
score = Val（Text1）              '接收文本框 Text1 的成绩输入值
Label3.Caption = score           '在标签 Label3 中显示成绩值
```

（2）使用输入框来提示输入。使用 InputBox 函数请求接收用户的数据。

语法格式：

InputBox(提示[,标题][,默认值] [,x 坐标位置] [,y 坐标位置])

作用：在一个对话框来中显示提示，等待用户输入正文或单击按钮，并返回包含文本框内容的 String。如果用户单击“确定”按钮或按 Enter 键，则 InputBox 函数返回文本框中所有内容；如果用户按“取消”按钮，则返回一零长度字符串""。

参数说明如下。

① 提示：作为对话框消息出现的字符串表达式。最大长度大约是 1 024 个字符，由所用字符的宽度决定。如果提示包含多个行，则可在各行之间用回车符（Chr（13））、换行符（Chr（10））或它们的组合（Chr（13）& Chr（10））来分隔。

② 标题：显示对话框标题栏中的字符串表达式。省略则把应用程序名放入标题栏中。

③ 默认值：显示文本框中的字符串表达式，在没有其他输入时作为默认值。省略则文本框为空。

④ x 坐标位置和 y 坐标位置：数值表达式，成对出现，指定对话框的左边与屏幕左边的水平距离和上边与屏幕上边的距离。如果省略则对话框会在水平方向居中、垂直方向距下边大约三分之一的位置。

注意：无论向对话框输入什么类型的数据，InputBox 函数只能将它作为字符串返回；中间默认的参数也要留有位置并用英文逗号分隔。

想想议议：

如果使用语句 score! =Val（InputBox（"请输入学生成绩："，"成绩输入框"，"88"）），则程序运行后输入框中 score 的初值是多少？

3）使用消息对话框显示信息

可以用 MsgBox 函数获得“是”或者“否”的响应，并显示简短的消息，如错误、警告或者对话框中的期待。看完这些消息以后，可单击一个按钮来关闭该对话框。

函数语法格式：

变量 = MsgBox(提示[,按钮] [,标题])

也可以作为过程，格式如下：

MsgBox 提示[,按钮] [,标题]

无返回值，格式中无括号。

参数说明如下。

① 提示和标题：与 InputBox 函数中含义相同。

② 按钮：数值表达式是值的总和，指定显示按钮的数目及形式、使用的图标样式、默认按钮是什么以及消息框的强制回应等。如果省略，则默认为 0。表 2–10 列出了其设置值，以下 4 组方式可以组合使用（可以用常数或值的形式表示）。

表 2–10　buttons 参数的设置值

分组	常　数	值	描　述
第 1 组值（0～5）描述了对话框中显示的按钮的类型与数目。	VbOKOnly	0	只显示 OK 按钮
	VbOKCancel	1	显示 OK 和 Cancel 按钮
	VbAbortRetryIgnore	2	显示 Abort、Retry 及 Ignore 按钮
	VbYesNoCancel	3	显示 Yes、No 及 Cancel 按钮
	VbYesNo	4	显示 Yes 及 No 按钮
	VbRetryCancel	5	显示 Retry 及 Cancel 按钮
第 2 组值（16，32，48，64）描述了图标的样式。	VbCritical	16	显示 Critical Message 图标
	VbQuestion	32	显示 Warning Query 图标
	VbExclamation	48	显示 Warning Message 图标
	VbInformation	64	显示 Information Message 图标
第 3 组值（0，256，512，768）说明哪一个按钮是默认值。	VbDefaultButton1	0	第一个按钮是默认值
	VbDefaultButton2	256	第二个按钮是默认值
	VbDefaultButton3	512	第三个按钮是默认值
	VbDefaultButton4	768	第四个按钮是默认值
第 4 组值（0，4096）则决定消息框的模式。	VbApplicationModal	0	应用模式：用户必须对消息框作出响应才能继续当前的应用程序
	VbSystemModal	4 096	系统模式：用户必须对消息框作出响应才继续全部的应用程序

另外，MsgBox 函数还可能通过返回值表明用户选择了哪个按钮，如表 2–11 所示。

表 2–11 MsgBox 函数的返回值

常　数	值	用户单击的按钮
VbOK	1	OK 确定
VbCancel	2	Cancel 取消
VbAbort	3	Abort 终止(A)
VbRetry	4	Retry 重试(R)
VbIgnore	5	Ignore 忽略(I)
VbYes	6	Yes 是(Y)
VbNo	7	No 否(N)

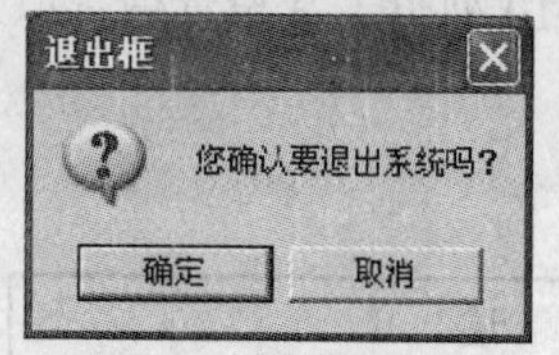

图 2–22 退出确认框

说明：如果对话框显示 Cancel 按钮，则按 Esc 键与单击 Cancel 按钮的效果相同。如果对话框中有 Help 按钮，则对话框中提供了上下文相关的帮助。但是，在其他按钮中的一个被单击之前，不会返回任何值。

例如，窗口上如果有“退出”命令按钮，单击“退出”按钮时可以使用消息框确认输入是否退出。如图 2–22 所示。

程序代码如下。

```
Private Sub Command2_Click()
    Dim a As Integer
    a = MsgBox("您确认要退出系统吗?",vbOKCancel + vbQuestion,"退出框")
    If a = vbOK Then
        End
    End If
End Sub
```

4）Print 方法输出

下面主要介绍 Print 方法及其相关的函数，它是 VB 中最常用的输出方法。

语法格式：[对象名.] Print [Spc（n）|Tab（n）] [表达式列表] [；|,]

参数说明如下。

（1）对象名：若省略则在当前窗体上输出。

（2）Spc（n）函数：输出时从当前打印位置起空 n 个空格。

（3）Tab（n）函数：从对象界面最左端第 1 列开始的第 n 列定位输出。如果 n 小于 1 则定位于第 1 列；如果 n 比行宽大时，则定位于 n Mod 行宽。

比如，设行宽为 80 个字符，执行 Print Tab（90）；"*"，结果会从第 10 列输出"*"。

（4）表达式列表：是一个或多个表达式，要先计算出表达式的值然后输出。对于字符串则原样输出（""不显示）。如果省略则输出一个空行。

表达式列表中可以使用以下分隔符。

① 逗号（分区）：光标定位在下一个打印区的开始位置处，打印区间隔 14 列。

② 分号（紧凑）：光标定位在上一个显示的字符后。

表达式列表的后面除了可以使用逗号和分号外（作用相同）外，也可以省略任何符号。

③ 无符号（换行）输出后换行。

注意：一般 Print 方法在 Form_Load 事件过程中无效，只有将窗体的 AutoRedraw 属性的默认值改为 True 才会有效。

5）格式输出函数

Visual Basic 为显示数字、日期和时间的格式提供了大量格式定义符号。对于数字、日期和时间，可以很容易地用国际格式来显示。

使用 Format 函数设置数字、日期和时间的输出格式，其语法格式：

Format(表达式[,格式字符串])

其中：表达式是指定要格式化的数值、日期和字符串类型表达式。Format 是由一些符号组成的，用于说明如何确定文本的格式。包括 3 类，即数字的格式、日期和时间格式及字符串格式。

限于篇幅，本书仅列出最为常用的数值格式串，如表 2–12 所示，其他格式可以查看 VB 的帮助信息。

表 2–12　常用数值格式串

符号	功 能 描 述	示　例	结　果
0	若实际数字位数小于格式串的位数，则数字前后加 0	Format(5181.8, "0000.00") Format(5181.8, "00000.00")	"5181.80" "05181.80"
#	若实际数字位数小于格式串的位数，则数字前后不加 0；	Format(5181.8, "####.##") Format(5181.856, ####.##")	"5181.8" "5181.86"
.	小数保留区	Format(5181, "0000.00")	"5181.00"
,	千位分隔符	Format(5181.8, "#,###.##")	"5,181.8"
%	数值乘以 100，加百分号	Format(8, "0.00%")	"800.00%"
– + $ ( ) space	字母字符等各种字符都要按格式字符串中的原样精确地显示出来	Format(5181, "$0.00E+00") Format(0.5181, ($)0.00E–00")	"$5.181E+03" "($)5.18E–01"

想想议议：

能够实现数据输入、数据处理和数据输出的语句各有哪些？

2.3　项目三　学生成绩评定

2.3.1　项目目标

本项目实例主要任务是设计完成“成绩管理”中的“成绩等级评定”界面。如图 2–23 所示。单击“成绩输入”按钮输入 1 名学生成绩，单击“成绩评定”按钮输出评定结果。

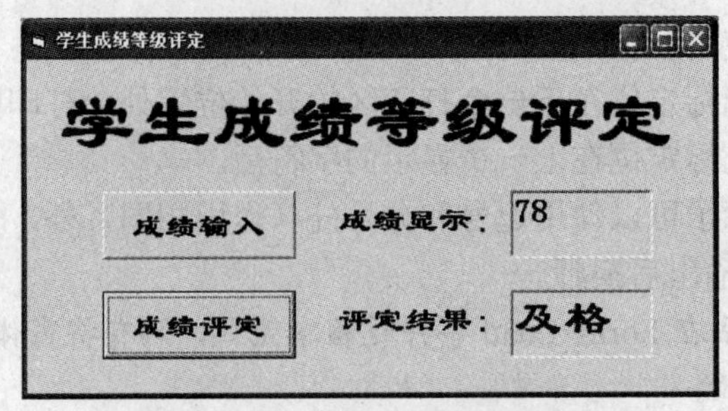

图 2–23 成绩等级评定窗口

2.3.2 项目分析

本项目实例主要运用流程控制结构中的选择结构来进行成绩等级的评定。

“学生成绩等级评定”窗口中包括 2 个命令按钮和 5 个标签，要为这 7 个对象设置相应的属性值，并且为命令按钮编写代码来完成成绩的输入和等级评定，将成绩等级评定结果直接显示在标签中。

2.3.3 项目实现

1. 程序界面设计

双击“工程资源管理器”中的 Form8（成绩评定）窗体，进入 Form8 的窗体设计状态，添加 5 个标签：Label1、Label2、Label3、Label4、Label5 和 2 个命令按钮：Command1、Command2。

2. 界面对象属性设置

参照图 2–23 在属性窗口中为窗体和控件设置相应的属性值。

3. 编写对象事件过程代码

在成绩等级评定管理窗口 Form8 中的代码如下。

```
Dim score As Single                                    '通用区定义变量,模块级变量
Private Sub Command1_Click()
score = Val(InputBox("请输入学生成绩:", "成绩输入框"))
Label4.Caption = score
End Sub
Private Sub Command2_Click()
    Label5.Caption = " "
    If score >= 60 Then
    Label5.Caption = "及格"
    Else
    Label5.Caption = "不及格"
    End If
End Sub
```

运行程序，单击“成绩评定”命令按钮，输入成绩，查看执行结果。

2.3.4　相关知识

有了控制结构即可控制程序执行的流程。有些简单程序可以只用单向流程来编写，当问题比较复杂时，还要用到条件判定结构或循环结构。

Visual Basic 过程能够测试条件，然后根据测试结果执行不同的操作。Visual Basic 支持的判定结构如下。

（1）If…Then

（2）If...Then...Else

（3）If...Then...ElseIf

（4）Select Case

1. If...Then 结构（单分支结构）

用 If...Then 结构可有条件地执行一个或多个语句。

语法格式有以下两种形式。

```
If <表达式> Then <语句>
```

或

```
If <表达式> Then
    <语句块>
End If
```

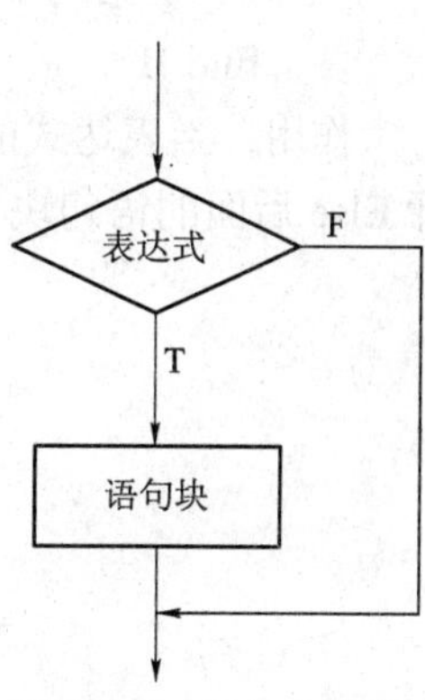

图 2–24　单分支结构

作用：若<表达式>为 True，则执行 Then 关键字后面的所有语句块（或语句），其流程图如图 2–24 所示。

参数说明如下。

（1）“< >”中的内容为必要项，不能省略。

（2）表达式：通常是关系式或逻辑式，但它也可以是任何计算数值的表达式。Visual Basic 认为一个为 0 的数值为 False，而任何非 0 数值都被看做 True。

比如：

```
If x < y Then Print x
```

或

```
If x < y Then
    Print x
End If
```

注意：If...Then 的单行格式不用 End If 语句。如果表达式为 True 时要执行多行代码，则必须使用多行块 If...Then...End If 语法。

比如下面的语句：

```
If Score < 60 Then
    Print "你不及格！"
    Print "继续努力！"
End If
```

2. If...Then...Else 结构（双分支结构）

当问题为“在条件成立时执行一组语句，条件不成立时执行另一组语句”时，会用到 If...Then...Else 结构。

语法格式有以下两种形式。

```
If <表达式> Then <语句 1>Else <语句 2>
```

或

```
If <表达式> Then
    <语句块 1>
Else
    <语句块 2>
End If
```

作用：当表达式的值为 True（非 0）时，执行 Then 后面的语句块 1（或语句 1），否则执行 Else 后面的语句块 2（或语句 2），其流程如图 2–25 所示。

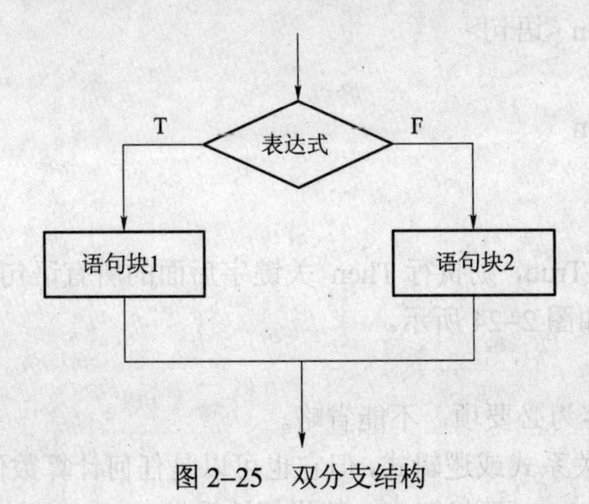

图 2–25　双分支结构

例如，本项目实例中的输入学生分数（Score），单击“成绩评定”按钮（Command1）显示成绩评定结果。

```
If score >= 60 Then
    Label5.Caption = "及格"
Else
    Label5.Caption = "不及格"
End If
```

3. If...Then...ElseIf 结构（多分支结构）

如果需要多个相关的条件进行判断，就需要用到多分支结构。

语法格式如下。

```
If <表达式 1> Then
    <语句块 1>
ElseIf <表达式 2> Then
    <语句块 2>
```

```
    ......
ElseIf <表达式 n> Then
    <语句块 n>
[Else
    <语句块 n+1>]
End If
```

作用：首先测试表达式 1，如果为 False，再测试表达式 2，依次类推，直到找到一个为 True 的条件。当找到一个为 True 的条件时，就会执行相应的语句块，然后执行 End If 后面的代码。如果测试条件都不是 True，则执行 Else 语句块。其流程如图 2–26 所示。

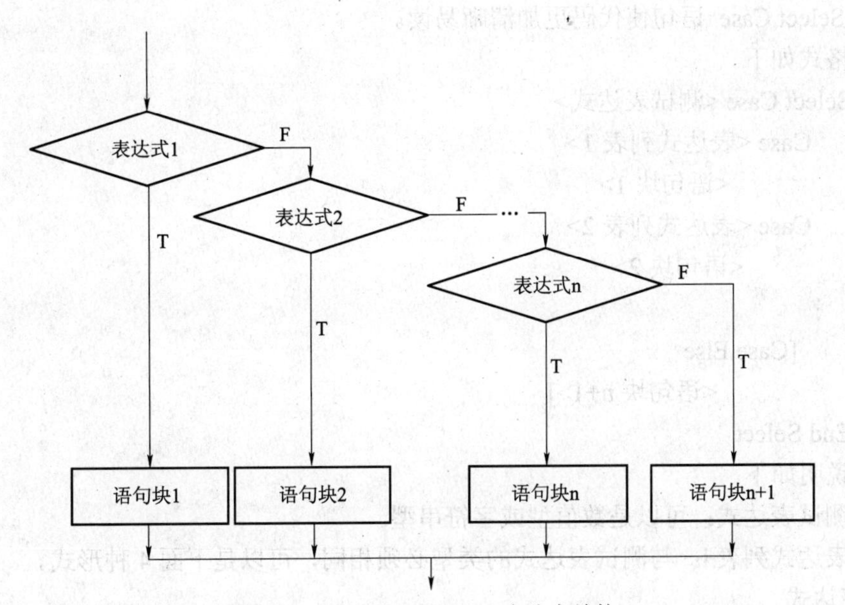

图 2–26　If…Then…ElseIf 多分支结构

例如，对本项目实例进行修改，使其给出优、良、中、及格和不及格 5 种等级的成绩评定。代码如下。

```
If Score < 60 Then
    Label5.Caption = "不及格"
ElseIf Score < 70 Then
    Label5.Caption = "及格"
ElseIf Score < 80 Then
    Label5.Caption = "中"
ElseIf Score < 90 Then
    Label5.Caption = "良"
Else
    Label5.Caption = "优"
End If
```

想想议议：

对上述程序中的多条 ElseIf 语句，是否可以改变它们的顺序呢？为什么？

注意：

① 程序执行了一个分支后，其余分支不再执行（见流程图），注意多分支中表达式的书写次序，防止出现条件交叉矛盾。

② ElseIf 的 Else 和 If 中间不能有空格，这是初学者易出现的错误。

4. Select Case 结构

当每个 ElseIf 都将相同的表达式与不同的数值相比时，这个结构编写起来很烦琐。在这种情况下，可以使用 Select Case 判定结构。Select Case 语句的能力与 If...Then...ElseIf 语句类似，但 Select Case 语句使代码更加清晰易读。

语法格式如下。

```
Select Case <测试表达式>
    Case <表达式列表 1>
            <语句块 1>
    Case <表达式列表 2>
          <语句块 2>
    ⋮
      [Case Else
              <语句块 n+1>]
End Select
```

参数说明如下。

（1）测试表达式：可以是数值型或字符串型。

（2）表达式列表 i：与测试表达式的类型必须相同，可以是下面 4 种形式。

① 表达式。

② 一组用逗号分隔的枚举值，如 Case 1，2，3，4，5。

③ 表达式 1 To 表达式 2，如 Case 1 to 5（包括 1 和 5）。

④ Is 关系表达式，如 Case Is>=60。

作用：根据“测试表达式”中的结果与 Case 子句中表达式列表的值进行比较，决定执行哪一组语句块。如果多个 Case 子句中的值与测试表达式相匹配，则只对第一个匹配的 Case 执行与之相关联的语句块。如果没有一个值与测试表达式相匹配，则执行 Case Else （此项是可选的）中的语句。其流程如图 2–27 所示。

例如，本项目实例可以用 Select Case 结构表示如下。

```
Select Case Score
    Case 0 to 59
          Label5.Caption = "不及格"
    Case 60 to 69
          Label5.Caption = "及格"
    Case 70 to 79
```

```
            Label5.Caption = "中"
        Case 80 to 89
            Label5.Caption = "良"
        Case Else
            Label5.Caption = "优"
    End Select
```

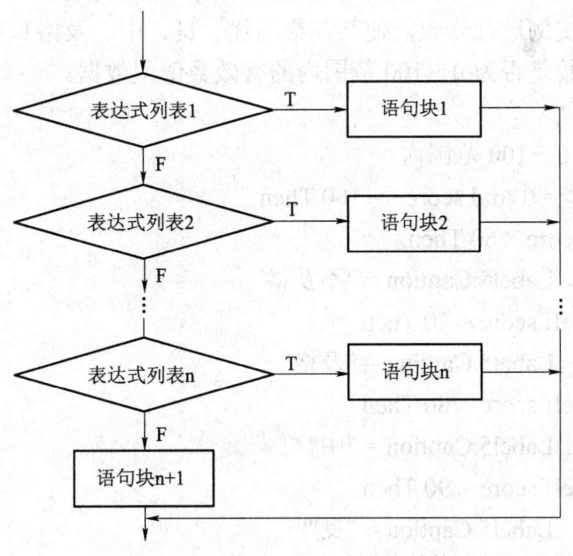

图 2–27 Select Case 多分支结构

想想议议：

对这段程序中的多条 Case 语句，是否可以改变它们的顺序呢？为什么？

是不是所有的 If…Then…ElseIf 结构都可用 Select Case 结构来替代呢？看一看下面这个程序段。

```
If X > 0 And Y > 0 Then
    Label1.Caption = "第一象限"
ElseIf X < 0 And Y > 0 Then
    Label1.Caption = "第二象限"
ElseIf X < 0 And Y > 0 Then
    Label1.Caption = "第三象限"
ElseIf X > 0 And Y < 0 Then
    Label1.Caption = "第四象限"
End If
```

这段程序的 If…Then…ElseIf 结构中每次比较的条件并不相同，此时，就很难将其转换成 Select Case 结构。由于 Select Case 结构每次都要在开始处计算表达式的值，而 If...Then...ElseIf 结构为每个 ElseIf 语句计算不同的表达式，因此，只有在 If 语句和每一个 ElseIf 语句具有相同表达式时，才能用 Select Case 结构替换 If...Then...Else 结构。

5. 判定结构嵌套

可以把一个控制结构放入另一个控制结构之内（例如，在 For...Next 循环中的 If...Then 块）。一个控制结构内部包含另一个控制结构叫做结构嵌套。

在 Visual Basic 中，控制结构的嵌套层数没有限制。按一般习惯，为了使判定结构和循环结构更具可读性，总是用缩进方式书写判定结构或循环的正文部分。

在一个判定结构中又包含另一个判定结构，构成判定结构嵌套。

例如，将本项目实例进行修改，使其在给出优、良、中、及格和不及格 5 种等级的成绩评定前，首先判断分数是否为 0～100 范围内的有效数值型数据。

代码如下。

```
'判断分数是否在 0～100 范围内
        If score >= 0 And score <= 100 Then
            If score < 60 Then
                Label5.Caption = "不及格"
            ElseIf score < 70 Then
                Label5.Caption = "及格"
            ElseIf score < 80 Then
                Label5.Caption = "中"
            ElseIf score < 90 Then
                Label5.Caption = "良"
            Else
                Label5.Caption = "优"
            End If
        Else
            Label5.Caption = "输入有误!"    '显示错误信息
        End If
```

注意：

① 使用判定嵌套时，一定要将一个完整的判定结构嵌套在另一个判定结构的 If 块、ElseIf 块或 Else 块内部。

② 在嵌套的 If 语句中，End If 语句自动与最靠近的前一个 If 语句配对。

想想议议：

① 在什么情况下使用选择结构？

② 双分支选择结构和多分支选择结构的语句格式和执行过程有什么不同？

6. 条件函数

VB 提供的 IIf 函数和 Choose 函数可以代替 If 语句和 Select case 语句。

（1） IIf 函数。语法格式如下。

IIf（表达式，条件为真时的值，条件为假时的值）

作用：当表达式为真时取第一个值，否则取第二个值。

比如，使用 IIf（x>y，x，y） 可以求出 x 和 y 中的最大数。

将使用 IIf 函数修改为下面代码，简洁了一些。

```
Private Sub Command1_Click()
    Dim score As Single
    score = Val(Text1.Text)
    Label1.Caption = IIf(score >= 60,"及格","不及格")
End Sub
```

（2）Choose 函数。语法格式如下。

Choose（表达式，值为 1 的返回值，值为 2 的返回值，……，值为 n 的返回值）

其中，表达式类型为数值型，当其值不是整数时，系统自动取整。

作用：如果整数表达式的值是 1，则返回“值为 1 的返回值”；如果值是 2，则返回“值为 2 的返回值”，以此类推。如果整数表达式的值小于 1 或大于列出的选项数目，则返回 Null。

比如：Choose(1.5,"+", "–", "*", "/")= "+"

2.4　项目四　学生成绩统计

2.4.1　项目目标

本项目实例主要任务是设计完成“成绩管理”中的“成绩统计”界面。在“成绩统计”界面中单击“输入统计”命令按钮，输入 5 名学生成绩，显示输入的成绩并进行统计，如图 2–28 所示。

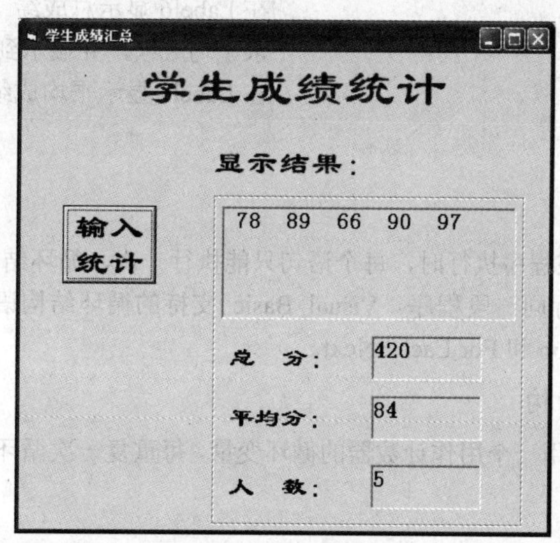

图 2–28　成绩统计窗口

2.4.2　项目分析

本项目实例主要运用了流程控制结构中的循环结构来完成成绩的统计。

“学生成绩统计窗口”中包括 1 个命令按钮、8 个标签和 1 个图片框，要为这 10 个对象设置相应的属性值，并且为命令按钮编写代码来完成成绩的输入和统计，将输入的成绩显示在图片框中，将统计结果分别显示在 3 个标签中。

2.4.3 项目实现

1. 程序界面设计

双击“工程资源管理器”中的 Form9（成绩统计）窗体，进入 Form9 的窗体设计状态，添加 1 个命令按钮、8 个标签和 1 个图片框。

2. 界面对象属性设置

参照图 2–28 在属性窗口中为窗体和控件设置相应的属性值。

3. 编写对象事件过程代码

在成绩汇总窗口 Form9 中的代码如下。

```
Dim score!                                  '通用区定义变量，模块级变量
Private Sub Command1_Click()
Dim i%
For i = 1 To 5
   score = Val(InputBox("输入第" & i & "个学生成绩", "输入框"))
   Picture1.Print score;                    '在图片框中输出学生分数
   Sum = Sum + score                        '累计求总成绩
Next i
   Label6 = Sum                             '在 Label6 显示总成绩
   Label7 = Sum / 5                         '求平均成绩，并显示到 Label7 中
   Label8 = 5                               '在 Label8 显示平均成绩
End Sub
```

2.4.4 相关知识

顺序、选择结构在程序执行时，每个语句只能执行一次，循环结构则可以使计算机在一定条件下反复多次执行同一段程序。Visual Basic 支持的循环结构语句格式有 For...Next、While...Wend、Do...Loop 和 For Each...Next。

1. For… Next 结构

For...Next 循环使用一个用作计数器的循环变量，每重复一次循环之后，计数器变量的值就会增加或者减少。

语法格式如下。

```
For 循环变量 = 初值 To 终值 ［Step 步长］
     <语句块>   ┐
     ［Exit For］ ├ 循环体
     <语句块>   ┘
Next ［循环变量］
```

参数说明如下。

（1）循环变量：用作循环计数器的数值变量。

（2）步长：若为正数则初值应小于等于终值；若为负数则初值应大于等于终值；默认值为 1。

（3）Exit For：作用是退出循环，执行 Next 后的下一条语句。

（4）循环次数：

$$n = \text{int}\left(\frac{\text{终值} - \text{初值}}{\text{步长}} + 1\right)$$

For 循环的执行过程如下（如图 2–29 所示）。

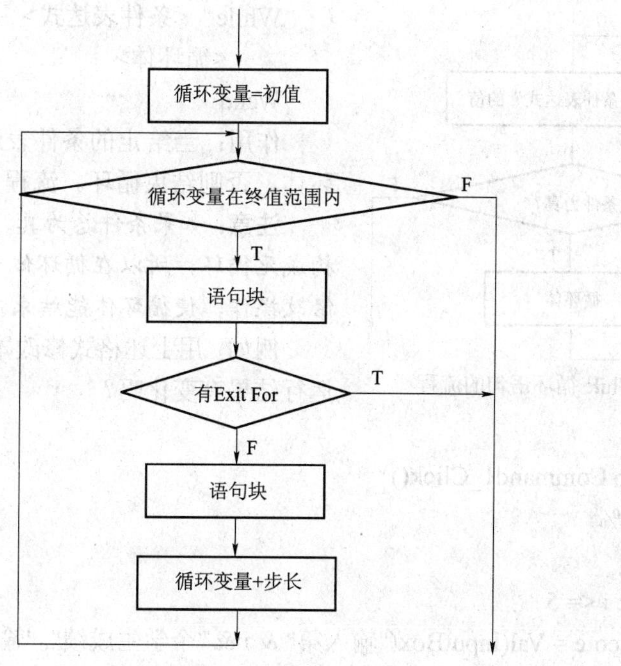

图 2–29 For 循环语句的流程

① 设置循环变量等于初值，它仅被赋值一次。

② 判断循环变量是否在终值范围内，如果是则执行循环体；否则就退出循环，执行 NEXT 语句下面的语句。

③ 循环变量增加一个步长，重复步骤②～③。

例如，本项目实例中使用 For 循环完成学生分数输入、显示、求和的操作。

```
Dim i%
For i = 1 To 5
    score = Val(InputBox("输入第" & i & "个学生成绩", "输入框"))
    Picture1.Print score;
    Sum = Sum + score
Next i
```

注意：在循环体内可以对循环变量多次引用，但如果对其重新赋值，则会影响循环次数。

想想议议：

① for i=–2.5 to 5.5 step 1.5

② for i=–1 to 10 step 0

③ for i=8 to 1 step –1

以上三个循环语句的循环次数分别是多少？

2. While...Wend 结构

在知道要执行多少次循环时，最好使用 For...Next 结构；在不知道循环需要执行多少次时，宜用 While 循环和 Do 循环。

While 循环又称当循环语句，语法格式如下。

```
While  <条件表达式>
    <循环体>
Wend
```

作用：当给定的条件表达式为 True 时，执行循环体，否则结束循环。流程如图 2–30 所示。

注意：如果条件总为真，则会不停地执行循环体，构成死循环，所以在循环体中应包含对条件表达式的修改操作，使循环体能结束。

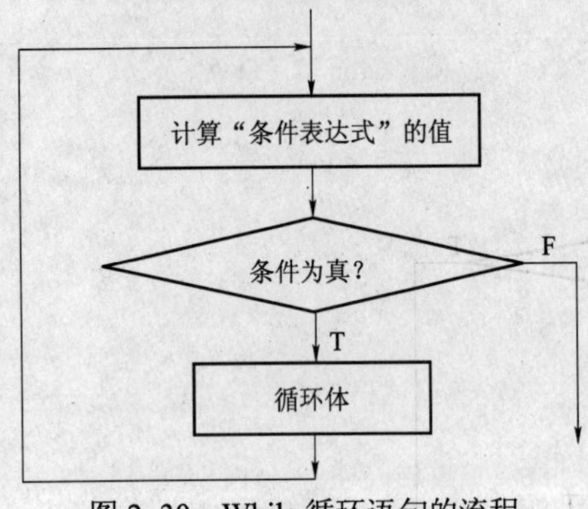

图 2–30 While 循环语句的流程

例如，用上述格式修改本项目实例，程序段如下。运行结果有变化吗？

```
Dim score!
Private Sub Command1_Click()
    Dim i%
    i = 1
    While i <= 5
        score = Val(InputBox("输入第" & i & "个学生成绩", "输入框"))
        Picture1.Print score;
        Sum = Sum + score
        i = i + 1
    Wend
End Sub
```

3. Do...Loop 结构

Do...Loop 语句有几种演变形式，但每种都计算数值条件以决定是否继续执行。

语法格式 1 如下。

```
Do While <条件表达式>
    <语句块>
    [Exit Do]
    <语句块>
Loop
```

作用：首先测试条件表达式。如果为 False，则跳过所有语句，直接执行 Loop 语句下面的语句。如果为 True，则执行循环体，然后退回到 Do While 语句再测试条件表达式。Exit Do

作用是退出循环，执行 Loop 后的下一条语句。流程图如图 2–31 所示。

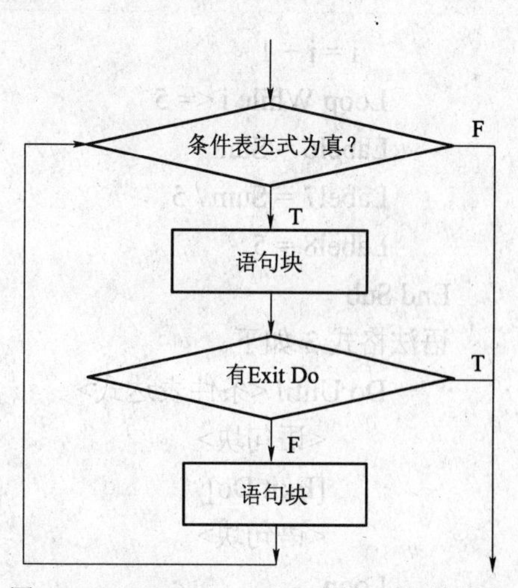

图 2–31　Do While…Loop 循环语句的流程

例如，用上述格式修改本项目实例，程序段如下，运行结果有变化吗？

```
Dim score!
Private Sub Command1_Click()
    Dim i%
    i = 1
    Do While i <= 5
        score = Val(InputBox("输入第" & i &
"个学生成绩", "输入框"))
        Picture1.Print score;
        Sum = Sum + score
        i = i + 1
    Loop
    Label6 = Sum
    Label7 = Sum/5
    Label8 = 5
End Sub
```

语法格式 2 如下。

```
Do
    <语句块>
    [Exit Do]
    <语句块>
Loop While <条件表达式>
```

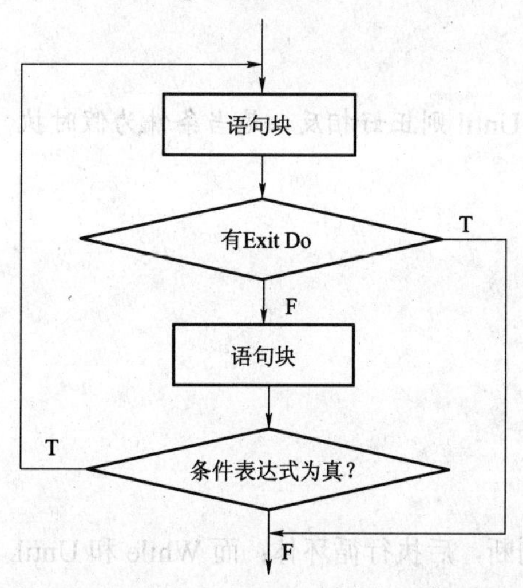

图 2–32　Do…Loop While 循环语句的流程

作用：先执行语句，然后再测试条件表达式。这种形式保证循环体至少执行一次。流程图如图 2–32 所示。

例如，用上述格式修改本项目实例，程序段如下。运行结果有变化吗？

```
Dim score!
Private Sub Command1_Click()
Dim i%
i = 1
Do
    score = Val(InputBox("输入第" & i & "个学生
成绩", "输入框"))
Picture1.Print score;
Sum = Sum + score
```

```
        i = i + 1
    Loop While i <= 5
    Label6 = Sum
    Label7 = Sum / 5
    Label8 = 5
End Sub
```

语法格式 3 如下。

```
    Do Until <条件表达式>
        <语句块>
        [Exit Do]
        <语句块>
    Loop
```

例如，用上述格式修改本项目实例，程序段如下（注意条件取反）。运行结果有变化吗？

```
Dim score!
Private Sub Command1_Click()
    Dim i%
    i = 1
    Do Until i>5
        score = Val(InputBox("输入第" & i & "个学生成绩", "输入框"))
        Picture1.Print score;
        Sum = Sum + score
        i = i + 1
    Loop
    Label6 = Sum
    Label7 = Sum / 5
    Label8 = 5
End Sub
```

注意：关键字 While 是当条件为真时执行循环体，Until 则正好相反，是当条件为假时执行循环体。

语法格式 4 如下。

```
    Do
        <语句块>
        [Exit Do]
        <语句块>
    Loop Until <条件表达式>
```

总结一下这 4 种格式的区别。

（1）执行顺序不同：While 和 Until 在 Do 后是先判断，后执行循环体；而 While 和 Until 在 Loop 后是先执行循环体，后判断。

（2）执行次数不同：前者条件不满足，循环体可能一次也不执行，后者不论条件如何，至少执行一次。

（3）关键字 While 是当条件为真时执行循环体，Until 正好相反，是当条件为假时执行循环体。两者相互转换时只需将条件取反。

想想议议：

① 在什么情况下使用循环语句？

② 在未知循环次数的情况下，如何正确设置循环条件与循环变量的赋值语句才能防止出现死循环？

③ 几种循环语句的异同点是什么？

④ 总结一下常用的计算机算法。

4. 循环嵌套

在一个循环中包含有另一个循环，构成循环嵌套。

下面的嵌套结构是正确的。

```
For I = 1 To 9
    For J = 1 To 9
        For K = 1 To 9
          ⋮
          ⋮
        Next K
    Next J
Next I
```

注意：

① 内循环要完整地包含在外循环体内，不能交叉。

② 内循环变量与外循环变量不能同名。

③ 内循环体的循环次数：外循环次数 × 内循环次数。

5. GoTo 语句。

除了常用的几种控制结构之外，VB 中还可以使用其他控制结构。例如：GoTo 语句。

格式：

GoTo 标号|行号

参数说明：标号是一个字符序列，必须以字母开头，大小写无关，且后面应有冒号；行号是一个数字序列。

作用：无条件地转移到标号或行号指定的语句。

例如，使用 GoTo 语句修改本项目实例，程序段如下。

```
Dim score!
Private Sub Command1_Click()
    Dim i%
    i = 1
re: if   i<=5 then
        score = Val(InputBox("输入第" & i & "个学生成绩", "输入框"))
```

```
        Picture1.Print score;
        Sum = Sum + score
        i = i + 1
      GoTo   re
      End If
      Label6 = Sum
      Label7 = Sum/5
      Label8 = 5
End Sub
```

注意：

① “标号”是一个以冒号结束的标识符，用以标明 GoTo 语句转移的位置。

② GoTo 语句可以改变程序的执行顺序，由它可以构成分支结构的循环结构。

③ GoTo 语句与 If 语句共同使用，否则会出现死循环。

④ 为了保证程序有一个良好和可读性，结构化程序中要求尽量少用或不用 GoTo 语句，用选择结构或循环结构代替。

2.5 项目五 学生成绩统计分析

2.5.1 项目目标

本项目实例主要任务是设计完成“成绩管理”中的“成绩统计分析”界面。在“成绩统计分析”界面中单击“输入成绩”按钮，输入 6 名学生的成绩并且分段统计各个分数段的人数，包括高于平均分和低于平均分的人数。如图 2–33 所示。

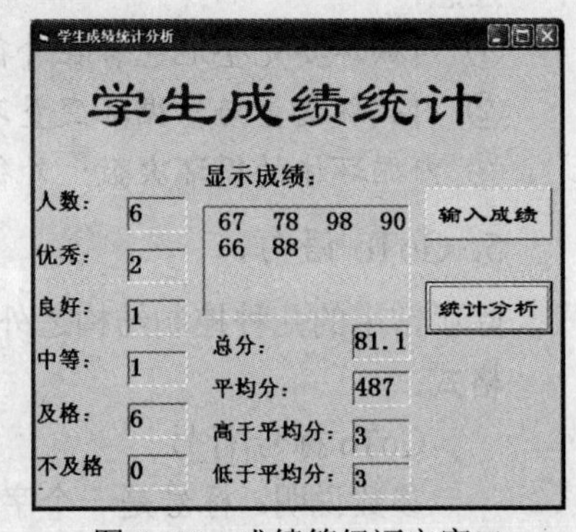

图 2–33 成绩等级评定窗口

2.5.2 项目分析

本项目实例主要运用了 VB 中的数组来完成学生成绩的统计分析。

“统计分析窗口”中包括 2 个命令按钮和 22 个标签和 1 个图片框，要为这 25 个对象设置相应的属性值，并且为命令按钮编写代码来完成成绩的输入和成绩统计分析，并输出原始数据和统计分析结果。

2.5.3 项目实现

1. 程序界面设计

双击“工程资源管理器”中的 Form10（统计分析）窗体，进入 Form10 的窗体设计状态，添加 22 个标签、2 个命令按钮和 1 个图片框。

2. 界面对象属性设置

参照图 2–33 在属性窗口中为窗体和控件设置相应的属性值。

3. 编写对象事件过程代码

在成绩汇总窗口 Form10 中的代码如下。

```
Dim score!(6)                                          '通用区定义变量,模块级变量
Private Sub Command1_Click()                           '“输入成绩”命令按钮事件
   Dim i%
   For i = 1 To 6
         score(i) = Val(InputBox("输入第" & i & "个学生成绩", "输入框"))
         If score(i) < 0 Or score(i) > 100 Then  '判断输入的分数是否有效
               MsgBox "成绩输入无效,请重新输入", , "消息框"
               i = i – 1                               '分数无效时,重新输入本次循环的分数
            Else
               Picture1.Print score(i);                '分数显示到图片框中
               If i = 4 Then Picture1.Print            '输入 4 个成绩后换行
    End If
   Next  i
End Sub
Private Sub Command2_Click()                           '“统计分析”命令按钮事件
   Dim i%, n%, you%, lh%, zd%, jg%, bjg%, pjf!, zf!, g_pj%, d_pj% '定义变量
   For i = 1 To 6
    Select Case score(i)
      Case Is >= 90
         you = you + 1                        '优秀人数累计
         jg = jg + 1                          '及格人数累计
      Case Is >= 80
         lh = lh + 1                          '良好人数累计
         jg = jg + 1                          '及格人数累计
      Case Is >= 70
         zd = zd + 1                          '中等人数累计
         jg = jg + 1                          '及格人数累计
      Case Is >= 60
         jg = jg + 1                          '及格人数累计
      Case Else
         bjg = bjg + 1                        '不及格人数累计
     End Select
     zf = zf + score(i)                       '总分累计
  Next i
```

```
    pjf = zf / 6                                    '计算平均分
    Label12 = 6
    Label13 = you
    Label14 = lh
    Label15 = zd
    Label16 = jg
    Label17 = bjg
    Label18 = pjf
    Label19 = zf
    For i = 1 To 6
      If score(i) >= pjf Then g_pj = g_pj + 1       '高于平均分的人数累计
      If score(i) < pjf Then d_pj = d_pj + 1        '低于平均分的人数累计
    Next
    Label20 = g_pj
    Label21 = d_pj
End Sub
```

2.5.4 相关知识

在解决实际问题时，常常会遇到处理相同类型的大量数据的情况。比如，要处理 100 个学生的成绩，若用简单变量表示，则必须使用 100 个变量，可以命名为 Score1、Score2、Score3、…、Score100，这样处理起来非常烦琐，这时就可以用数组来解决。

在 VB 中，把一组具有同一个名字、不同下标的变量称为数组。数组不是一种数据类型，而是一组具有相同类型的变量的集合，数组中的每个元素用索引（也称下标）来识别。数组元素的一般形式如下：

数组名（下标 1［,下标 2…］）

一个数组可以有若干个下标，下标是用来指出该数组元素在数组中的位置。例如：Score（i）表示 Score 数组中的第 i 个元素，其下标为 i。

在 Visual Basic 中有两种类型的数组，即固定大小的数组和动态数组。固定大小的数组的元素个数定义之后保持不变，动态数组的大小在其运行时可以改变。根据数组索引个数的不同，数组可分为一维数组和多维数组。

1. 一维数组

一维数组的声明的语法格式：

Public| Private| Dim |Static 数组名（下标）［As 类型］

参数说明如下。

（1）Public| Private| Dim |Static： 决定数组的作用范围。

（2）下标：［下界 To］上界，下界可取–32 768～32 768，省略为 0；上界不得超过 Long 数据类型的范围，且数组的上界值不得小于下界值。

（3）数组名：应是合法的变量名。数据类型与变量的相同。

（4）可同时声明几个数组，用英文逗号分隔，如：Dim A%（10 To 100），B（800）As Long

（5）数组下标下界默认值为零。如：Dim Data（40）as long。可用 Option Base n 设定数组的默认下界，但 n 的取值只能是 0 或 1。设定方法是在代码窗口的通用声明段或标准模块中输入：

Option Base 0　或　Option Base 1

（6）定义数组可以使用类型符指明数组的类型。如：Dim Data%（1 To 40）。

例如，　Dim Score（1 To 100）As Single

此语句声明了数组 Score 是一维单精度型数组，有 100 个元素，下标范围 1 至 100。

注意：

① 声明数组仅仅表示在内存分配了一个连续的区域。在对其处理时，一般都是针对数组元素进行的。上面定义的数组 Score 的内存分配如表 2–13 所示。其占用了 100 个单精度型空间。

表 2–13　数组 Score 的内存分配

Score（1）	Score（2）	Score（3）	…	Score（99）	Score（100）

② 数组的下标的下界与上界不能是变量，只能是常量或算术表达式，也可以是一个数组元素。

比如，下列数组声明是错误的。

n = 100

Dim Score（1 To n）As Single

③ 如果数组的下标是小数则自动按四舍五入取整。如：Data（3.4）=3，Data（3.5）=4。

想想议议：

数组元素的个数是指数组的大小，如何计算？

2. 多维数组

实际应用中有些数据间的关系常常用二维数组或三维数组来描述，此时要用到多维数组。例如，要表示计算机屏幕上的每一个像素，需要引用它的 X、Y 坐标，这时应该用二维数组存储值。

多维数组的声明语法格式如下。

Public| Private| Dim |Static 数组名（下标 1 [，下标 2…]）[As 类型]

参数说明如下。

（1）下标个数决定了数组的维数，在 VB 中维数最多可达 60 维。

（2）每一维的大小：数组的大小为每一维大小的乘积。

比如，下面的语句声明了一个 4 × 5 的整型二维数组。

Dim MatrixA（3，4）As Integer

二维数组 MatrixA 被分配 4×5=20 个整型的空间如表 2–14 所示。

表 2–14　二维数组 MatrixA 空间分配

MatrixA（0，0）	MatrixA（0，1）	MatrixA（0，2）	MatrixA（0，3）	MatrixA（0，4）
MatrixA（1，0）	MatrixA（1，1）	MatrixA（1，2）	MatrixA（1，3）	MatrixA（1，4）
MatrixA（2，0）	MatrixA（2，1）	MatrixA（2，2）	MatrixA（2，3）	MatrixA（2，4）
MatrixA（3，0）	MatrixA（3，1）	MatrixA（3，2）	MatrixA（3，3）	MatrixA（3，4）

也可用显式下界来声明两个维数或两个维数中的任何一个。

```
Static Matrixa (1 To 4, 1 To 5) As Integer
```

又如：下面语句声明了三维数组，大小为 4×10×15。元素总数为三个维数的乘积 600。

```
Dim MultiD (3, 1 To 10, 1 To 15)
```

注意：

① 在增加数组的维数时，数组所占的存储空间会大幅度增加，所以要慎用多维数组。使用万能型数组时更要格外小心，因为它们需要更大的存储空间。

② 声明数组时省略下界默认为 0。

③ VB 提供了两个返回数组中指定维的下界和上界的函数：

LBound(数组[,维])

UBound(数组[,维])

比如，定义了如下数组。

```
Dim MultiD (3, 1 To 10, 1 To 15) As Integer
```

则 LBound(MultiD,1)=0,UBound(MultiD,3)=15，即返回第 1 维的下界为 0，第 3 维的上界为 15。

3. 访问数组中的元素

访问数组中的元素通过给定一组索引值来实现，使用下列格式：

数组名（数组元素的索引值）

比如：Dim A（3）As Integer

A（2）表示 A 数组的第 3 个元素，A（3）表示 A 数组的第 4 个元素。

注意：

① 数组元素的索引值不能超过数组的上界。

② 下列两行语句中的 A(3) 的意义是不同的。

```
Dim A (3) As Integer
A(3)=10
```

第 1 个语句中的意义是声明了 A 数组，有 4 个元素；第二个语句中的意义是给 A(3) 这个索引值为 3 的数组元素赋值。

想想议议：

下面的语句错在哪里？

```
Dim A (2) As Integer
```

A(3)=10

4. 声明动态数组

动态数组可以在任何时候改变大小。在 Visual Basic 中，动态数组最灵活、最方便，有助于有效地管理内存。

1）创建动态数组

创建动态数组经过以下两步来实现。

第1步：声明一个空维数的数组。

语法格式：

```
Dim 数组名() As 类型
```

第2步：用 ReDim 语句分配实际的元素个数。

语法格式：

```
ReDim 数组名（下标）
```

注意：

① ReDim 语句只能出现在过程中。并可多次使用，改变数组的维数和大小。但不能改变数据类型，即要与数组类型一致。

② ReDim 语句中的下标可以是常量，也可以是有确定值的变量。如：

```
n=3: ReDim a（n）
```

2）保留动态数组的内容

每次执行 ReDim 语句时，当前存储在数组中的值都会全部丢失。当希望改变数组大小又不丢失数组中的数据时，使用具有 Preserve 关键字的 ReDim 语句可达到此目的。

语法格式：

```
ReDim [Preserve]数组名（下标）
```

例如：

```
ReDim Preserve DynArray（UBound（DynArray）+ 1）
```

注意：使用 Preserve 关键字，只能改变多维数组中最后一维的上界。

下列语句是正确的。

```
ReDim Preserve Matrix（10，UBound（Matrix，2）+ 1）
```

而下列语句是错误的。

```
ReDim Preserve Matrix（UBound（Matrix，1）+ 1，10）
```

想想议议：

动态数组与静态数组的区别有哪些？

5. 数组的基本操作

对数组进行操作时，常常将数组元素的下标和循环语句结合使用。以下操作中均针对如下定义的数组和变量进行。

```
Dim a( 1 To 10) As Integer,b (3,4) As Single,i%,j%,t%
```

1）给数组元素赋初值

（1）利用循环结构。

例如：

```
For i = 1 To 10
    a（i）= 0
Next i
```

（2）利用 Array 函数对数组各元素赋值，声明的数组应是动态数组且类型只能是万能型，没有作为数组声明的变量也可以表示数组。

例如：

```
Dim x(), s()                '定义为 Dim x, s 也可以
x = Array(1, 2, 3, 4, 5)
s = Array("ab", "cd", "ef")
For i = 0 To UBound(x)
    Print x(i); " ";
Next i
For i = 0 To UBound(s)
    Print s(i); " ";
Next i
```

2）数组的输入

通常使用文本框和 InputBox 函数输入。例如下面的语句。

```
For i = 1 To 10
    a(i) = Val(InputBox("输入数组 a 的值:"))
Next i
```

又如下面的语句。

```
For i = 0 To 3
    For j = 0 To 4
        b(i, j) = CSng(InputBox("输入数组 b 的值:"))
    Next j
Next i
```

3）数组对数组的赋值

例如：

```
Dim x(), s()
x = Array(1, 2, 3, 4, 5)
s = x                          '将 x 数组中的值一一对应地赋给 s 数组
For i = 0 To UBound(s)
    Print s(i); " ";
Next i
```

注意：数组给数组赋值时，要求赋值号左边一定是一个动态数组，且赋值号两边的数据类型必须一致。

4）数组的输出

例如：

```
For i = 0 To 3
```

```
        For j = 0 To 4
            Print b(i, j); " ";
        Next j
        Print
    Next i
```

注意：上例中内循环外的 Print 语句的作用非常重要，它起到换行的作用，使得输出更美观。

5）For Each...Next 结构

For Each...Next 循环与 For...Next 循环类似，但它对数组或对象集合中的每一个元素重复一组语句，而不是重复一定的次数。如果不知道一个集合有多少元素，则 For Each...Next 循环非常有用。

格式：

```
    For Each 元素 In 数组
        <语句块>
        [Exit For]
    Next 元素
```

参数说明如下。

① 元素：循环控制变量，只能是万能型。

② 数组：只需用一个数组名，不要带下界和上界。

注意：For Each...Next 不能与用户自定义类型的数组一起使用，因为 Variant 不可能包含用户自定义类型。

比如：

```
    Dim a(3) As Integer,i As Integer,x        '定义 x 是万能型。
    For i = 0 To 3
        a(i) = i
    Next i
    For Each x In a
        Print x
    Next x
```

6. 自定义数据类型

1）自定义数据类型的定义

VB 不仅具有丰富的标准的数据类型，还提供了用户自定义的数据类型，它由若干个标准数据类型组成。

定义格式：

```
    Type 自定义类型名
        元素名[（下标）] As 类型名
              ⋮
        元素名[（下标）] As 类型名
```

```
End Type
```

参数说明如下。

① 元素名[(下标)]：表示自定义类型中的一个成员，带有下标则表示该成员是数组。

② 类型名：指标准类型。

比如，以下定义了一个有关学生信息的自定义数据类型 StuType。

```
Type StuType
    no As Integer              '学号
    name As String*10          '姓名
    sex As Boolean             '性别
    score(1 to 3) As Single    '3 门课程成绩
    aver As Single             '总成绩
End Type
```

注意：

① 自定义数据类型一般在标准模块（.bas）中定义，默认是 Public；若在窗体模块中定义，必须是 Private。

② 注意自定义数据类型与数组的不同。前者的元素代表不同性质、不同类型的数据，以元素名表示不同的元素；后者的元素是同性质同类型的，以下标表示不同的元素。

2）自定义类型的使用

定义好了类型，下面就可以声明后使用了。

① 自定义类型的声明。

格式：

```
Dim 变量名 As 自定义类型名
```

② 自定义类型的引用。

格式：

```
Dim 变量名 As 自定义类型名
变量名.元素名
```

比如：

```
Dim student As StuType
Student.name = "王红"
```

2.6 项目六 小助手——简易计算器

2.6.1 项目目标

本项目实例主要任务是设计完成“小助手”界面和“小助手”中的“简易计算器”界面。

设计一个简易计算器，能进行加、减、乘、除、整除和取余的四则运算。展开窗口后，可以使用一些常用的数学函数。也可以调用系统计算器，“小助手”窗体界面如图 2–34 所示。“简易计算器”窗体界面如图 2–35 所示。

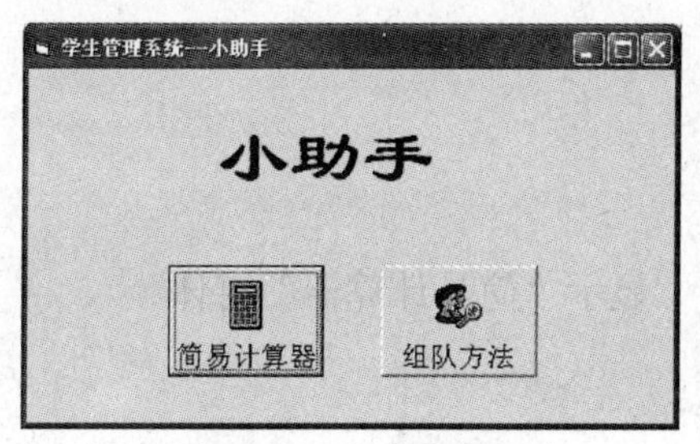

图 2–34　小助手窗口

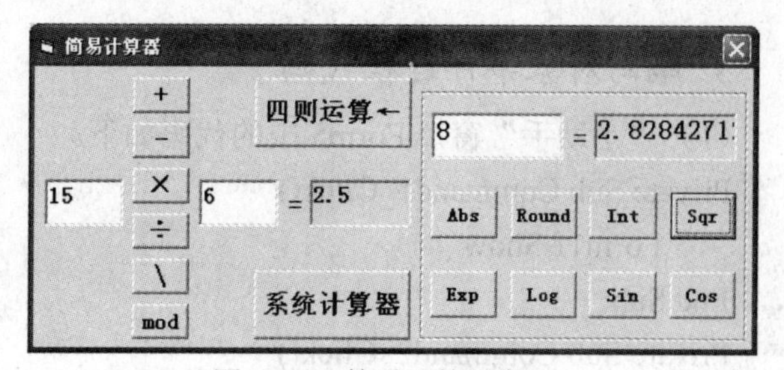

图 2–35　简易计算器窗口

2.6.2　项目分析

本项目实例主要运用了 VB6.0 所提供的运算符和表达式、控件数组和常用内部函数。

简易计算器界面的左侧设计 2 个文本框、6 个运算符的命令按钮（控件数组）、1 个等号标签、1 个运算结果标签、1 个可以展开窗体进行“四则运算”的命令按钮和 1 个可以调用“系统计算器”的命令按钮。如图 2–35 左侧所示。

简易计算器界面的右侧设计 1 个文本框、1 个等号标签、1 个运算结果标签和若干个函数运算的命令按钮（控件数组）。如图 2–35 右侧所示。

“系统计算器”命令按钮，可以打开 Windows 系统自带的计算器。如图 2–36 所示。

图 2–36　系统计算器页面

2.6.3　项目实现

1. 程序界面设计

1）“小助手”窗体界面设计

双击“学生管理系统”工程中的 Form5（小助手）窗体，进入 Form5 的窗体设计状态，添加 1 个标签 Label1 和 2 个命令按钮 Command1、Command2。

依次添加窗体 Form11、Form12，并进行保存。保存窗体名称分别为“简易计算器”“组队方法”。

2）“简易计算器”窗体界面设计

双击“工程资源管理器”中的 Form11（简易计算器）窗体，进入 Form11 的窗体设计状态，添加各个控件对象。把标有运算符和函数名的命令按钮创建成控件数组，具体操作如下。

（1）双击工具栏中的命令按钮，在窗体上添加一个 Command1 命令按钮。

（2）选中“Command1 命令按钮”，单击常用工具栏中的“复制”按钮，再单击“粘贴”按钮，系统提示“已经有一个控件 Command1，要创建一个控件数组吗？”，单击“是”按钮。

（3）继续进行“粘贴”操作，在窗体上创建 6 个 Command1 的控件数组。

（4）使用相同方法创建若干个标有函数名的命令按钮控件数组。

2. 界面对象属性设置

参照图 2–34、2–35，在属性窗口中为窗体和控件设置相应的属性值。

3. 编写对象事件过程代码

（1）“小助手”窗口 Form5 中的代码如下。

```
Private Sub Command1_Click()
    Form11.Show                                    '显示“简易计算器”窗体
End Sub
Private Sub Command2_Click()
    Form12.Show                                    '显示“组队方法”窗体
End Sub
```

（2）在“简易计算器”窗口 Form11 中的代码如下。

```
Private Sub Command1_Click(Index As Integer)       '运算符命令按钮事件（控件数组）
  Select Case Index
     Case 0
       Label2.Caption = Val(Text1) + Val(Text2)                    '加运算
     Case 1
       Label2.Caption = Val(Text1) - Val(Text2)                    '减运算
     Case 2
       Label2.Caption = Val(Text1) * Val(Text2)                    '乘运算
     Case 3
       If Val(Text2) = 0 Then
         MsgBox "除数不能为 0", vbOKOnly + vbCritical, "错误"  '判断除数
       Else
         Label2.Caption = Val(Text1) / Val(Text2)                  '除运算
       End If
     Case 4
       If Val(Text2) = 0 Then
         MsgBox "除数不能为 0", vbOKOnly + vbCritical, "错误"  '判断除数
       Else
         Label2.Caption = Val(Text1) \ Val(Text2)                  '整除运算
       End If
     Case 5
       If Val(Text2) = 0 Then
         MsgBox "除数不能为 0", vbOKOnly + vbCritical, "错误"  '判断除数
       Else
       Label2.Caption = Val(Text1) Mod Val(Text2)                  '取余运算
       End If
   End Select
End Sub
Private Sub Command2_Click()                        '“四则运算”命令按钮事件
```

```
        Static  i  As  Integer                            '定义保存单击按钮次数的变量
        i = i + 1
        If  i  Mod  2 = 0  Then                           '判定单击按钮的奇偶次数
            Form11.Width = 4300
            Command2.Caption = "函数运算→"                '改变按钮上的标题
        Else
            Text3 = ""
            Label4 = ""
            Form11.Width = 8000                           '改变窗体的宽度
            Command2.Caption = "四则运算←"                '改变按钮上的标题
        End If
    End Sub

    Private Sub Command3_Click(Index As Integer)         '使用各函数命令按钮事件
        Select Case Index
            Case 0
              Label4.Caption = Abs(Val(Text3))           '求绝对值
            Case 1
              Label4.Caption = Round(Val(Text3))         '四舍五入
            Case 2
              Label4.Caption = Int(Val(Text3))               '取整
            Case 3
              If Val(Text3) < 0 Then
                  MsgBox "负数不能开平方根", vbOKOnly + vbCritical, "错误"
              Else
                  Label4.Caption = Sqr(Val(Text3))       '求平方根
              End If
            Case 4
              Label4.Caption = Exp(Val(Text3))           '求以 e 为底的指数函数
            Case 5
              If Val(Text3) < 0 Then
                  MsgBox "负数不能求以 10 为底的对数", vbOKOnly + vbCritical, "错误"
              Else
                  Label4.Caption = Log(Val(Text3))       '求以 e 为底的自然对数
              End If
            Case 6
              Label4.Caption = Sin(Val(Text3))           ' 求正弦
            Case 7
              Label4.Caption = Cos(Val(Text3))           ' 求余弦
```

```
        End Select
    End Sub
    Private Sub Command4_Click()                '“系统计算器”命令按钮事件
        i = Shell("calc.exe")                   '调用系统计算器
    End Sub
    Private Sub Form_Load()                     '窗体装载事件
        Form11.Width = 4300                     '初始化窗体宽度
    End Sub
```

2.6.4 相关知识

1. 运算符

运算符是用来连接运算对象，进行各种运算的操作符号。Visual Basic 中运算符可分为 4 类：算术运算符、连接运算符、关系运算符和逻辑运算符。

1）算术运算

算术运算符是用来进行数学计算的运算符，算术运算符及其作用如表 2–15 所示，其中“–”运算符在单目运算（单个操作数）中做取负号运算，在双目运算（两个操作数）中做算术减运算，其余都是双目运算符（设 a 变量的值为 3）。

表 2–15 算术运算符与示例

运 算 符	含 义	优 先 级	示 例
^	幂运算	1	2^3=8，27^（1/3）=3
–	负号	2	–a 的结果是–3
*	乘法	3	2*a=6，a*a*a=27
/	浮点数除法	3	10/3=3.333 3333 333 333 3
\	整数除法	4	10\3=3
Mod	求余数	5	10 Mod 3=1
+	加法	6	10+a=13
–	减法	6	10–a=7

注意：使用运算符 Mod 时应在 Mod 与后面变量间加一个空格，否则 VB 会把它和后面的变量一起作为变量名，造成错误。比如：输入 Print 10Moda，VB 会理解为 Print 10; Moda。

想想议议：

如何将任意一个两位整数 X 的个数位和十数位对换？

2）连接运算

连接运算符用来连接两个字符串的运算。能起连接作用的运算符有“&”和“＋”。

“&”和“＋”的区别如下。

（1）“＋”：当两边的操作数均为字符型时，执行连接操作；如果一个是数字字符型，另一个是数值型，则自动将字符转换为数值，然后进行算术加操作；如果一个是非数字字符型，另一个是数值型，则出错。

（2）“&”：无论两边是什么类型的操作数，系统都会先将两边转换成字符型，然后再连接，所以它是“强制”连接符。

注意：使用运算符“&”时应在变量与“&”间加一个空格，否则 VB 会先把它当做长整型的类型声明符，造成错误。

想想议议：

100+"100" & 200 的结果是什么？

3）关系运算符

关系运算符用来比较两个表达式之间的关系，其结果为 True（–1）、False（0）或 Null。Visual Basic 中的关系运算符如表 2–16 所示。

表 2–16 关系运算符

运算符	含义	优先级	示 例	结 果
=	等于	同一级	"ABC"="ABR"	False
>	大于		"ABC">"ABR"	False
>=	大于等于		"ab">="学习"	False
<	小于		20<10	False
<=	小于等于		"20"<="10"	False
<>	不等于		"abc"< >"ABC"	True
Like	字符串匹配		"abcdefg"Like"*de*"	True
Is	对象引用比较			

说明：

（1）比较规则，其如下 3 点。

① 如果两个操作数是数值型，则按其值的大小比较。

② 如果两个操作数是字符型，则按字符的 ASCII 码值从左到右逐一字符进行比较，即先比较第 1 个字符，如果相同则比较第 2 个字符，以此类推，直到出现不同的字符为止。

③ 汉字字符大于西文字符。

（2）Like 的语法格式：字符串 Like 匹配模式。

参数说明：匹配模式可以是任何字符串表达式。

作用：用来比较两个字符串是否匹配，如果匹配则值为 True；否则为 False。但是如果字符串或匹配模式中有一个为 Null，则结果为 Null。常与通配符“？”“*”“#”[字符列表]、[！字符列表] 一起使用，在数据库的 SQL 语句中经常使用，用于模糊查询。

举例如下。

"aBa" Like "a？a" '结果为 True，“？”表示任何单一字符

"aBBBa" Like "a*a" '结果为 True，“*”表示 0 个或多个字符

"a2a" Like "a#a" '结果为 True，“#”表示任何一个数字（0~9）

"F" Like "[A–Z]"　　'结果为 True，“[字符列表]”表示字符列表中的任何单一字符

"F" Like "[!A–Z]"　　'结果为 False，“[! 字符列表]”表示不在字符列表中的任何单一字符

"aM5b" Like "a[L–P]#[!c–e]"　　'结果为 True

"BAT123khg" Like "B?T*"　　'结果为 True

"CAT123khg" Like "B?T*"　　'结果为 False

（3）Is 的语法格式如下：

对象名 1 Is 对象名 2。

作用：用来比较两个对象的引用变量。如果两者引用相同的对象，则结果为 True；否则为 False。

4）逻辑运算

逻辑运算符是用来进行逻辑运算的运算符，通常用来表示较复杂的关系。逻辑运算符及其含义如表 2–17（设 A=True，B=False）。

表 2–17　逻辑运算符

运算符	含　义	优先级	示　例	结果
Not	非（取反）	1	Not A	False
And	与（两者均为真时，结果为真）	2	A And B	False
Or	或，（两者中有一个为真时，结果才为真）	3	A Or B	True
Xor	异或（两者不相同，即一真一假时，结果才为真）	3	A Xor B	True
Eqv	逻辑等价（两者相同时，结果才为真）	4	A Eqv B	False
Imp	逻辑蕴涵（第 1 个操作数为真，第 2 个为假时，结果才为假）	5	A Imp B	True

5）运算优先次序

在表达式中，当运算符不止一种时，其优先级别如下。

算术运算符>连接运算符>关系运算符>逻辑运算符。

所有关系运算符的优先次序都相同，即按它们出现的顺序从左到右进行处理。而算术运算符和逻辑运算符则必须按上面的优先顺序进行处理。

2. 表达式

表达式由变量、常量、运算符、函数和圆括号按一定规则组成，其运算结果的类型由数据和运算符共同决定。

1）书写规则

表达式在书写时，需遵循以下书写规则。

（1）乘号不能省略。比如 3x+5 应写成 3*x+5。

（2）括号必须成对出现，且均使用圆括号，可以出现多个圆括号，但要配对。

（3）用到 VB 的标准函数时，必须使用其规定的标准函数，且函数参数必须用圆括号括起来。

（4）遇到分式的情况，要注意分子、分母是否应加上括号，以免引起运算次序的错误。比如：已知数学表达式 $\frac{\sqrt{5(x+2y)+3}}{(xy)^4-1}$，写成 VB 表达式为：sqr(5*(x+2*y)+3)/((x*y)^4−1)

2）不同数据类型的转换

在算术表达式中，如果操作数具有不同的数据精度，则 VB 规定运算结果的数据类型采用精度高的数据类型。即：Integer<Long<Single<Double<Currency，但当 Long 型数据与 Single 型数据运算时，结果为 Double 型数据。

注意：对于多种运算符并存的表达式，可增加圆括号，以改变优先级或使表达式更清晰。比如：若选拔优秀生的条件为年龄（设为变量 Age）小于 20 岁，3 门课总分（设为变量 Total）高于 280 分，其中一门（3 门课分别设为变量 G1，G2，G3）为 100 分，则表达式应写为：Age<20 And Total>280 And （G1=100 Or G2=100 Or G3=100）。此表达式中的括号可以省略吗？为什么？

3. 控件数组的使用

在 VB 中还可以使用控件数组，它可以为处理一组功能相近的控件提供方便。

1）控件数组的概念

控件数组是由共用一个控件名，具有相同属性的一组相同类型的控件集成。适用于若干个控件执行相似的操作，共享同样的过程。

2）控件数组的建立

（1）在设计时建立。先建立某控件并根据需要设置其属性，然后选中它进行复制和粘贴的操作，VB 会提示"已经有一个控件***，要创建一个控件数组吗？"，这时，单击"是"按钮即可。

（2）运行时用 Load 方法添加。先建立某控件并设置其属性 Index 为 0，然后使用 Load 方法添加。如 Load label1（1）。也可以通过 UnLoad 方法删除。

（3）通过属性窗口给控件设置 Index 属性值。

注意：在一个控件数组中，控件的索引必须唯一。

3）控件数组的使用

为了区分控件数组中的各个元素，VB 会把下标 Index 的值传给过程。在程序代码中可以通过参数 Index 的值来返回用户触发了哪个控件。

比如，下面程序段通过 Index 的值来返回用户单击了哪个按钮。

```
Private Sub Command1_Click(Index As Integer)
    Select Case Index
        Case 0
            ⋮
        Case 1
            ⋮
        Case 2
            ⋮
        Case Else
```

```
    ⋮
  End Select
End Sub
```

4. 常用内部函数

Visual Basic 具有丰富的内部函数供用户使用。常用函数按功能可以分为如下几类：

数学函数；

- 类型转换函数；
- 字符串函数；
- 日期和时间函数；
- 颜色函数；
- 测试函数；
- 其他功能函数。

1）数学函数

数学函数用来完成特定的数学计算。数学函数及其功能如表 2–18 所示。其中 number 是 Double 或任何有效的大于或等于 0 的数值表达式参数。

表 2–18 数学函数

函数语法	功能描述	示例和注意事项
Abs(number)	返回参数的绝对值	Abs(−3.5)=3.5
Sgn(number)	返回参数的正负号	Sgn(−3.5)=−1, Sgn(0)=0, Sgn(5)=1
Round(数值表达式[,小数点右边应保留的位数])	返回按照指定的小数位数进行四舍五入后的值。如果忽略小数点右边应保留的位数，则返回整数	Round(3.4)=3, Round(−3.6)=−4, Round (3.345 678, 3)=3.346
Fix(number)	取整	Fix(3.5)=3, Fix(−3.5)=−3
Int(number)	返回不大于 number 的最大整数	Int(3.5)=3, Int(−3.5)=−4
Sqr(number)	返回参数的平方根	Sqr(9)=3, Sqr(9.5)=3.08220700148449
Exp(number)	返回 e（自然对数的底，值约是 2.718 282）的某次方	Exp(3)=20.086,Exp(−3)=4.978 706 836 786 39E−02
Log	计算以自然对数值 e 为底的对数值	Log(10)=2.3
Sin(number)	计算指定一个角的正弦值	Sin(0)=0,Cos(0)=1,Tan(0)=0,Atn(0)=0 注意：number 单位为弧度
Cos(number)	计算指定一个角的余弦值	
Tan(number)	计算指定一个角的正切值	
Atn(number)	计算指定一个角的反正切值	
Rnd[(number)]	返回一个［0，1）之间的随机小数	Rnd(10)产生一个 0~10 之间的随机数,不包括 10

2）类型转换函数

当对不同类型的变量进行运算或赋值时，就要进行类型转换。Visual Basic 提供的类型转换函数如表 2–19 所示。

表 2–19　类型转换函数

函数语法	功能描述	示例和注意事项
Val（string）	数字字符串转换为数值	Val("123abc")=123 Val("abc123")=0 Val("–12.35E3")=–12350
Str（number）	将数值转换成字符类型	Str(–123)= "–123"
Cint（expression）	将 expression 转换成整型	Cint(1.5)=2,CINT(1.4)=1 CLng(2542.56)=2543,　CSNG(75.342 155 5)= 75.342 16, CCur(1086.429 176)= 1086.429 2 CByte(1.56)=2,CBOOL(0)=FALSE, CBool(1)=TRUE, CBOOL(–5)=TRUE CDate("FEBRUARY 12, 1969")=#1969–2–12# CStr(–123)= "–123", CStr(0)= "0", CStr(123)= "123"(注意与 STR 函数的区别) 注意：expression 传递到转换函数的值必须是有效的，否则会发生错误。
CLng（expression）	将 expression 转换成长整型	
CSng（expression）	将 expression 转换成单精度型	
CDbl（expression）	将 expression 转换成双精度型	
CCur（expression）	将 expression 转换成货币型	
CByte（expression）	将 expression 转换成字节型	
CBool（expression）	将 expression 转换成逻辑型	
CDate（expression）	将 expression 转换成日期型	
CStr（expression）	将 expression 转换成字符型	
CVar（expression）	将 expression 转换成万能型	

3）字符串函数

字符串函数用来完成对字符串的操作和处理。常用字符串函数及功能如表 2–20 所示。

表 2–20　字符串函数

函数语法	功　能　描　述	示例和注意事项
Len(string)	返回字符串长度（即字符个数）	Len ("Hello World")=11 Len("VB 程序设计")=6
LenB(string)	返回字符串所占的字节数	LenB ("Hello World")=22 LenB("VB 程序设计")=12
Left(string, length)	从左边取指定长度为 length 的字符串	Left("Hello World",1)="H" Left("Hello World",5)="Hello"
Right(string, length)	从右边取指定长度 length 的字符串	Right("Hello World", 1)="d" Right ("Hello World", 5)="World"
Mid(string, start[, length])	取字符子串，在 string 中从 start 位开始向右取 length 个字符	Mid("abcde12345", 6,2)= "12" Mid("abcde12345", 6)= "12345"
Ltrim (string)	清除字符串左边的空格	LTrim(" ab ")="ab　"

续表

函数语法	功 能 描 述	示例和注意事项
Rtrim (string)	清除字符串右边的空格	Rtrim(" ab ")=" ab"
Trim (string)	清除字符串两边的空格	Trim(" ab ")="ab"
Asc(string)	返回字符串 string 中首字母的 ASCII 码值	Asc("Apple")=65 Asc("a123")=97
Chr(charcode)	返回 ASCII 码值为 charcode 的字符。charcode 是一个用来识别某字符 ASCII 码值	Chr(65)= "A", Chr(97)= "a" Chr(65.6)= "B"
UCase(string)	小写字母转换为大写字母	UCase("abc123")="ABC123"
LCase(string)	大写字母转换为小写字母	LCase("ABC123")="abc123"
InStr([start,]string1, string2)	在 string1 中从 start 开始搜索 string2 最先出现的位置，start 省略则从头开始找，找不到就返回 0	InStr(2, "12abdc12345", "12")=7 InStr("12abdc12345", "12")=1 InStr("12abdc12345", "66")=0
Space (number)	返回 number 个空格的字符串	Space(3)= " "
String (number, character)	返回由字符串 character 中首字符组成的 number 个字符串	String(3,"abc")="aaa"
Replace(expression, find, replacewith [, start[, count]])	在 expression 中从 start 开始将 replacewith 替换 find 共 count 次	Replace("abc12edfg12r","12""66")="abc66edfg66r" Replace("abc12edfg12r","12","66",5)="2edfg66r" Replace("abc12edfg12r","12", "66", 3, 1)= "c66edfg12r"

想想议议：

（1）如何用一个表达式来表示字符变量 C 是字母字符。

（2）len（str（123））运行结果？

4）日期和时间函数

Visual Basic 中关于日期和时间的函数很多，借助于这些函数，不仅可以返回和设置当前的日期和时间，而且可从日期中提取年、月、日、时、分、秒，以及对日期和时间进行格式化等。

常用的日期和时间函数如表 2–21 所示。

表 2–21 日期和时间函数

函数语法	功 能 描 述	示例和注意事项
Now	返回系统的日期和时间	Now 的值为 2005–7–22 11:58:20 AM
Date[()]	返回系统日期	Date 的值为 2005–7–22
DateSerial(year, month, day)	返回包含指定的年、月、日的日期	DateSerial(1969,2,12)=#1969–2–12#
DateValue(String)	返回包含指定的年、月、日的日期，但自变量为字符串	DateValue("1969,2,12")=#1969–2–12#

续表

函数语法	功 能 描 述	示例和注意事项
MonthName(Month)	返回月份名，Month 是月份的数值表示	MonthName(1)= "一月"
Time	返回系统的时间	Time 的值: 11:58:20 AM
Hour (time)	从时间中返回小时（0～24）	Hour(#3:12:56 PM#)=15
Minute(time)	从时间中返回分钟（0～59）	Minute(#3:12:56 PM#)=12
Second(time)	从时间中返回秒（0～59）	Second(#3:12:56 PM#)=56
Weekday(date)	从日期中返回星期代号（1～7），星期日为 1	Weekday(#5/27/1995#)=7 Weekday("95–05–27")=7 Weekday("95,05,27")=7
WeekdayName (weekday)	返回星期数的名称，weekday 是星期的数值表示	WeekdayName (7)= "星期四 "
DateAdd（要增减日期形式，增减量，要增减的日期变量）	对要增减的日期变量按日期形式做增减	DateAdd("ww",2,#2/14/2000#)=#2/28/2000#
DateDiff（要间隔日期形式，日期 1，日期 2）	返回两个指定日期间的时间间隔数目	DateDiff("d",#2/14/2000# ,#2/28/2000#)=14 DateDiff("d",#2/28/2000# ,#2/14/2000#)=–14

想想议议：

使用 VB 函数计算现在离毕业还有多少天？

5）颜色函数

颜色函数返回某种颜色。主要使用两种函数。

（1）QBColor 函数，其语法格式：QBColor(color)

参数说明：color 是一个 0～15 的整数，根据表 2–19 中的设置值返回对应的 16 种颜色之一。如表 2–22 所示。

表 2–22　color 的设置值及对应颜色

设 置 值	对 应 颜 色	设 置 值	对 应 颜 色
0	黑色	8	灰色
1	蓝色	9	亮兰色
2	绿色	10	亮绿色
3	青色	11	亮青色
4	红色	12	亮红色
5	洋红色	13	亮洋红色
6	黄色	14	亮黄色
7	白色	15	亮白色

（2）RGB 函数，其语法格式：RGB(red, green, blue)

作用：通过红、绿、蓝 3 种颜色的值来确定一种颜色。

参数说明：red，green，blue，分别表示颜色中的红色、绿色和蓝色的成分。数值范围均从 0～255，0 表示亮度最低，而 255 表示亮度最高。

每一种可视的颜色都由这 3 种主要颜色组合产生。

例如：

```
Form1.BackColor = RGB(0, 128, 0)        '设定背景为绿色
Form1.BackColor = RGB(255, 255, 0)      '设定背景为黄色
Form1.BackColor = RGB(255, 255, 255)    '设定背景为白色
```

6）测试函数

测试函数用来对一个变量或一个表达式进行类型判定，若是测定类型则返回 True，否则返回 False。

常用测试函数见表 2–23 所示。

表 2–23　常用测试函数

函 数 名	功 能 描 述
IsArray	判断变量是否为数组
IsDate	判断表达式是否为日期
IsEmpty	判断变量是否已被初始化
IsNumeric	判断表达式是否为数值型
IsObject	判断表达式是否为对象变量
Lbound	测试数组下标的下限
Ubound	测试数组下标的上限
TypeName	返回表示变量类型的字符串

7）Shell 函数

在 VB 中，要调用在 DOS 下或 Windows 下运行的可执行程序，可以通过 Shell 函数来实现。

Shell 函数的格式如下。

Shell（命令字符串 [，窗口类型]）

其中各项参数的含义如下。

（1）命令字符串：要执行的应用程序名，包括其路径，它必须是可执行文件（扩展名为.com、.exe）。

（2）窗口类型：表示执行应用程序的窗口大小，取值范围为 0～4、6 的整型数，一般取 1。

函数成功调用的返回值为一个任务标识 ID，它是运行程序的唯一标识。

例如：启用 Windows 下的计算器。程序代码如下。

```
i = Shell("calc.exe")
```

注意：对于执行 Windows 系统自带的软件，如附件中的“计算器”等各种程序，可以不写明程序的路径；对于其他应用程序，必须写明程序所在的路径。

例如：打开 VB6.0 环境。

i=Shell("C:\Program Files\Microsoft Visual Studio\VB98\VB6.EXE")

Visual Basic 的函数非常丰富，在这里只是简单列出了常用函数的函数名及其功能，其他详细内容请读者参阅 Visual Basic 帮助文件。

2.7 项目七　小助手——组队方法

2.7.1 项目目标

本项目实例主要任务是设计完成“小助手”中的“组队方法”界面。设计一个组队方法的小工具软件，设本班有 *m* 名学生，要选派 *n* 名学生参加成立学习团队，计算有多少种选派方法。如图 2–37 所示。

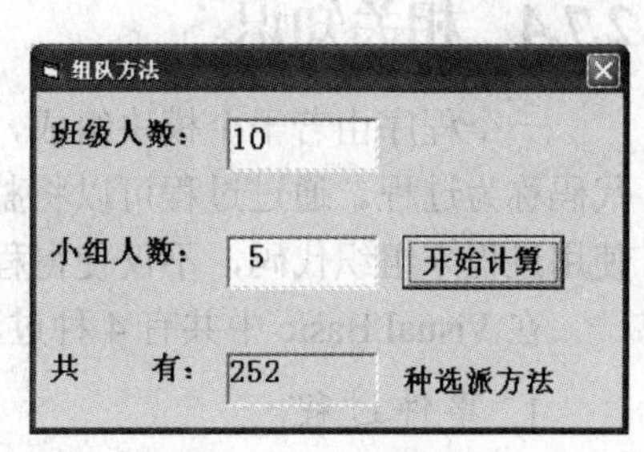

图 2–37　组队方法

2.7.2 项目分析

本项目实例属于计算组合数的问题，可以利用如下组合数公式进行计算：

$$C_n^m = \frac{n!}{m!(n-m)!}$$

在组合公式中，三次用到了求阶乘，其算法相同。对于算法相同的程序段，可以作为过程独立编写，在程序中使用这一算法时，只需调用这个过程。

2.7.3 项目实现

1. 程序界面设计

双击“工程资源管理器”中的 Form12（组队方法）窗体，进入 Form12 的窗体设计状态，添加 5 个标签、1 个命令按钮和 2 个文本框。

2. 界面对象属性设置

参照图 2–37，在属性窗口中为窗体和控件设置相应的属性值。

3. 编写对象事件过程代码

在成绩汇总窗口 Form12 中的代码如下。

```
Private Sub Command1_Click()                    '“开始计算”命令按钮事件
    Dim m As Integer, n As Integer, c As Double
    m = Val(Text1.Text)
    n = Val(Text2.Text)
    c = fac(m) / (fac(n) * fac(m – n))
    Label4.Caption = c
End Sub
Public Function fac(n As Integer) As Double     '“计算组合数”的函数过程
```

```
    Dim i As Integer, t As Double
    t = 1
    For i = 1 To n
        t = t * i
    Next i
    fac = t                                    '将计算阶乘的结果赋值给函数名
End Function
```

2.7.4 相关知识

一个程序由若干个模块组成，而每个模块又由更小的程序代码段组成。这些组成模块的代码称为过程。通过过程可以将整个程序按功能进行分块，每个过程完成一项特定的功能。使用过程来组织代码，不仅使得程序结构更清晰，而且便于查找和修改代码。

在 Visual Basic 中共有 4 种过程：事件过程、属性过程、函数过程和子过程。

1. 事件过程

每个对象的每个动作都对应一个事件过程。通过在事件过程中编写代码可以指定事件发生时完成什么样的操作。事件过程名为“对象名_动作”，通过事件过程名在对象和代码之间建立联系，事件过程是在事件发生时自动执行的。

语法格式：

```
Private Sub 对象名_事件名（[参数列表]）
    <语句块>
End Sub
```

参数说明如下。

（1）对象名：对象可以是窗体或控件。

（2）参数列表：一个或多个与事件对应的参数，多个参数间用逗号分隔。

例如，下面事件过程中对象名是 Command1（命令按钮 1），动作是 Click（单击）。当单击命令按钮时在窗体上以（1200，1200）为圆心，画一个半径为 1000 的圆。

```
Private Sub Command1_Click（）
    Form1.Circle（1200，1200），1000
End Sub
```

注意：事件过程中的对象名应该与对应对象名保持一致，尤其要注意已经为对象编写代码后再更改对象的 Name 属性将导致名字不符的情况，这时会出现“要求对象”的错误提示。

2. 属性过程

属性是一种特殊的变量，它不仅可以存储数据，还可以通过属性过程来完成特定的操作。在对它进行赋值操作或读取它存储的数据时，首先要经过属性过程的处理。标准控件具有特定的属性，如 CommandButton 控件具有 Caption 属性，当为其赋值时，所赋值的内容便可在命令按钮上显示出来，这项功能就是在属性过程中完成的。属性过程代码封装在控件对象中，对用户是透明的，需要时直接使用即可。当用户要创建自己的类和对象，或者要为某一控件对象添加自定义的属性时，将用到属性过程。

对应于属性的读写操作，属性过程分为 3 种：Property Get 过程用来处理从属性中读取数据的操作；Property Let 过程和 Property Set 过程处理是对属性赋值的操作，其中 Property Let 过程用于一般类型的属性，Property Set 过程用于对象类型的属性。

3. 函数过程

Visual Basic 的函数分为内部函数和用户自定义函数两种。

内部函数，即 Visual Basic 系统提供的标准函数，如 Sqr、Cos 或 Chr 等。当用户需要时，可以通过引用固定的函数名使用。

用户自定义函数，即根据用户的需要，由用户自己编制的函数，也称为函数过程。

1）定义函数过程

定义函数过程有如下两种方法。

（1）利用“工具”菜单。打开“工具”菜单，选择“添加过程”命令，在“添加过程”对话框中输入名称，设置类型和范围即可。

（2）在代码编辑器中的“通用”声明段中直接定义。

定义函数过程的语法格式：

```
[Private|Public][Static]Function 函数过程名 ([形参列表]) [As 类型]
    局部变量或常数定义  ┐
    <语句块>            │
    函数名=返回值       │
    [Exit Function]     ├ 函数过程体
    <语句块>            │
    函数名=返回值       ┘
End Function
```

参数说明如下。

① 形参列表：[ByVal] 变量名 [()] [As 类型] [, [ByVal] 变量名 [()] [As 类型] …]，形参只能是变量或数组名，带 ByVal 表示参数是值传递方式，默认是地址传递方式。

② 在函数过程体内至少对函数名赋值一次，这一点初学者一定要注意。

③ Exit Function：退出函数过程。

2）调用函数过程

语法格式：

```
函数过程名 ([实参列表])
```

参数说明如下。

① 实参列表：必须与形参个数相同，位置和类型一一对应，实参可以是同类型的常数、变量、数组元素和表达式。

② 调用时把实参的值传递给形参称参数传递。其中值传递（带 ByVal）时实参的值不随形参的值变化而变化，而地址传递时实参的值随形参的值变化而变化。

③ 形参和实参是数组时，在参数声明时应省略其维数，但括号不能省。

4. 子过程

子过程又称为通用过程，是为完成某一项指定的任务而编制的过程。编制了子程序后，必须由应用程序来调用它，子程序才能发挥其应有的作用。

建立子过程的好处是可以减少重复代码的书写，使应用程序容易维护。

1）定义子过程

定义子过程的语法：

```
[Private|Public][Static]Sub 子过程名（形参列表）
    局部变量或常数定义  ┐
    <语句块>            │
    [Exit Sub]          ├ 子过程体
    <语句块>            ┘
End Sub
```

参数说明： Exit Sub 表示退出子过程。

2）调用子过程

调用子过程有两种方法。

语法格式 1：

Call 子过程名 （[实参列表]）

语法格式 2：

子过程名 ［实参列表］

注意：当使用 Call 语法时，参数必须在括号内。若省略 Call 关键字，则必须省略参数两边的括号。

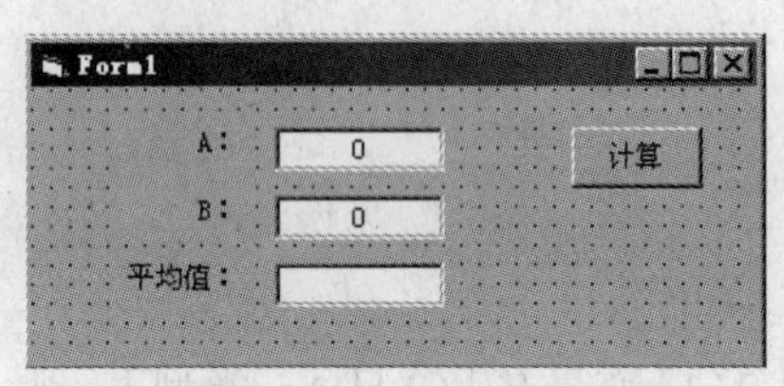

图 2-38　应用程序界面

例如，编写子过程 Average，用来求任意两个实数的平均值，然后调用它计算任意两数的平均值。

在窗体上放置 3 个标签控件（Label1、Label2、Label3）、3 个文本框控件（Text1、Text2、Text3）和 1 个命令按钮（Command1）。

应用程序窗体界面图 2-38 所示。

程序代码如下。

```
'定义子过程
Public Sub Average(a As Single, b As Single, c As Single)
    c = (a + b) * 0.5
End Sub
Private Sub Command1_Click()
    Dim c As Single
    '调用子过程
    Call Average(CSng(Text1.Text), CSng(Text2.Text), c)
    Label1.Caption = CStr(c)
End Sub
```

说明：本例是使用下列语句调用 Average 过程的。

Call Average（CSng（Text1.Text），CSng（Text2.Text），c）

类似地，使用下列语句也能达到同样目的。

```
Average CSng(Text1.Text), CSng(Text2.Text), c
```

建立子过程和函数过程的好处是可以减少重复代码的书写，使应用程序容易维护。

子过程与函数过程的区别如下。

（1）定义语法不同，使用不同的关键字进行定义。

（2）调用方法不同，函数过程可在赋值语句中调用，子过程则不可。

（3）函数过程可以通过过程名返回值，子过程名则不能，只能由参数带回。当过程有一个返回值时，函数过程直观；当过程有多个返回值时，宜用子过程。可见子过程比函数过程适用面广。

想想议议：

在同一模块、不同过程中声明的相同变量名，两者是否表示同一个变量？二者有没有联系？

5. 参数传递

过程中的代码通常需要某些关于程序状态的信息才能完成它的工作。信息包括在调用过程时传递到过程内的变量。当将变量传递到过程时，称变量为参数。

1）参数的数据类型

过程的参数被默认为具有 Variant 数据类型。不过，也可以声明参数为其他数据类型。例如，下面的通用过程接收三个单精度实数。

```
Private Sub Average(a As Single, b As Single, c As Single)
    c = (a + b) * 0.5
End Sub
```

2）按地址传递参数

按地址传递参数时，过程用变量的内存地址去访问实际变量的内容。结果，将变量传递给过程时，通过过程可永远改变变量值。在 Visual Basic 中，默认是按地址传递参数的。

如果给按地址传递参数指定数据类型，就必须将这种类型的值传给参数。可以给参数传递一个表达式，而不是数据类型。Visual Basic 计算表达式，如果可能，还会按要求的类型将值传递给参数。

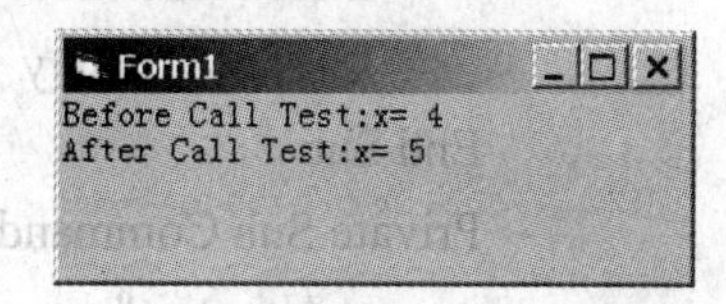

图 2–39　按地址传递参数

例如，编写如下代码，运行程序，结果如图 2–39 所示。

```
Private Sub Test(I As Integer)
    I = I + 1
End Sub
Private Sub Form_Click()
    Dim x As Integer
    x = 4
    Print "Before Call Test:x=";x
    Call Test(x)
    Print "After Call Test:x=";x
End Sub
```

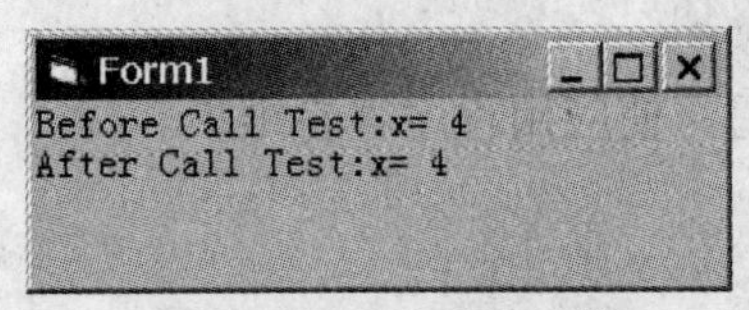

图 2–40 按值传递参数

3）按值传递参数

在形参前使用 ByVal 关键字表示按值传递参数，这时传递的只是变量的副本。如果过程改变了这个值，则所作变动只影响副本而不会影响变量本身。

例如，运行下面程序，结果如图 2–40 所示。

```
Private Sub Test(ByVal I As Integer)
    I = I + 1
End Sub
Private Sub Form_Click()
    Dim x As Integer
    x = 4
    Print "Before Call Test:x=";x
    Call Test(x)
    Print "After Call Test:x=";x
End Sub
```

4）使用可选的参数

（1）可选参数。在过程的参数列表中列入 Optional 关键字，就可以指定过程的参数为可选的。

注意：如果指定了可选参数，则参数表中此参数后面的其他参数也必是可选的，并且要用 Optional 关键字来声明。

例如，这段代码提供所有可选参数。

```
Dim strName As String, varAddress As Variant
Private Sub ListText(Optional x As String, Optional y As Variant)
    List1.AddItem x
    List1.AddItem y
End Sub
Private Sub Command1_Click ()
    strName = "yourname"
    varAddress = 12345          '提供了两个参数
    Call ListText (strName, varAddress)
End Sub
```

又如，下面的代码并未提供全部参数。

```
Private Sub ListText (x As String, Optional y As Variant)
    List1.AddItem x
    If Not IsMissing (y) Then
        List1.AddItem y
    End If
End Sub
Private Sub Command1_Click ()
```

```
        Dim strname As String
        strName = "yourname"
        Call ListText (strName)          '未提供第二个参数，只添加"yourname"
    End Sub
```

在未提供某个可选参数时，实际上将该参数作为具有 Empty 值的变体来赋值。上例说明如何用 IsMissing 函数测试丢失的可选参数。

（2）可选参数的默认值。也可以给可选参数指定默认值。如果未将可选参数传递到函数过程，则使用可选参数的默认值。举例如下。

```
    '给可选参数指定默认值为 12345
    Private Sub ListText(x As String, Optional y As Variant = 12345)
        List1.AddItem x
        List1.AddItem y
    End Sub
    Private Sub Command1_Click ()
        Dim strname As String
        strName = "yourname"          '未提供第二个参数
        Call ListText (strName)       '添加"yourname"和"12345"
    End Sub
```

5）不定个数参数

一般说来，过程调用中的参数个数应等于过程说明的参数个数。可用 ParamArray 关键字指明参数个数，过程将接收任意个数的参数。

例如：编写计算总和的 Sum 函数。

```
    Dim x As Variant, y As Integer, intsum As Integer
    Private Function Sum(ParamArray intsum())
        For Each x In intsum
            y = y + x
        Next x
            Sum = y
    End Function
    Private Sub Command1_Click()
        intsum = Sum(1, 3, 5, 7, 8)
        List1.AddItem intsum
    End Sub
```

运行后列表框中添加的内容是 24。

说明：

（1）ParamArray 只用于形参列表中的最后一个参数，指明最后这个参数是一个 Variant 元素的 Optional 数组。

（2）使用 ParamArray 关键字可以提供任意个数的参数。

（3）ParamArray 关键字不能与 ByVal、ByRef 或 Optional 一起使用。

6. 递归

递归就是用自身的结构来描述自身。实际生活中有许多问题具有递归的特性，用递归调用来解决非常简便。

VB 允许一个自定义子过程或函数子过程在过程体的内部调用自己，称递归子过程或递归函数。

例如：求函数 $fac(n)=n!=\begin{cases} 1 & (n=1) \\ nfac(n-1) & (n>1) \end{cases}$

程序代码如下。

```
Public Function fac(n As Integer) As Integer
    If n = 1 Then
        fac = 1
    Else
        fac = n * fac(n – 1)
    End If
End Function
Private Sub Command1_Click()
    Print "fac(4)="; fac(4)     '调用递归函数，结果 fac(4)=24
End Sub
```

本例中 fac(4)的执行过程如图 2–41 所示。

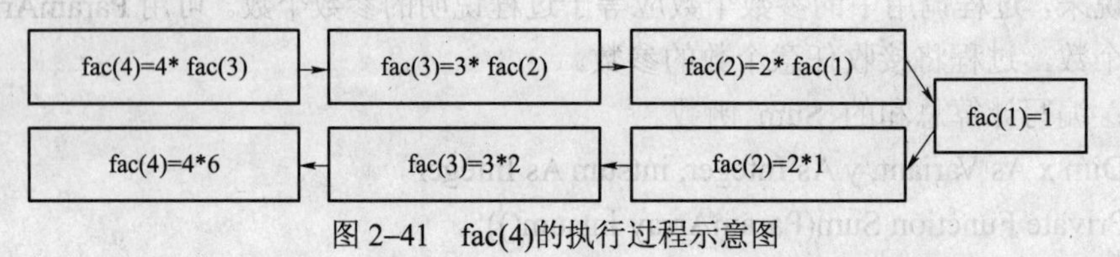

图 2–41　fac(4)的执行过程示意图

注意：If n = 1 Then　fac = 1 的作用很大，如果去掉则会出现“溢出”错误。这是保证递归结束的条件。所以构成递归的条件如下。

（1）递归结束条件及结束时的值。

（2）能用递归形式表示，且递归向结束条件发展。

2.8　知识进阶

2.8.1　编码约定

为了使应用程序的结构和编码风格标准化，需要使用统一编码约定集。好的编码约定可使源代码严谨、可读性强且意义清楚，与其他语言约定相一致，并且尽可能的直观。

1. 对象命名约定

应该用一致的前缀来命名对象，使人们容易识别对象的类型。

（1）控件前缀。Visual Basic 支持的一些推荐使用的常用的对象约定。

（2）推荐使用的数据访问对象（DAO）的前缀。

表 2–24 列出了 Visual Basic 支持的一些推荐使用的常用数据访问对象（DAO）的前缀。

表 2–24 推荐使用的 DAO 前缀

数据库对象	前　缀	例　子
Container	con	conReports
Database	db	dbAccounts
DBEngine	dbe	dbeJet
Document	doc	docSalesReport
Field	fld	fldAddress
Group	grp	grpFinance
Index	ix	idxAge
Parameter	prm	prmJobCode
QueryDef	qry	qrySalesByRegion
Recordset	rec	recForecast
Relation	rel	relEmployeeDept
TableDef	tbd	tbdCustomers
User	usr	usrNew
Workspace	wsp	wspMine

（3）推荐使用的菜单前缀。如果在应用程序频繁使用许多菜单控件，那么对于这些控件而言，具备一组唯一的命名约定很实用。除了最前面的 mnu 标记以外，菜单控件的前缀应该被扩展：对每一级嵌套增加一个附加前缀，将最终的菜单的标题放在名称字符串的最后。比如 File 菜单下的子菜单项 open，可以命名为 mnuFileOpen，这种命名清楚地表示出它们所属的菜单命令。

2. 常量和变量命名约定

除了对象之外，常量和变量也需要格式良好的命名约定。变量应该总是被定义在尽可能小的范围内。全局（Public）变量可以导致极其复杂的状态机构，并且使一个应用程序的逻辑非常难于理解，使代码的重用和维护更加困难。在 VB 的应用程序中，只有当没有其他方便途径在窗体之间共享数据时才使用全局变量。当必须使用全局变量时，需要在一个单一模块中声明它们，并按功能分组。还要给这个模块取一个有意义的名称，以指明它的作用，如 Public.bas。

较好的编码习惯是尽可能写模块化的代码。例如，如果应用程序显示一个对话框，就把要完成这一对话任务所需要的所有控件和代码放在单一的窗体中。这有助于将应用程序的代码组织在有用的组件中，并减小它运行时的开销。

除了全局变量（应该是不被传递的），过程和函数应该仅对传递给它们的对象操作。在过程中使用的全局变量应该在过程起始处的声明部分中标识出来。此外，应该用 ByVal 将参数传递给 Sub 过程及 Function 过程，除非明显地需要改变已传递的参数值。

（1）变量的范围前缀。随着工程大小的增长，划分变量范围的工作也迅速增加。在类型前缀的前面放置单字母范围前缀标明了这种增长，但变量名的长度并没有增加很多，如表 2–25 所示。

表 2–25　推荐使用的变量范围前缀

范　围	前　缀	例　子
全局	g	gstrUserName
模块级	m	mblnCalcInProgress
过程	无	dblVelocity

（2）变量数据类型。应该给变量加前缀来指明它们的数据类型。而且前缀可以被扩展，用来指明变量范围，特别是对大型程序。可以用如表 2–26 所示的前缀来指明一个变量的数据类型。

表 2–26　推荐使用的变量数据类型前缀

数 据 类 型	前　缀	例　子
Boolean	bln	blnFound
eanB	byt	bytRasterData
nByteCollection o	col	colWidgets
ection o	cur	curRevenue
on objectCu	dtm	dtmStart
ectCur	dbl	dblTolerance
Curre	err	errOrderNum
rencyDa	int	intQuantity
yDat	lng	lngDistance
Object	obj	objCurrent
ectSin	sng	sngAverage
Single	str	strFName

2.8.2　结构化编码

除了命名约定外，结构化编码约定可以极大地改善代码的可读性，如代码注释和一致性缩进。

1. 代码注释约定

所有的过程和函数都应该以描述这段过程功能的一段简明注释开始（这段过程是干什么

的)。这种描述不应该包括执行过程细节（它是怎么做的），因为这常常是随时间而变的。

2. 格式化代码

因为许多程序员仍然使用 VGA 显示器，所以在允许代码格式来反映逻辑结构和嵌套的同时，应尽可能地节省屏幕空间。注意以下几点规则。

（1）标准的、基于制表位的嵌套块应该被缩进 4 个空格（默认情况下）。

（2）过程的功能综述注释应该缩进一个空格。跟在综述注释后面的最高级的语句应该缩进一个制表位，而每一个嵌套的块再缩进一个制表位。例如下面的注释。

```
'*****************************************************
'目的:          在用户列表数组中找出
'               一个指定用户的第一次出现位置。
'输入:
'    strUserList():        被搜索的用户列表。
'    strTargetUser:        要搜索的用户名。
'返回:       在 rasUserList 数组中 rsTargetUser 的第一次出现的索引。
'            如果目标用户没找到，返回-1。
'*****************************************************
```

3. 给常量分组

变量和定义的常量应该按功能分组，而不是分散到单独区域或特定文件中。Visual Basic 一般常量应该在单一模块中分组，以将它们与应用程序特定的声明分开。

项目交流

分组交流讨论：本章中的各项目主要完成了简单的界面设计和基本的数据处理功能，如果你作为客户，你对本章中项目的设计满意吗（包括功能、界面和操作模式）？找出本章项目中不足的地方，加以改进。在对项目改进过程中遇到了哪些困难？组长组织本组人员讨论或与老师进行讨论改进的内容及改进方法的可行性，并做好记录并编程上机检测。

项目改进记录

序号	项 目 名 称	改 进 内 容	改 进 方 法
1			
2			
3			
4			
5			
6			
7			

交回讨论记录摘要。记录摘要包括时间、地点、主持人（即组长，建议轮流当组长）、参加人员、讨论内容等。

基本知识练习

一、简答题

1. 什么是对象？属性、方法和事件有什么区别？

2. 什么是工程？如何设置启动窗体？

3. 什么是工具箱？窗体编辑器和代码编辑器有哪几种切换方法？

4. 简述 Visual Basic 程序设计的步骤。

5. Visual Basic 中控件的 Name 属性和 Caption 属性有何区别？

6. 窗体常用的事件和方法有哪些？

7. Visual Basic 提供了哪些标准数据类型？声明类型时，常用的类型关键字和声明符号分别是什么？

8. 在多分支结构的实现中，可以用 If...Then…ElseIf…End If 形式的语句，也可以用 Select Case…End Select 形式的语句，由于后者的条件书写更灵活、简洁，是否可以取代前者，举例说明。

9. 如果已知循环次数，选用哪种循环结构比较合适？

10. 过程和函数的异同点是什么？

11. 要使变量在某一事件过程中保值，有哪几种变量声明方法？

二、习题

1. 说明下列哪些是 VB 的合法常量，并分别指出是什么类型。

（1）100.0　（2）%100　（3）1E1　（4）123D3

（5）"asdf"　（6）100#　（7）True　（8）#200/10/7#

2. 说明下列哪些是 VB 的合法变量名。

（1）a123　（2）a12_3　（3）123_a　（4）a 123

（5）Integer　（6）False　（7）变量名　（8）sin（x）

3. 根据条件写表达式。

（1）产生一个 100～400 范围内的正整数。

（2）表示 X 是 5 或 7 的倍数。

（3）将 X 的值四舍五入，保留小数点后两位。

（4）取字符变量 S 中从第 5 个字符开始的 6 个字符。

（5）表示 10≤X≤20。

（6）表示 x≤12 或 x≥30。

三、编程

1. 编写程序完成：单击窗体上的命令按钮弹出消息框，在消息框中提示用户单击命令按钮的次数（提示：使用静态变量或模块级变量）。

2. 铁路托运行李，从甲地到乙地，规定每张客票托运费计算方法如下。

① 行李重量不超过 50kg 时，每千克 0.25 元。

② 超过 50kg 而不超过 100kg 时，其超过部分按每千克 0.35 元收费。

③ 超过 100kg 时，其超过部分按每千克 0.45 元收费。

编写程序，输入行李重量，计算并输出托运的费用。界面自定，但要求简洁美观。

3. 编写一个校园歌手比赛评分程序，比赛进行了 5 场，每场接收用户输入 10 个选手的得分（0～10 分），最后去掉一个最高分和一个最低分，求出某选手的最后得分（平均分）。

4. 一个炊事员上街采购，用 500 元钱买了 90 只鸡，其中母鸡一只 15 元，公鸡一只 10 元，小鸡一只 5 元，正好把钱用完。问母鸡、公鸡、小鸡各买多少只？

能力拓展与训练

一、调研与分析

1. 分小组分别对学生、教师、教务工作人员等不同的用户进行充分调查，了解“学生管理系统”中“成绩管理”模块都具体包括哪些方面，然后综合分析。知道如何在现代团队环境下构思—设计—实施—运行工程产品、过程和系统。考察内容要求如下。

① 学生对“成绩查询”功能的要求。

② 教师对“成绩”的录入、修改、查询功能的要求。

③ 教务工作人员对“成绩”的后台管理（科目、学生名单等）功能的要求。

④ 开发语言的选择。

2. 根据计算机语言的发展的趋势，写一份未来的“汉语程序设计语言会不会成为一种发展方向”的报告，注明信息来源。

二、自主学习与探索

1. 将本项目实例进行打包并练习安装、运行操作，其说明如下。

① 打包。.EXE 文件可以脱离 VB 环境，在操作系统下单独运行，但不能简单地将该.EXE 文件发布给他人，或者拷贝到移动磁盘上带到任意的系统上去使用。因为在执行已编译的代码时，VB 要运行特定的运行库，但每台计算机安装的运行库不一定相同，因此必须创建一个安装程序来发布文件。

② 安装运行。当用户需要在其他机器上运行已打包的程序时，必须进行程序安装。首先找到压缩包所在的目录，然后双击 Setup.exe 文件，Windows 就会执行安装程序显示欢迎对话框，单击“确定”按钮后，系统将显示“安装程序”对话框。接下来的安装步骤和安装其他软件方法是一样的，不再赘述。

2. 编写一个英文打字训练的程序，要求如下。

① 在 text1 中随机生成 50 字母范文。

② 在 text2 中输入范文内容，在输入范文的过程中如输入的字母与范文不一致，则出现消息框说明，然后继续输入。

③ 当 text2 获得焦点时，开始计时，同时通过其他控件显示此时的时间。

④ 当输入了第 50 个字母时结束计时，禁止向文本框输入内容，通过其他控件显示打字的速度和正确率。

提示：使用 IF 语句对输入的字符与随机产生的字符，一 一对应比较，判断输入正确与否。

三、思辨题

1. 选择什么样的学习路线可以快速掌握软件开发工具？

2. 一个软件可以无限制的维护并使用吗？

四、我的问题卡片

请把学习中（包括预习和复习）思考和遇到的问题写在下面的卡片上，然后逐渐补充上简要的答案。

问 题 卡 片

序号	问 题 描 述	简 要 答 案
1		
2		
3		
4		
5		
6		
7		
8		
9		
10		

你我共勉

是故学然后知不足，教然后知困。知不足，然后能自反也；知困，然后能自强也。——孔子

第 3 章　用户界面设计

本章要点：

常用标准控件的使用。

- 复选框。
- 选项按钮。
- 列表框。
- 组合框。
- 滚动条。
- 定时器控件。
- 图片框。
- 图像框。

3.1　项目　档案管理之信息录入

3.1.1　项目目标

本项目实例主要任务是设计完成档案管理界面，如图 3–1 所示。

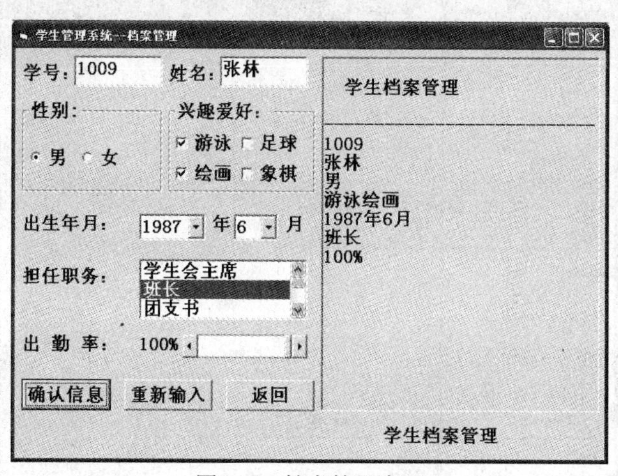

图 3–1　档案管理窗口

3.1.2　项目分析

本项目实例主要运用了 VB6.0 常用控件中的标签、文本框、框架、单选按钮、复选按钮、组合框、列表框、滚动条和定时器控件。

“档案管理”窗口上用到的对象如下。

（1）标签 9 个，分别用来标识“学号”，“姓名”，“出生年月”，“年”，“月”，“担任职务”，“出勤率”，“出勤率结果”和“滚动字幕”。

（2）文本框 2 个，分别是用来输入“学号”和“姓名”。

（3）框架 2 个，分别用来标识分组“性别”和“兴趣爱好”。

（4）单选按钮 2 个，分别用来选择“性别”内容。

（5）复选按钮 4 个，分别用来选择“兴趣爱好”中的内容。

（6）组合框 2 个，分别用来选择标识年和月的列表项。

（7）列表框 1 个，用来选择“职务”中的列表项。

（8）滚动条 1 个，用来表示出勤率。

（9）定时器 1 个，用来定时控制在窗体下方自左至右的滚动字幕——显示“学生档案管理”几个字。

（10）图片框 1 个，用来显示“学生档案管理”内容。

（11）按钮 3 个，用户进行填写或选择操作之后，单击“确认信息”按钮后将信息显示到右侧图片框中，单击“重新输入”按钮，清空所有控件内容，用户可以重新输入档案信息，“返回”按钮，用来结束项目程序运行。

3.1.3 项目实现

1. 程序界面设计

双击“工程资源管理器”中的 Form4（档案管理）窗体，进入 Form4 的窗体设计状态，添加控件如图 3–2 所示。

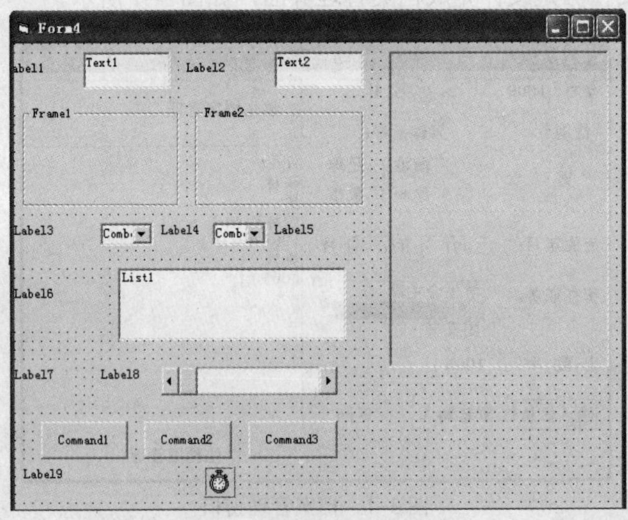

图 3–2 档案管理初始窗口

注意：在框架内添加控件时，先添加框架控件后再添加框架内部的对象，不能使用双击的方法添加，只能用单击+在框架内部拖动方法。

2. 相关对象属性设置

在属性窗口中为窗体和控件设置相应的属性值。各对象属性设置如表 3–1 所示。

表 3–1　相关对象的属性及设置值

对　　象	属　　性	设 置 值
窗体 Form4	Caption	学生管理系统—档案管理
标签 Label1	Caption	学号
标签 Label2	Caption	姓名
标签 Label3	Caption	出生年月
标签 Label4	Caption	年
标签 Label5	Caption	月
标签 Label6	Caption	担任职务
标签 Label7	Caption	出勤率
标签 Label8	Caption	100%
标签 Label9	Caption	学生档案管理
文本 Text1	Text	设置为空
文本 Text2	Text	设置为空
框架 Frame1	Caption	性别
框架 Frame2	Caption	兴趣爱好
单选按钮 Option1	Caption	男
单选按钮 Option2	Caption	女
复选按钮 Check1	Caption	游泳
复选按钮 Check2	Caption	足球
复选按钮 Check3	Caption	绘画
复选按钮 Check4	Caption	象棋
组合框 Combo1	Text	1980
	List	“1980 1981 1982 1983”年份中间用 Ctrl+Enter 分隔，最后用 Enter 结束
组合框 Combo2	Text	1
	List	“1 2 3 4 5 6 7 8 9 10 11 12”月份中间用 Ctrl+Enter 分隔，最后用 Enter 结束
列表框 List1	List	“学生会主席 班长 团支书 学习委员” 各职务名称中间用 Ctrl+Enter 分隔，最后用 Enter 结束
水平滚动 Hscroll1	Min	0
	Max	100
	SmallChange	1
	LargeChange	5
图片框 Picture1	无	无

续表

对　　象	属　　性	设 置 值
命令按钮 Command1	Caption	确认输入
命令按钮 Command2	Caption	重新输入
命令按钮 Command3	Caption	返回
定时器 Timer1	Interval	50

3. 编写对象事件过程代码

（1）双击“工程资源管理器”窗口中的 Form4，使 Form4 成为当前的设计窗体，以下是 Form4 档案管理窗口的代码设置。

① 双击 Form4 窗体上的“确认输入”命令按钮，进入代码窗口编写如下事件过程代码。

```
Private Sub Command1_Click()                                      '“确认输入”按钮事件
    Dim xh$,xm$,xb$,xq$,rq$,zw$,cql$
    xh = Text1                                                    '文本框输入学号
    xm = Text2                                                    '文本框输入姓名
    xb = IIf(Option1.Value,"男","女")                             '单选框选择性别
    xq = IIf(Check1.Value,Check1.Caption, "") & _                 '复选框选择兴趣爱好
        IIf(Check2.Value,Check2.Caption,"") & _
        IIf(Check3.Value,Check3.Caption,"") & _
        IIf(Check4.Value,Check4.Caption,"")
    rq = Combo1.Text & "年" & Combo2.Text & "月"                  '组合框选择出生年月
    zw = List1                                                    '列表框选择职务
    cql = HScroll1.Value & "%"                                    '滚动条设置出勤率
    Picture1.AutoRedraw = True                                    '图片框文字持久显示
    Picture1.Print
    Picture1.Print Tab(3); "学生档案管理"                         '图片框显示标题
    Picture1.Print                                                '空行
    Picture1.Print "--------------------------"                   '显示虚线条
    Picture1.Print xh; Chr(13); xm; Chr(13); xb; Chr(13); _       '显示各项内容
                xq; Chr(13); rq; Chr(13); zw; Chr(13); cql
End Sub
```

② 双击 Form4 窗体上的“重新输入”命令按钮，进入代码窗口编写如下事件过程代码。

```
Private Sub Command2_Click()                                      '“重新输入”按钮事件
    Picture1.cls
    Text1 = ""
    Text2 = ""
    Option1.Value = False
    Option2.Value = False
```

```
        Check1.Value = 0
        Check2.Value = 0
        Check3.Value = 0
        Check4.Value = 0
        HScroll1.Value = 0
        Text1.SetFocus
End Sub
```

③ 双击 Form4 窗体上的“返回”命令按钮，进入代码窗口编写如下事件过程代码。

```
Private Sub Command3_Click()                         '“返回”按钮事件
        Form4.Hide                                   '隐藏当前的 Form4 窗体
        Form2.Show                                   '显示主界面 Form2 窗体
End Sub
```

④ 双击 Form4 窗体上的 Timer1 定时器控件，进入代码窗口编写如下事件过程代码。

```
Private Sub 1_Timer()                                '控制滚动字幕的 Timer 事件
        Label10.Left = Label10.Left + 20             '标签字幕向右侧移动
        If Label10.Left > Form4.Width Then           '标签 Left 属性超过窗体宽度
            Label10.Left = – Label10.Width           '标签重新从左面出现
        End If
End Sub
```

3.1.4　相关知识

1. 复选框（CheckBox）

1）常用属性

（1）Caption 属性。设置复选框附近的文字。

（2）Visible 属性。返回或设置一个值，用来指示对象为可见或隐藏。

- True（默认值）：对象是可见的。
- False：对象是隐藏的。

（3）Enabled 属性。

- Enabled = True 时，允许使用该复选框。
- Enabled = False 时，禁止使用该复选框。

（4）Value 属性。指示复选框处于选定、未选定或禁止状态（暗淡的）中的哪一种。

- vbUnchecked（0）：默认值，表示没选中（Unchecked）。
- vbChecked（1）：表示选中（Checked）。
- vbGrayed（2）：表示暗淡状态（Unavailable）。

2）常用事件

（1）Click 事件。在下面程序段中，每次单击 CheckBox 控件时都将改变其 Caption 属性，以指示选定或未选定状态。

```
    Private Sub Check1_Click()
```

```
        If Check1.Value = vbChecked Then
            Check1.Caption = "选中"
        ElseIf Check1.Value = vbUnchecked Then
            Check1.Caption = "未选中"
        End If
    End Sub
```

（2）响应键盘。用 Tab 键将焦点转移到 CheckBox 控件上，再按空格键，这时也会触发 CheckBox 控件的 Click 事件。

（3）设置快捷键。可以在 Caption 属性的一个字母之前添加连字符（&），创建一个键盘快捷方式来切换 CheckBox 控件的选择。

注意：在运行时鼠标单击复选框时有两种状态：一是选中，二是不选中。

2. 选项按钮（OptionButton）

选项按钮用来显示选项，通常以选项按钮组的形式出现，用户可从中选择一个选项。OptionButton 控件与 CheckBox 控件的相同之处在于，都是用来指示用户所作的选择；不同之处在于，对 CheckBox 控件，可选中任意数目的复选框，而对于一组 OptionButton 控件，一次只能选定其中的一个。

（1）常用属性为 Value 属性。

- True：表示已选择了该按钮。
- False（默认值）：表示没有选择该按钮。

（2）常用事件为常用事件主要是 Click 事件。

3. 框架（Frame）

1）作用

Frame 控件是一个容器，可为控件提供可标识的分组。分组方法有以下两步。

（1）先建框架，后在其内建控件，这样就可以把框架和里面的控件同时移动。如果在 Frame 外部绘制了一个控件并试图把它移到框架内部，那么控件将在 Frame 的上部，这时需分别移动 Frame 和控件。

（2）建立框架内的控件时，不能双击，只能单击后拖放；否则，载体不是框架而是窗体，其内的控件（比如选项按钮）将不随框架移动，用户这时只能在窗体中的全部单选按钮中任选一个。

2）常用属性

（1）BorderStyle 属性。返回或设置对象的边框样式。0 表示无边框；1（默认值）表示固定单边框。

（2）Caption 属性，用于设置框架的标题文本。

3）常用事件

框架常用事件有 Click 和 Dblclick 等，但一般不需要编写事件过程代码。

4. 列表框（ListBox）

ListBox 控件显示项目列表，用户可从中选择一个或多个项目。如果项目数超过列表框可显示的数目，控件上将自动出现滚动条。这时用户可在列表中上、下、左、右滚动。

1）常用属性

（1）List 属性。返回或设置控件的列表部分的项目。列表是一个字符串数组，它的每一项都是一列表项目。

在设计时，在属性窗口中使用 List 属性可在列表中增加项目。输入列表项后按 Ctrl+Enter 组合键，可以添加下一个列表项。列表项只能添加到列表框的末尾。

引用列表项目时的语法格式：

列表框名.List（下标）

其中下标是列表项的下标，0 为第一项，1 为第二项，以此类推。

例如：

Text1.Text = List1.List（2）

（2）ListIndex 属性。设置或读取运行时选中列表项的下标。

列表第一项的 ListIndex 是 0，最后一项是 ListCount–1；如果未选定项目，则 ListIndex 属性值是–1。

（3）ListCount 属性。返回运行时列表项的总个数，比最大的 ListIndex 值大 1。

说明：常将 List、ListCount 和 ListIndex 属性结合起来，用于访问 ListBox 中的项目。

（4）Text 属性。Text 属性总是对应用户在运行时选定的列表项目的值。

注意：常用 Text 属性和 ListIndex 属性来判断用户选定了列表框中的哪一项。

（5）NewIndex 属性。返回最近加入 ListBox 控件的项的索引，在运行时是只读的。

（6）Sorted 属性（只读属性）。

指定控件的元素是否自动按字母表顺序排列。当该属性为 True 时，按字母表顺序排列，包括对添加或删除项目所需的索引序号的改变。

2）常用方法

（1）AddItem 方法。使用 AddItem 方法可以添加 ListBox 控件中的项目。

语法格式：

列表框名.AddItem　添加的项目 [，下标]

参数说明如下。

① 添加的项目：添加到列表中的字符串表达式，若是常量则用引号括起来。

② 下标：插入项在列表中的位置，默认将添加到当前所有项目的末尾。

注意：Sorted 属性设置为 True 后，使用带有 index 参数的 AddItem 方法可能会导致不可预料的非排序结果。

（2）RemoveItem 方法。使用 RemoveItem 方法可以删除 ListBox 控件中的项目。

语法格式：

列表框名.RemoveItem　要删除项的下标

比如，要删除列表中的第一个项目，可添加如下代码。

List1.RemoveItem 0

（3）Clear 方法。Clear 方法用于清除 ListBox 的全部内容。

3）常用事件

ListBox 控件接收 Click 和 DblClick 等事件。

在 Windows 操作环境下所见到的“打开文件”对话框中，既可以直接双击某一文件名打开该文件，也可以在列表框中先选中该文件，然后再单击“确定”按钮。因此，对于列表框事件，特别是当列表框作为对话框的一部分出现时，用户可以考虑使用以下两种方法之一。

（1）建议添加一个命令按钮，并把该按钮同列表框并用。即用户先在列表框中选中一个项目，然后单击命令按钮去打开该项目。

（2）用户双击列表中的项目也可以打开该项目。为此，应在 ListBox 控件的 DblClick 过程中调用命令按钮的 Click 过程。

例如：分析下列程序段，注意如何在 ListBox 控件的 DblClick 过程中调用命令按钮的 Click 过程。

```
'添加列表框项。
Private Sub Form_Load ()
    List1.AddItem "学生会主席"
    List1.AddItem "团支书"
    List1.AddItem "班长"
End Sub
Private Sub List1_DblClick ()
    Command1_Click  '触发 Click 事件，也可以:Command1.Value = True
End Sub
Private Sub Command1_Click ()
    Text1.Text = List1.Text  '显示选定
End Sub
```

通常在 Form_Load 事件过程中添加列表项目，但也可以在任何时候使用 AddItem 方法动态地添加项目。

5. 组合框（ComboBox）

组合框控件将文本框和列表框的功能结合在一起。有了这个控件，用户可以通过在组合框中输入文本来选定项目，也可以从列表中选定项目。

1）常用属性

（1）Style 属性。设置组合框的样式。每种样式都可以在设计时或运行时来设置，而且每种样式都使用数值或相应的 Visual Basic 常数来设置组合框的样式，如图 3-3 所示。

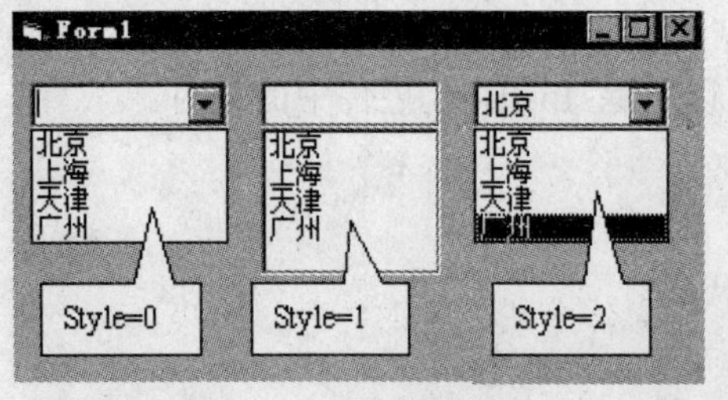

图 3-3　组合框的样式

① vbComboDropDown：下拉式组合框，允许用户输入。

② vbComboSimple：简单组合框。

③ vbComboDropDownList：下拉式列表框，不允许用户输入。

（2）Text 属性。运行时，Text 属性用于获取组合框中当前选定项的内容，或者存储用户从文本框部分输入的内容。

（3）其他属性。如 List、ListCount、ListIndex、Sorted 属性等同列表框类似。

2）常用方法

常用方法有 AddItem 、RemoveItem 和 Clear 方法，与列表框类似。

3）常用事件

（1）Click 和 DblClick 事件（与列表框类似）。

（2）Change 事件。Change 事件仅在 Style 属性设置为 0 或 1，并且当正文被改变或者通过代码改变了 Text 属性的设置时才会发生。

6. 水平滚动条（HscrollBar）和垂直滚动条（VscrollBar）

有了滚动条，就可以在控件中水平或垂直滚动，能够相当方便地巡视一长列项目或大量信息。滚动条为那些不能自动支持滚动的应用程序和控件提供了滚动功能。

1）常用属性

（1）Min 和 Max 属性。Max 和 Min 属性定义了滚动条控件的范围。可指定在-32 768 和 32 767 范围之间的一个整数。

① Max：返回或设置当滚动块处于底部或最右位置时，其 Value 属性最大设置值。默认值为 32 767。

② Min：返回或设置当滚动块处于顶部或最左位置时，其 Value 属性最小设置值。默认值为 0。

（2）LargeChange 和 SmallChange 属性。单击滚动条两边的空白区域或按 PageUp 和 PageDown 键时，每次移动的大小由 LargeChange 属性设置；单击滚动条两端箭头时，每次移动的大小由 SmallChange 属性设置。

（3）Value 属性。设置滚动块在运行时的位置值。可将 Value 属性设为 0 到 32 767 中的某个数值（包括 0 和 32 767）。滚动条的 Value 属性增加或减少的长度是由 LargeChange 和 SmallChange 属性设置的数值确定。

2）常用事件

（1）Change 事件。Change 事件跟踪滚动条的动态变化，当移动滚动块、单击滚动条两端箭头和滚动块两边的空白区域或通过代码改变 Value 属性的设置时发生。

（2）Scroll 事件。由拖动滚动块的过程中或通过代码改变 Value 属性而引发的事件。单击滚动条两端箭头和滚动块两边的空白区域时不触发此事件。可用 Change 事件得到滚动条的最终位置。

7. 定时器控件

定时器控件（Timer）独立于用户，响应时间的流逝，按一定的时间间隔执行操作。此控件用来完成检查系统时钟、判断是否该执行某项任务、进行后台处理等工作。

1）常用属性

（1）Enabled 属性。决定定时器开/关的属性。若要窗体一加载定时器就开始工作，则应将此属性设置为 True，否则保持此属性为 False。

（2）Interval 属性。决定定时器事件之间的毫秒数。取值范围为 0～65 535 之间，即最长的间隔约 65.5 s。例如：本项目实例中的 Timer1 定时器控件的 Interval 属性值在属性窗口中设置为 50 ms，也可以在 Form_Load()事件中赋值：Timer1.Interval=50。

2）常用事件

Timer 事件是 Timer 控件唯一的事件。每经历了 Timer 控件的 Interval 时间间隔后，Visual Basic 就会发生 Timer 事件。

例如：本项目实例中的滚动字幕。

程序代码如下。

```
Private Sub Timer1_Timer()
    Label10.Left = Label10.Left + 20            '标签字幕向右移动
    If Label10.Left > Form4.Width Then          '判断是否超长窗体宽度
       Label10.Left = -Label10.Width            '标签字幕回到左侧，重新开始
    End If
End Sub
```

8. 图片框（PictureBox）

图片框（PictureBox）是用来在窗体上显示图像，或作为容器放置其他控件的控件。

图片框控件可以显示以 bmp，ico，wmf 和 gif 等为扩展名的图形文件。

1）常用属性

（1）Picture 属性。Picture 是装入或删除图形文件。

① 装入图形：[对象].Picture=LoadPicture（"图形文件"）语句，或在属性窗口直接设置 Picture 属性。

② 删除图形：[对象].Picture=LoadPicture（" "）语句，或在属性窗口直接删除 Picture 属性值，即在属性窗口中将 Picture 属性值重新设置为 None。

（2）AutoSize 属性。AutoSize 属性是控制图片框是否自动调整大小使之与显示的图片匹配，当 AutoSize 属性设置为 True 时，图片框可自动调整大小。

2）常用方法

可以使用 Print 方法或其他作图方法在图片框上输出文字或图形。

9. 图像框（Image）

图像框（Image）用来在窗体上显示图像的控件。它比图片框占用更少的内存，因为图像框不是容器类控件，所以图像框内不能放置其他控件。

1）常用属性

（1）Picture 属性。Picture 属性与图片框相同。

（2）Stretch 属性。Stretch 属性用于确定图像框与所显示的图片是否能自动调整大小使其相互匹配，当 Stretch 属性设置为 True 时，图形可自动调整尺寸，以适应图像框的大小；当 Stretch 属性值为 False，图像框可自动改变大小，以适应所显示的图片。

2）常用方法

图像框可以响应的事件有 Click 和 DblClick。

注意：图片框、图像框和窗体都能装载图片，但调整图片大小时它们之间有区别。

（1）图片框通过 AutoSize 属性设置控件是否按装入的图片大小自动调整尺寸。

（2）图像框通过 Stretch 属性设置控件是否按装入的图片大小自动调整尺寸。

（3）窗体则不随装载的图片大小而自动改变，图片大于窗体的部分将被裁剪掉。

想想议议：
总结 VB 中可以作为容器的控件有哪些？

3.2 知识进阶

设计应用程序界面除了以用户为中心，满足用户的需求外。美化界面也是不可缺少的。赏心悦目的界面可以提高应用程序的可用性和美感。

3.2.1 界面所涉及的元素

一个漂亮的程序界面主要取决于色调和形状。色调，主要指各种颜色的搭配，可以利用图片背景和渐变填充效果获得更丰富的视觉效果。形状，主要指窗体的位置控制和外部轮廓控制，如：磁性窗体，异形窗体，可变窗体，自动隐藏. 在 VB 中，主要体现在一个对象的外观、位置、字体这几类属性上。

3.2.2 界面属性

首先，要熟悉 VB 常用控件的界面属性，也就是每个对象的外观属性，在 VB6.0 的属性栏中，选择按分类排序，可以看到该对象所支持的外观属性。下面以常用的几个对象为例，介绍与界面相关的属性。

1. Form

（1）appearance：如果在设计时将其设置为 1，那么 Appearance 属性在画出控件时带有三维效果。如果窗体的 BorderStyle 属性被设置为固定双边框（vbFixedDouble，或 3），窗体的标题和边框也是以有三维效果的方式绘画的。将 Appearance 属性设置为 1，也导致窗体及其控件的 BackColor 属性被设置为这样的颜色，该颜色是由按钮表面颜色选定的。将 MDIForm 对象的 Appearance 属性设置为 1，只对 MDI 父窗体产生影响。如果需要在 MDI 子窗体上具有三维效果，必须将每个子窗体的 Appearance 属性设置为 1。

（2）BackColor：返回或设置对象的背景颜色。可以选择使用系统外观颜色和调色板颜色。

（3）ForeColor：返回或设置在对象里显示图片和文本的前景颜色。可以选择使用系统外观颜色和调色板颜色。

（4）BorderStyle：返回或设置对象的边框样式。对 Form 对象和 Textbox 控件在运行时是只读的。其中，设置为 0，即无边框，则整个窗体可由我们来重新规划设计其布局。

注意：将窗体对象的 Caption 设置为空，并将 ControlBox 属性设置为 False，可以去掉标题栏。

（5）FillStyle：如果 FillStyle 设置为 1（透明），则忽略 FillColor 属性，但是 Form 对象除外。

（6）返回或设置用于填充形状的颜色：FillColor 也可以用来填充由 Circle 和 Line 图形方法生成的圆和方框。

（7）Picture：很重要的一个属性，可以设置背景图片，从而可以实现更绚丽的界面效果。另外，通过设置漂亮的字体，也可轻易获得一些特殊效果。

说明：窗体的字体设置好后，以后在该窗体上建立的一些控件会自动继承其字体属性，利用这一点，可以提高开发效率。

2. Label

基本上和 Form 对象的界面属性类似，关键是 BackStyle 比较重要，其透明属性对于制作漂亮的界面很方便。

3. CommandButton

基本上和 Form 对象的界面属性类似，关键是 Style 比较重要，将 Style 设置为：Graphical，便可以支持图形，有利于制作漂亮的界面。

4. Image 和 Picture

这两个对象本身就很适合于制作漂亮的图形界面。

5. Frame

通过将其 BorderStyle 设置为：none，可以去掉边框，然后，结合 Image 控件，可以实现图形化。

6. CheckBox 和 Option

可通过其 Style 属性，将其设置为支持图形的方式，从而适合于美化界面。

7. 其他对象

除了上面提到的几个常用对象之外，还有许多其他的对象，也可充分利用其外观属性，使其更漂亮，但很多对象是不支持图形的，甚至有些对象的某些部分背景颜色也不可以改变。例如：FileListBox 的垂直滚动条，默认的颜色就是灰色，无法直接改变。

8. VB

VB 本身提供的 Microsoft Forms 2.0 Libarary 控件，也对界面美化提供了强有力的支持。

说明：在 VB 中，要美化界面，首先是要充分利用各控件的背景图片，前景色，背景色；其次，要灵活地利用 Image 控件的图象属性，对程序界面进行装饰。

3.2.3 统一管理 VB 控件的界面属性

可以制作一个外观类（clsFace），用来控制整个程序的界面。在 clsFace 中，提供常用的界面属性，程序的各个界面部分，均使用 clsFace 提供的外观属性。这样一来，就可以用 clsFace 统一控制程序的界面风格。类似于网页设计中常用的 Css，通过一个 Css 文件，就可以方便地控制整个网站的界面风格。

（1）字体控制：建立 typeFont 数据类型，其中包含 fontName，fontSize，fontEffect。

（2）颜色控制：建立 typeColor 数据类型，其中包含 ForeColor，BackColor，MaskColor。

（3）图元控制：建立 typePic 数据类型，其中包含 FormIcon，FormPicutre，FillPicture。

这样，基本上就可以统一控制整个程序的界面风格了。如果属性不够，可以继续扩充，以满足实际需要。

此外，还可以利用皮肤控件，如：ActiveSkin。此控件很适合于修饰现有的程序界面，同时，也具有通用性。VB 的一些 API 函数也可以实现美化应用程序界面的效果。

注意：无论任何控件，都是对象，都是属性、事件和方法的封装体。因此，学习 VB 的目的不是学习多少控件（实际上也是学不完的），而是要理解掌握 VB 可视化界面设计思想，只有这样才能具备良好的自主学习的能力。另外，任何一个应用程序都不可能用到所有的控件，而且在一个应用程序中使用过多种类的控件显得更加零乱。因此，简洁的界面才是最美观的。

项 目 交 流

本章中的档案管理主要完成了档案管理用户界面的设计，如果你作为客户，你对本章中项目的设计满意吗（包括功能、界面和操作模式）？找出本章项目中不足的地方，加以改进。在对项目改进过程中遇到了哪些困难？组长组织本组人员讨论或与老师进行讨论改进的内容及改进方法的可行性，并记录下来。编程上机检测其正确性。

项目改进记录

序　　号	改进内容	改进方法
1		
2		
3		
4		
5		

交回讨论记录摘要。记录摘要包括时间、地点、主持人（即组长，建议轮流当组长）、参加人员、讨论内容等。

基本知识练习

一、简答题

1. 框架的作用是什么？如何在框架中创建控件？
2. 列表框和组合框有哪些区别？
3. 图片框和图像框有哪些区别？
4. 定时器每 30 s 执行一次 Timer 事件，则 InterVal 属性应设置为多少？

二、编程题

1. 编写程序，界面设计、运行时状态如图 3–4 所示，按照下列要求定义各事件过程。

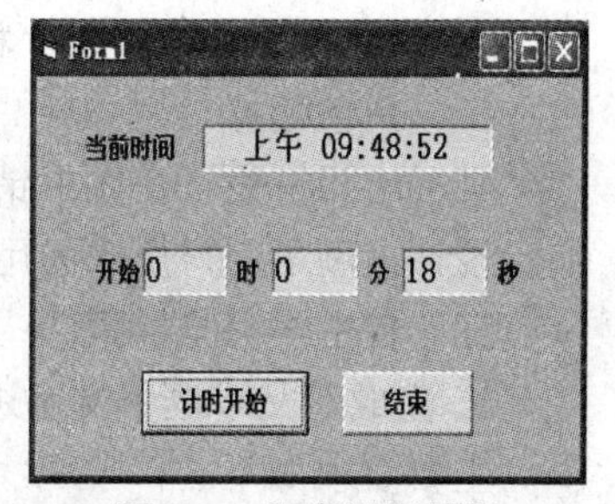

图 3–4　程序运行效果

（1）在窗体的 Load 事件过程中设置计时器控件 Timer1 的 Enable 属性为 False、响应的时间间隔为 1 s。

（2）单击 Command1 后计时器开始计时，每隔 1 s 刷新一次控件 Label2（0）～Label2（3）在窗体上所显示的当前时间以及计时开始后所经过的时间。

2. 设计如图 3-5 所示的计算 0～18 之间某个数阶乘的程序。数据由滚动条（HScroll1）获得，其 Max 属性为 18，Min 属性为 1，SmallChange 属性为 1，LargeChange 属性为 3，Value 属性初始值为 0。

3. 编写一个模拟温度计的程序。界面如图 3-6 所示。

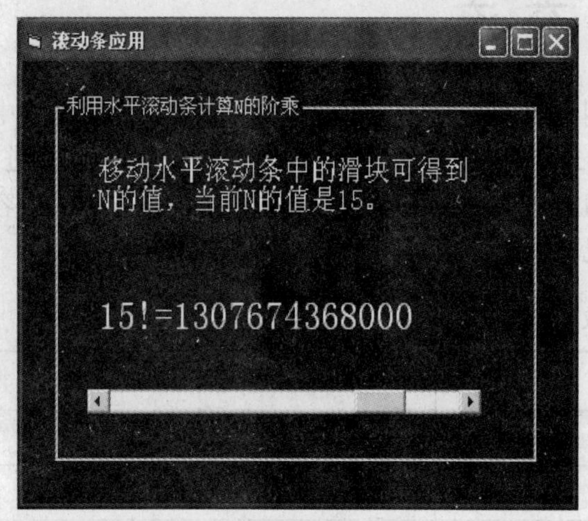

图 3-5 程序运行效果

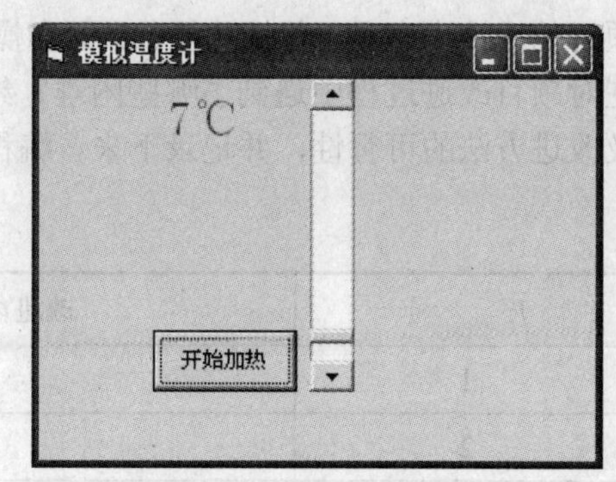

图 3-6 程序运行效果

能力拓展与训练

一、调研与分析

（1）分小组分别对学生、辅导员、学工部工作人员等针对不同的使用对象进行充分调查了解“学生管理系统”中“档案管理”模块都具体包括哪些方面，然后综合分析。考察内容要求如下。

① 学生对“档案查询”功能的要求。

② 辅导员对“档案”的录入、修改、查询等功能的要求。

③ 学工部工作人员对“档案”的后台管理功能的要求。

二、角色模拟

某书店想开发一个图书销售管理软件，分组扮演用户和研发人员进行项目需求分析，并初步设计出满足用户要求的用户界面。

三、自主学习与探索

1. 完成对文本框中文字进行格式设置的程序。

主要要求如下。

（1）利用 4 个组合框，分别对文本框中的文本进行字体格式设置。

（2）文本框中文本为“计算机技术基础主要讲授 VB 的基础知识和常用应用”。

界面参考如图 3-7 所示。

2. 完成“红绿灯”程序设计。

主要要求如下。

（1）红黄绿自动切换，延迟由文本框控制。

（2）时钟与图像框结合实现红绿灯的效果。

（3）界面简洁、颜色协调。

3. 完成一个“简单的 VB 考试系统”程序设计。界面参考如图 3–8 和 3–9 所示，其他题型界面同学自定，但要求所有窗体界面要美观、简洁、颜色协调，且格调一致。

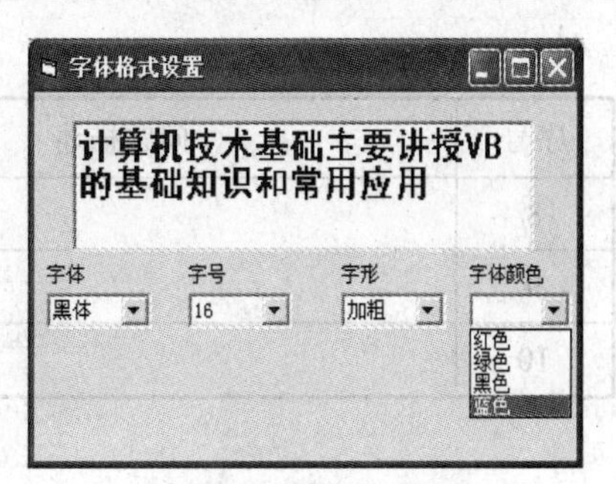

图 3–7 字体设置界面

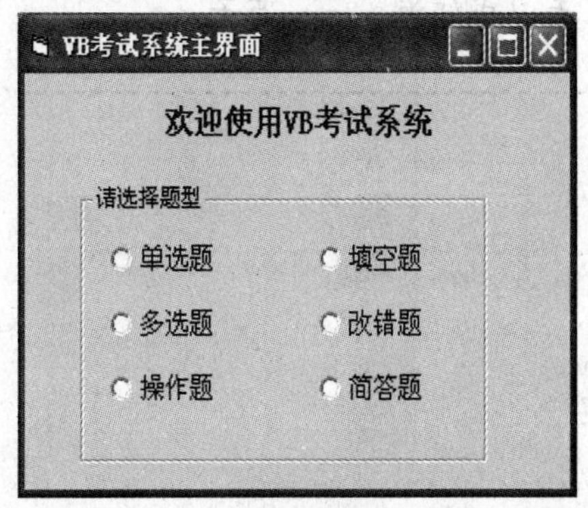

图 3–8 VB 考试系统主界面

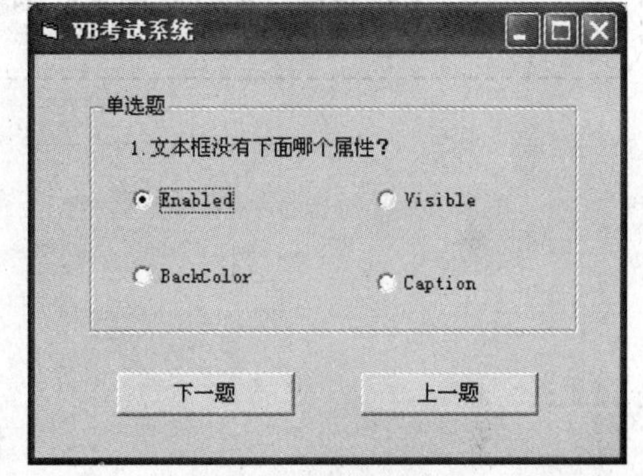

图 3–9 单选题界面

特别说明：程序中对于单选题要体现答对题或答错题给以提示功能，并能统计显示分数，按答对一题给 1 分，答错扣一分来计算。

四、思辨题

1. 软件的功能越丰富越好吗？

2. 未来的世界计算机能代替人脑吗？

五、我的问题卡片

请把在学习中（包括预习和复习）思考和遇到的问题写在下面的卡片上，然后逐渐补充上简要的答案。

问 题 卡 片

序号	问题描述	简要答案
1		
2		
3		
4		
5		
6		
7		

续表

序号	问题描述	简要答案
8		
9		
10		

你我共勉

不积跬步，无以至千里；不积小流，无以成江海。——荀子

第4章 文 件

本章要点：

- 文件的结构与分类。
- 文件操作语句和函数。
- 顺序文件读写操作。
- 随机文件打开与读写操作、记录的添加、删除与显示。
- 文件系统控件。
- 通用对话框的使用。

4.1 项目 档案管理之信息存储

4.1.1 项目目标

本项目实例主要任务是设计完成档案管理中的信息存储。将学生档案信息保存在文本文件中，也可以将已经保存好的文件内容显示出来，如图4–1所示。

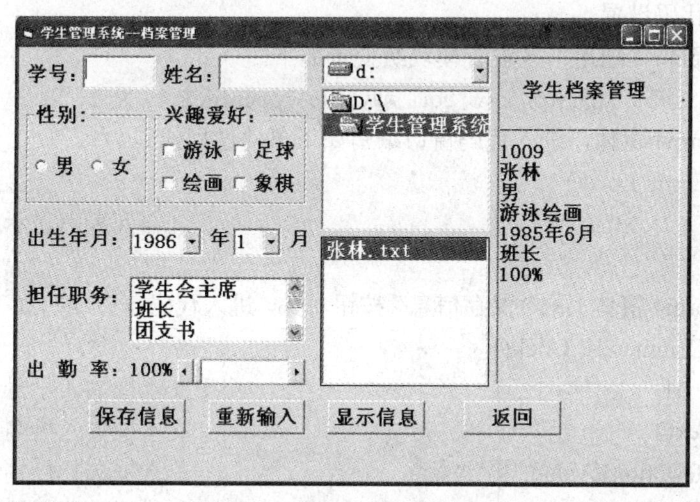

图4–1 档案信息存储窗口

4.1.2 项目分析

本项目实例主要运用了VB6.0的文件以及文件控件的相关知识。

修改学生管理系统中的“档案管理”窗口，添加通用对话框、驱动器列表框、目录列表框、文件列表框和一个命令按钮。单击“保存信息”按钮，打开保存文件对话框，选择保存路径并输入文件名（默认扩展名为TXT文件类型），将用户输入的信息进行保存。单击“重新输入”按钮，用户可以重新输入档案信息。

需要显示已经存在的文件信息时，可以通过从驱动器列表框中选定驱动器名，目录列表框中选定当前文件路径，文件列表框中选定文件名后，单击“显示信息”按钮，将选定的文件信息显示在右侧标签中。

4.1.3 项目实现

1. 程序界面设计

双击工具箱中的 DriveListBox 按钮，在窗体上建立驱动器列表框；双击工具箱中的 DirListBox 按钮，在窗体上建立目录列表框；双击工具箱中的 FileListBox 按钮，在窗体上建立文件列表框。选择“工程”菜单中的“部件”命令，选中 Microsoft Common Dialog Control6.0 复选框，将 CommonDialog 按钮添加到工具箱中。双击工具箱中的 CommonDialog 按钮，在窗体上添加一个通用对话框控件；双击工具箱中的命令按钮，在窗体上添加一个命令按钮。

2. 界面对象属性设置

参照图 4–1，在属性窗口中修改 Command1、Command2、Command3 和 Command4 的 Caption 属性分别为“保存信息”“重新输入”“显示信息”和“返回”。

3. 编写对象事件过程代码

双击“工程资源管理器”窗口中的 Form4，使 Form4 成为当前的设计窗体，以下是 Form4 档案管理窗口的代码设置。

（1）在代码窗口“通用”区设置模块级变量如下。

```
Dim xh$, xm$, xb$, xq$, rq$, zw$, cql$, savefile$, openfile$
```

（2）双击 Form4 窗体，进入代码窗口编写如下事件过程代码。

```
Private Sub Form_Load()
File1.Pattern = "*.txt"                           '文件列表中显示 TXT 类型文件
End Sub
```

（3）双击 Form4 窗体上的“保存信息”按钮对象，进入代码窗口编写如下事件过程代码。

```
Private Sub Command1_Click()
    xh = Text1                                    '文本框输入学号
    xm = Text2                                    '文本框输入姓名
    xb = IIf(Option1.Value,"男","女")              '单选框选择性别
    xq = IIf(Check1.Value,Check1.Caption, "") & _ '复选框选择兴趣爱好
        IIf(Check2.Value,Check2.Caption,"") & _
        IIf(Check3.Value,Check3.Caption,"") & _
        IIf(Check4.Value,Check4.Caption,"")
    rq = Combo1.Text & "年" & Combo2.Text & "月"   '组合框选择出生年月
    zw = List1                                    '列表框选择职务
    cql = HScroll1.Value & "%"                    '滚动条设置出勤率
```

```
        CommonDialog1.Filter = "txt|*.txt"                '保存对话框的文件类型为 TXT
        CommonDialog1.ShowSave                            '显示“另存为”对话框
        savefile = CommonDialog1.FileName                 '保存文件名赋值给 savefile
        If savefile = "" Then
            MsgBox "保存不成功！", , "消息框"              '文件名为空时用消息框提示
        Else
            Open savefile For Output As #1                '保存以 savefile 为文件名的文件
            Write #1, xh; xm; xb; xq; rq; zw; cql         '写文件
            Close #1                                      '关闭文件
            MsgBox "保存成功！", , "消息框"                '提示保存成功
        End If
    End Sub
```

（4）双击 Form4 窗体上的驱动器列表框，进入代码窗口，编写如下事件过程代码。

```
    Private Sub Dir1_Change()
        File1.Path = Dir1.Path
    End Sub
```

（5）双击 Form4 窗体上的目录列表框，进入代码窗口，编写如下事件过程代码。

```
    Private Sub Drive1_Change()
        Dir1.Path = Drive1.Drive
    End Sub
```

（6）双击 Form4 窗体上的文件列表框，进入代码窗口，编写如下事件过程代码。

```
    Private Sub File1_Click()
        openfile = File1.Path & "\" & File1.FileName      '将选择的文件名赋值给 openfile
    End Sub
```

（7）双击 Form4 窗体上的“重新输入”按钮，进入代码窗口，编写如下事件过程代码。

```
    Private Sub Command2_Click()
        Text1 = ""
        Text2 = ""
        Option1.Value = False
        Option2.Value = False
        Check1.Value = 0
        Check2.Value = 0
        Check3.Value = 0
        Check4.Value = 0
        HScroll1.Value = 0
        Text1.SetFocus
        xh = "": xm = "": xb = ""
        xq = "": rq = "": zw = "": cql = ""
    End Sub
```

（8）双击 Form4 窗体上的“显示信息”Command3 按钮对象，进入代码窗口，编写如下事件过程代码。

```
Private Sub Command3_Click()
    If openfile = "" Then                              '没有从文件列表中选择文件时
        MsgBox "请选择文件名！", , "消息框"
    Else
        Picture1.AutoRedraw = True
        Picture1.Print
        Picture1.Print Tab(3); "学生档案管理"
        Picture1.Print
        Picture1.Print "--------------------------"
        Open openfile For Input As #1                  '打开 openfile 文件名的文件
        Input #1, xh, xm, xb, xq, rq, zw, cql          '读出文件内容
        Picture1.Print xh; Chr(13); xm; Chr(13); xb; _ '将文件信息显示到图片框中
                Chr(13); xq; Chr(13); rq; Chr(13); zw; Chr(13); cql
        Close #1
    End If
End Sub
```

（9）双击 Form4 窗体上的“返回”Command4 按钮，进入代码窗口，编写如下事件过程代码。

```
Private Sub Command4_Click()
    Form4.Hide
    Form2.Show
End Sub
```

4.1.4 相关知识

Visual Basic 6.0 提供了一整套对文件进行管理的方法。用户可通过使用这些对象的属性和方法来管理和操作驱动器、文件夹及文件。

1. 文件的基本概念和结构

文件是指存储在计算机介质上的一组信息的集合，操作系统是以文件为单位对数据进行管理的。计算机处理文件中的数据是以记录为基本单位，记录是由若干个相互关联的字段组成的一个逻辑单位。例如，进行学生成绩管理时，每个学生的学号、姓名、成绩等信息组成一个记录，文件是一个以上相关记录的集合。例如，若干名学生记录就组成一个文件。用户要使用文件中的数据，必须先按文件名找到指定的文件，再对文件中的数据进行读写操作。

文件的读操作是指从磁盘向计算机内存传送数据，也称“读取”或“输入”。

文件的写操作是指从计算机内存向磁盘传送数据，也称“存放”或“输出”。

注意： 用户在对文件操作时，要指明系统文件的具体存储位置。

2. 文件的分类

Visual Basic 根据访问文件的方式将文件分成3类：顺序文件、随机文件和二进制文件。

（1）顺序文件。顺序文件是普通的正文文件，其中的记录按顺序排列，且只提供第1个记录的存储位置，其他记录的位置无法获悉。要在顺序文件中找一个记录，必须从头一个一个地读取直到找到该记录为止。

（2）随机文件。随机文件是可以按任意顺序读取的文件，每个记录都有相同的长度和一个记录号。存入数据时，只要指明是第几个记录号，即可直接将数据存入指定的位置；读取数据时，只要知道记录号，就可以直接读取记录。

（3）二进制文件。二进制文件是字节的集合，适用于读写任意有结构的文件。二进制访问允许使用文件来存储所希望的数据。除了没有数据类型或者记录长度的含义外，它与随机文件很相似。为了能够正确地对它检索，必须精确地知道数据是如何写到文件中的。这类文件的灵活性最大，但程序的工作量也最大。

3. 顺序文件

顺序文件适合处理只包含文本的文件，但不适于存储很多数字，因为每个数字都是按字符串存储。对于经常修改内容的文件，最好不要用顺序文件存储方式。

（1）打开顺序文件。可用 Open 语句打开顺序文件。

语法格式：

Open 文件名 For ［Input | Output | Append］ As ［#］ 文件号

参数说明如下。

① 文件名：文件名可包括目录、文件夹及驱动器，可以为字符串常量或字符变量。

② Input：从文件中读取字符，该文件必须已存在。

③ Output：向文件输出字符，输出的内容重写整个文件，文件原有内容丢失。

④ Append；在文件最后追加字符，文件原有内容不丢失。

⑤ 文件号：是1～511之间的整数。当打开一个文件并为它指定一个文件号后，该文件号就代表该文件，直到文件被关闭后，此文件号才可以再被其他文件使用。

注意：

① 以 Output 或 Append 模式打开的文件不存在时，Open 语句会先创建该文件，然后再打开。

② 以 Input、Output 或 Append 方式打开文件后，且在以其他方式重新打开该文件前，必须先用 Close 语句关闭。

例如，下面的代码以顺序输入方式打开 test 文件，文件号为1。

```
Open "test" for Input As #1
```

③ 同时被打开的每个文件的文件号不能相同。

（2）关闭顺序文件。用户处理完文件后应及时关闭，关闭文件的语法格式：

Close[[#]文件号][,[#]文件号],…

参数说明如下。

① 文件号：打开文件语句 Open 的标识符，可使用任何等于打开文件号的数字表达式。

② Close 语句没有参数，表示关闭所有被打开的文件。执行 Close 语句时，与文件号相

对应的文件将被关闭。

例如，

```
Open "test" for Input as #1          '打开文件
  ⋮
  ⋮
Close #1                             '关闭 test 文件
```

（3）写顺序文件。在顺序文件中存储变量的内容就是对文件进行写操作，首先应以 Output 或 Append 方式打开文件，然后用 Print #语句或 Write #语句向文件中写数据。

① Print #语句。

语法格式：

Print #文件号，[Spc（n）|Tab（n）][表达式列表][；|,]

作用：将表达式的内容写到文件中。

例如：利用 Print #语句写文件。

```
Private Sub Command1_Click()
    Open "d:\test1.txt" For Output As #1        '打开 test1 文件供输出
    Print #1, "Visual Basic"                   '输出一行内容
    Print #1,                                  '输出一空行
    Close #1                                   '关闭文件
End Sub
```

例如：利用下面两种方法把文本框的内容写入文件，并比较它们的不同。

方法 1：把文本框中的内容一次性地写入文件。

```
Private Sub Command1_Click()
    Open "d:\test21.txt" For Output As #1
    Print #1, Text1.Text
    Close #1
End Sub
```

方法 2：把文本框中的内容逐字符地写入文件。

```
Private Sub Command1_Click()
    Open "d:\test22.txt" For Output As #1
    For i = 1 To Len(Text1.Text)
        Print #1, Mid(Text1.Text, i, 1)
    Next i
    Close #1
End Sub
```

注意：Print # 语句是将格式化数据写入顺序文件中，其功能与多次使用的 Print 方法类似，只是 Print 方法输出的对象是窗体、图片框或打印机，而 Print # 语句的输出对象是文件。

② Write #语句。

语法格式：

Write #文件号，[输出列表]

其中，输出列表指用逗号分隔的数值或字符串表达式。

作用：将一列数字或字符串表达式写入文件中，并自动地用逗号分开每个表达式，且将字符串用引号括起来。

例如：利用 Write #语句写文件。

```
Private Sub Command1_Click()
    Dim a As String,b As Integer,c As String
    a = "李红": b = 20: c = "自动化"
    Open "d:\test3.txt" For Output As #1
    Write #1, a, b, c
    Close #1
End Sub
```

这时，D：\test3.txt 文件的内容为："李红"，20，"自动化"。

Print # 语句与 Write # 语句的使用是有区别的，Print # 语句根据指定的格式，将数据写入文件，数据项之间不会自动插入分界符，而 Write # 语句在数据项之间自动插入分界符。

另外，Write # 语句适合输出不同类型的数据，特别是当数据写入文件后，还需用其他程序读出进行处理的情况。Print # 语句适合输出文本类型或列表格式的数据，供打印或显示用。

（4）读顺序文件。读取文件内容时，首先要以 Input 方式打开文件，然后用以下 3 种方法读取文件的内容。

① Input()函数。

语法格式：

    Input（读取字符的个数，#文件号）

参数说明如下。

读取字符的个数：值必须小于 65 535。

文件号：表示用 Open 打开文件时的文件标识符。

作用：从文件中读取指定数目的字符，并存放到字符变量中。

例如，用 Input 函数把一个文件的前 21 个字符复制到 string 类型的变量 A 中。

    A = Input（21，#1）

（2）Line Input #语句。

语法格式：

    Line Input #文件号，字符串变量

其中，字符串变量用于从文件中接收一行文本。

作用：从指定文件中读出一行数据，并将读出的数据赋给指定的字符串变量，读出的数据中不包含回车符和换行符。Line Input #语句忽略任何空格和逗号，能够接收回车键之前所输入的信息。

例如，使用 Line Input # 语句读取文件中的一行内容。

```
Dim lineString As string
Line Input #1，lineString
```

③ Input #语句。

语法格式：

Input #文件号，变量列表

其中，变量列表是从文件读取的分配数值的变量表（用英文逗号隔开）。

作用：从文件中读出数据，并分别赋给指定的变量。

注意：为了能用 Input # 语句将文件中的数据正确读出，在将数据写入文件时，要使用 Write #语句，而不能用 Print #语句，这是因为 Write #语句能将各个数据项区分开。

例如：将已经存在的 txt 文件的内容读出，并输出在窗体上。

```
Dim a As String,b As Integer,c As String
Open "d:\test3.txt" For Input As #1
    Input #1,a,b,c
    Print a,b,c
Close #1
```

利用下面 3 种方法把一个文本文件 d：\test5.txt 的内容读入文本框（文件内容为“Visual Basic”），比较它们的不同。

方法 1：把文本文件的内容一次性地读入文本框（只能用于只包含西文字符的文件）。

```
Private Sub Command1_Click()
    Text1.Text = ""
    Open "d:\test5.txt" For Input As #1
    Text1.Text = Input(LOF(1),1)        'LOF(1)是返回#1 文件的长度。
    Close #1
End Sub
```

方法 2：把文本文件的内容逐字符地读入文本框。

```
Private Sub Command2_Click()
    Dim s As String*1                  '用于存放每次读出的一个字符
    Text1.Text = ""
    Open "d:\test5.txt" For Input As #1
    Do While Not EOF(1)
        s = Input(1, #1)
        Text1.Text = Text1.Text + s
    Loop
    Close #1
End Sub
```

方法 3：把文本文件的内容一行一行地读入文本框。

```
Private Sub Command1_Click()
    Dim s As String
    Text1.Text = ""
    Open "d:\test5.txt" For Input As #1
    Do While Not EOF(1)
        Line Input #1, s
        Text1.Text = Text1.Text + s
```

```
    Loop
    Close #1
End Sub
```

4. 随机文件

在实际应用中，经常要处理一些统一格式的信息。这些信息的特点就是每个字段都有固定的长度，针对这些特点可用随机文件来保存。

随机文件由记录构成，每个记录又由定长的字段组成，所以每个记录的长度相同，利用这一特点，可方便地查找某个特定记录的字段。

1）打开和关闭随机文件

访问随机文件时，首先要用 Open 语句打开随机文件。

其语法格式：

```
Open 文件名  For Random  As  #文件号 [len=记录长度]
```

参数说明如下。

（1）Random：默认访问类型，表示随机访问类型。

（2）记录长度：若记录长度比要写的文件记录的实际长度短，则产生错误。若比实际长度长，则记录可写入，只是会浪费一些磁盘空间。

在操作完成后，应及时用 Close 语句关闭打开的文件。

2）定义数据类型和变量

随机文件中每个记录的长度相同，每个字段都有固定的长度，一般在使用时要先用 Type/End Type 语句定义记录中每个字段的类型和长度。例如，下面就用 Type/End Type 语句定义了一个长度为 26 字节的记录，在自定义类型 Student 中包括学生的学号、姓名、班级、年龄等方面的信息。

```
Type Student
    Code As String * 6
    Name As String * 10
    Class As String * 8
    Age As Integer
End Type
```

为了更方便地访问随机文件，在打开文件之前，应先声明所有用来处理文件数据所需的变量。这些变量为用户定义类型的变量、记录长度、文件编号和文件的记录数。下面是这些变量的定义方法（在后面举例中如不特别声明，则这些变量都有效）。

```
Dim Filenumber As Integer      '文件标识符
Dim Reclength As Long          '记录长度
Dim Stu As Student             '用户定义类型
Dim Lastrecord  As Long        '记录总数
```

可用下面的语句得到变量的值。

```
Reclength = Len（Stu）
Filenumber = FreeFile          '获取一个可用的文件标识符
```

```
Open "student.txt" For Random As Filenumber Len = Reclength
Lastrecord = Lof（Filenumber）/ Reclength
```

3）写随机文件

其语法格式：

Put #文件号，[记录号]，变量名

其中，若记录号省略，则从下一条记录开始。

作用：将变量值写入文件中。

说明：利用 Put 语句可实现添加记录的功能，方法很简单，只要使 Position 等于记录总数加 1，再用 Put 语句写入记录即可。例如下面的语句。

```
Position = Lastrecord+1
Put #Filenumber，Position，Stu
```

4）读随机文件

语法格式：

Get #文件号，[记录号]，变量名

作用：将记录的值读到变量中。

例如，从打开的 student.txt 文件中读取第 2 条记录的数据，并存入变量 Stu 中。

```
Get #1，2，Stu
```

将变量 Stu 的内容修改后，替换第 2 条记录的内容。

```
Put #1，2，Stu
```

说明：利用 Get 语句与 Put 语句可实现删除记录的功能。要删除记录，可参照以下步骤执行。

（1）创建一个新文件。

（2）把所有有用的记录从原文件复制到新文件中。

（3）关闭原文件并用 Kill 语句删除它。

（4）使用 Name 语句把新文件以原文件的名字重新命名。

例如：将本项目实例修改为使用随机文件保存，运行界面中图片框显示多条记录，如图 4–2 所示。

学生档案管理

学号	姓名	性别	兴趣爱好	出生年月	职 务	出勤率
0001	李哲	男	游泳足球	1984年6月	班长	100%
0002	刘林	女	游泳绘画	1985年9月	团支书	100%
0004	张楠	女	游泳绘画	1984年7月	学生会主席	100%

图 4–2 随机文件信息存储窗口

编写代码如下。

```
'通用区域，定义了一个有关学生信息的自定义数据类型和变量的定义
Private Type Student                                   '定义自定义数据类型
    xh As String * 6
    xm As String * 6
```

```
    xb As String * 4
    xq As String * 12
    rq As String * 10
    zw As String * 10
    cql As String * 6
End Type
Dim stu As Student                                  '定义为自定义类型变量
Dim lastrecord As Integer                           '当前记录号
Dim savefile As String                              '保存文件名
Dim openfile As String                              '打开文件名
Private Sub Command1_Click()                        '保存文件事件
    '将控件信息赋值给变量
    stu.xh = Text1
    stu.xm = Text2
    stu.xb = IIf(Option1.Value,"男","女")
    stu.xq = IIf(Check1.Value,Check1.Caption, "") & _
             IIf(Check2.Value,Check2.Caption, "") & _
             IIf(Check3.Value,Check3.Caption, "") & _
             IIf(Check4.Value,Check4.Caption, "")
    stu.rq = Combo1.Text & "年" & Combo2.Text & "月"
    stu.zw = List1.Text
    stu.cql = HScroll1.Value & "%"
    '将信息写入到 dat 文件
    If savefile = "" Then        '如果新保存的文件需要输入文件名
        CommonDialog1.Filter = "dat|*.dat"
        CommonDialog1.DefaultExt = "dat"
        CommonDialog1.ShowSave
        savefile = CommonDialog1.FileName
    Else
        Open savefile For Random As #1 Len = Len(stu)
        lastrecord = LOF(1)/Len(stu)
        lastrecord = lastrecord + 1
        Put #1, lastrecord, stu
        MsgBox "保存成功！",,"消息框"
    End If
        Close #1
End Sub
Private Sub Dir1_Change()
File1.Path = Dir1.Path
```

```
End Sub
Private Sub Drive1_Change()
Dir1.Path = Drive1.Drive
End Sub
Private Sub File1_Click()
openfile = File1.Path & "\" & File1.FileName
End Sub
Private Sub Command3_Click()                    '“显示信息”按钮事件
    If openfile = "" Then
      MsgBox "请选择文件名！", , "消息框"
    Else
        Open openfile For Random As #1 Len = Len(stu)        '打开随机文件
            lastrecord = LOF(1)/Len(stu)
        Picture1.AutoRedraw = True
        Picture1.Print
        Picture1.Print Tab(34); "学生档案管理"
        Picture1.Print
        Picture1.Print "学号  "; Tab(7); " 姓名  "; Tab(16); "性别  "; _
                    Tab(22); " 兴趣爱好  "; Tab(40); " 出生年月  "; _
                    Tab(54); "职  务  "; Tab(72); "出勤率"
        Picture1.Print "--------------------------------------------"
        For i = 1 To lastrecord
            Get #1, i, stu
            Picture1.Print stu.xh; Tab(7); stu.xm; Tab(16); stu.xb; _
                        Tab(22); stu.xq; Tab(40); stu.rq; Tab(54); _
                        stu.zw; Tab(72); stu.cql
        Next i
    End If
    Close #1
End Sub
```

5. 二进制文件

二进制文件的存储方式是 3 种文件类型中最为灵活的，它是字节的集合。对二进制文件存取数据不需要按某种方式进行组织，它允许用户按任何方式组织和访问数据，也不必组织一定长度的记录。

（1）打开和关闭二进制文件。用 Open 语句打开二进制文件。

语法格式：

Open 文件名 For Binary As #文件号

例如，以二进制方式打开文件语句如下。

```
Dim Filenumber As Integer, Stu As Student
Filenumber = FreeFile
Open "d:\student.txt" For Binary As Filenumber
```

关闭二进制文件是同顺序文件一样，用 Close 语句关闭。

（2）读写二进制文件。二进制文件的读写语句与读随机文件的读写语句相同。

虽然 3 种类型的文件的存取方式不同，但处理的基本步骤一致。处理步骤如下。

① 使用 Open 语句打开文件，并为文件指定一个文件号。程序根据文件的存取方式使用不同的模式打开文件。

② 从文件中将全部或部分数据读取到变量中。

③ 使用、处理或改变变量中的数据。

④ 将变量中的数据保存到文件中。

⑤ 文件操作结束，使用 Close 语句关闭文件。

注意：VB 语句格式中的标点符号全部是英文的标点符号。

6. 文件系统控件

文件系统控件有三种：驱动器列表框（DriveListBox）、目录列表框（DirListBox）和文件列表框（FileListBox）。

1）驱动器列表框

驱动器列表框（DriveListBox）是一个包含所有驱动器名的下拉式列表框，默认时在用户系统上显示当前驱动器。用户可直接输入有效的驱动器标识符，也可单击驱动器列表框右侧的箭头打开下拉列表框，从中选择所需驱动器。

（1）Drive 属性。Drive 属性是驱动器列表框最重要属性，用于运行时选择驱动器。该属性只能在运行时使用，不能在设计时使用。

语法格式：对象名.Drive [=<字符串表达式>]

格式说明如下。

① Object：对象表达式，其值是驱动器列表框的对象名。

② <字符串表达式>：用来表示驱动器名的字符串表达式。

例如：

```
Drive1.Drive = "c"
```

（2）Change 事件。当用户选择新驱动器或用代码改变 Drive 属性时产生一个 Change 事件。

2）目录列表框

目录列表框（DirListBox）是列出当前驱动器目录结构和所有子目录的列表框。

（1）Path 属性。Path 属性是目录列表框控件中最重要的属性，其作用是返回或设置当前路径，默认值为当前路径。Path 属性只能在运行时使用，不能在设计时使用。

语法格式：对象名.Path [=<字符串表达式>]

格式说明如下。

① 对象名：对象表达式，其值是目录列表框的对象名。

② <字符串表达式>：用来表示路径名的字符串表达式。

例如，Dir1.Path="C:\Windows"。

③ 默认值是当前路径。

说明：Path 属性也可以直接设置限定的网络路径。如: \\网络计算机名\共享目录名\path。

驱动器列表框和目录列表框有着密切的关系。在一般情况下，改变驱动器列表中的驱动器名后，目录列表框中的目录也随之变为该驱动器上的目录，两者产生同步效果。

可以用以下代码实现。

```
'驱动器列表框 Drive1 与目录列表框 Dir1 同步
    Private Sub Drive1_Change()
        Dir1.Path = Drive1.Drive
        End Sub
```

（2）ListIndex 属性。ListIndex 属性用于返回或设置控件中当前选择项目的索引，在设计时不能使用。当前选定目录的 ListIndex 属性值为–1，若该目录包含子目录，则每个子目录的 ListIndex 属性值依次为 0，1，2，3……，选定目录的父目录的 ListIndex 属性值为–2，以此类推。

（3）Change 事件。目录列表框的 Path 属性发生变化时，产生一个 Change 事件。

（4）Click 事件。单击目录列表框时，产生 Click 事件。

3）文件列表框

文件列表框（FileListBox）是显示当前目录下所有文件的列表框。

（1）Path 属性。Path 属性的值是一个表示路径的字符串，默认值为当前路径。在运行状态下文件列表框中显示由 Path 属性指定的包含在目录中的文件。

例如：

```
'目录列表框 Dir1 与文件列表框 File1 同步
Private Sub Dir1_Change()
    File1.Path = Dir1.Path
End Sub
```

（2）Pattern 属性。

Pattern 属性用于指定文件列表框中文件显示的类型。可识别“*”“？”通配符和分号分隔符。

例如：

```
File1.Pattern="*.Frm;???.BMP"
```

表示在文件列表框中显示所有扩展名为.Frm 的文件和所有文件名包含 3 个字符且扩展名为.BMP 的文件。

注意：要指定显示多个文件类型，文件类型之间使用英文分号“;”为分隔符。

（3）FileName 属性。FileName 属性用于指定选定的文件名。

比如：

```
MsgBox File1.FileName
```

（4）其他属性。文件列表框提供了 Archive、Hidden、Normal、System、ReadOnly 等属性，可在文件列表框中用这些属性指定要显示的文件属性类型。

语法格式：

对象名.Archive [= Boolean]

对象名.Hidden [= Boolean]

对象名.Normal [= Boolean]

对象名.System [= Boolean]

对象名.ReadOnly [= Boolean]

作用：设置或返回布尔值，决定 FileListBox 是否以存档、隐藏、普通、系统或只读属性来显示文件。Hidden 和 System 属性的默认值为 False，Archive 、Normal 和 ReadOnly 属性的默认值是 True。因此，要在文件列表框中只显示只读文件，可将 ReadOnly 属性设置为 True，其他属性设置为 False。

（5）PathChange 事件。当文件列表框的 Path 属性改变时发生 PathChange 事件。

（6）PatternChange 事件。当文件列表框的 Pattern 属性改变时发生 PatternChange 事件。

（7）Click 和 DblClick 事件

当单击和双击文件列表框时分别发生 Click 和 DblClick 事件。

想想议议：

要使驱动器、目录和文件列表框同步显示，如何编写代码才能使它们之间彼此同步？

7. 通用对话框

在 Visual Basic 中，除了可以建立预制对话框和定制对话框外，还利用一个 ActiveX 控件——通用对话框控件（CommonDialog）提供了一组标准的操作对话框，可进行打开和保存文件、设置打印选项以及选择颜色和字体等操作。其部件名是 Microsoft Common Dialog Control 6.0。通用对话框的 6 种类型及对应方法和属性如表 4–1 所示。

表 4–1　通用对话框的 6 种类型及对应方法和属性

<table>
<tr><th>方　法</th><th>对 话 框</th><th>相关属性</th></tr>
<tr><td>ShowOpen</td><td>显示“打开”对话框
（如图 4–3 所示）</td><td rowspan="2">Filter：过滤列表
FilterIndex：默认过滤列表
FileName：打开文件路径及名称
FileTilte：文件名
DialogTitle：对话框 Title
DefaultExt：默认扩展名</td></tr>
<tr><td>ShowSave</td><td>显示“另存为”对话框</td></tr>
<tr><td>ShowColor</td><td>显示“颜色”对话框
（如图 4–4 所示）</td><td>Color：颜色值（常数）
Flags：颜色对话框选项（1，2，4，8）</td></tr>
<tr><td>ShowFont</td><td>显示“字体”对话框
（如图 4–5 所示）</td><td>Flags：哪类字体（常数：屏幕字体、打印机字体或两者）
FontSize：设置字体大小
FontBold：设置是否选粗体
FontItalic：设置是否选斜体
FontStrikethru ：设置是否选择删除线
FontUnderline　设置是否选择下划线</td></tr>
</table>

续表

方　法	对 话 框	相关属性
ShowPrinter	显示“打印”对话框	Copies：要打印的份数 FromPage：打印的起始页 ToPage：打印的结束页 HDC：选定打印机的设备环境
ShowHelp	调用 Windows 帮助引擎	HelpFile：帮助文件路径和文件名 HelpCommand：联机帮助的类型，设置值为常数

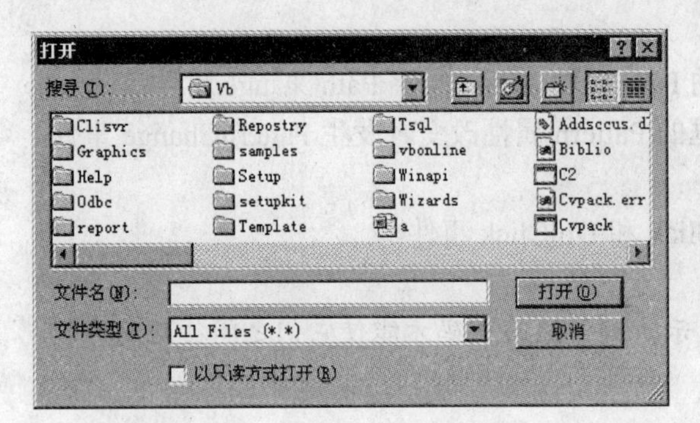

图 4–3 “打开”对话框

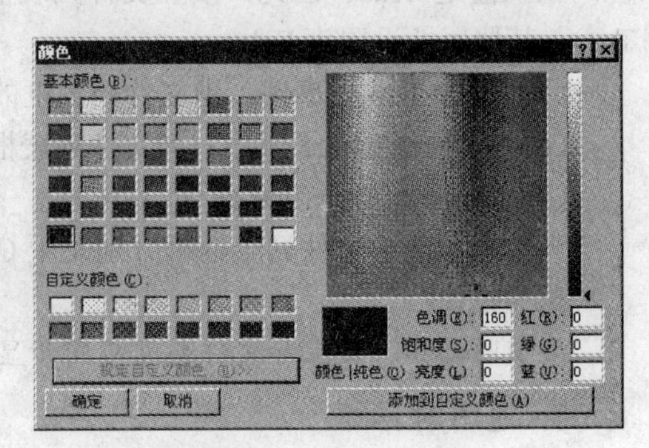

图 4–4 “颜色”对话框

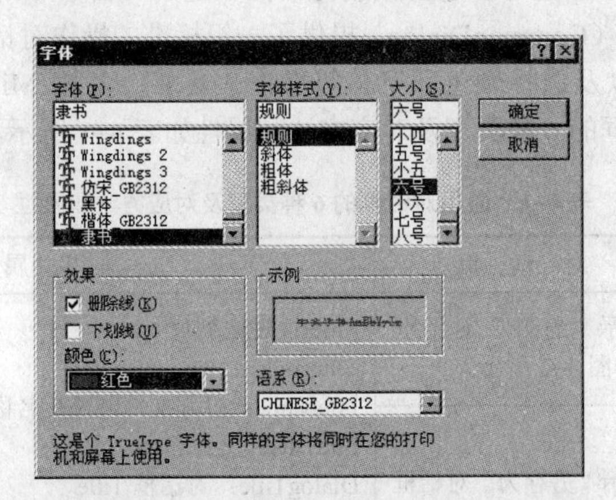

图 4–5 “字体”对话框

通用对话框常用属性如下。

（1）Filter 属性。返回或设置在对话框的类型列表框中所显示的过滤器。使用该属性时，当对话框显示时提供一个过滤器列表，用它可以进行选择。

语法格式：

通用对话框名.Filter [= description1 |filter1 |description2 |filter2…]

参数说明如下。

① description：描述文件类型的字符串表达式。

② filter：过滤条件，是指定文件名扩展的字符串表达式。

说明：使用管道符号（|）(ASCII 值为 124）将 filter 与 description 的值隔开。管道符号

的前后都不要加空格，因为这些空格会与 filter 与 description 的值一起显示。

例如，下列代码中给出的过滤器允许选择文本文件或含有位图和图标的图形文件。

```
CmDialog1.Filter="Text(*.txt)|*.txt|Pictures(*.bmp;*.ico)|*.bmp;*.ico"
```

（2）FilterIndex 属性。当为一个对话框指定一个以上的过滤器时，需使用 FilterIndex 属性确定哪一个作为默认过滤器显示。例如：

```
CommonDialog1.FilterIndex = 2      '此时*.bmp;*.ico 为默认过滤器显示。
```

（3）FileName 属性。返回或设置所选文件的路径和文件名。

语法格式：通用对话框名.FileName ［= PathName］

其中，参数 PathName：字符串表达式，指定路径和文件名。

说明：在 CommonDialog 控件里，可以在打开对话框之前设置 FileName 属性来设定初始文件名。读该属性，可返回当前从列表中选择的文件名。如果没有选择文件，FileName 返回 0 长度字符串。

（4）FileTitle 属性（只读属性）。返回要打开或保存文件的名称（不带路径）。

（5）Flags 属性。为各类型通用对话框返回或设置选项（详见 Visual Basic 6.0 中的“Microsoft Visual Basic 帮助主题”或“联机手册”）。

4.2 知识进阶

4.2.1 常用的文件操作语句、函数和属性

Visual Basic 还提供了其他一些常用的语句和函数。

1. FreeFile 函数

语法格式：

```
FreeFile[(范围)]
```

其中，范围是一个万能型，它指定一个范围，以便返回该范围之内的下一个可用文件号。若指定 0（默认值），则返回一个 1～255 之间的文件号；若指定 1，则返回一个 256～511 之间的文件号。

作用：返回一个整数，提供一个尚未使用的文件号。

2. LOF 函数

语法格式：

```
LOF(文件号)
```

其中，文件号是一个整型，指定一个有效的文件号。

作用：返回文件的长度（字节数）。

3. EOF 函数

语法格式：

```
EOF(文件号)
```

作用：返回一个表示文件指针是否到达文件末尾的值。当到达文件末尾时，EOF 函数返

回 True，否则返回 False。

4. Seek 函数

语法格式：

Seek(文件号)

作用：返回文件指针的当前位置，用来表示当前的读/写位置。

5. Seek 语句

语法格式：

Seek [#]文件号,位置

作用：设置下一个的读/写位置，对于随机文件，位置是指记录号。

6. ChDrive 语句

语法格式：

ChDrive 驱动器名

作用：改变当前驱动器。

7. ChDir 语句

语法格式：

ChDir 文件夹名

作用：改变当前的文件夹。

8. CurDir 函数

语法格式：

CurDir [驱动器名]

作用：确定任何一个驱动器的当前目录。若省略驱动器名，则返回当前驱动器的当前路径。

比如：

ChDir "d:\tmp"

9. App 对象的 Path 属性

语法格式：

App.Path

作用：返回当前可执行文件的路径。

10. MkDir 语句

语法格式：

MKDir 新文件夹

作用：创建一个新文件夹。

11. Name……As 语句

语法格式：

Name 旧文件名 As 新文件名

作用：更改文件名。

12. FileCopy 语句

语法格式：

FileCopy　源文件名，目标文件名

作用：复制文件，注意不能复制一个已打开的文件。

13. RmDir 语句

语法格式：

RmDir 要删除的文件夹

作用：删除一个存在的空的文件夹，注意不能删除一个含有文件的文件夹，应先使用 Kill 语句删除该文件夹中的所有文件。

14. Kill 语句

语法格式：

Kill 文件名

作用：从磁盘中删除文件。

比如：Kill "*.txt"

15. SetAttr 语句

语法格式：

SetAttr 路径名，属性

作用：设置文件属性。有以下 5 种。

（1）0（vbNormal）：常规（默认值）。

（2）1（vbReadOnly）：只读。

（3）2 （vbHidden）：隐藏。

（4）3（vbSystem）：系统文件。

（5）4（vbArchive）：上次备份以后，文件已经改变。

16. GetAttr 函数

语法格式：

GetAttr(文件或文件夹)

作用：返回文件或文件夹的属性值。

4.2.2　使用 FSO 对象模型操作文件

FSO 对象模型（File System Object，文件系统对象）是 Visual Basic 6.0 中增加的面向文件系统操作的新方法，也是面向对象技术在文件系统中的具体应用。其基本内涵是将文件系统的功能封装在 FSO 对象模型中，然后向程序员提供操作界面，以完成对驱动器、文件夹及文件的相关操作。FSO 对象模型中提供了丰富的属性、方法和事件，使程序员编程方便、高效，代码清晰，节省空间和资源。使用 FSO 对象模型替代传统文件系统将成为 VB 编程的发展趋势。

1. FSO 对象模型包含的对象

FSO 对象模型中包含以下 5 个对象。

（1）Drive：驱动器对象。通过该对象可获取有关磁盘（包括软盘，硬盘，CD-ROM，虚拟盘以及网络驱动器等）的任何信息。

（2）Folder：文件夹对象。该对象允许建立、删除、移动文件夹以及进行文件夹的信息查询等操作。

（3）File：文件对象。该对象允许建立、删除、移动文件以及进行文件信息的查询操作。

（4）FilesyStemObject：文件系统对象。它是 FSO 对象模型的主要对象，包含了操作驱动器、文件夹、文件和收集信息的所有方法。

（5）Textstream：文本流对象。该对象允许对文本文件进行读写控制操作。

2. FSO 对象模型的引用

（1）在 VB 工程中添加对 Scipting 类型库的引用，对文本文件进行操作的方法按以下步骤进行。

① 引用 Scripting 类型库：FSO 对象模型包含在 Scripting 类型库中，而这个类型库在 Scrrun.Dll 文件中，所以在使用 FSO 对象模型之前必须要先对该类型库进行引用。引用方法如下。

在 VB 集成开发环境中，选择“工程”→“引用”命令，打开“引用”对话框，从“可用的引用”列表框中选择 Microsoft Scripting Runtime 选项，如图 4–6 所示。单击“确定”按钮即可。

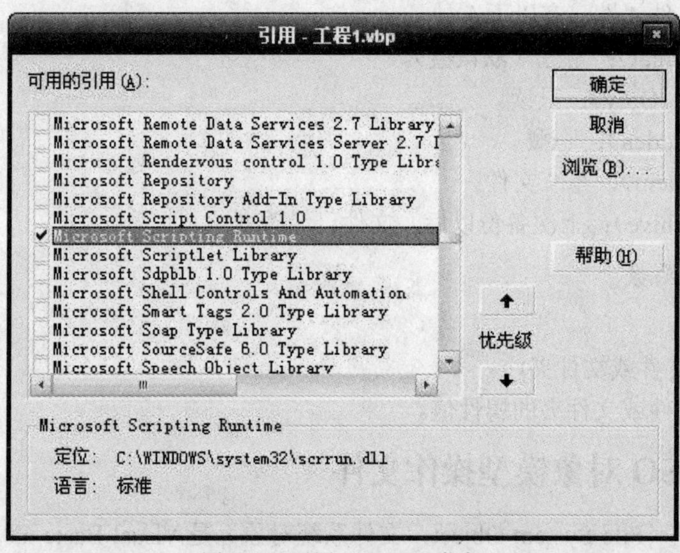

图 4–6 引用 Scripting 类库

② 声明相关的对象变量：要使用对象编程，就必须先进行声明，文本文件进行读写操作用到的类是 FileSystemObject 和 TextStream。

③ 创建相关的对象：对象是类的实例，比如笔记本电脑是一类，而你自己使用的笔记本是一个对象。必须在程序中创建具体的对象实例才可使用。

④ 进行读写操作：文本文件的读写操作采用 TextStream 对象的 ReadLine 方法和 WriteLine 方法。

⑤ 关闭文件：关闭文本文件采用 TextStream 对象的 Close 方法。

（2）声明相关的对象变量。声明的对象变量基本有两种：一个是文件系统对象，一个是文本流对象。其中，文件系统对象变量的声明与创建方法有以下两种。

① 将一个变量声明为 FileSystemObject 对象类型，如：

```
Dim fso As New FileSystemObject
```

其中 New 是一个关键字，用于创建新对象，可在声明对象的同时隐式创建对象，并在第一次引用该对象变量时新建该对象的实例。

② 使用 CreateObject 方法创建一个 FileSystemObject 对象，如：

```
Dim fso as FileSystemObject
Set fso＝CreateObject（"Scripting.FileSystemObject"）
```

声明文本流对象的方法比较简单，和声明普通类型变量类似，如：

```
Dim ts  As TextStream
```

3. 用 FSO 对象模型对文件操作

（1）使用 FSO 对象的 OpenTextFile 方法打开文件，并使用 Set 语句赋值给文本流对象 OpenTextFile 方法的调用格式如下。

fso.OpenTextFile（Filename [，IOMode [，Create [，Format]]]）

其中各项参数的涵义如下。

fso：是已经创建的 FileSystemObject 对象。

Filename：标识要打开的文件。

IOMode：可选参数，指明打开文件的方式，可为下列 3 种方式之一。

① ForReading：以只读方式打开文件。

② ForWriting：以只写方式打开文件。

③ ForAppending：打开文件并在文件末尾进行写操作。

Create：是个 Boolean 值，表示如果指定的文件 Filename 不存在，是否可以创建一个新文件，如果其值为 True，则可以创建，否则不创建。默认值为 False。

Format：可选参数，指明以何种格式打开文件，可为下列 3 种格式之一。

① TristateTrue：以 Unicode 格式打开文件。

② TristateFalse：以 ASCII 格式打开文件。

③ TristateUseDefault：使用系统默认值打开文件。

将打开的文件赋值给文本流对象，如：

Set ts=fso. OpenTextFile（bjbstrname，ForReading）

以只读方式打开文件并赋值给文本流对象 ts。

（2）使用 TextStream 对象的方法读文件。有 3 种方法可以读文件。

① 对象.Read（numchars）：从文件中读出 numchars 个字符。

② 对象.ReadAll（）：作为单个字符串读出整个文件。

③ 对象.ReadLine（）：作为一个字符串从文件中读出一行，直到回车符和换行。

（3）使用 TextStream 对象的方法写文件。有三种方法向文件中写内容。

① 对象.Write（string）：向文件写入字符串 string。

② 对象.WriteLine（string）：向文件写入字符串 string（可选）和换行符。

③ 对象.WriteBlankLines（n）：向文件写入 n 个换行符。

（4）关闭文件。使用“对象.Close”关闭打开的文件。

项 目 交 流

分组交流讨论：本章中的档案管理主要完成了档案信息的存储和读取，如果你作为客户，你对本章中项目的设计满意吗（包括功能、界面和操作模式）？找出本章项目中不足的地方，加以改进。在对项目改进过程中遇到了哪些困难？组长组织本组人员讨论或与老师进行讨论改进的内容及改进方法的可行性，并记录下来。编程上机检测。

项目改进记录

序号	改进内容	改进方法
1		
2		
3		
4		
5		

交回讨论记录摘要。记录摘要包括时间、地点、主持人（即组长，建议轮流当组长）、参加人员、讨论内容等。

基本知识练习

一、简答题

1. 什么是文件？

2. 根据 VB 文件的访问模式，文件可分为哪几种类型？

3. 顺序文件和随机文件的读写操作有何不同？

4. 在文件操作中 Print 和 Write 语句的区别？各有什么用途？

二、编程

1. 利用驱动器列表控件、目录列表控件和文件列表控件设计一个具有图片浏览功能的程序。要求：在文件列表框中只能显示*.bmp、*.jpg 格式的图片文件，每单击一个图片文件名，图片内容就显示在图像框中。

2. 选择一个文本文件，并读取该文件内容显示在文本框中，然后分别统计文本框中的数字、英文字母及其他字符的个数，并用标签控件显示统计结果。运行结果界面如图 4–7 所示。

设计思想如下。

① 用组合框建立列表项，如图 4–7 所示。

② 在选中组合框列表项中，通过通用对话框，选择一个文本文件或者数据文件，并且读入到文本框中。

③ 对于统计字符数操作，可以求出文本框的字符长度，再用 Mid 函数逐字判断文本框中的每个字符属于数字、字母还是其他字符，统计结果分别赋给变量 num1、num2 和 num3。

3. 建立文件名为"d:\stud1.txt"的随机文件，内容来自文本框，每按 Enter 键写入一条记录，然后清除文本框的内容，直到文本框内输入"END"字符串。

4. 设某商店全年的收入和支出情况以金额的形式（正数表示收入，负数表示支出）存放在一个磁盘文件中，编写程序，从该文件中读出所有金额，计算总和，并将结果追加到该文件的最后。

5. 利用通用对话框、驱动器列表控件、目录列表控件、文件列表控件和文件操作语句，设计一个具有对文件进行属性设置功能的程序。界面设计参照如图 4–8 所示。

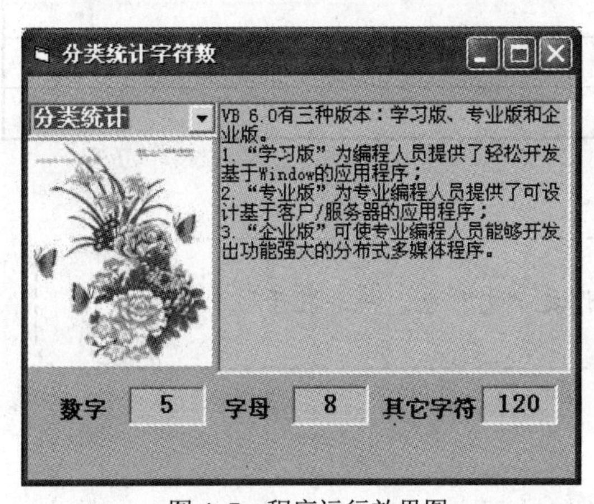

图 4–7 程序运行效果图

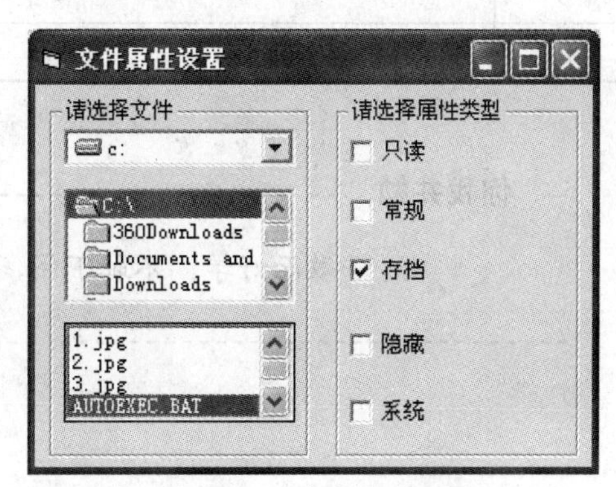

图 4–8 程序运行效果图

能力拓展与训练

一、调研与分析

假设学校将启动一个智能化校园的项目，请为学校设计一个需求调研的方案。

二、自主学习与探索

（1）通过本章内容的学习，结合以前学过的知识，同学们尝试设计一个具有 Windows 资源管理器功能的程序，并记录在程序设计过程中遇到的问题。

（2）通过对本章内容的学习，结合以前学过的知识，同学们尝试设计一个具有 Word 文字处理功能的程序？并记录在程序设计过程中遇到的问题？

三、思辨题

1. 使用计算机进行档案管理是不是可以完全取代目前人工档案管理？

2. 计算机聪明还是人脑聪明？

四、我的问题卡片

请把在学习中（包括预习和复习）思考和遇到的问题写在下面的卡片上，然后逐渐补充上简要的答案。

问 题 卡 片

序号	问题描述	简要答案
1		
2		
3		
4		
5		
6		
7		
8		
9		
10		

你我共勉

敏而好学，不耻下问，是以谓之“文”也。——孔子

第5章　菜单与工具栏

本章要点：

1. 菜单的基本操作
- 菜单编辑器。
- 下拉菜单。
- 弹出式菜单。
- 动态菜单。

2. 工具栏的基本操作
- ToolBar 控件。
- ImageList 控件。

5.1　项目一　菜单设计

5.1.1　项目目标

本项目实例主要任务是为“档案管理”界面添加菜单栏，如图 5–1 所示。

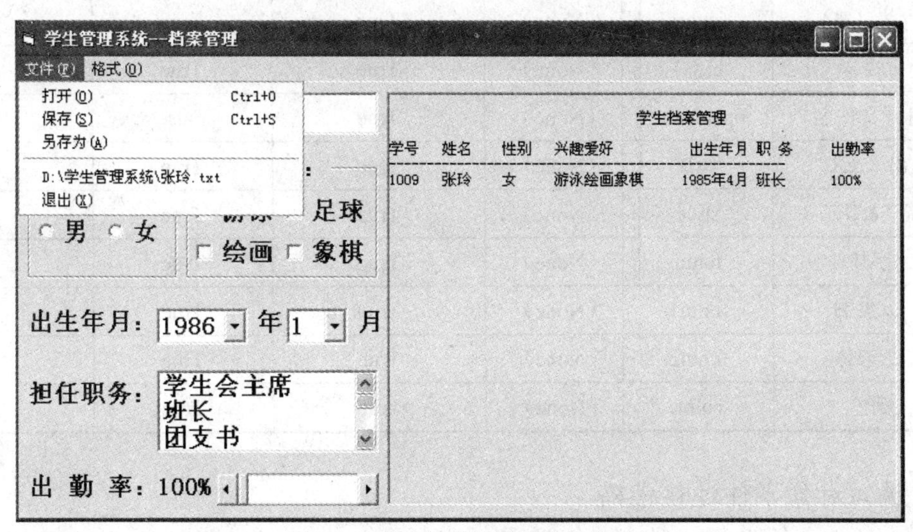

图 5–1　带菜单栏的档案管理界面

5.1.2　项目分析

本项目实例主要运用 VB6.0 所提供的菜单编辑器为窗体添加菜单栏。

“档案管理”界面菜单栏包括：“文件”“格式”两个顶层菜单，其中“文件”菜单中包括：“打开”“保存”“另存为”和“退出”，在“文件”菜单中可以动态显示最近打开过的文件名；

“格式”菜单中包括：“字体”和“颜色”，以及下一级子菜单。

5.1.3 项目实现

1. 添加菜单栏

双击“工程资源管理器”中的 Form4（档案管理）窗体，进入 Form4 的窗体设计状态，选择“工具”→“菜单编辑器”命令，打开“菜单编辑器”对话框，如图 5–2 所示。按照表 5–1 建立各个菜单项，其中单击“下一个”按钮或“插入”按钮建立下一个菜单项，单击左右箭头按钮 ← | → 可调整菜单项的层次。

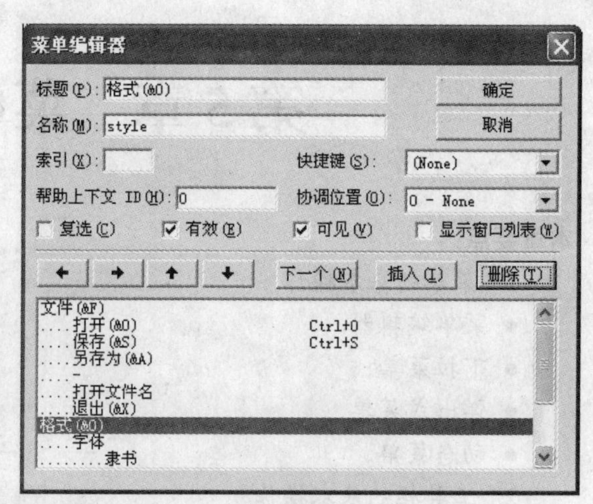

图 5–2 “菜单编辑器”对话框

表 5–1 “档案管理”的菜单结构

标　题	名　称	快捷键	有　效	可　见	索　引
文件（&F）	file	（None）	True	True	
....打开（&O）	open	Ctrl+O	True	True	
....保存（&S）	save	Ctrl+S	True	True	
....另存为（&A）	saveas	（None）	True	True	
....–	Line1	（None）	True	True	
....打开文件名	openname	（None）	True	False	0
....退出（&X）	exit	（None）	True	True	
格式（&O）	style	（None）	True	True	
....字体	fontn	（None）	True	True	
........隶书	fontn1	（None）	True	True	
........宋体	fontn2	（None）	True	True	
....颜色	color	（None）	True	True	

2. 编写对象事件过程代码

菜单只能响应鼠标单击（Click）事件，当完成菜单编辑后，在窗体设计状态下，单击菜单项，就可以在代码编辑器中对菜单命令进行代码编写，以完成其对应的功能。

“通用”区域定义变量的代码如下。

```
'通用区域，定义了一个有关学生信息的数据类型和变量的定义
Dim xh$,xm$,xb$,xq$,rq$,zw$,cql$,openfile$
Dim menucounter As Integer          '动态菜单个数
```

```
'定义一个 showfile 子过程，完成将打开的文件内容显示到图片框中的功能
Sub showfile()
    Picture1.AutoRedraw = True
    Picture1.Cls
    Picture1.Print
    Picture1.Print Tab(34); "学生档案管理"        '显示标题
    Picture1.Print
    Picture1.Print "学号  "; Tab(7); "  姓名  "; Tab(16); "性别  "; _
                Tab(22); "  兴趣爱好  "; Tab(40); "  出生年月  "; _
                Tab(50); "职  务  "; Tab(60); "出勤率"
    Picture1.Print "--------------------------------------------------"
    Open openfile For Input As #1                '输出文件内容
    Input #1, xh, xm, xb, xq, rq, zw, cql
    Picture1.Print xh; Tab(8); xm; Tab(16); xb; Tab(23); xq; _
                Tab(40); rq; Tab(50); zw; Tab(60); cql
    Close #1
End Sub
Private Sub Form_Load()
    openfile = ""                                '装载该窗体时，打开文件名清空
End Sub
Private Sub open_Click()                         '"文件"菜单中的"打开"菜单项
   CommonDialog1.Filter = "txt|*.txt"
   CommonDialog1.DefaultExt = "txt"
   CommonDialog1.ShowOpen                        '显示打开文件对话框
   openfile = CommonDialog1.FileName
   If openfile = "" Then                         '没有选择文件名时退出子程序
       Exit Sub
   Else
       Call showfile
       menucounter = menucounter + 1             '动态菜单数组下标增 1
        Load openname(menucounter)               '装载菜单项数组
        openname(menucounter).Caption =          '菜单项数组标题为所选择的文件名
        openfile
        openname(menucounter).Visible = True '原来隐藏的动态菜单进行显示
        fontn.Enabled = True                     '设置字体的菜单项可用
        color.Enabled = True                     '设置字体颜色的菜单项可用
    End If
End Sub
Private Sub save_Click()                         '"文件"菜单中的"保存"菜单项
```

```
    If openfile = "" Then
        Call saveas_Click                           '如果文件不存在，则打开“另存为”对话框
    Else                                            '如果文件已经存在，直接保存文件内容
        Open openfile For Append As #1
        Write #1, xh; xm; xb; xq; rq; zw; cql
        Close #1
        MsgBox "保存成功！", , "消息框"
    End If
End Sub
Private Sub saveas_Click()                          '“文件”菜单中的“另存为”菜单项
    CommonDialog1.Filter = "txt|*.txt"
    CommonDialog1.DefaultExt = "txt"
    CommonDialog1.ShowSave                          '打开另存为对话框
    openfile = CommonDialog1.FileName
    If openfile = "" Then                           '没有选择文件名，则退出该子程序
        Exit Sub
    Else                                            '将控件内容保存至变量并进行存储
        xh = Text1
        xm = Text2
        xb = IIf(Option1.Value,"男", "女")
        xq = IIf(Check1.Value,Check1.Caption, "") & _
            IIf(Check2.Value,Check2.Caption, "") & _
            IIf(Check3.Value,Check3.Caption, "") & _
            IIf(Check4.Value,Check4.Caption, "")
        rq = Combo1.Text & "年" & Combo2.Text & "月"
        zw = List1
        cql = HScroll1.Value & "%"
        Open openfile For Output As #1
        Write #1, xh; xm; xb; xq; rq; zw; cql
        Close #1
        MsgBox "保存成功！", , "消息框"
    End If
End Sub
Private Sub color_Click()                   '“格式”菜单中的“颜色”菜单项
    CommonDialog1.ShowColor
    Picture1.ForeColor = CommonDialog1.color
    Call showfile                           '按照设置字体颜色重新显示文件内容
End Sub
Private Sub fontn1_Click()                  '“格式”菜单中“宋体”菜单项
```

```
    Picture1.FontName = "隶书"
    Call showfile                   '按照新设置的格式重新显示
End Sub
Private Sub fontn2_Click()          '“格式”菜单中“隶书”菜单项
    Picture1.FontName = "宋体"      '按照新设置的格式重新显示
    Call showfile                   '按照新设置的格式重新显示
End Sub
Private Sub exit_Click()            '“文件”菜单中的“退出”菜单项
    Unload Me                       '卸载当前窗体
    Form2.Show                      '返回到主页面
End Sub
Private Sub Form_MouseDown(Button As Integer, Shift As Integer, X As Single, Y As Single)
    If Button = 2 Then              '检查是否右击
        PopupMenu file              '把“文件”菜单显示为一个弹出式菜单
    End If
End Sub
```

5.1.4　相关知识

菜单是用户界面最重要的元素，它们使用户界面更加友好、直观。大多数应用程序都含有菜单，并通过菜单为用户提供命令。在实际的应用中，菜单可分为两种基本类型，一种是下拉式菜单，另一种是弹出式菜单。下拉式菜单，如“文件”“格式”等，这种菜单一般通过单击菜单栏中菜单标题打开；弹出式菜单则通过右击某一位置的方式打开。

1. 菜单的基本概念

菜单在窗口内，不仅方便、直观，而且还可以使用户设计的窗口更加标准。如图 5-3 即为带有菜单的窗口，它主要有以下几部分组成。

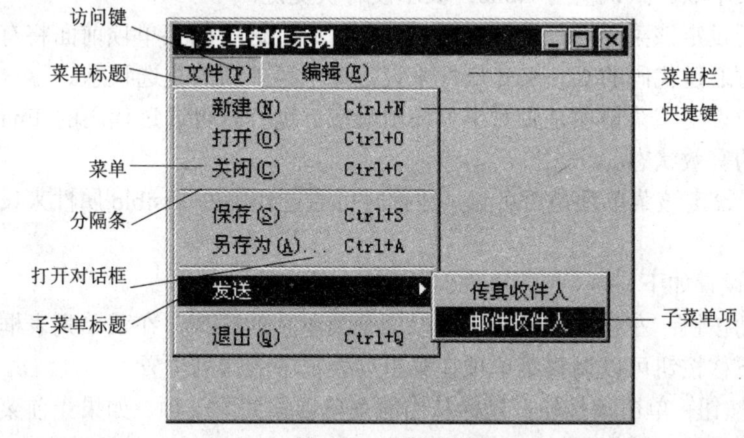

图 5-3　菜单介绍

（1）菜单栏。菜单栏在窗口标题栏下面，由一个或多个菜单标题组成。图 5-1 中的菜单栏由“文件”“格式”两个菜单标题组成。

（2）菜单标题。单击菜单标题（如“文件”）时，将打开一个包含菜单项的下拉列表。

（3）菜单项。菜单项隶属于菜单标题，它可以包含菜单命令、分隔线和子菜单标题（如“发送”）及其下的子菜单项（如“邮件收件人”）。

另外，菜单及菜单项还有访问键、快捷键等，还有一种独立于菜单栏的快捷菜单。

2. 菜单编辑器

用菜单编辑器可以创建新的菜单和菜单栏、在已有的菜单上增加新命令、用自己的命令来替换已有的菜单命令以及修改和删除已有的菜单和菜单栏。

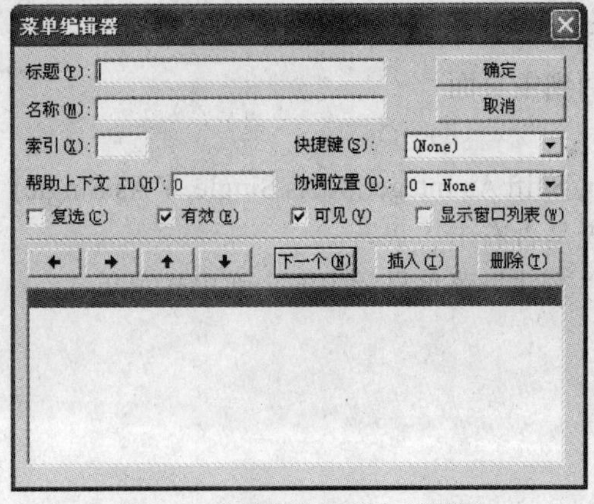

图 5–4 “菜单编辑器”对话框

（1）菜单编辑器的启动。从“工具”菜单中选择“菜单编辑器”命令或在“工具栏”上单击“菜单编辑器”按钮即可打开“菜单编辑器”对话框，如图 5–4 所示。

（2）菜单编辑器的组成及作用如下。

① 其属性设置如下。

标题：运行时菜单项上显示的文字，即 Caption 属性。如果菜单项有访问键，应在相应字母前加 & 字符，例如标题为“成绩管理（&C）”，则菜单上显示“成绩管理（C）”，可以按 Alt+C 组合键就可以打开该菜单。如果要在菜单中设置分隔线，应将作为分隔线的菜单项的标题设置为一个连接符“–”。

注意：顶层菜单不能为其设置快捷键。

名称：菜单名称，用来唯一识别该菜单项，程序中用来引用该菜单项。

索引：如果建立菜单控件数组，必须设置该属性。

快捷键：用于选择菜单项对应的快捷键，快捷键将显示在菜单项的后面，按快捷键时会立刻运行一个菜单项。默认值为 None，表示没有快捷键。

复选：用于设定该菜单项是否被选中。在运行时，选中的菜单项前面将有一个复选标志“√”。运行时可通过代码的 Checked 属性来设定每个菜单项的复选状态。

有效：用于设定该菜单项是否对事件作出响应。运行时可通过代码的 Enabled 属性来设定每个菜单项的有效状态。

可见：用于设定该菜单项是否可见。运行时可通过代码的 Visible 属性来设定每个菜单项是否可见。

② 其属性设置如下。

菜单项移动按钮：左移、右移按钮可以调整菜单项的层次，在菜单列表框中用“…”来标志。上移、下移按钮可以调整菜单项在菜单列表框中的排列位置。

“下一个”按钮：单击该按钮，光标从当前菜单项移到下一项。如果当前菜单项是最后一项，则添加一个新的菜单项。

“插入”按钮：在当前选择的菜单项前插入一个新的菜单项。

“删除”按钮：删除当前选中的菜单项。

3. 菜单的制作

首先要对菜单进行设计，然后进行如下步骤的制作。

（1）在菜单编辑器中制作菜单，其具体步骤如下。

① 选取要添加菜单栏的窗体。

② 从“工具”菜单中选取“菜单编辑器”，或者在“工具栏”上单击“菜单编辑器”按钮。

③ 在“标题”文本框中，输入希望在菜单栏上显示的文本。如果希望某一字符成为该菜单项的访问键，也可以在该字符前面加上一个　（&）　字符。如：文件（&F）。

注意：菜单中不能使用重复的访问键。如果多个菜单项使用同一个访问键，则该键将不起作用。

④ 在“名称”文本框中，输入将用来在代码中引用该菜单控件的名字。

注意：为了使代码更具可读和易维护，在菜单编辑器中设置 Name 属性时，最好用前缀来标识菜单对象，如 mun；其后再紧跟顶层菜单标题的名称，如 file。对于子菜单，其后再紧跟该子菜单的标题，如 munFileOpen。

⑤ 单击向左或向右箭头按钮，可以改变该控件的缩进级，从而创建子菜单。所创建的每个菜单最多可以包含 5 级子菜单。子菜单会分支出另一个菜单以显示它自己的菜单项。

⑥ 如果需要，还可以设置控件的其他属性。如为菜单设置快捷键、复选框等。

⑦ 单击“下一个”按钮就可以再建一个菜单控件；或者单击“插入”按钮可以在现有的菜单控件之前增加一个菜单控件；也可以单击向上与向下的箭头按钮，在现有菜单控件之中上下移动菜单项位置。

⑧ 如果窗体所有的菜单控件都已创建，则单击“确定”按钮可关闭菜单编辑器。

（2）运行时创建和修改菜单。设计时创建的菜单也能动态地响应运行时的条件。所以运行时可以编写应用程序，实现菜单项可见或不可见控制以及增加或删除菜单项操作。菜单控件只有一个 Click 事件。当用户选取一个菜单控件时，一个 Click 事件出现。需要在代码中为每个菜单控件编写一个 Click 事件过程。除分隔符条以外的所有菜单控件都能识别 Click 事件。

说明：一般情况下，没有必要为一个菜单标题的 Click 事件过程编写代码，除非想执行其他操作，比如每次显示菜单时使某些菜单项无效。

想想议议：

菜单控件具有哪些属性？与基本控件有哪些区别？

4. 弹出式菜单

弹出式菜单是独立于菜单栏而显示在窗体上的浮动菜单。在弹出式菜单上显示的项目取决于右击时指针所处的位置；因而，弹出式菜单也被称为上下文菜单或快捷菜单。在 Windows 中，可以通过右击来激活快捷菜单。

（1）显示弹出式菜单。在运行时，至少含有一个菜单项的任何菜单都可以作为弹出式菜单被显示。为了显示弹出式菜单，可使用 PopupMenu 方法。

语法格式：

　　[对象名.]PopupMenu 菜单名[,flags [,x [,y [,要加粗的菜单项]]]]

参数说明如下。

① flags：定义弹出式菜单的位置与性能（行为）。表 5–2 列出了可用于描述弹出式菜单的 flags 参数。

② 要加粗的菜单项：指定在显示的弹出式菜单中想以粗体字体出现的菜单控件的名称。在弹出式菜单中只能有一个菜单控件被加粗。

③ x 和 y： 指定弹出式菜单的位置坐标，默认为当前鼠标的坐标。

表 5–2 flags 参 数

位置常数	值	描 述
VbPopupMenuLeftAlign	0	默认。指定的 x 位置定义了该弹出式菜单的左边界
VbPopupMenuCenterAlign	4	弹出式菜单以指定的 x 位置为中心
VbPopupMenuRightAlign	8	指定的 x 位置定义了该弹出式菜单的右边界
行为常数	值	描 述
VbPopupMenuLeftButton	0	默认。用户单击时，显示弹出式菜单
VbPopupMenuRightButton	2	用户右击或者单击时，显示弹出式菜单

要指定一个标志，应先从每组中选取一个常数，再用 Or 操作符将它们连起来。

例如：下面语句可以显示弹出式菜单。

```
PopupMenu mnfile， vbPopupMenuCenterAlign Or vbPopupMenuRightButton
```

（2）用 MouseUp 或者 MouseDown 事件来检测何时右击事件发生

例如：在项目实例中当用户右击窗体时，显示“文件”弹出式菜单（如图 5–5 所示）。

```
Private Sub Form_ MouseDown (Button As Integer, Shift As _
    Integer,X As Single,Y As Single)
    If Button = 2 Then         '检查是否右击
        PopupMenu file         '把“文件”菜单显示为一个弹出式菜单
    End If
End Sub
```

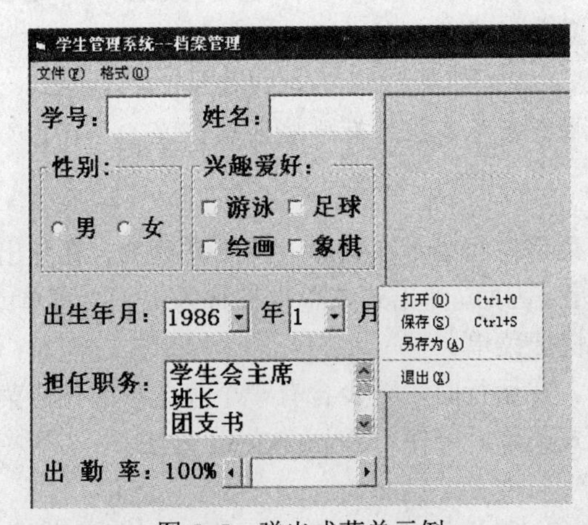

图 5–5 弹出式菜单示例

注意：每次只能显示一个弹出式菜单。

5. 动态菜单

许多 Windows 应用程序均可以在“文件”菜单下列出最近使用过的文件列表。实现这一功能的基础是使用菜单控件数组。

在“菜单编辑器”窗口中加入一个菜单项（非顶层菜单），将其索引项的值设置为 0，“可见”复选框的对勾去掉，在打开文件的相关事件过程中使用 Load 方法可以加入新的菜单项，而用 Unload 方法可以删除菜单项。

例如，在项目实例的“文件”菜单项下方动态显示打开文件的名称。具体操作如下。

（1）为“文件”菜单项添加一个子菜单项，标题为“打开文件名”，名称为 openname，索引值设置为 0，“可见”复选框的对勾去掉。

（2）选择“文件”→“打开”命令。编写代码如下。

```
menucounter = menucounter + 1   '动态菜单显示
Load openname(menucounter)
openname(menucounter).Caption = CommonDialog1.FileName
openname(menucounter).Visible = True
```

运行效果如图 5–6 所示。

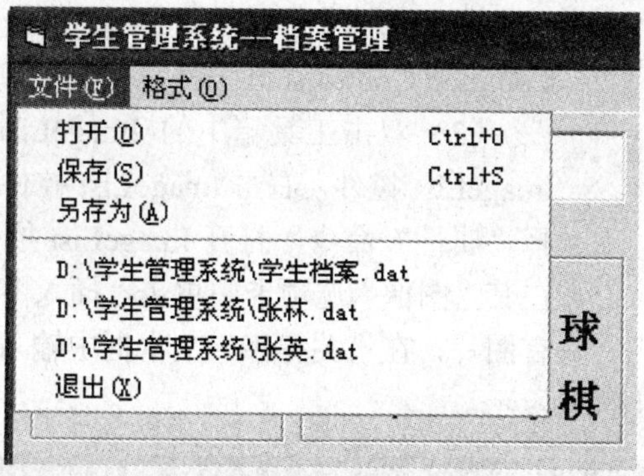

图 5–6　动态菜单示例

如果要删除一个菜单项，可以编写以下程序。

```
Unload   Openname(menucounter)
menucounter = menucounter–1
```

5.2　项目二　工具栏设计

5.2.1　项目目标

本项目实例主要任务是为档案管理界面添加工具栏，如图 5–7 所示。

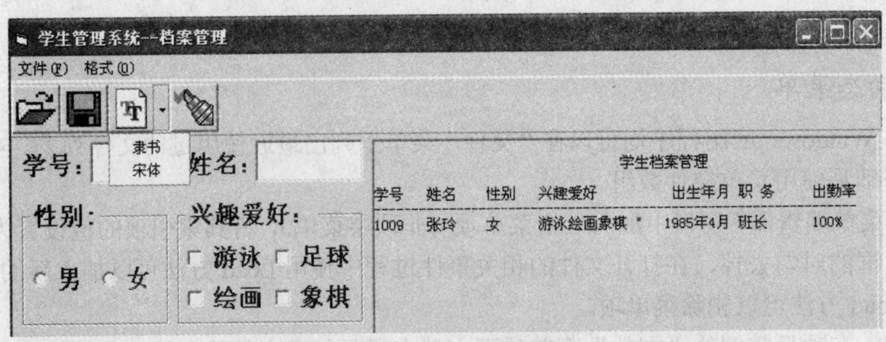

图 5-7　带工具栏的档案管理界面

5.2.2　项目分析

本项目实例主要运用 VB6.0 所提供的工具栏控件为窗体添加工具栏。

档案管理界面上要完成“打开”“保存”“字体选择”和“颜色设置”四种操作。

5.2.3　项目实现

1. 添加工具栏

双击“工程资源管理器”中的 Form4（档案管理）窗体，进入 Form4 的窗体设计状态。

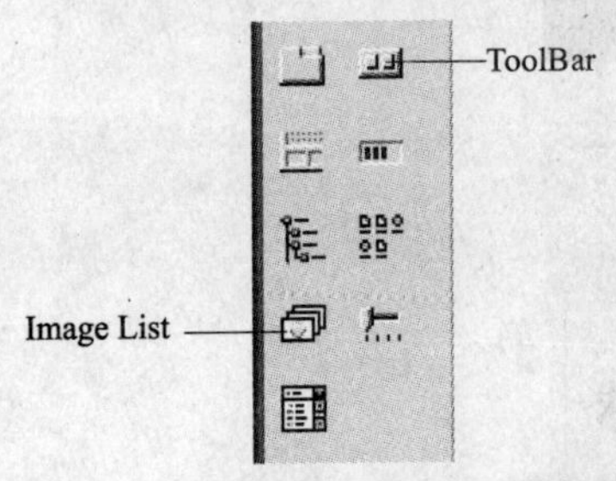

图 5-8　添加完工具栏的工具箱

（1）选择“工程”→“部件”命令，选中 Microsoft Windows Common Controls6.0 控件，并添加到工具箱。如图 5-8 所示。

（2）双击工具箱中的 ImageList 按钮，在窗体上创建 ImageList 控件，右击 ImageList 控件，在弹出的快捷菜单中选择“属性”命令，打开 ImageList 控件的“属性页”对话框，在其“图像”选项卡中单击“插入图片”按钮，选择需要的所有图片，在“关键字”文本框中输入图像的标识名。如图 5-9 所示。

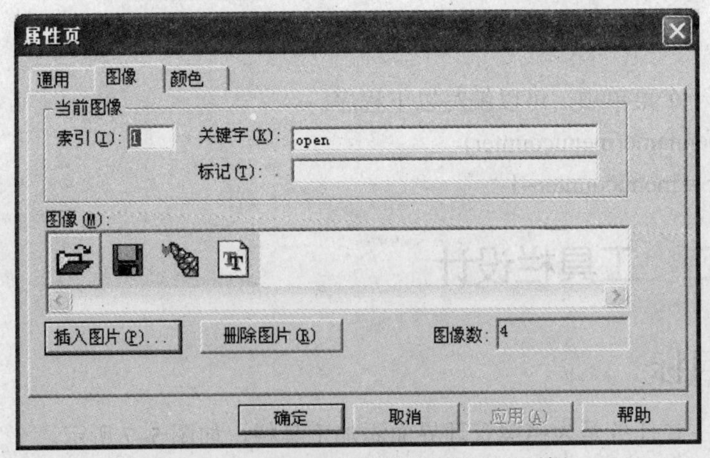

图 5-9　ImageList 控件的“属性”对话框

（3）双击工具箱中的 ToolBar 按钮，在窗体上创建工具栏（在默认情况下，工具栏会紧紧地贴着窗体的标题栏）。右击工具栏，在弹出的快捷菜单中选择“属性”命令，在“通用”标签下的“图像列表”中选择要关联的 ImageList 控件的名称 ImageList1。如图 5–10 所示。

（4）在 ToolBar 控件的“属性页”对话框中打开“按钮”选项卡，单击“插入按钮”，在工具栏上添加一个空白按钮，设置相应的“标题”和“关键字”。在“图像”框中，输入 ImageList 控件中图像的“关键字”或“索引值”。重复上述操作添加更多的按钮，并将图像赋给新添加的 Button 对象。本项目实例中的工具按钮 1、2、4 的样式设置为默认值 0–tbrDefault。按钮 3 的样式设置为 5–tbrdropDown，按钮 3、4 的“有效性”复选框的对勾去掉，使之初始状态为 False。并在设置按钮 3 的对话框下方进行“按钮菜单”的设置，插入按钮菜单、文本，如图 5–11 所示。

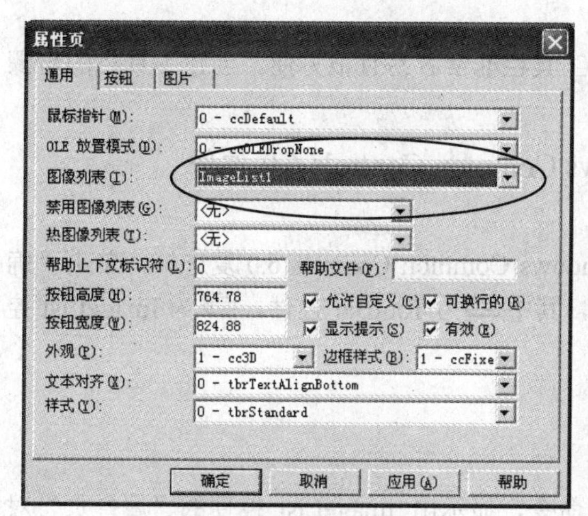

图 5–10 “通用”选项卡

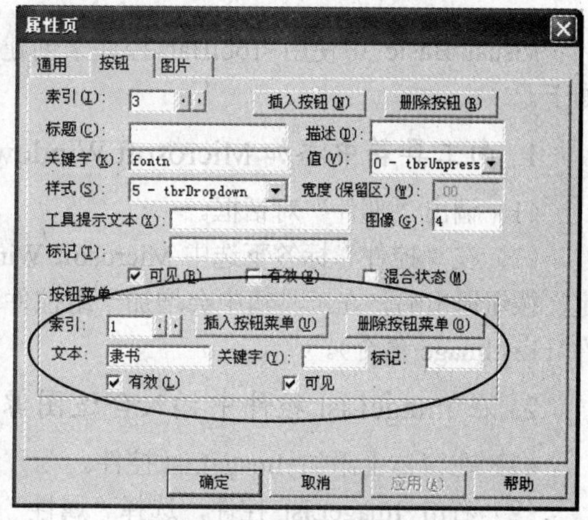

图 5–11 “按钮”选项卡

2. 编写对象事件过程代码

当用户单击工具栏按钮时，会发生 ButtonClick 事件。可以用按钮的“索引”属性或“关键字”属性来标识被单击的按钮。

```
Private Sub Toolbar1_ButtonClick(ByVal Button As MSComctlLib.Button)
    Select Case Button.Index                      '根据索引值不同执行不同操作
        Case 1                                    '工具栏“打开”按钮
            Call open_Click                       '调用菜单设计时的open_Click菜单事件
            Toolbar1.Buttons(3).Enabled = True    '“字体”按钮中“宋体”设为可用
            Toolbar1.Buttons(4).Enabled = True    '“字体”按钮中“隶书”设为可用
        Case 2                                    '工具栏“保存”按钮
            Call save_Click                       '调用菜单设计时的save_Click菜单事件
        Case 4                                    '工具栏“颜色”按钮
            Call color_Click                      '调用菜单设计时的color_Click菜单事件
    End Select
End Sub
```

```
'判断单击的是工具栏中按钮 3（字体）的哪个按钮
Private Sub Toolbar1_ButtonMenuClick(ByVal uttonMenu As MSComctlLib.ButtonMenu)
    Select Case ButtonMenu.Index
        Case 1                          '单击“宋体”按钮
            Call fontn1_Click           '调用菜单设计时的 fontn1_Click 菜单事件
        Case 2                          '单击“隶书”按钮
            Call fontn2_Click           '调用菜单设计时的 fontn2_Click 菜单事件
    End Select
End Sub
```

5.2.4 相关知识

Visual Basic 中使用 ToolBar 控件来创建工具栏非常容易且很方便。创建工具栏的步骤如下。

1. 向工具箱中添加 Microsoft Windows Common Controls 6.0 控件

（1）调出“部件”对话框。

（2）在“控件”标签下选中 Microsoft Windows Common Controls 6.0 复选框，单击“确定”按钮退出后，在工具箱中会增加一组控件，其中为 ToolBar 控件，为 ImageList 控件（ListImage 集合）。

2. 在 ImageList 控件中插入合适图像

（1）在窗体上添加 ImageList 控件。

（2）右击 ImageList 控件，选择“属性”命令，显示出 ImageList 控件的“属性页”对话框。

（3）打开“图像”选项卡。

（4）单击“插入图片”按钮，显示“选定图片”对话框。

（5）在该对话框中找到相应的位图或图标，单击“打开”按钮。

（6）在“关键字”框中输入一个字符串，为该图像赋予了 Key 属性。

（7）重复步骤（4）～（6），直到将所需图像填充到该控件中。

（8）图片添加完成后，单击“确定”按钮退出。

3. 为工具栏添加按钮（Button）

（1）双击按钮向窗体上添加一个工具栏。

在默认情况下，工具栏会紧挨着窗体的标题栏。如果在属性窗口中将其 Appearance 和 BorderStyle 属性都设置为 1，可以使工具栏更加突出、漂亮。

（2）将 ImageList 与 ToolBar 控件关联。

① 在窗体上选中 ToolBar 控件，然后打开“视图”菜单，选择“属性页”命令或右击该控件，在快捷菜单中选择“属性”命令，这时显示出该控件的“属性页”对话框。

② 在“通用”选项卡下的“图像列表”中选择要关联的 ImageList 控件的名称。

③ 单击“确定”按钮退出。

（3）将图像赋给 Button 对象。

① 在 ToolBar 控件的“属性页”对话框中单击“按钮”标签。

② 单击“插入”按钮，在工具栏上添加一个空白按钮。

③ 在“图像”文本框中，输入 ImageList 控件的 Key 值（即在其“属性页”中的 Key 值）。

④ 在“关键字”文本框中，输入按钮的 Key 值（用来区别按钮，必须惟一）。

⑤ 若需要还可在“工具提示文本”文本框中输入按钮的简短提示。

⑥ 单击“应用”按钮，此时空白按钮上出现相应的图案。

⑦ 重复上述第②～④以添加更多的按钮，并将图像赋给新添加的 Button 对象。

另外，在“属性页”的“样式”下拉列表框中还可设定 Button 对象的 style 属性。它决定了按钮的行为特点，表 5–3 列出了 6 种按钮的样式及其说明。

表 5–3　6 种按钮样式及其说明

常　数	值	说　明
TbrDefault	0	默认样式。如果按钮所代表的功能不依赖于其他功能，则使用 Default 按钮样式。另外，如果按钮被单击，在完成功能后它会自动地弹回。
TbrCheck	1	当按钮代表的功能是某种开关类型时，可使用 Check 样式。如果单击了该按钮，那么再次单击该按钮之前，它将保持按下状态。
TbrButtonGroup	2	当一组功能相互排斥时，可以使用 ButtonGroup 样式。相互排斥的意思是说一组功能同时只能有一个有效。例如，文本对齐方式中左对齐、右对齐或居中，在任何时刻都只有一种样式。
TbrSeparator	3	分隔符类型，只是创建宽度为 8 个像素的按钮，此外没有任何功能。分隔符样式的按钮可以将其他按钮分隔开。
ThrPlaceholder	4	占位符样式按钮，它的功能是在 Toolbar 控件中占据一定位置，以便显示其他控件（如 ComboBox 控件或 ListBox 控件）。
TbrdropDown	5	按钮菜单的样式，在按钮的旁边会有一个下拉箭头，运行时单击下拉箭头可以打开一个下拉菜单，从中选择所需要的选项。

4. 为工具栏编写代码

实际上，工具栏上的按钮是控件数组，当用户单击按钮（占位符和分隔符样式的按钮除外）时，会发生 ButtonClick 事件。在该事件中用 Select Case 语句编写按钮的功能。可以用按钮的 Index 属性或 Key 属性标识被单击的按钮。

5.3　知识进阶

状态栏显示系统信息和对用户的提示，如：系统日期、软件版本、光标的当前位置、键盘的状态等。通常位于窗体的底部。

1. 创建状态栏

设计时，在窗体上增加 statusbar 控件后，打开其“属性页”对话框，单击“窗格”标签，在打开的“窗格”选项卡中，依据图 5–12 所示进行所需要的窗格属性设计。

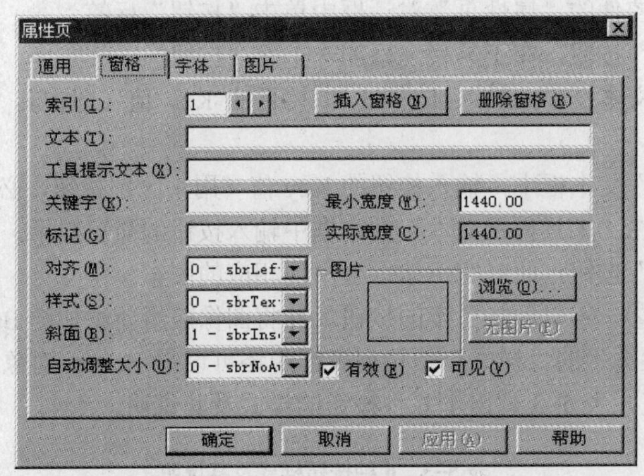

图 5–12　状态栏“窗格”选项卡

“插入窗格”按钮用于在状态栏上插入新窗格，最多可插入 16 个。

“索引”（Index）、“关键字”（Key）文本框分别表示每个窗格的编号和标识。

“文本”，样式为 sbrText 时，窗格中显示的文本。

“样式”用于设置窗格的显示状态 。

“浏览”按钮可插入图像，图像文件的扩展名为.ico 或.bmp。

设置了一个如图 5–13 所示的状态栏，其状态栏中有 5 个窗格，各窗格属性设置见表 5–4。

图 5–13　设置状态效果

表 5–4　各窗格（Panel）主要属性设置

索　引	样　式	文　本	说　明
1	sbrText	鼠标位置	显示固定文本
2	sbrText		运行时获得当前光标位置的值
3	sbrTime		显示当前时间和时钟值
4	sbrCaps		显示大小写控制键的状态
5	sbrNum		显示插入控制键的状态

2. 程序运行时在状态栏上显示信息

运行时，能重新设置窗格 Panel 对象以反映不同的功能，这些功能取决于应用程序的状态和各控制键的状态。有些状态需要通过编程来实现，有些则系统已经具备。图 5–13 所示的第 2 个窗格的值通过编程实现，它动态的反映当前光标位置的值，如图 5–13 所示。第 3、4、5 窗格不需要编程，系统已具备。编程代码如下。

```
Private Sub Form_MouseMove(Button As Integer, Shift As Integer, X As Single, Y As Single)
    StatusBar1.Panels(2).Text = "X=" + Str(X) + "Y=" + Str(Y)
```

```
End Sub
```

想想议议：

在运行过程中若不显示状态栏，应设置 StatusBar 控件的什么属性，其属性值是什么？

项目交流

分组进行交流讨论会，讨论内容：通过对项目实例学习，随着知识的累积，是不是可以实现更加灵活的功能和更加友好的界面了？本项目主要完成的功能是什么？如何完善项目使之更加美观、功能更加完善？在对项目改进过程中遇到了哪些困难？讨论改进的内容及改进方法的可行性，并记录下来。编程上机检测改进方法。

项目改进记录

序号	项目名称	改进内容	改进方法
1			
2			
3			
4			
5			

交回讨论记录摘要。记录摘要包括时间、地点、主持人（即组长，建议轮流当组长）、参加人员、讨论内容等。

基本知识练习

1. 设计含有菜单栏的界面，通过菜单项完成对 0～9 范围内的随机整数进行四则运算。

2. 为文本框增加一个简单的工具栏，通过工具栏上的按钮可以改变文本框中的文本字体的大小。

能力拓展与训练

一、调研与分析

对一些办公软件或游戏软件进行调研，总结这些软件中菜单、工具栏和状态栏的设计共性，从各功能项的位置、外观等方面找出设计规律，并应用到“学生管理系统”项目中。

二、角色模拟

学生管理处计划开发一个学生公寓管理软件，分组扮演用户和研发人员进行项目需求分析，写出需求分析报告。

三、自主学习与探索

1. 到本章内容为止，我们可以创建一个具有文字处理功能的窗口了，但是编辑区只能使用 text 控件来做，从前面章节中我们知道，对于 text 控件只能进行简单的文字格式设置，如对单一文字进行字形、字号、字体、颜色设置。如果使用 RichTextBox 控件就可以实现多种文字格式设置和段落格式的设置以及图形的插入等。尝试使用 RichTextBox 控件对文字进行字体、段落格式的设置练习。

提示：RichTextBox 控件是属于 ActiveX 控件，必须打开“部件”对话框，选择 Microsoft Rich TextBox Controls 6.0 选项将该控件添加到工具箱中。

2. 通过对本章内容的学习，结合以前学过的知识，设计一个具有 Word 简单文字处理功能的程序，并记录在程序设计过程中遇到的问题。界面应包括：标题栏、菜单栏、工具栏、格式栏、文本编辑区、状态栏等。

四、我的问题卡片

请把在学习中（包括预习和复习）思考和遇到的问题写在下面的卡片上，然后逐渐补充上简要的答案。

问 题 卡 片

序号	问题描述	简要答案
1		
2		
3		
4		
5		
6		
7		
8		
9		
10		

你我共勉

古之立大事者，不唯有超世之才，亦必有坚忍不拔之志。——苏轼

第 6 章　图形操作与多文档窗体

本章要点：

- 常用作图方法。
- 图形控件。
- 多文档窗体的使用。

6.1　项目　休闲娱乐——绘图板

6.1.1　项目目标

本项目实例主要任务是设计完成“休闲娱乐”界面和“休闲娱乐”中的“绘图板”界面。其中绘图板程序中，单击“设置坐标系”，能在中间的图片框中画出坐标系，并能通过单击不同按钮，分别绘制出点、正弦曲线、直线等图形，可以通过右侧的组合框和标签设置作图样式。“休闲娱乐”窗口如图 6–1 所示，“绘图板”窗口如图 6–2 所示。

图 6–1　休闲娱乐窗口

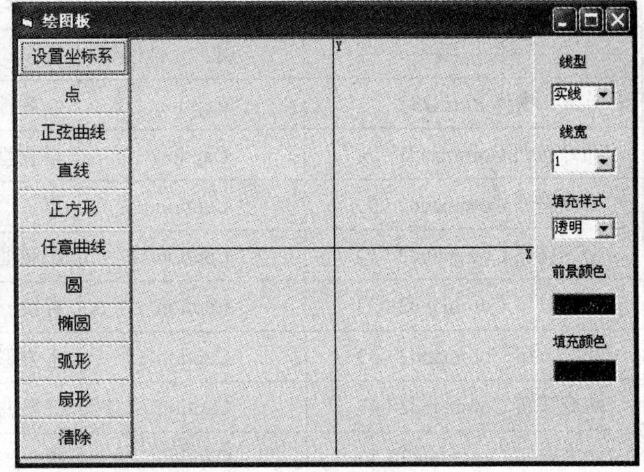

图 6–2　绘图板窗口

6.1.2　项目分析

本项目实例主要运用了 VB6.0 的 Line、Circle、Pset 方法画出各种图形。并用两个标签来标明当前绘图区域的前景色和填充色，单击标签时弹出“颜色”对话框，来选择前景色和填充色。利用 3 个组合框设置“线型”“线宽”“填充样式”。

6.1.3 项目实现

1. 程序界面设计

1)“休闲娱乐”窗体界面设计

双击“学生管理系统”工程中的 Form6（休闲娱乐）窗体，进入 Form6 的窗体设计状态，添加 1 个标签 Label1 和 4 个命令按钮 Command1、Command2、Command3、Command4。

依次添加窗体 Form13、Form14、Form15，并进行保存。保存窗体名称分别为“绘图板”“电子相册”“多媒体”。

2)“绘图板”窗体界面设计

双击“工程资源管理器”中的 Form13（绘图板）窗体，进入 Form13 的窗体设计状态，在窗体上添加 1 个命令按钮 Command1，用来设置坐标系，再添加 1 个命令按钮 Command2，利用“复制”“粘贴”操作建立控件数组，在窗体中间添加 1 个图片框，用来绘制各种图形。在窗体右侧添加 7 个标签，3 个列表框，用来设置图形样式。

2. 界面对象属性设置

1)“休闲娱乐”窗体属性设置

参照图 6–1 所示在属性窗口中为“休闲娱乐”窗体和控件设置相应的属性值。

2)“绘图板”窗体属性设置

“绘图板”窗体中各对象属性设置如表 6–1 所示。

表 6–1 界面对象属性及值

对　象	属　性	设 置 值
窗体 Form13	Caption	绘图板
命令按钮 Command1	Caption	设置坐标系
命令按钮 Command2（0）	Caption	点
命令按钮 Command2（1）	Caption	正弦曲线
命令按钮 Command2（2）	Caption	直线
命令按钮 Command2（3）	Caption	正方形
命令按钮 Command2（4）	Caption	任意曲线
命令按钮 Command2（5）	Caption	圆
命令按钮 Command2（6）	Caption	椭圆
命令按钮 Command2（7）	Caption	弧形
命令按钮 Command2（8）	Caption	扇形
命令按钮 Command2（9）	Caption	清除
标签框 Label1	Caption	线型
标签框 Label2	Caption	线宽

续表

对　象	属　性	设 置 值
标签框 Label3	Caption	填充样式
标签框 Label4	Caption	前景颜色
标签框 Label5	Caption	空
	BorderStyle	1～Fixed
	BackColor	黑色
标签框 Label6	Caption	填充颜色
标签框 Label7	Caption	空
	BorderStyle	1～Fixed
	BackColor	黑色
组合框 Combo1	Text	实线
	List	实线、长划线、点线、点划线
组合框 Combo2	Text	1
	List	1、2、3、4、5、6、7
组合框 Combo2	Text	透明
	List	实心、透明、水平直线、垂直直线、上斜角线、下斜角线、十字线
图片框 Picture1	AutoRedraw	True

注意：初始状态设置各个绘制图形的命令按钮控件 Enabled 属性为 Flase（不可用状态）。只有当设置好坐标系后才可用。

3. 编写对象事件过程代码

（1）“休闲娱乐”窗口 Form6 中的代码设置如下。

```
Private Sub Command2_Click()
    Form13.Show                    '显示“绘图板”窗体
End Sub
Private Sub Command3_Click()
    MDIForm1.Show                  '显示“电子相册”窗体
End Sub
Private Sub Command4_Click()
    Form15.Show                    '显示“多媒体”窗体
End Sub
Private Sub Command6_Click()
    Form2.Show                     '显示“主界面”窗体
```

```
    Form6.Hide                       '隐藏“休闲娱乐”窗体
End Sub
```

（2）“绘图板”窗口 Form13 的代码设置如下。

在代码窗口“通用”区设置模块级变量如下。

```
Dim flag As Boolean                  ' flag 标志是否响应鼠标移动事件来绘制自由曲线
```

双击 Form13 窗体中的相应控件进入代码窗口编写如下事件过程代码。

```
Private Sub Command1_Click()                     '设置坐标系
    Dim i As Integer
    Picture1.Scale (-5,5)-(5,-5)
    Picture1.Line (-5,0)-(5,0)
    Picture1.Line (0,5)-(0,-5)
    Picture1.CurrentX = 4.8
    Picture1.CurrentY = 0
    Picture1.Print "X"
    Picture1.CurrentX = 0.1
    Picture1.CurrentY = 5
    Picture1.Print "Y"
    For i = 0 To 9
      Command2(i).Enabled = True                 '将作图按钮设为可用状态
    Next i
End Sub
Private Sub Command2_Click(Index As Integer)
    Dim i As Single
    Select Case Index
       Case 0                                    '画点
           flag = False
           Picture1.PSet (2,3),Picture1.ForeColor
           Picture1.PSet (2,4),Picture1.ForeColor
       Case 1                                    '画正弦曲线
           flag = False
           For i = -180 To 180 Step 0.01
             Picture1.PSet (i/50,5 * Sin(i * 3.14/180))
           Next i
       Case 2                                    '画直线
           flag = False
           Picture1.Line (-3,-2)-(2,3),Picture1.ForeColor
       Case 3                                    '画正方形
           flag = False
           Picture1.Line (-3,-2)-(2, 3), Picture1.ForeColor, B
```

```
        Case 4                    '将标志设为真,鼠标移动事件有效,画自由曲线
            flag = True
        Case 5                    '画圆
            Picture1.Circle (0,0),3,Picture1.ForeColor
        Case 6                    '画椭圆
            Picture1.Circle (0,0),3,Picture1.ForeColor, , , 3
        Case 7                    '画弧形
            Picture1.Circle (0,0),4,Picture1.ForeColor, 3.14/6, 3.14/2
        Case 8                    '画扇形
            Picture1.Circle (0,0),4,Picture1.ForeColor,–3.14 * 0.8,–3.14 * 1.2
        Case 9                    '清除图形和图形样式,重新绘制坐标系
            Picture1.Cls
            Picture1.DrawStyle = 0
            Picture1.DrawWidth = 1
            Picture1.FillColor = vbBlack
            Picture1.FillStyle = 1
            Picture1.ForeColor = vbBlack
            Picture1.Line (–5,0)–(5,0)
            Picture1.Line (0,5)–(0,–5)
            Picture1.CurrentX = 4.8
            Picture1.CurrentY = 0
            Picture1.Print "X"
            Picture1.CurrentX = 0.1
            Picture1.CurrentY = 5
            Picture1.Print "Y"
    End Select
End Sub
Private Sub Combo1_click()        '设置线型
    Picture1.DrawStyle = Combo1.ListIndex
End Sub
Private Sub Combo2_click()        '设置线宽
    Picture1.DrawWidth = Combo2.ListIndex
End Sub
Private Sub Combo3_Click()        '设置填充类型
    Picture1.FillStyle = Combo3.ListIndex
End Sub
Private Sub Label5_Click()        '设置前景颜色
    CommonDialog1.ShowColor
    Picture1.ForeColor = CommonDialog1.color
```

```
    Label5.BackColor = CommonDialog1.color
End Sub
Private Sub Label7_Click()          '设置背景颜色
    CommonDialog1.ShowColor
    Picture1.FillColor = CommonDialog1.color
    Label7.BackColor = CommonDialog1.color
End Sub
Private Sub Picture1_MouseDown(Button As Integer,Shift As Integer,X As Single,Y As Single)
                                    '当前鼠标坐标位置
    Picture1.CurrentX = X
    Picture1.CurrentY = Y
End Sub
Private Sub Picture1_MouseMove(Button As Integer,Shift As Integer,X As Single,Y As Single)
                                    '鼠标移动时画线
    If flag = True Then
        If Button = 1 Then Picture1.Line-(X,Y)
    End If
End Sub
```

6.1.4　相关知识

Visual Basic 为应用程序的编写提供了复杂的图形功能。这些功能可以优化应用程序，使之更有吸引力和易于使用。

1. 坐标系统概述

每一个图形操作都要使用绘图区或容器的坐标系统。坐标系统对定义窗体和控件在应用程序中的位置也非常重要。

1）默认坐标系

在 VB 中，默认的坐标原点为对象的左上角，横向向右为 *X* 轴的正向，纵向向下为 *Y* 轴的正向，窗体的坐标系统如图 6–3 所示。构成一个坐标系需要 3 个要素：坐标原点、坐标度量单位、坐标轴的长度与方向。

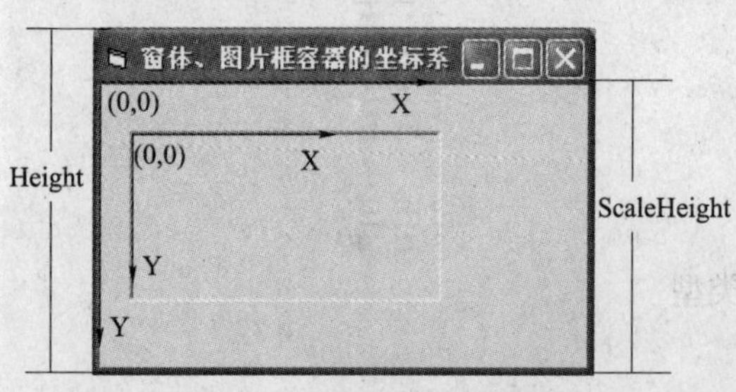

图 6–3　窗体的坐标系图

每个窗体和图片框都有五个刻度属性（ScaleLeft、ScaleTop、ScaleWidth、ScaleHeight 和 ScaleMode）和一个方法（Scale），它们可用来定义坐标系统。任何容器默认坐标系统，都由容器的左上角（0，0）坐标开始。沿这些坐标轴定义位置的测量单位统称为刻度。默认刻度单位为缇（twip）。

ScaleTop、ScaleLeft 属性用于控制容器对象左边和顶端的坐标，根据这两个属性值可形成坐标原点。所有对象的 ScaleTop、ScaleLeft 属性的默认值为 0，坐标原点在容器的左上角。

若不直接定义单位，则可通过设置 ScaleMode 属性，用标准刻度来定义它们。属性设置值如表 6–2 所示。

表 6–2　ScaleMode 属性设置值

ScaleMode 设置值	描　述
0	用户定义。若直接设置了 ScaleWidth、ScaleHeight、ScaleTop 或 ScaleLeft，则 ScaleMode 属性自动设为 0
1	缇，默认刻度，1440 缇等于 1 英寸
2	磅，72 磅等于 1 英寸
3	像素，监视器或打印机分辨率的最小单位
4	字符，打印时，一个字符有 1/6 英寸高、1/12 英寸宽
5	英寸
6	毫米
7	厘米

设置 ScaleMode 的值后，Visual Basic 会重新定义 ScaleWidth 和 ScaleHeight，使它们与新刻度保持一致。然后，ScaleTop 和 ScaleLeft 设置为 0。直接设置 ScaleWidth、ScaleHeight、ScaleTop 或 ScaleLeft，将自动设置 ScaleMode 为 0。

注意：用 ScaleMode 属性只能改变刻度单位，不能改变坐标原点及坐标轴的方向。

想想议议：

窗体的 Height、Width 属性与窗体的 ScaleWidth、ScaleHeight；窗体的 Top、Left 属性与窗体的 ScaleTop、ScaleLeft 有什么区别？

2）自定义坐标系

要达到与数学坐标系相同的效果，就需要重新定义对象的坐标系。Scale 方法是建立用户坐标系最方便的方法。

语法格式：

[对象名.]Scale [(x1,y1)–(x2,y2)]

其中，对象名是容器，如省略对象，则是带有焦点的窗体对象。x1、y1 决定了 ScaleLeft 和 ScaleTop 属性的设置值。两个 x 坐标之间的差值和两个 y 坐标之间的差值分别决定了 ScaleWidth 和 ScaleHeight 属性的设置值。

例如：项目实例中设置坐标系的代码如下，运行结果如图 6–2 所示。

```
Dim i As Integer
Picture1.Scale （–5，5）–（5，–5）            '自定义坐标系
Picture1.Line （0，5）–（0，–5）              '画 Y 轴线
Picture1.Line （–5，0）–（5，0）              '画 X 轴线
Picture1.CurrentX =4.8                        '当前光标位置
```

```
Picture1.CurrentY =0                    '当前光标位置
Picture1.Print "X"                      '在当前光标位置输出"X"
Picture1.CurrentX =0.1                  '当前光标位置
Picture1.CurrentY =5                    '当前光标位置
Picture1.Print "Y"                      '在当前光标位置输出"Y"
```

说明：当 Scale 方法不带参数时，取消用户定义的坐标系，采用默认坐标系。

对象的 ScaleWidth，ScaleHeight 属性值也可以定义坐标轴方向和度量单位，其值可确定对象坐标系 *X* 轴与 *Y* 轴的正向及最大坐标值。默认时其值均大于 0，此时，*X* 轴的正向向右，*Y* 轴的正向向下。

对象右下角坐标值如下。

（ScaleLeft+ScaleWidth，ScaleTop+ScaleHeight）

如果 ScaleWidth 的值小于 0，则 *X* 轴的正向向左，如果 ScaleHeight 的值小于 0，则 *Y* 轴的正向向上。

因此，上例中的 Picture1.Scale （–5，5）–（5，–5）也可以用以下代码完成。

```
Picture1.ScaleLeft=–5
Picture1.ScaleTop=5
Picture1.ScaleHeight=–10
Picture1.ScaleWidth=10
```

想想议议：

当移动容器时，容器内的对象会发生怎样变化？

2. 使用 Visual Basic 作图

在 Visual Basic 中，使用窗体、图片框或 Printer 对象的图形方法和属性可以绘制一些基本的图形、设置颜色、线形和填充样式。

1）绘图属性

（1）用 AutoRedraw 创建持久的图形。每个窗体和图片框都具有 AutoRedraw 属性。AutoRedraw 属性有两种值。

① AutoRedraw 的默认值是 False。当设置为 False 时，VB 会把图形输出到屏幕，不输出到内存。

② 当容器的 AutoRedraw 属性设置为 True 时，VB 会把图形输出并保存在内存中。

注意：运行时，在程序中设置 AutoRedraw 可以在画持久图形（如背景色或网格）和临时图形之间切换。当 AutoRedraw 设置为 False 时，如果用 Cls 方法清除对象，并不能清除已有的输出。这是因为输出保存在内存，必须再次设置 AutoRedraw 为 True，才能用 Cls 方法清除。

（2）使用 CurrentX 和 CurrentY 属性设置当前坐标。CurrentX 和 CurrentY 属性表示在绘图时的当前坐标，这两个属性在设计阶段不能使用，当坐标系确定后，坐标值（x，y）表示对象上的绝对坐标位置。如果前面加上关键字 Step，则表示相对坐标位置，当使用 Cls 方法后，CurrentX 和 CurrentY 属性值为 0。

例如，下面的程序会在（1000，2000）处显示"Hello!"。

```
Private Sub Command1_Click()
    Me.CurrentX = 1000
    Me.CurrentY = 2000
    Print "Hello!"
End Sub
```

（3）使用 DrawWidth 属性设置线宽。

语法格式：

容器对象名.DrawWidth [=宽度]

参数说明如下。

① 容器对象名：指窗体、图片框或打印机。

② 宽度：其范围从 1 到 32 767。该值以像素为单位表示线宽。默认值为 1，即一个像素宽。

作用：指定图形方法输出时线的宽度。

（4）使用 DrawStyle 属性设置线型

语法格式：

容器对象名.DrawStyle [=设置值]

参数说明如下。

① 容器对象名：指窗体、图片框或打印机。

② 设置值：如表 6–3 所示。

表 6–3　DrawStyle 属性设置值

常　数	设置值	描　述
VbSolid	0	（默认值）实线
VbDash	1	虚线
VbDot	2	点线
VbDashDot	3	点划线
VbDashDotDot	4	双点划线
VbInvisible	5	无线

作用：指定用图形方法创建的线，其线型可以是实线和虚线。

注意：只有当 DrawWidth 设置为 1 时，DrawStyle 属性产生的效果才会如表 6–2 中的各设置值所述。

（5）使用 Fillstyle 属性设置填充图案

语法格式：

容器对象名.FillStyle [= 设置值]

参数说明如下。

① 容器对象名：指窗体、图片框或打印机。

② 设置值：如表 6–4 所示。

表 6–4　FillStyle 属性设置值

常　数	设 置 值	描　述
VbFSSolid	0	实线
VbFSTransparent	1	（默认值）透明
VbHorizontalLine	2	水平直线
VbVerticalLine	3	垂直直线
VbUpwardDiagonal	4	上斜对角线
VbDownwardDiagonal	5	下斜对角线
VbCross	6	十字线
VbDiagonalCross	7	交叉对角线

作用：返回或设置用来填充 Shape 控件以及由 Circle 和 Line 图形方法生成的圆和方框的模式。

（6）使用 Fillstyle 和 Fillcolor 属性设置填充图案和颜色

语法格式：

容器对象名.FillColor [=颜色]

作用：返回或设置用来填充 Shape 控件以及由 Circle 和 Line 图形方法生成的圆和方框的填充颜色。默认为 0（黑色）。

注意：*如果 FillStyle 设置为 1（透明），则忽略 FillColor 属性，但是 Form 对象除外。*

想想议议：

容器对象名.FillColor [=颜色] 中的颜色值有几种赋值方法？

2）画点

PSet 方法

语法格式：

[对象名.] PSet [Step]（x，y）[，颜色]

参数说明如下。

（1）x、y：单精度参数，确定画点的位置，可以是整数、分数或数值表达式。

（2）颜色：指定画点的颜色。默认为前景色。

（3）Step：可免除持续不断地记录最后画点位置的负担。在编写程序中经常关心的是两点的相对位置，而不是绝对位置。

比如：

```
PSet (300,100),RGB(0,0,255)
PSet (10.75,50.33)
Picture1.PSet (1.5,3.2)
PSet (50,75),Backcolor          '擦除该点
```

例如，在本项目实例中，利用画点方法绘制正弦曲线。如图 6–4 所示。

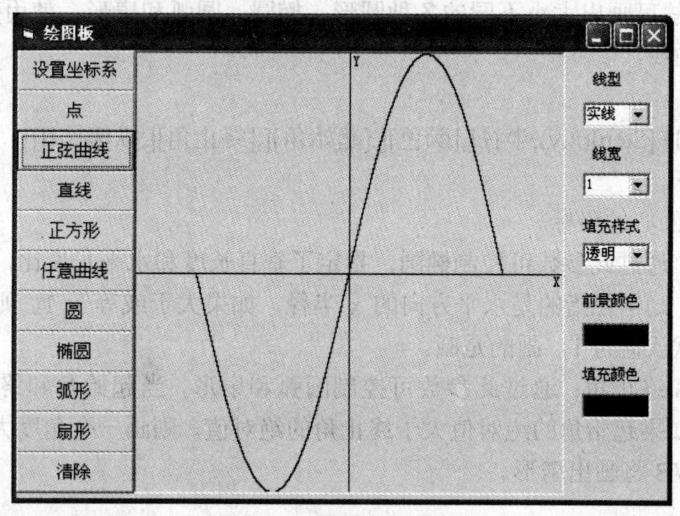

图 6–4　正弦曲线的绘制

```
For i = –180 To 180 Step 0.01
        Picture1.PSet (i/50, 5 * Sin(i * 3.14/180))
Next i
```

3）画直线和矩形

语法格式：

[对象名.]Line [[Step](x1,y1)]–[Step](x2,y2)[,颜色][B[F]]

参数说明如下。

（1）x1、y1：表示起点坐标值，x 和 y 参数可以是整数、分数。若省略这点坐标，就把当前坐标作为该对象的起点。当前位置由 CurrentX 和 CurrentY 属性指定。

（2）x2、y2：表示终点坐标值。

（3）B：表示画矩形。

（4）F：表示用画矩形的颜色来填充矩形，F 必须和关键字 B 一起使用。如果只用 B 不用 F，则矩形的填充由 FillColor 和 FillStyle 属性决定。

例如：

```
Line (500,500)–(2000,2000),RGB(255,0,0)    '画一条红色的直线
Line –(880,880)                            '起点为（2000，2000）
Line (100,100)–(2000,2000),,B              '左上角(100,100)，右下角(2000,2000)的矩形
Line (500,500)–Step(1500,1500),,B
Line (500,500)–Step(1500,1500),,BF
```

注意：格式中的各参数可根据实际要求进行取舍，但如果舍去的是中间参数，参数之间分隔符不能舍去。

想想议议：

① Line （150，250）–Step （150，50） 是否等同于 Line （150，250）–（300，300）？

② 容器对象的 FillColor 属性能不能应用于 Line 方法画的三角形、矩形、正方形？

4）画圆、椭圆、圆弧和扇形

用 Circle 方法可画出大小不同的各种圆形、椭圆、圆弧和扇形。使用变化的 Circle 方法，可画出多种曲线。

语法格式：

[对象名.]Circle [Step](x,y),半径[,[颜色][,[起始角][,[终止角][,纵横比]]]]

参数说明如下。

（1）x 和 y：圆心的坐标。

（2）纵横比：通过此参数可控制椭圆，指定了垂直长度和水平长度比，是正浮点数。如果纵横比小于 1，则半径指的是水平方向的 x 半径，如果大于或等于 1，则半径指的是垂直方向的 y 半径。默认值为 1，画的是圆。

（3）起始角和终止角：通过此参数可控制圆弧和扇形，当起始角和终止角取值在 0 至 360° 时为圆弧。如果起始角的绝对值大于终止角的绝对值，则画一个角度大于 180° 的圆弧。如果为负数，则 VB 将画出扇形。

比如：

```
Circle (500,500),400
Circle (1000,1000),500, , , ,2        '注意逗号不能省略
Circle (600,1000),800, , , ,3
Circle (1800,1000),800, , , ,1/3
```

说明：Circle 方法画图形时，采用逆时针方向。

5）使用 Line 控件和 Shape 控件作图

Line 控件和 Shape 控件是 Visual Basic 提供的具有图形功能的控件。用户可用 Line 控件和 Shape 控件创建多种图形而无须编写代码。可用 Line 控件用来在窗体、框架或图片框中创建简单的线段；可用 Shape 控件在窗体、框架或图片框中创建各种预定义形状，如矩形、正方形、椭圆形、圆形、圆角矩形或圆角正方形。

（1）Line 控件。常用属性如下：

① x1，y1，x2，y2：控制线的两个端点的位置。

② BorderWidth：设置线宽。

③ BorderStyle：设置线型。

（2）Shape 控件。常用属性如下：

① FillStyle：设置填充图案。

② FillColor：设置填充颜色。

③ Shape 属性提供了 6 种预定义的形状。表 6–5 列出 Shape 控件的所有预定义形状、样值和相应的常数。

表 6–5 Shape 属性

形　状	样　式	常　数
矩形	0	VbShapeRectangle
正方形	1	vbShapeSquare
椭圆形	2	vbShapeOval

续表

形 状	样 式	常 数
圆形	3	vbShapeCircle
圆角矩形	4	vbShapeRoundedRectangle
圆角正方形	5	vbShapeRoundedSquare

说明：利用线与形状控件，用户可以迅速地显示简单的线与形状或将之打印输出，与其他大部分控件不同的是，这两种控件不会响应任何事件，它们只用来显示或打印。

3. 鼠标事件

通过 MouseDown、MouseUp、MouseMove 鼠标事件可使应用程序对鼠标位置及状态的变化作出响应，大多数控件能够识别这些鼠标事件。例如，窗体、图片框和图像控件能检测鼠标指针的位置，判断其左、右键是否被按下，还能响应鼠标按键与 Shift、Ctrl、Alt 键的各种组合。表 6–6 列出了这 3 种鼠标事件的触发条件。

表 6–6 鼠 标 事 件

事 件	描 述
MouseDown	按下任一键时发生
MouseUp	释放任一按键时发生
MouseMove	每当鼠标移动到屏幕的新位置时发生

3 种鼠标事件均使用 Button 参数（指示用户按下或释放了哪个按钮）、Shift 参数（指示用户按了 Shift、Ctrl 与 Alt 键中哪一个或哪几个）和 x、y 参数（表示当前鼠标的位置）。

注意：

① 鼠标事件被用来识别和响应各种鼠标状态，并把这些状态看做独立的事件，不能将鼠标与 Click 事件和 DblClick 事件混为一谈。在按下鼠标按键并释放时，Click 事件只能把此过程识别为一个单一的操作。另外，鼠标事件能够区分各鼠标按键与 Shift、Ctrl、Alt 键，而 Click 事件和 DblClick 事件却不能。

② 应用程序能迅速识别大量的 MouseMove 事件，因此，在 MouseMove 事件中不能处理需要大量计算时间的工作。

例如，绘图板项目实例中的“任意曲线”的绘制，也可以设计一个简单的绘图板，如图 6–5 所示。

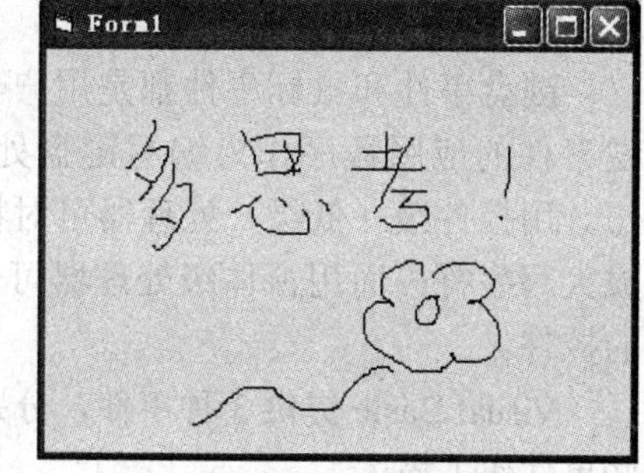

图 6–5 简单绘图板

```
Private Sub Form_MouseDown（Button As Integer, Shift As Integer，X As Single，Y As Single）
    '当前鼠标坐标位置
    CurrentX = X
    CurrentY = Y
End Sub
```

```
Private Sub Form_MouseMove(Button As Integer,Shift As Integer,X As Single,Y As Single)
    If Button = 1 Then Line -(X,Y)   '鼠标移动时画线
End Sub
```

（1）Button 参数。表示用户按下或释放了哪个按钮。它是一个位域参数，其中 0、1、2 三位分别描述鼠标按键的状态。其值的意义如表 6–7 所示。

表 6–7 Button 参数的不同数值以及相应的意义

十进制值	常　数	意　义
1	VbLeftButton	按左键
2	VbRightButton	按右键
4	VbMiddleButton	按中间键

注意：MouseDown 和 MouseUp 一次只能识别一个按键，而 MouseMove 事件可以检测是否同时进行了两个以上的鼠标按键。MouseMove 事件还可以检测是否进行了某个特定的键，而不管是否同时还有其他键被按下。

（2）Shift 参数。指示用户按了 Shift、Ctrl 与 Alt 键中哪一个或几个按钮。它是一个位域参数，其中 0、1、2 三位分别描述 Shift、Ctrl 与 Alt 键的状态。

用户也可以使用下面的符号常数及它们的逻辑组合来检测。

① 1——vbShiftMask：Shift 键被按下。

② 2——vbCtrlMask：Ctrl 键被按下。

③ 4——vbAltMask：Alt 键被按下。

比如：Shift And 2，Shift And vbCtrlMask。

（3）x，y 参数。指示当前鼠标的位置，采用的坐标系统是用 ScaleMode 属性指定的坐标系。

4. 键盘事件

键盘事件和鼠标事件都是用户与程序之间交互操作中的主要元素。我们把编写响应击键事件的应用程序作为编写键盘处理器。键盘处理器能在控件级和窗体级两个层次上工作。用控件级（低级）处理器可对特定控件编程，如可将 TextBox 控件中的输入文本转换成大写字符；而用窗体级处理器可使窗体首先响应击键事件。这样就可将焦点转换成窗体的控件。

Visual Basic 提供 3 种事件，分别为：KeyPress、KeyUp 和 KeyDown 事件。表 6–8 对这些事件作了描述。

表 6–8 键 盘 事 件

事　件	描　述
KeyPress	按对应某 ASCII 字符的键
KeyDown	按键盘的任意键
KeyUp	释放键盘的任意键

注意：

① 键盘事件彼此并不相互排斥。按一个键时将生成 KeyDown 和 KeyPress 事件，释放此键后生成KeyUp 事件。当用户按一个 KeyPress 事件不能检测的键时将触发 KeyDown 事件，而释放此键后发生 KeyUp 事件。

② 默认情况下，当用户对获得焦点的控件进行键盘操作时，控件的 3 个键盘事件被触发，但窗体的 3 个键盘事件不会发生。但如果将窗体上的 KeyPreview 属性设置为 True，则对每个控件在控件识别其所有键盘事件之前，窗体就会接收这些键盘事件。

③ 如果窗体的 KeyPreview 属性设置为 True，并且窗体级事件过程修改了 KeyAscii 变量的值，则当前具有焦点的控件的 KeyPress 事件过程将接收到修改后的值。如果窗体级事件过程将 KeyAscii 设置为 0，则不再调用对象的 KeyPress 事件过程。

1）KeyPress 事件

按对应 ASCII 字符的键时可触发 KeyPress 事件。ASCII 字符集包括标准键盘的字母、数字、标点符号及大多数控制键，如 Enter、Tab 和 BackSpace 键等。KeyDown 和 KeyUp 事件能够检测其他功能键、编辑键和定位键，而 KeyPress 事件主要应用在下面 3 个方面。

（1）使用 KeyPress 事件可处理标准 ASCII 字符按键。例如，使用 KeyPress 事件将文本框中的所有字符都强制转换为大写字符。

```
Private Sub Text1_KeyPress (KeyAscii As Integer)
    KeyAscii = Asc(Ucase(Chr(KeyAscii)))
End Sub
```

其中，KeyAscii 参数返回对应于 ASCII 字符代码的整型数值。

（2）利用 KeyPress 事件识别用户是否按下一个特定的键。例如，检测用户是否正在按 BackSpace 键（其 ASCII 值为 8，其常数值为 vbKeyBack）。

```
Private Sub Form_KeyPress （KeyAscii As Integer）
    If KeyAscii = 8 Then MsgBox "你按下 BackSpace 键"
End Sub
```

（3）使用 KeyPress 事件改变某些键的默认行为。例如，当窗体上没有默认按键时，按 Enter 键就会发出“嘟嘟”声。下面的程序将在 KeyPress 事件中中断 Enter 键（字符代码 13），可以避免发声。

```
Private Sub Text1_KeyPress (KeyAscii As Integer)
    If KeyAscii = 13 Then KeyAscii = 0
End Sub
```

2）KeyDown 和 KeyUp 事件

KeyDown 和 KeyUp 事件报告键盘本身准确的物理状态：按键（KeyDown）及释放键（KeyUp）。KeyPress 事件并不直接报告键盘状态，它只识别按键所代表的字符而不识别键的按下或释放状态。例如，输入大写 A 时，KeyDown 事件获 A 的 ASCII 码，输入小写 a 时，KeyDown 事件获得 a 的 ASCII 码，由此可见，KeyPress 事件将字母的大小写作为两个不同的 ASCII 字符处理。而 KeyDown 事件将字母的大小写作为相同 ASCII 字符处理，要区分大小写，可进一步使用 Shift 参数。

表 6–9 中提供了 KeyDown 和 KeyUp 事件的两个参数返回输入字符的信息。

表 6-9 KeyDown 和 KeyUp 事件中的 KeyCode 和 Shift 参数

参 数	描 述
Keycode	表示按的物理键。这时将 A 与 a 作为同一个键返回，它们具有相同的 KeyCode 值。但要注意，键盘上的 1 和数字小键盘上的 1 会被作为不同的键返回
Shift	表示 Shift、Ctrl 和 Alt 键的状态。只有检查此参数，才能判断输入的是大写字母还是小写字母

（1）KeyCode 参数。KeyCode 参数通过 ASCII 值或键代码常数来识别键的。因为字母键的键代码与此字母的大写字符的 ASCII 值相同，所以 A 和 a 的 KeyCode 值都是 Asc（"A"）。

比如，下面程序本意是只有按 A 才显示“按下 A 键”，而当按下 a 时也显示同样的信息。因此，为判断按下的字母是大写形式还是小写形式，需使用 Shift 参数。

```
Private Sub Text1_KeyDown(KeyCode As Integer,Shift As Integer)
    If KeyCode = vbKeyA Then MsgBox "按下 A 键"
End Sub
```

注意：数字与标点符号键的键代码与键上数字的 ASCII 代码相同。因此 1 和！的 KeyCode 都是由 Asc（1）返回的数值。

KeyDown 和 KeyUp 事件可识别标准键盘上的大多数控制键，其中包括功能键（F1～F16）、编辑键（Home、PgUp、Del 等）、定位键（→、←、↑、↓）和数字小键盘上的键，可以通过键代码或相应的 ASCII 值检测这些键。

例如：

```
Private Sub Text1_KeyDown(KeyCode As Integer,Shift As Integer)
      If KeyCode = vbKeyHome Then MsgBox "按下 Home 键"
 End Sub
```

（2）Shift 参数。在键盘事件中，Shift 参数代表 Shift、Ctrl 和 Alt 键的整数值或常数。在 KeyDown 与 KeyUp 事件中，使用 Shift 参数可区分字母大小写。Shift 参数的整数值和常数如表 6-10 所示。

表 6-10 Shift 参数的整数值和常数

二进制值	十进制值	常 数	意 义
001	1	ShiftMask	按 Shift 键
010	2	vbCtrlMask	按 Ctrl 键
100	4	vbAltMask	按 Alt 键
011	3	vbShiftMask + vbCtrlMask	按 Shift+Ctrl 组合键
101	5	vbShiftMask + vbAltMask	按 Shift+Alt 组合键
110	6	vbCtrlMask + vbAltMask	按 Ctrl+Alt 组合键
111	7	vbCtrlMask + vbAltMask+ vbShiftMask	按 Shift+Ctrl+Alt 组合键

例如，用 Shift 参数判断按下的字母的大小写形式。

```
Private Sub Text1_KeyDown（KeyCode As Integer，Shift As Integer）
    If KeyCode = vbKeyA Then
        If Shift = 1 Then
            MsgBox ("按下大写 A 键")
        ElseIf Shift = 0 Then
            MsgBox ("按下小写 a 键")
        End If
    End If
End Sub
```

想想议议：

KeyDown 与 KeyPress 事件的区别？

6.2　项目　休闲娱乐——电子相册

6.2.1　项目目标

本项目实例主要任务是设计完成“休闲娱乐”中的“电子相册”界面，单击“新建”菜单，打开一个通用对话框，选择一个图片文件后，产生一个新的子窗体，并在子窗体上显示图片；通过选择“层叠”“平铺”“排列”菜单会使打开的多个子窗口进行相应方式的排列。相册窗口如图 6–6 所示。

图 6–6　电子相册窗口

6.2.2 项目分析

本项目实例主要运用了 VB6.0 的 MDI 窗体的相关知识。在窗体上添加菜单栏，然后建立一个子窗体作为模板，并按相应模式排列窗体。

6.2.3 项目实现

1. 程序界面设计和属性设置

（1）建立 MDI 窗体。选择“工程”→“添加 MDI 窗体”命令，在打开的窗口中。添加一个 MDI 窗体，新建的 MDI 窗体名称为“MDIForm1”，Caption 属性为“相册”。

（2）在 MDI 窗体中添加菜单栏，4 个菜单项分别为“新建”“层叠”“平铺”“排列”。

（3）在工程中添加新窗体 Form14，设置 Form14 的 Caption 属性为“相册”，MDIChild 属性为“True”。

2. 编写对象事件过程代码

双击“工程资源管理器”窗口中的 MDIForm1，使 MDIForm1 成为当前的设计窗体，以下是 MDIForm1 相册窗口的代码设置。

分别单击“新建”“层叠”“平铺”“排列”菜单项进入代码窗口编写如下事件过程代码。

```
Private Sub new_Click()                                          '新建菜单
    Static no As Integer                                         '为每个子窗体编号
    Dim photo As New Form14                                      '创建名为 photo 的窗体，
                                                                 Form14 的一个新实例
    no = no + 1                                                  '照片编号每次加 1
    CommonDialog1.Filter = "jpg|*.jpg|bmp|*.bmp"
    CommonDialog1.ShowOpen
    photo.Picture = LoadPicture(CommonDialog1.FileName)          '为新窗体装载图片
    photo.Caption = "照片" & no                                  '设置新窗体的标题
    photo.Show                                                   '显示新窗体
End Sub
Private Sub cengdie_Click()                                      '层叠窗口
    MDIForm1.Arrange 0
End Sub
Private Sub pingpu_Click()                                       '平铺窗口
    MDIForm1.Arrange 1
End Sub
Private Sub pailie_Click()                                       '排列窗口
    MDIForm1.Arrange 2
End Sub
```

6.2.4 相关知识

Visual Basic 允许在一个工程（程序）中使用多个窗体。多窗体程序一般有两种形式，单文档界面（SDI）和多文档界面（MDI）。前者又称为多重窗体界面，每个窗体都是独立的、平等的，也就是说每个窗体可以有自己的界面和程序代码，以完成不同的功能。本章前面所涉及的窗体都是单文档窗体界面；而后者所包含的多个窗体与多重窗体的界面不同，是本节要讲的内容。

Windows 的多文档界面（MDI，Multiple Document Interface）应用程序是当前最常用的一类用户界面，它允许用户在一个窗体中同时显示多个文档界面。利用多文档界面的应用程序可以简化多个文档之间的信息交换。大家熟悉的 Word 和 Excel 应用程序就是很好的例子，如图 6–7 所示。当用户需要同时进行两项以上的相关事务操作时，能够包含多个文档的 MDI 窗体就给操作带来了便利。

多文档应用程序由主窗体和子窗体组成。从用户界面中可以看到，其中有一个特殊窗体，它被用来放置所有的子窗体，该窗体被称为主窗体或父窗体（通常称为 MDI 窗体）。一个应用程序中只能有一个 MDI 窗体。MDI 窗体为程序中的所有子窗体提供工作空间；一个 MDI 窗体可以有多个子窗体，每个子窗体都有各自的特定功能。

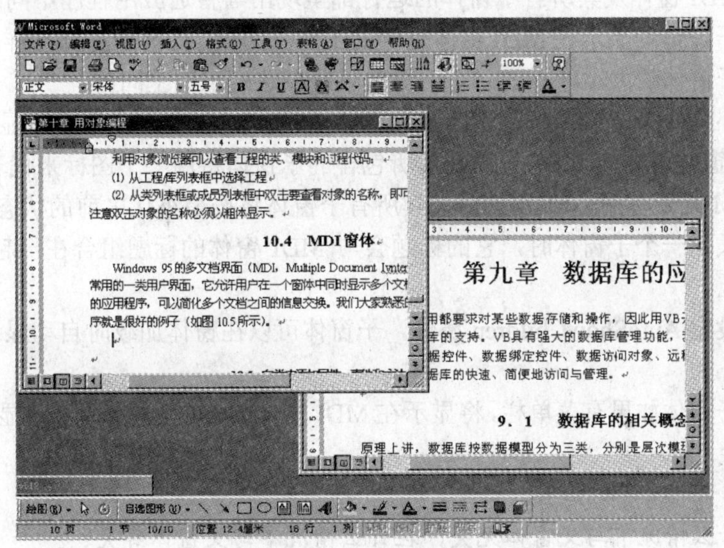

图 6–7　MDI 窗体实例

1. 创建 MDI 窗体

1）添加 MDI 窗体

选择“工程”菜单中的“添加 MDI 窗体”命令，然后从相应的对话框中选择“MDI 窗体”，再单击“打开”按钮。这样就添加了一个 MDI 窗体。如果已经添加了一个 MDI 窗体，这时“工程”菜单中的“添加 MDI 窗体”命令为不可用状态。

2）将普通窗体设置为 MDI 子窗体

若想把某个窗体变为 MDI 窗体的子窗体，只需将该窗体的 MDIChild 属性值设置为 True 即可。如果工程中尚未添加 MDI 窗体，而将某窗体的 MDIChild 属性设置为 True，那么运行时将会出错。

对于一个多文档应用程序，至少要有两个窗体，即 MDI 窗体和子窗体。MDI 窗体只是子窗体的容器，并不是应用程序用户的接口，它只能添加具有 Align 属性（如 Picture 控件）或者具有不可见界面的控件（如 Timer 控件），其他控件如 Label、TextBox 等不能添加在 MDI 窗体上。

在设计时，子窗体不是限制在 MDI 窗体内，也就是说在设计阶段，子窗体和普通窗体没有区别，可以像设计普通窗体一样添加控件、设置属性、编写代码以及设计子窗体的功能。

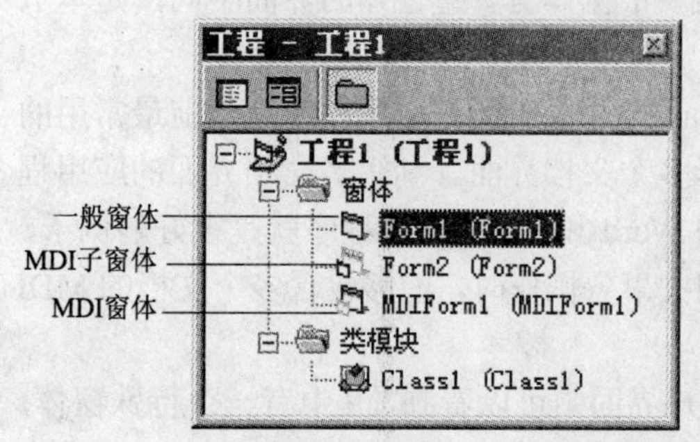

图 6-8 工程资源管理器中不同窗体的图标表示

如何确定窗体是否是一个 MDI 子窗体呢？一种方法是通过查看指定窗体的 MDIChild 属性值来判断。如果 MDIChild 值为 True，则表示该窗体为一个 MDI 子窗体；另一种方法是通过查看工程资源管理器中图标来判断。在 Visual Basic 的工程资源管理器中，MDI 窗体和 MDI 子窗体都有特定的图标表示，如图 6-8 所示。

2. MDI 窗体的特性

运行时，MDI 窗体及其所有子窗体的运行都呈现出与普通应用程序不同的特性。

（1）所有子窗体均显示在 MDI 窗体提供的工作空间内。像普通窗体一样，用户能够移动子窗体和改变子窗体的大小，不过，它们均被限制在这一工作空间内。

（2）当最小化一个子窗体时，它的图标将显示于 MDI 窗体上，而不是显示在任务栏上；当最小化 MDI 窗体时，此 MDI 窗体及其所包含的子窗体将由一个图标来代表，显示在任务栏上。当还原 MDI 窗体时，MDI 窗体及其所有子窗体将按最小化之前的状态显示出来。

（3）当最大化一个子窗体时，它的标题会与 MDI 窗体的标题组合在一起并显示于 MDI 窗体的标题栏上。

（4）通过设定 AutoShowChildren 属性，子窗体可以在窗体加载时自动显示（True）或隐藏（False）。

（5）活动子窗体如果有菜单栏，将显示在 MDI 窗体的菜单栏中，而不是显示在子窗体中，如图 6-9 所示。

想想议议：

子窗体在什么情况下与父窗体无关，在什么情况下与父窗体有关？

3. MDI 窗体及其子窗体的设计技巧

（1）创建应用程序的菜单。为 MDI 窗体及其子窗体添加菜单与为一般窗体添加菜单基本相同。都需选定窗体后，选择“工具”菜单中“菜单编辑器”命令或单击工具栏上的“菜单编辑器”按钮来添加。

添加菜单后，为每一个菜单项加入相应的代码。大多数 MDI 窗体都有一个“窗口”菜单，它是一个显示所有打开的子窗体标题的特殊菜单，如图 6-9 所示。从“窗口”菜单中可以看出，在当前 MDI 窗体中打开四个 MDI 子窗体，其中“照片 5”为活动子窗体。另外菜单中还包括操纵子窗体排列的菜单项。

（2）子窗体的排列方式。在 MDI 窗体中可以使用 Arrange 方法来重新排列子窗体。所有的子窗体可以通过水平平铺、垂直平铺、层叠或者沿着 MDI 窗体的下部排列子窗体的图标等方式来显示。其语法格式如下。

Object.Arrange arrangement

图 6–9　多文档窗体的运行界面

参数说明：arrangement 是一个数值或常数，指定重排的子窗体或图标的方式。该参数的取值参见表 6–11。

表 6–11　arrangement 参数的取值

数　值	常　数	说　明
0	VbCascade	层叠所有非最小化的 MDI 子窗体
1	VbTileHorizontal	水平平铺所有非最小化的 MDI 子窗体
2	VbTileVertical	垂直平铺所有非最小化的 MDI 子窗体
3	VbArrangeIcons	重排最小化 MDI 子窗体的图标

本项目实例中对窗口进行排列的代码如下。

```
Private Sub cengdie_Click()        '层叠窗口
    MDIForm1.Arrange 0
End Sub
Private Sub pingpu_Click()         '平铺窗口
    MDIForm1.Arrange 1
End Sub
Private Sub pailie_Click()         '排列窗口
    MDIForm1.Arrange 2
End Sub
```

4. 确定活动子窗体及控件

（1）确定活动窗体。MDI 应用程序可以同时打开多个子窗体，但是某一时刻只能对当前处于活动状态的一个子窗体进行操作（例如将剪切板中的数据粘贴到子窗体）。有时由于编程的需要，首先要确定哪个是活动子窗体，可根据 MDI 窗体的 ActiveForm 属性来判断，该属性可以返回具有焦点的或是被最后激活的子窗体。访问 ActiveForm 属性时，至少应有一个窗体被加载或可见，否则会返回一个错误信息。

（2）确定具有焦点的控件。当一个子窗体上有几个控件时，需要确定具有焦点的控件是哪一个。

可以根据 MDI 窗体的 ActiveControl 属性来判断，该属性将返回活动子窗体上具有焦点的控件。下面代码是用剪切板的内容替换当前活动窗体上具有焦点的控件的内容。

```
frmMDI.ActiveForm.ActiveControl.SelText = Clipboard.GetText()
```

（3）加载 MDI 窗体及子窗体。

加载子窗体，其 MDI 窗体会自动加载并显示。而加载 MDI 窗体时，其子窗体不会自动加载。如果 MDI 窗体为启动窗体，则运行程序后，无子窗体加载。只有选择“新建”命令才能加载一个子窗体。

AutoShowChildren 属性可用来加载隐含状态的子窗体，再用 Show 方法把它们显示出来。但是不能将 MDI 窗体和 MDI 子窗体显示为模式窗体。如果要在应用程序中显示模式对话框，可使用 MDIChild 属性设置为 False 的窗体。

```
Dim photo As New Form14          '创建名为 photo 的窗体，Form14 的一个新实例
photo.Caption = "照片"           '设置新窗体的标题
photo.Show                       '显示新窗体
```

（4）设置窗体的大小和位置。MDI 子窗体的 BorderStyle 属性会影响子窗体的大小和位置。如果 MDI 子窗体的 BorderStyle 属性的值为 2，则表示它具有大小可变的边框，在装载时将根据 MDI 窗体的大小决定子窗体初始化的高度、宽度和位置，而不再是设计时的子窗体的大小。

说明：

① 要想在应用程序运行时先启动 MDI 窗体，那就要改变启动窗体。选择“工程→工程属性”命令，打开“工程属性”对话框，从“工程属性”对话框中的“启动对象”列表框中，选择所需要启动的 MDIForm1。

② 要想应用程序运行时，需要按一定顺序启动多个窗体，可专门建立一个启动多个窗体的工作流程的标准模块，并在该标准模块创建一个名为 Main 的子过程，然后通过“工程属性”对话框选择 Sub Main 选项作为启动对象。

想想议议：

多文档窗体与多重窗体应用程序在创建、运行、退出方面的异同点？

6.3 知识进阶

在 Visual Basic 中有几个预先定义好的系统对象，它们是屏幕、打印机和剪贴板。系统对

象不需要在程序中定义就可使用，十分方便。

1. 打印机

（1）Printer 对象。使用 Printer 对象可以实现与系统打印机的通信。

① Page 属性。

语法格式：

Printer.Page

作用：返回当前页号，当一个应用程序开始执行时，或从 Printer 对象上一次执行使用 EndDoc（结束文件打印）方法后，Page 属性就被置为 1，打印完一页后，该属性值自动加 1。

比如：Printer.Print "页号:"；Printer.Page

② NewPage 方法。

语法格式：

Printer.NewPage

作用：强制打印机换页，将打印位置重置到新页面的左上角，并使 Page 属性值自动加 1。

③ EndDoc 方法。

语法格式：

Printer.EndDoc

作用：用于终止发送给 Printer 对象的打印操作，将文档释放到打印设备或后台打印程序中，并将 Page 属性重置为 1。

④ KillDoc 方法。

语法格式：

Printer.KillDoc

作用：用于立即终止当前的打印作业。

例如，将一句话输出到打印机上。

程序代码如下。

```
Private Sub Command1_Click()
    Printer.Fontname="宋体"              '设置打印字体
    Printer.Fontsize=18                 '设置打印字体大小
    Printer.Print  " Visusul Basic "    '设置打印的内容
    Printer.Newpage                     '换一页
    Printer.EndDoc                      '将打印内容送到打印缓冲区，准备打印
End Sub
```

（2）Printers 对象。Printers 是一个集合，使用 Printers 集合可获取有关系统上所有可用打印机的信息。可用 Printers（index）指定其中的一台打印机，其中 index 是一个从 0 到 Printers.Count–1 之间的整数。可用 Set 语句指定 Printers 集合中的某一打印机为默认打印机。

例如，显示计算机上所用打印机设备名称到窗体上，并将第 1 个页面方向设置为纵向的，打印机设置为默认打印机。

程序代码如下。

```
Private Sub Command1_Click()
```

```
        Dim IsDefault As Boolean,X as Printer
        IsDefault=True
        For Each X in Printers
            Print X.DeviceName
            If IsDefault and X.orientation=vbprorportrait then
                Set Printer=X          '设置为系统默认打印机
            End if
        Next
    End Sub
```

2. 屏幕

屏幕（Screen）对象是指整个 Windows 桌面，它可以根据窗体在屏幕上的布局来操作窗体、取得关于屏幕的信息，例如当前窗体的尺寸、可用的字体等。还可以利用 Screen 对象在运行时控制应用程序在窗体之外的鼠标。

例如，列出当前计算机可以使用的字体的名字，并显示在一个文本框里。设计时在窗体上创建一个命令按钮（Command1）和一个文本框（Text1）。在代码中使用了 Screen 对象的 FontCount 和 Fonts 属性，它们分别指定 Screen 对象的字体个数和字体名字。

程序代码如下。

```
    Private Sub Command1_Click()
        Dim i As Integer
        Dim Fontstr As String
        For i = 0 To Screen.FontCount−1
            Fontstr = Fontstr & Screen.Fonts(i) & Chr(13) & Chr(10)
        Next
        Text1.Text = Fontstr
    End Sub
```

3. 剪贴板

剪贴板（Clipboard） 对象没有属性或事件，只有几个与环境剪贴板传送数据的方法，如表 6–12 示。

表 6–12 Clipboard 对象的方法

方　法	描　述
GetText、SetText	传送文本
GetData、 SetData	传送图形
GetFormat	处理文本和图形两种格式
Clear	清除 Clipboard 对象中的内容

使用 Clipboard 对象可使用户对剪贴板上的文本和图形进行操作，如剪切、复制和粘贴应用程序中的文本和图形。

注意：复制和剪切过程都应使用 Clear 方法清除 Clipboard 对象中的内容，如 Clipboard.Clear。

例如，将一个文本框中的一段文本通过剪贴板复制、剪切到另一个文本框中。

在设计时，窗体上有两个 TextBox 对象，即 txtSource 和 txtTarget，其中，txtSource 作为复制、剪切的源，txtTarget 为粘贴的目标。还有 3 个命令按钮，即 cmdCopy、cmdCut 和 cmdPaste，它们可控制复制、剪切和粘贴的操作。

程序代码如下。

```
Private Sub cmdCopy_Click()
    Clipboard.Clear
    If txtSource.SelLength>0 Then                '用户是否选中文本
        Clipboard.SetText txtSource.SelText      '将选中内容复制到剪切板上
    End If
End Sub
Private Sub cmdCut_Click()
    Clipboard.Clear
    If txtSource.SelLength>0 Then
        Clipboard.SetText txtSource.SelText      '将选中内容复制到剪切板上
        txtSource.SelText = ""                   '将选中内容删除
    End If
End Sub
Private Sub cmdPaste_Click()
    If Len(Clipboard.GetText)>0 Then             '剪贴板中是否有内容
        txtTarget.SelText = Clipboard.GetText
    End If
End Sub
```

运行界面如图 6-10 所示。

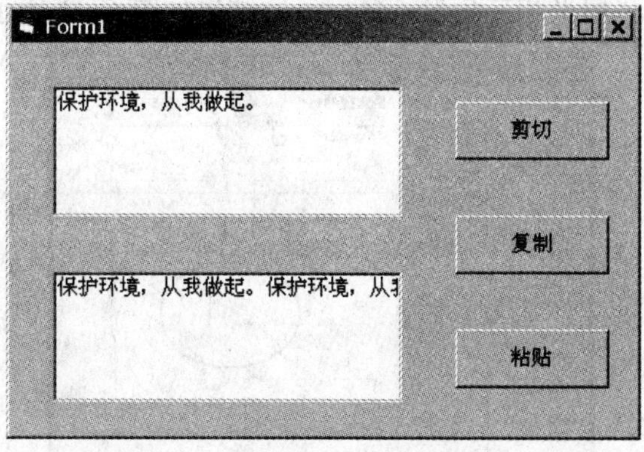

图 6-10　剪切板

如果用户要通过剪贴板处理文本以外的数据，如图片和 RTF 格式的文档，可以使用 Clipboard 对象的 SetData、GetData 和 GetFormat 方法。它们的用法与处理文本的方法基本一致。

想想议议：

系统对象与其他控件对象的区别？

项目交流

分组进行交流讨论，讨论内容：通过对项目实例学习，两项目主要完成的功能是什么？总结 VB 绘制图形常用的方法？哪种方法更加灵活？MDI 应用程序运行过程中，MDI 窗体退出与子窗体退出之间的影响关系？如果你作为客户，你对本章中项目的设计满意吗（包括功能和界面）？找出本章项目中不足的地方，加以改进。在对项目改进过程中遇到了哪些困难？组长组织本组人员讨论或与老师进行讨论改进的内容及改进方法的可行性，并记录下来。编程上机检测改进方法。

项目改进记录

序号	项目名称	改进内容	改进方法
1			
2			
3			
4			
5			

并交回讨论记录摘要。记录摘要包括时间、地点、主持人（即组长，建议轮流当组长）、参加人员、讨论内容等。

基本知识练习

1. 在窗体上以当前窗体为中心，画若干条位置和颜色均随机设置的射线。

2. 编写一个程序，用图形控件或图形方法分别在 PictureBox 内绘制不同的图形。图形有点、线、圆、椭圆、弧、扇形和三角形。最后运行结果如图 6-11 所示。

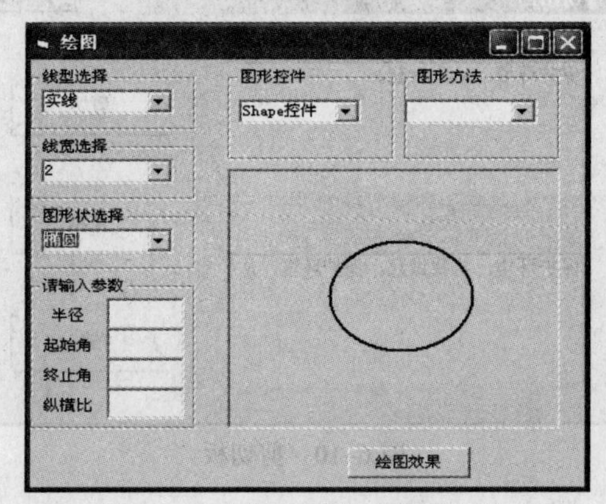

图 6-11 用图形控件或图形方法

3. 设计一个模拟月亮绕太阳运行的程序。

说明：行星运动的椭圆方程为：

x=x0+rx*cos（alfa）；

y=y0+ry*sin（alfa）。

其中，x0、y0 为椭圆圆心坐标，rx 为水平半径，ry 为垂直半径，alfa 为圆心角。

4. 设计一个多文档界面的记事本程序。如图 6–12 所示。

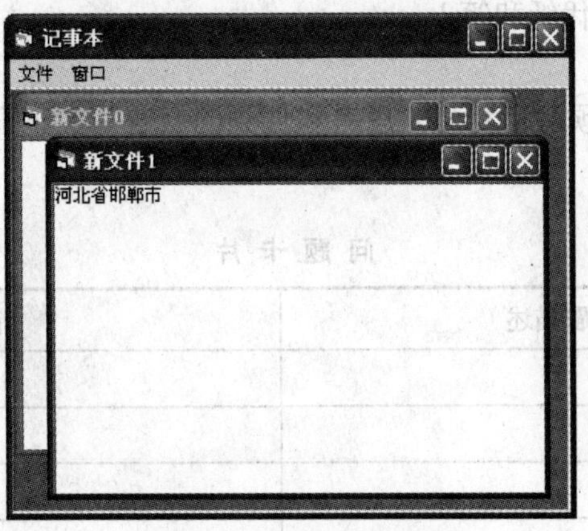

图 6–12　多文档的记事本

能力拓展与训练

一、调研与分析

对一些作图软件，如 Windows 的画图工具、AutoCAD、PhotoShop 等，总结这些软件中界面和使用功能上的共性，并应用到本章项目中。

二、自主学习与探索

1. 通过对本章内容的学习，结合以前学过的知识，模拟设计一个具有“画图”功能的程序，界面参照图 6–13 所示。

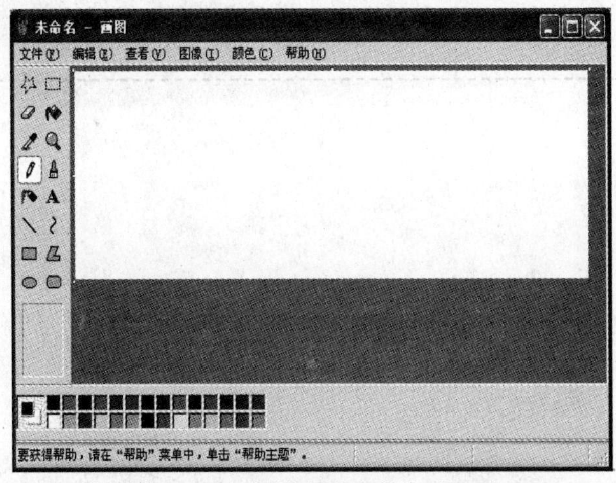

图 6–13　画图应用程序的启动界面

2. 通过对本章内容的学习，结合以前学过的知识，模拟设计一个具有 Word 文字处理功能的多文档程序？并记录在程序设计过程中遇到的问题？界面设计参照 Word 2003 应用程序的界面。

三、思辨题

1. 手工画图和计算机画图的利弊分别是什么？

2. 电脑会不会完全取代纸和笔？

四、我的问题卡片

请把在学习中（包括预习和复习）思考和遇到的问题写在下面的卡片上，然后逐渐补充上简要的答案。

问 题 卡 片

序号	问题描述	简要答案
1		
2		
3		
4		
5		
6		
7		
8		
9		
10		

— 你我共勉

非学无以广才，非志无以成学。——诸葛亮

第 7 章　AcitveX 控件与多媒体

本章要点：

- ActiveX 控件的概念和操作。
- ProgressBar 控件。
- Slider 控件。
- SSTab 控件。
- Multimedia 控件。
- Windows Media Player 控件。
- ShockWaveFlash 控件。

7.1 项目 休闲娱乐——多媒体播放器

7.1.1 项目目标

本项目实例主要任务是设计完成“休闲娱乐”中的“多媒体播放器”界面，包括音乐播放器、视频播放器和 Flash 动画。使用多选项卡的窗体界面完成，如图 7-1、7-2、7-3 所示。

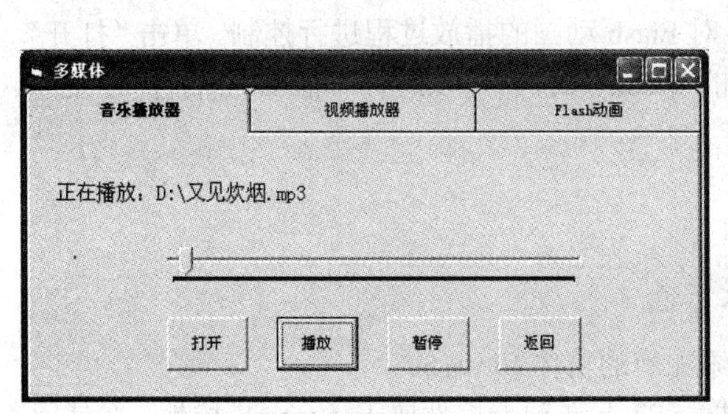

图 7-1 “音乐播放器”界面

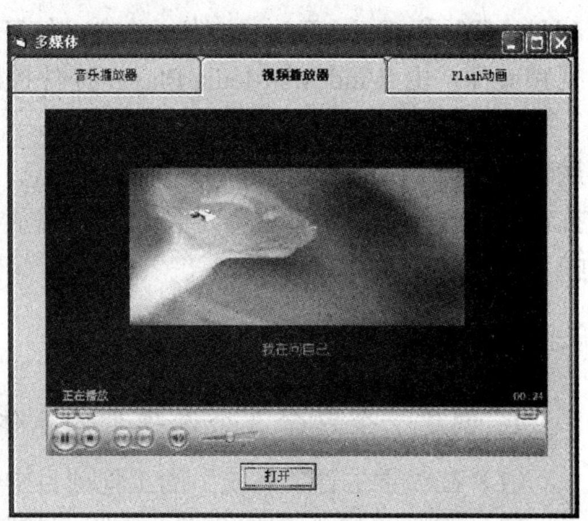

图 7-2 “视频播放器”界面

7.1.2 项目分析

本项目实例主要运用了 ActiveX 控件中的 SSTab 选项卡控件和 Slider 滑块控件；以及与多媒体相关的 MMControl、Windows Media Plalyer 和 ShockwaveFlash 控件。

图 7–3 “Flash 动画”界面

（1）使用 Visual Basic 的 Multimedia 控件设计一个音乐播放器，Multimedia 控件（Microsoft Multimedia Control）也称为管理媒体控制接口 MCI（Media Control Interface）控件，是一个可以播放多种音频的控件，如 MP3、WAVE、MADI、MIDI、AVI、MPEG、WMA 等类型的音频文件。界面如图 7–1 所示，单击“打开”按钮，会打开一个对话框，由用户选择要播放的音乐文件。并使“播放”按钮可用，其他按钮不可用。单击“播放”按钮后，开始播放选择的音乐，显示正在播放的曲目名称，同时滑动条显示播放进度，并使“暂停”按钮可用。

（2）使用微软开发的 Windows Media Player 播放器设计一个多媒体播放器，既可播放音频文件也可播放视频文件。它提供最广泛、最具操作性、最方便的多媒体内容。可以播放多种类型的文件，包括：Windows Media、ASF、MPEG–1、MPEG–2、WAV、AVI、MIDI、VOD、AU、MP3 和 QuickTime 文件。单击“打开”按钮，会打开一个对话框，用户选择要播放的视频文件，由 Windows Media Player 控件控制视频文件的播放。

（3）使用 ShockWaveFlash 控件设计一个 Flash 动画播放器，利用 ShockWaveFlash 控件的属性、方法可以获取 Flash 动画的很多信息，对 Flash 动画的播放过程进行控制。单击“打开”按钮，会打开一个对话框，用户选择要播放的 Flash 文件，可以进行“播放”“暂停”“上一帧”“下一帧”的操作。

7.1.3 项目实现

1. 创建一个包含 3 个选项卡的窗体界面

（1）在“学生管理系统”的工程项目中添加新的窗体 form15。

（2）在 form15 上添加 SSTab 选项卡控件。SSTab 选项卡控件属于 ActiveX 控件，在使用前，需先将其添加到工具箱中。选择“工程”→“部件”命令，打开“部件”对话框，选中 Microsoft Tabbed dialog Control 6.0 选项，此时，在工具箱中增加了一个 SSTab 控件。添加该控件到窗体 form15 上，设置合适大小和位置。

（3）右击窗体上的 SSTab 选项卡控件，在弹出的快捷菜单中选择“属性”命令，打开“属性页”对话框，进行相应的属性设置。如图 7–4 所示。

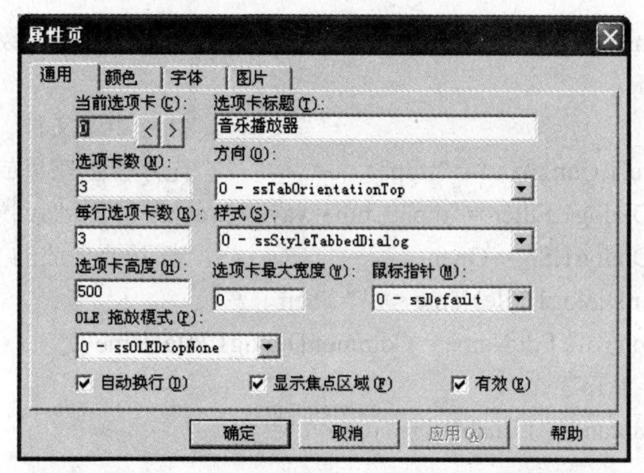

图 7–4　SSTab 控件的“属性页”对话框

注意：SSTab 控件提供了一组选项卡，每个都充当一个容器，包含了其他的控件。控件中每次只有一个选项卡是活动的，给用户提供了其所包含的控件，而其他选项卡都是隐藏的。

2. 设计一个音乐播放器

1）音乐播放器界面设计

（1）单击窗体上 SSTab 选项卡控件中的“音乐播放器”标签，设置其为当前选项卡。

（2）添加 MMControl 控件。MMControl 控件是 VB6.0 中一个专用的多媒体控件。在使用前，需先将其添加到工具箱中。选择“工程”→“部件”命令，打开“部件”对话框，选中 Microsoft Multimedia Control 6.0 复选框。此时，在工具箱中增加了一个 MMControl 控件，添加该控件到相应窗体上，设置合适大小和位置。

（3）添加 Slider 控件。选择“工程”→“部件”命令，选中 Microsoft Windows Common Controls6.0 控件，并添加到工具箱。选择其中的 Slider 控件并添加到窗体上。

（4）添加 1 个通用对话框控件 CommonDialog1、1 个定时器控件 Timer1 和 2 个标签控件 Label1、Label2，再添加 1 个命令按钮 Command1，并利用“复制”“粘贴”操作建立包含 4 个命令按钮的控件数组。

2）界面对象属性设置

按照图 7–1 所示，在属性窗口中为对象设置相应的属性值。

3）编写对象事件过程代码

```
Private Sub Form_Load()                          '对象属性值进行初始化
    Dim i As Integer
    For i = 1 To 3
        Command1(i).Enabled = False              '设置音乐播放器中按钮初始状态
    Next i
    MMControl1.Visible = False                   '将 MMControl1 设置为不可见状态
    Slider1.Enabled = False                      '将 Slider1 设置为不可见状态
    Timer1.Interval = 50                         '将 Timer1 时间间隔设为 50 毫秒
End Sub
```

```
Private Sub Command1_Click(Index As Integer)          '命令按钮控件数组的单击事件
  Select Case Index
    Case 0                                           '打开声音文件
      MMControl1.Command = "stop"                    '先停止正在播放的音乐
      CommonDialog1.Filter = "mp3|*.mp3|wave|*.wav|mid|*.mid|avi|*.avi"
      CommonDialog1.ShowOpen                         '打开要播放的文件
      If CommonDialog1.FileName <> "" Then
          MMControl1.FileName = CommonDialog1.FileName
          For i = 1 To 3
            Command1(i).Enabled = True
          Next i
          MMControl1.Command = "open"
          Label2.Caption = CommonDialog1.FileName
          Slider1.Max = MMControl1.Length            '设置进度条
          Slider1.Min = MMControl1.From
          Slider1.LargeChange = Slider1.Max - Slider1.Min
          Slider1.SmallChange = Slider1.LargeChange/2
          Slider1.Enabled = True
          Timer1.Enabled = True
      End If
    Case 1                                           '播放声音文件
      MMControl1.Command = "play"
      Command1(2).Enabled = True
    Case 2                                           '暂停播放声音
      Command1(2).Enabled = False
      MMControl1.Command = "stop"
      Timer1.Enabled = False
    Case 3                                           '返回到开始
      MMControl1.Command = "prev"
  End Select
End Sub
Private Sub Timer1_Timer()                           '控制进度条显示播放进度
    Slider1.Value = MMControl1.Position
End Sub
```

3. 设计一个视频播放器

1）视频播放器界面设计

（1）单击窗体 SSTab 选项卡控件中的“视频播放器”标签，设置其为当前选项卡。

（2）添加 WindowsMediaPlayer 控件。选择“工程”→“部件”命令，打开“部件”对话框，选中 Windows Media Player 复选框，在工具箱中增加了一个 WindowsMediaPlayer 控件，

添加该控件到窗体上，设置合适大小和位置。

（3）添加1个通用对话框控件CommonDialog2、1个命令按钮Command2。

2）界面对象属性设置

按照图7–2所示，在属性窗口中为对象设置相应的属性值。

3）编写对象事件过程代码

```
Private Sub Command2_Click()                                              '播放打开的文件
    CommonDialog2.ShowOpen
    If CommonDialog2.FileName <> "" Then
        WindowsMediaPlayer1.URL = CommonDialog2.FileName  '打开文件并播放
    End If
End Sub
```

4. 设计一个Flash动画播放器

1）Flash动画播放器界面设计

（1）单击窗体上SSTab选项卡控件中的“Flash动画”标签，设置其为当前选项卡。

（2）添加WindowsMediaPlayer控件。选择“工程”→“部件”命令，打开“部件”对话框，选中ShockWaveFlash复选框，在工具箱中增加了一个ShockWaveFlash控件，添加该控件到窗体上，设置合适大小和位置。

（3）添加1个通用对话框控件CommonDialog3、1个复选框Check1、1个命令按钮Command3，利用“复制”“粘贴”操作建立包含5个命令按钮的控件数组。

2）界面对象属性设置

按照图7–3所示，在属性窗口中为对象设置相应的属性值。

3）编写对象事件过程代码

```
Private Sub Command3_Click(Index As Integer)
    Select Case Index
        Case 0
            CommonDialog2.Filter = "swf|*.swf"
            CommonDialog2.ShowOpen
            If CommonDialog2.FileName <> "" Then
                ShockwaveFlash1.Visible = True
                ShockwaveFlash1.Movie = CommonDialog2.FileName  '打开的flash文件
                For i = 1 To 4
                        Command3(i).Enabled = True                  '其他命令按钮可用
                Next i
            End If
        Case 1
                ShockwaveFlash1.Playing = True                      '播放文件
        Case 2
                ShockwaveFlash1.Stop                                '暂停播放
```

```
        Case 3
            ShockwaveFlash1.back                          '播放前一帧
        Case 4
            ShockwaveFlash1.Forward                       '播放后一帧
    End Select
End Sub
Private Sub Check1_Click()                                '是否进行循环播放
    If Check1.Value = 1 Then
        ShockwaveFlash1.Loop = True                       '循环播放
    Else
        ShockwaveFlash1.Loop = False                      '禁止循环播放
    End If
End Sub
```

7.1.4 相关知识

ActiveX 控件是对内部控件（即工具箱提供的 20 种标准控件）的扩充，它可以支持设计工具条、进度条、选项卡等常用界面的组成元素，尤其是文件管理、多媒体技术、数据库技术的应用必须依赖 ActiveX 控件才能得以实现。

一般情况下 ActiveX 控件被安装和注册在 \Windows\System 或 System32 目录下。使用 ActiveX 控件，首先将 ActiveX 控件添加到工具箱，其后与内部控件使用方法一样，同样也要设计控件的属性、事件和方法，但是 ActiveX 控件除在“属性”窗口定义相关的属性外，还要通过 ActiveX 控件“属性页”窗口定义其特有的属性。

将 ActiveX 控件添加到工具箱的操作步骤如下。

（1）打开“窗体设计器”窗口。

（2）在“窗体设计器”窗口中，选择“工程”→“部件”命令，打开“部件”对话框，如图 7–5 所示。

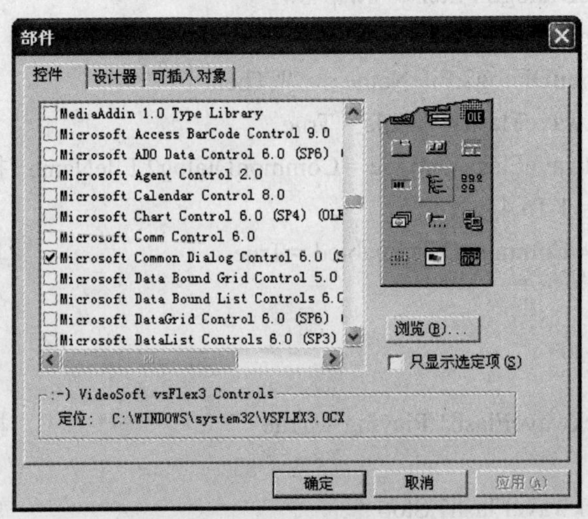

图 7–5　添加 ActiveX 控件对话框

（3）在“部件”对话框，选择要添加的 ActiveX 控件，单击“确定”按钮，关闭“部件”对话框，被选中的 ActiveX 控件就会出现在工具箱中。

想想议议：

ActiveX 控件文件的类型名，即扩展名是什么？

1. ProgressBar 控件

进度条（ProgressBar）控件：通过在进度栏中显示适当数目的矩形来指示“工作”进程，进程完成后，进度栏添满矩形。

ProgressBar 控件是 Active X 控件，它位于 Microsoft Windows Common Controls 6.0 部件之中，工具箱中的按钮为 。

进度条常用的属性如下。

（1）Max 属性。Max 属性用于设置 ProgressBar 控件的上界限。

（2）Min 属性。Min 属性用于设置 ProgressBar 控件的下界限。

（3）Value 属性。Value 属性是控件的当前值。

在“属性页”对话框，可设置 ProgressBar 控件的专门属性，如图 7–6 所示。

例如，利用 ProgressBar 控件设计一个进度条显示文字的出现速度。如图 7–7 所示。

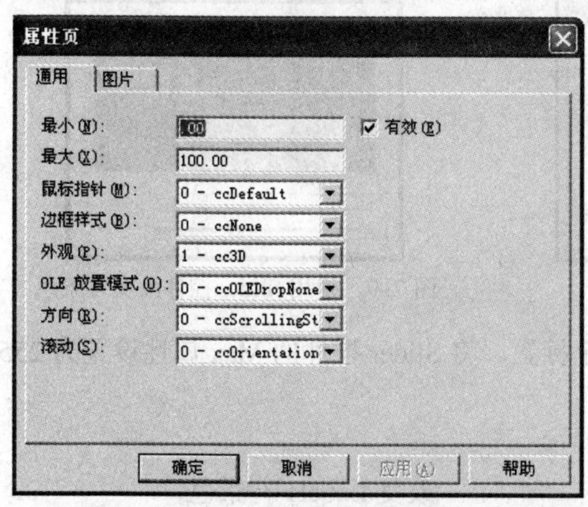

图 7–6 “属性页”对话框

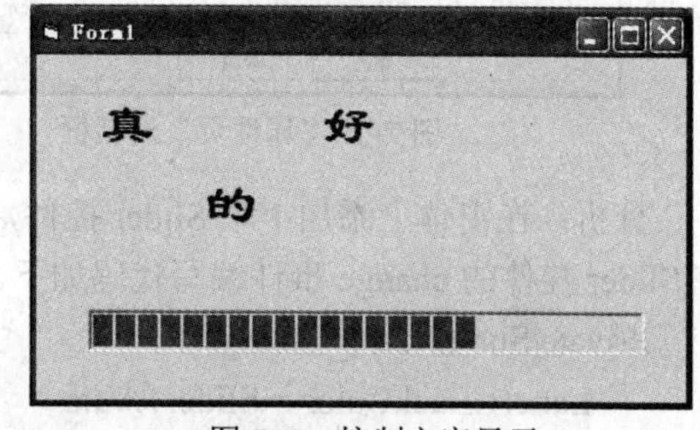

图 7–7　控制文字显示

分析：在窗体上添加 5 个标签、1 个 ProgressBar 控件和一个定时器控件。定时器控件的 Interval 值设为 500。在定时器控件的 Timer 事件编写代码如下。

```
Private Sub Timer1_Timer()
    ProgressBar1.Value = ProgressBar1.Value + 10      '进度条值增加
    If ProgressBar1.Value = 20 Then Label1.Caption = "真"
    If ProgressBar1.Value = 40 Then Label2.Caption = "的"
    If ProgressBar1.Value = 60 Then Label3.Caption = "好"
    If ProgressBar1.Value = 80 Then Label4.Caption = "想"
    If ProgressBar1.Value = 100 Then
        Label5.Caption = "你！"
        Timer1.Enabled = False                        '显示完成后定时器不可用
```

```
    End If
End Sub
```

2. Slider 控件

滑块（Slider）控件：通过在刻度条中显示适当数目的刻度来表示“工作”进程，或通过人工移动滑块控制进程滑块移到刻度条最后，标志进程完成。

Slider 控件是 Active X 控件，它位于 Microsoft Windows Common Controls 6.0 部件之中，工具箱中的按钮为。本项目实例中的“音乐播放器”就使用了 Slider 控件显示当前音乐播放的进度。

滑块常用的属性如下。

（1）Max 属性、Min 属性和 Value 属性与 ProgressBar 控件的相应属性相同。

（2）在“属性”对话框，可设置 Slider 控件的专门属性，如图 7–8 所示。

例如，利用 Slider 控件设计能用来控制标签背景颜色的滑块。如图 7–9 所示。

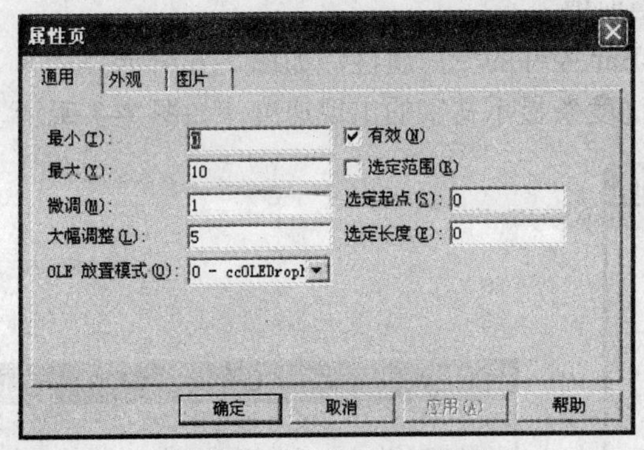

图 7–8 “属性页”对话框

图 7–9 使用 Slider 控件改变背景色

分析：在窗体上添加 1 个 Slider 控件，2 个标签。将 Slider 控件的 Max 属性设置为 255。在 Slider 控件的 change 事件编写代码如下。

```
Private Sub Slider1_Change()
    Label1.BackColor = Slider1.Value          '改变 Label1 背景色
    Label2.Caption = Slider1.Value            '在 Label2 中显示滑块当前值
End Sub
```

想想议议：

ProgressBar 控件、Slider 控件和滚动条控件异同点？

3. SSTab 控件

选项卡（SSTab）控件：用于设置包含多个选项卡的窗体界面。

SSTab 控件是 Active X 控件，使用时从“工程”菜单中选择“部件”命令，然后在“部件”对话框中选择 Microsoft Tabbed dialog Control 6.0 部件，将它添到工具箱中。双击工具箱中的相应按钮就可以将控件添加到窗体上，SSTab 控件可以像其他控件一样调整大小和位置。本项目实例中使用该控件完成多选项卡的界面显示。

选项卡常用的属性如下。

（1）Style 属性。Style 属性用于设置选项卡样式。

（2）Tab 属性。Tab 属性用于设置或显示多项卡控件的当前选项卡。如果 Tab 属性值设置为 0，则第一个选项卡为当前活动的选项卡。

（3）Tabs 属性。Tabs 属性用于设置多选项卡控件选项卡个数。

（4）在“属性页”对话框，可设置多选项卡的专门属性，如图 7–10 所示。

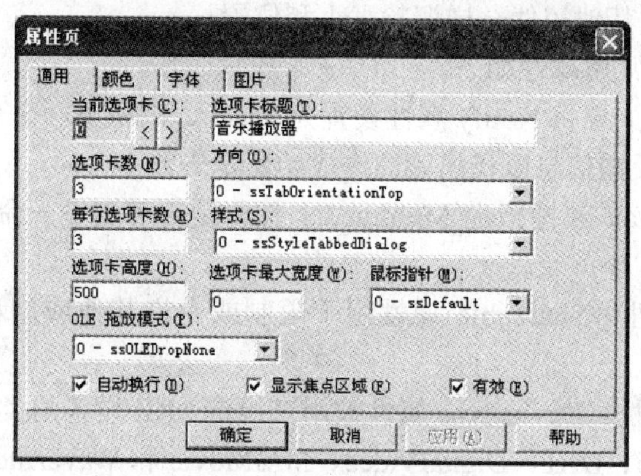

图 7–10 “属性页”对话框

4. Multimedia 控件

Multimedia 控件是通过多媒体控制接口（MCI）对多媒体设备进行控制的，管理多媒体控制接口设备上的多媒体文件的记录和回放，它管理的设备有：MIDI 发生器、CD–ROM 驱动器、声卡、音频播放器、视频磁带录放器等。MCI 控件是一组按钮，从左到右按钮分别被定义为 Prev、Next、Play、Pause、Back、Step、Stop、Record 和 Eject，只要添加少量代码就能实现播放功能。

注意：Multimedia 控件仅提供了对 MCI 设备的操作接口。而设备能否使用，则决定于该设备及相关驱动程序是否已安装。

Multimedia 控件支持的部分设备和使用的设备为 DeviceType 属性所要求的字符串，并列出了对应的文件类型，见表 7–1。

表 7–1　Multimedia 控件支持的部分设备

设备类型	字　符　串	文件类型	描　　述
CD audio	CDaudio		音频 CD 播放器
Digital Audio Type	dat		数字音频磁带播放器
Sequencer	Sequencer	.mid	音响设备数字接口（MIDI）序列发生器
AVI	AVIVideo	.avi	视频文件
Waveaudio	Waveaudio	.wav	播放数字波形文件的音频设备
Scanner	Scanner		图像扫描仪
Other	Other		没有定义的 MCI 设备

说明：表 7–1 中未带扩展名的，即该设备不需要数据文件可直接播放。如：MMControl1.DeviceType = "CDVideo"，运行程序时，光驱中放有 CD 盘片就可以了。

Multimedia 控件也是 ActiveX 控件。使用时从“工程”菜单中选择“部件”命令，然后在“部件”对话框中选择 MicroSoft Multimedia Control 6.0，将它添到工具箱中。双击工具箱中的“Multimedia 控件”按钮（按钮提示是 MMControl）就可以将控件添加到窗体上，Multimedia 控件可以像其他控件一样调整大小和位置。

Multimedia 控件的常用属性如下。

（1）Notify 属性。如果将 Notify 属性设置为 True ，则在下一命令完成时，将产生 Done 事件。Done 事件提供反馈信息以指出该命令成功还是失败。

（2）Wait 属性。Wait 属性指定 Multimedia 控件是否等到下一命令执行完毕才将控制权还给应用程序。

（3）Shareable 属性。Shareable 属性用于限制或允许其他应用程序或进程使用该媒体设备。

（4）Devicetype 属性。Devicetype 属性被用来指定 MCI 设备的类型。MCI 设备的类型包括 AVIVideo、CDAudio、DAT、DigitalVideo、MMMovie 和 WaveAudio 等。

（5）Filename 属性。Filename 属性指定要播放的文件名。

（6）Command 属性。Command 属性用于指定 Open、Close 等命令。使用 Open 命令时，将激活由该 MCI 设备支持的 Multimedia 控件的下压式按钮。

例如，用 Multimedia 控件播放 AVI 视频文件，代码如下。

```
Private Sub Form_Load()
  MMControl1.Notify = False
  MMControl1.Wait = True
  MMControl1.Shareable = False
  MMControl1.DeviceType = "AVIVideo"   '打开 AVI 设备
  MMControl1.FileName = "c:\windows\clock.avi"
  MMControl1.Command = "open"
End Sub
Private Sub Form_Unload(Cancel As Integer)
  MMControl1.Command = "close"         '关闭 AVI 设备
End Sub
```

注意：运行程序时，指定的路径里必须有要播放的.avi 文件

5. Windows Media Player 控件

Windows Media Player 控件是一个 ActiveX 控件，功能非常强大，具有众多的属性和方法，使用非常灵活。使用时从“工程”菜单中选择“部件”命令，然后在“部件”对话框中选择 Windows Media Player 复选框，单击“确定”按钮即可。此时，在工具箱中增加了一个 WindowsMediaPlayer 控件，以后就可以在窗体中使用该控件了。

Windows Media Player 控件常用的属性如下。

（1）URL 属性。URL 属性指定要播放的多媒体文件的路径，可以是本地资源，也可以是

网络上的资源，设置该属性即可播放指定的媒体。

例如，将 WindowsMediaPlayer 控件添加到窗体后，在命令按钮的单击事件中编写代码如下。

```
Private Sub Command1_Click()
    WindowsMediaPlayer1.URL = "文件名（带路径）"
End sub
```

运行程序，单击对应的命令按钮，即可播放打开的多媒体文件。

（2）uiMode 属性。uiMode 属性设置播放器的界面模式，共有 4 种。

Full：全屏模式。

Mini：最小模式。

None：无下方工具栏模式。

Invisible：不可见模式。

（3）playState 属性。playState 属性表示播放状态，共有 6 种：1：停止；2：暂停；3：播放；6：正在缓冲；9：正在连接；10：准备就绪。

（4）EnableContextMenu 属性。类 EnableContextMenu 属性启用或禁用右键菜单。

（5）FullScreen 属性。FullScreen 属性是否全屏显示。该属性只能在设计时完成。

6. ShockWaveFlash 控件

ShockWaveFlash 控件是一个 ActiveX 控件，选择“工程”→“部件”命令，打开“部件”对话框，选中 ShockWaveFlash 复选框，单击“确定”按钮即可。此时，在工具箱中增加了一个 ShockWaveFlash 控件，以后就可以在窗体中使用该控件了。

ShockWaveFlash 控件常用的属性如下。

（1）AlignMode 属性和 SAlign 属性。这两个属性是用于控制动画的显示位置，二者是相互关联的，改变一个另一个会相应地改变。前者用数值表示，后者用字符串表示。取值范围及含义如表 7–2 所示。

表 7–2　AlignMode 属性和 SAlign 属性的取值与含义

AlignMode	SAlign	含　义	AlignMode	SAlign	含　义
0	空	当前位置	8	B	当前位置靠下
1	L	当前位置靠左	9	LB	左下
2	R	当前位置靠右	10	RB	右下
3	LR	当前位置居中	11	LRB	下方居中
4	T	当前位置考上	12	TB	当期位置垂直居中
5	LT	左上	13	LTB	靠左垂直居中
6	TR	右上	14	TRB	靠右垂直居中
7	LTR	上方居中	15	LTRB	中央位置

（2）BackgroundColor 属性和 BGColor 属性。设置背景颜色，前者为整型值，后者为十六进制字符串。

（3）Loop 属性。布尔型，设置是否循环显示。

（4）Menu 属性。布尔型，是否显示右键菜单。建议设为 True，因为它可以完成对 Flash 动画的大部分控制工作，而不用编写代码。

（5）Movie 属性。指定播放的 Flash 路径，可以为一个 URL。也可以在运行状态动态设定，要关闭一个动画只要把它设为空即可。

（6）Totalframes 属性和 Framenum 属性。表示当前播放动画的总帧数和当前正在播放的帧数。

（7）Playing 属性。布尔型，播放或暂停一个 Flash 动画。

ShockWaveFlash 控件的常用方法如下。

（1）Play（）：开始播放动画，效果与 playing 取 True 相同。

（2）Stop（）：停止播放动画，效果与 playing 取 False 相同。

（3）Back（）：播放前一帧动画。

（4）Forward（）：播放后一帧动画。

（5）Rewind（）：播放第一帧动画。

（6）Zoom（percent as Integer）：按百分比缩放。

7.2 知识进阶

Animation 控件是 Visual Basic 的 ActiveX 控件。使用时从“工程”菜单中选择“部件”命令，然后在“部件”对话框中选择 MicroSoft Windows Common Controls–2 6.0 选项，将它添到工具箱中。

使用 Animation 控件能播放无声动画。Animation 控件显示无声的音频视频动画（AVI）。AVI 动画类似于电影，由若干帧位图组成。

1. Animation 控件的主要方法

（1）Open 方法：打开.avi 文件。

（2）Play 方法：播放文件。

Play 方法有 3 个参数。

① Repeat：决定文件被播放多少遍；默认文件将会被连续播放。

② Start：决定文件从哪一帧开始播放。

③ Stop：决定到哪一帧停止播放。

（3）Stop 方法：停止播放。

（4）Close 方法：关闭播放文件。

Animation 控件在运行时是不可见的，它使用一个独立的线程，应用程序不会被阻塞，可以继续运行。

例如，设计一个通过 Animation 控件放礼花的无声的文件。

在窗体上设置两个命令按钮、一个通用对话框、一个 Animation 控件，还有一个无标题的 Frame 控件作为被播放的 AVI 文件的边框。再将 Animation 控件拖放到 Frame 控件中，调整好各控件的大小。将 Form1 的 Caption 属性设置为“放礼花”；Command1 的 Caption 属性设置为“开始”；Command2 的 Caption 属性设置为“停止”。

程序代码如下。

```
Private Sub Command1_Click()                    '打开文件并播放
    Commondialog1.Filter="avi  文件  (*.avi)|*.avi"
    Commondialog1.ShowOpen
    Animation1.Open Commondialog1.Filename
    Snimation1.Play
End Sub
Private Sub Command2_Click()                    '停止播放
    Animation1.Stop
End Sub
```

运行程序，图 7–11 显示了程序的运行结果。

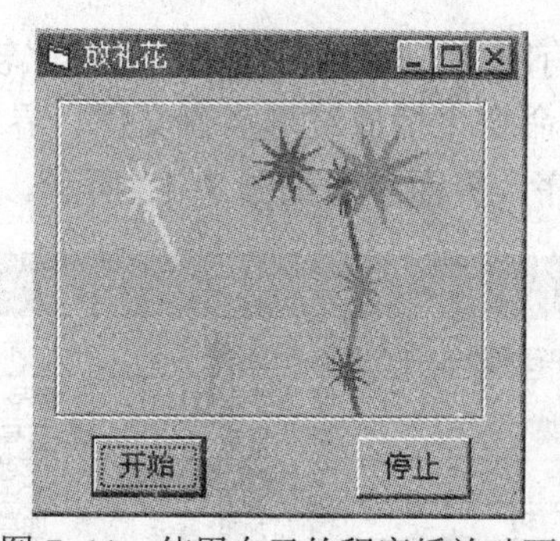

图 7–11　使用自己的程序播放动画

虽然 AVI 动画可以有声音，但这样的动画不能在 Animation 控件中使用，如果试图装载这样的文件，那么将会产生错误。在该控件中只能使用无声的 AVI 动画。要播放有声的.AVI 文件，需使用 Multimedia（MCI）控件。

项 目 交 流

分组进行交流讨论会，讨论内容：通过对项目实例学习，随着知识的累积增加，实现程序界面是不是更加灵活多样，不仅能设计包括标题栏、菜单栏、工具栏、状态栏的窗口，还能设计包括标签项的对话框？VB 除了对图像和文本提供了较为全面的处理能力外，对声音、动画、视频和多媒体设备是不是也具有较强的处理能力？本项目主要完成的功能是什么？如果你作为客户，你对本章中项目的设计满意吗（包括功能和界面）？不足的地方，如何改进？在对项目改进过程中遇到了哪些困难？组长组织本组人员讨论或与老师进行讨论改进的内容及改进方法的可行性，并记录下来。编程上机验证改进方法的正确性。

项目改进记录

序号	项目名称	改进内容	改进方法
1			
2			
3			
4			
5			

并交回讨论记录摘要。记录摘要包括时间、地点、主持人（即组长，建议轮流当组长）、参加人员、讨论内容等。

基本知识练习

1. 你知道的多媒体播放器有哪些？除此之外还有哪些比较流行？
2. 编写一个程序，用 MCI 命令来播放波形声音文件。界面中要求示显示播放进度。
3. 编写一个设置字体的程序，界面参考如图 7–12 所示。

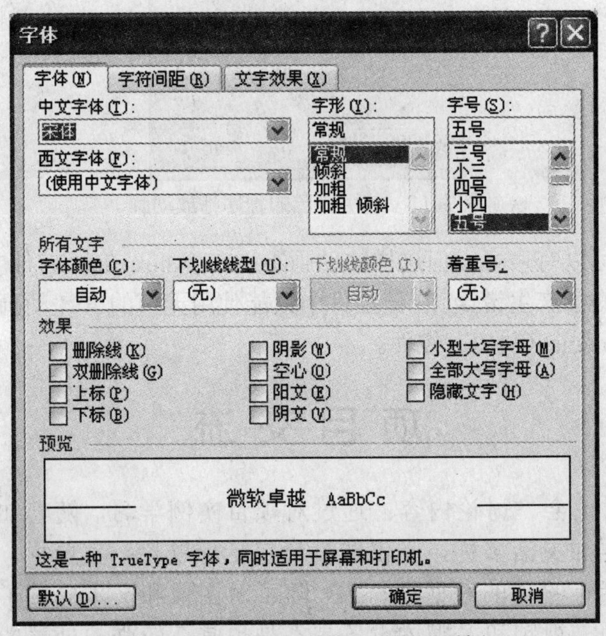

图 7–12 Word“字体”设置对话框

能力拓展与训练

一、调研与分析

你最喜欢哪款多媒体播放软件？说明其优缺点。使用和分析 Windows Media Player、暴风影音、千千静听、酷我音乐盒等播放软件，借鉴这些播放软件的设计理念，优化本章项目。

二、自主学习与探索

1. 编写能够播放自己录制的声音、歌曲、视频的程序。

2. 如果想要在 VB 界面中浏览网页或收发电子邮件，应该如何完成？（可以通过网络搜索引擎、VB 帮助系统等多种途径来解决）

三、我的问题卡片

请把在学习中（包括预习和复习）思考和遇到的问题写在下面的卡片上，然后逐渐补充上简要的答案。

问 题 卡 片

序号	问题描述	简要答案
1		
2		
3		
4		
5		
6		
7		
8		
9		
10		

你我共勉

勇于探索真理是人的天职。——哥白尼

第 8 章　数据库的应用

本章要点：

- 数据库的概念。
- 可视化数据管理器的使用。
- Data 控件和 ADO 控件的使用。
- 常用数据绑定控件的使用。
- SQL 语言。

8.1　项目　学生管理数据库设计

8.1.1　项目目标

本项目实例主要任务是使用数据库设计完成学生管理系统，设计界面如图 8–1、8–2、8–3、8–4、8–5、8–6 所示。

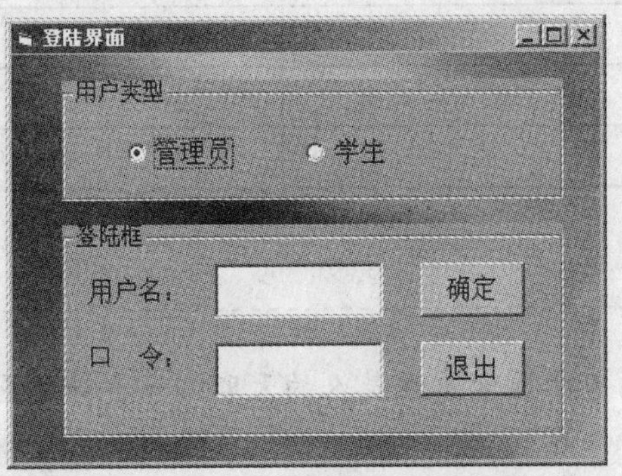

图 8–1　登录界面

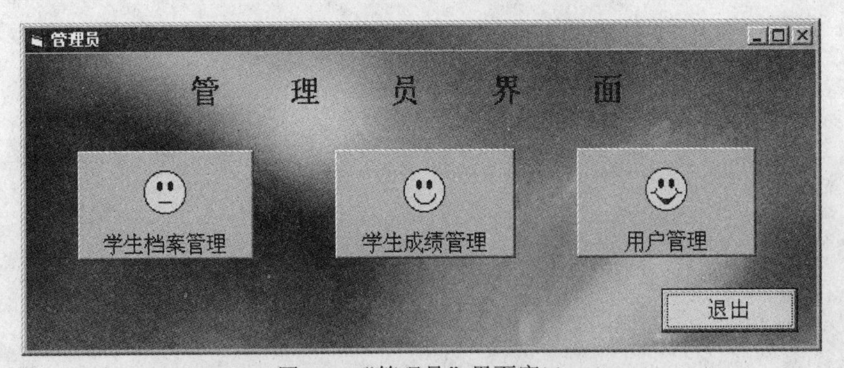

图 8–2　“管理员”界面窗口

学生
学 生 界 面
学生档案查询
学生成绩查询
退出

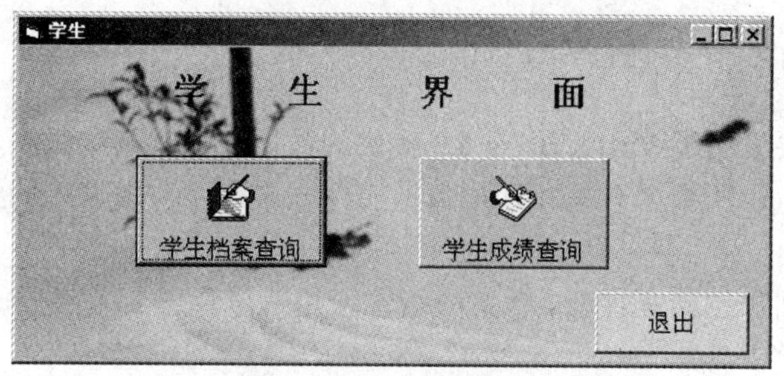

图 8–3 “学生”界面窗口

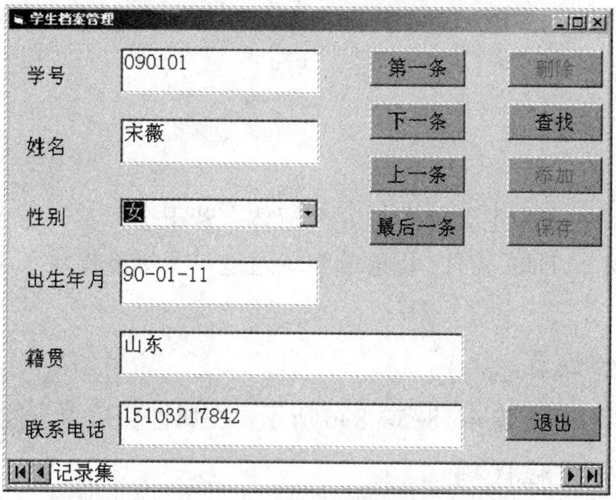

学生档案管理
学号
090101
姓名
宋薇
性别
女
出生年月
90-01-11
籍贯
山东
联系电话
15103217842
第一条
下一条
上一条
最后一条
删除
查找
添加
保存
退出
记录集

图 8–4 “学生档案管理”窗口

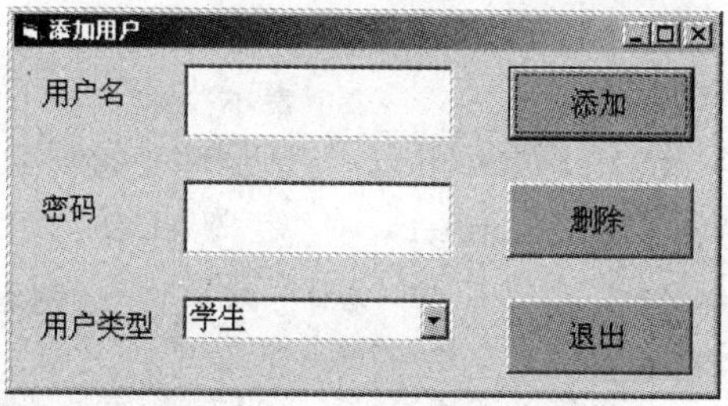

添加用户
用户名
密码
用户类型
学生
添加
删除
退出

图 8–5 “添加用户”窗口

成绩界面
学号
090101
姓名
宋薇
数学
89
英语
88
专业
90
物理
78
政治
86
总分
431
平均分
86.2
上一条
下一条
查找
修改
输入
保存
退出

图 8–6 “成绩管理”窗口

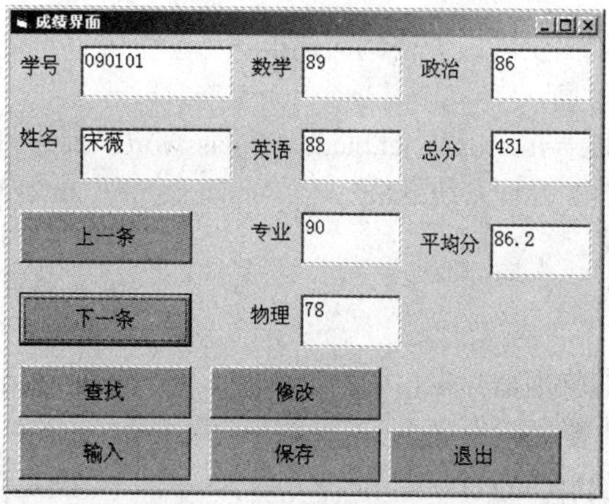

8.1.2 项目分析

本项目实例主要运用了 Visual Basic 6.0 提供的数据库工具（如数据库控件、数据绑定控件、数据访问对象、远程数据对象和远程数据控件）来实现对数据库的快速、简捷的访问与管理。

该项目主要包括学生档案管理、学生成绩管理和用户管理 3 大部分，实现了数据的录入、浏览和修改等功能。

想想议议：

我们的日常生活常常用到数据库管理，试举例，并总结它们共同具备哪些主要功能？

8.1.3 项目实现

1. 程序界面设计

本项目实例在设计过程中主要使用了 6 个窗体、若干个标签、命令按钮、文本框、和访问数据库的核心控件之一 Data 控件。程序的实现通过一个标准模块和每个窗体上命令按钮的单击事件完成。

2. 界面对象属性设置

参照图 8–1、8–2、8–3、8–4、8–5、8–6 所示，在属性窗口中为控件设置相应的属性值。

3. 编写对象事件过程代码

（1）双击“工程资源管理器”窗口中的 module1，在“通用”区域定义公用变量和一个 main 子过程，代码如下。

```
    Public mnusertype As Integer                '表示当前登录的用户类型
    Public cn As New ADODB.Connection           '数据库连接对象并初始化
    Public rs As New ADODB.Recordset            '定义 ADO 记录集并初始化
    Public admin As Boolean                '区分用户身份：True—管理员，False—学生
    Public strconn As String
Sub main()                      '定义一个 main 子过程，连接数据库的完整路径
    admin = True
    '定义数据库连接提供者、无密码、连接到“学生管理系统.mdb”、对数据库的管
    '理不使用安全信息。
    strconn = "provider=microsoft.jet.oledb.4.0;password=;data source= " & App.Path _
            &"\学生管理系统.mdb" & ";Persist security info=true"
    cn.Open strconn                                  '打开数据库连接
    Form1.Show                                       '显示登录界面
End Sub
```

（2）双击“工程资源管理器”窗口中的 Form1，使 Form1 成为当前的设计窗体，以下是 Form1 登录界面程序的主要代码设置。

```
Private Sub Command1_Click()                        '“确定”按钮事件过程
        '定义用户名、口令、用户类型局部变量
```

```
        Dim user As String, pwd As String, usertype As String
        Dim strsql As String
        user = Trim(Text1.Text)                          '输入用户名
        pwd = Trim(Text2.Text)                           '输入口令
        If Option1.Value = True Then                     '选择不同的身份登录
            usertype = Option1.Caption                   '管理员身份
        Else
            usertype = Option2.Caption                   '学生身份
        End If
        '从“用户表”数据表中选择对应的记录
            strsql = "select * from  用户表  where    name= "' _
        & user " & ' and pwd='" & pwd & "' and usertype='" & usertype & "' "
        Set rs = cn.Execute(strsql)                      '执行检索查询语句
        If rs.EOF Then                                   '验证口令
            MsgBox "密码错误 ",vbCritical
            Exit Sub
            cn.Close                                     '关闭“学生管理系统”数据库
        Else
            MsgBox "密码正确 ",vbExclamation
            If Option1.Value = True Then
                Form2.Show      '管理员身份登录，进入“管理员界面”窗口
            Else
                Form3.Show      '学生身份登录，进入“学生界面”窗口
            End If
            cn.Close            '关闭“学生管理系统”数据库
        End Iff
    End Sub
```

（2）双击“工程资源管理器”窗口中的 Form4，使 Form4 成为当前的设计窗体，以下是 Form4 主界面程序的主要代码设置。

①“第一条”按钮的事件过程代码如下。

```
    Private Sub Command1_Click()                 '“第一条”按钮的事件过程
        Data1.Recordset.MoveFirst                '移动到第一条记录
        End Sub
```

②“下一条”按钮的事件过程代码如下。

```
    Private Sub Command2_Click()                 '“下一条”按钮的事件过程
        Data1.Recordset.MoveNext                 '移动到下一条记录
        If Data1.Recordset.EOF Then              '是否移动到记录集末尾
            '如果是记录集末尾，弹出消息框
            MsgBox  ("已经是最后一条记录", vbExclamation)
```

```
            Data1.Recordset.MoveLast                    '移动到最后一条记录
        End If
End Sub
```

③“上一条”按钮的事件过程代码如下。

```
  Private Sub Command3_Click()                         '"上一条"按钮的事件过程
        Data1.Recordset.MovePrevious                   '移动到上一条记录
        If Data1.Recordset.BOF Then                    '是否移动到记录集顶端
            '如果是记录集顶端，弹出消息框
            MsgBox （"已经是第一条记录", vbExclamation）
            Data1.Recordset.MoveFirst                   '移动到第一条记录
        End If
End Sub
```

④“最后一条”按钮的事件过程代码如下。

```
  Private Sub Command4_Click()                         '"最后一条"按钮的事件过程
        Data1.Recordset.MoveLast                       '移动到最后一条记录
End Sub
```

⑤“删除”按钮的事件过程代码如下。

```
Private Sub Command5_Click()                           '该功能只有管理员可以使用
        Data1.Recordset.Delete                         '删除一条记录
        Data1.Recordset.MoveNext                       '移动到下一条记录
        If Data1.Recordset.EOF Then                    '是否移动到记录集末尾
            Data1.Recordset.MoveLast           '如果是，记录指针指向最后一条记录
        End If
End Sub
```

⑥“查找”按钮的事件过程代码如下。

```
  Private Sub Command6_Click()                         '"查找"按钮的事件过程
        Dim key1 As String                            '定义 key1 存储要查找的学号
        key1 = Trim(InputBox("请输入要查找的学号", 输入框))
        key1 = "学号= '" & key1 & " '"
        Data1.Recordset.FindFirst key1                 '查找满足 key1 条件的第一条记录
        If Data1.Recordset.NoMatch = True Then         '是否有满足 key1 条件的记录
            MsgBox "没有符合的记录", vbExclamation
        End If
End Sub
```

⑦“添加”按钮的事件过程代码如下。

```
Private Sub Command7_Click()                           '该功能只有管理员可以使用
        Data1.Recordset.AddNew                          '添加一条新记录
End Sub
```

⑧“保存”按钮事件过程代码如下。

```
Private Sub Command8_Click()                          '该功能只有管理员可以使用
        Data1.Recordset.Update                        '更新记录集
        Data1.Refresh                                 '刷新纪录集
End Sub
```

⑨ Form4 窗体的事件过程代码如下。

```
Private Sub Form_Load()
        '连接"学生管理系统"数据库
        Data1.DatabaseName = App.Path & "\学生管理系统.mdb"
        '连接"学生管理系统"数据库中的"学生信息"数据表
        Data1.RecordSource = "学生信息"
        Combo1.AddItem "男"
        Combo1.AddItem "女"
        '如果是学生的身份登录主界面，则窗体上的“添加”“删除”“保存”按钮不可
用，反之，可用
        If admin = False Then
            Command7.Enabled = False
            Command8.Enabled = False
            Command5.Enabled = False
        End If
End Sub
```

（3）双击“工程资源管理器”窗口中的 Form5，使 Form5 成为当前的设计窗体，以下是 Form5 主界面程序的主要代码设置。

①“添加”按钮的事件过程代码如下。

```
Private Sub Command1_Click()
        Data1.Recordset.AddNew                   '添加新用户
        Text1.DataField = "name"                 '在“用户表”中添加“name”值
        Text2.DataField = "pwd"                  '在“用户表”中添加“pwd”值
        Data1.Recordset.Update
End Sub
```

②“删除”按钮的事件过程代码如下。

```
Private Sub Command2_Click()                          '该功能只有管理员可以使用
        Data1.Recordset.Delete                        '删除一条记录
        Data1.Recordset.MoveNext                      '移动到下一条记录
        If Data1.Recordset.EOF Then                   '是否移动到记录集末尾
            Data1.Recordset.MoveLast          '如果是，记录指针指向最后一条记录
        End If
End Sub
```

③ Form5 窗体的事件过程代码如下。

```
Private Sub Form_Load()
```

```
        Data1.DatabaseName = App.Path & "\学生管理系统.mdb"
        '连接"学生管理系统"数据库中的"用户表"数据表
        Data1.RecordSource = "用户表"
        Text1.Text = ""
        Text2.Text = ""
        Combo1.AddItem "管理员"
        Combo1.AddItem "学生"
End Sub
```

（4）双击“工程资源管理器”窗口中的 Form6，使 Form6 成为当前的设计窗体，以下是 Form6 主界面程序的主要代码设置。

①“上一条”按钮的事件过程代码如下。

```
Private Sub Command1_Click()                    '“上一条”按钮的事件过程
        Data1.Recordset.MovePrevious            '移动到上一条记录
        If Data1.Recordset.BOF Then             '是否移动到记录集顶端
            MsgBox "已经是第一条记录", vbExclamation
            Data1.Recordset.MoveFirst           '移动到第一条记录
        End If
End Sub
```

②“下一条”按钮的事件过程代码如下。

```
Private Sub Command2_Click()                    '“下一条”按钮的事件过程
        Data1.Recordset.MoveNext                '移动到下一条记录
        If Data1.Recordset.EOF Then             '是否移动到记录集末尾
        MsgBox "已经是最后一条记录", vbExclamation
        Data1.Recordset.MoveLast                '移动到最后一条记录
        End If
End Sub
```

③“输入”按钮的事件过程代码如下。

```
Private Sub Command3_Click()                    '该功能只有管理员可以使用
        Data1.Recordset.AddNew                  '添加一条新记录
End Sub
```

④“保存”按钮的事件过程代码如下。

```
Private Sub Command4_Click()                    '该功能只有管理员可以使用
        '计算总分
        Text8 = Val(Text3) + Val(Text4) + Val(Text5) + Val(Text6) + Val(Text7)
        Text9 = Val(Text8) / 5                  '计算平均分
        Data1.Recordset.Update                  '更新记录集
        '显示当前新录入的记录
        Data1.Recordset.Bookmark = Data1.Recordset.LastModified
End Sub
```

⑤“修改”按钮的事件过程代码如下。

```
Private Sub Command3_Click()                              '该功能只有管理员可以使用
    Data1.Recordset.Edit                         '编辑"学生成绩"表中的一条记录
    Data1.Recordset("学号") = Trim(Text1.Text)        '修改字段“学号”的值
    Data1.Recordset("姓名") = Trim(Text2.Text)        '修改字段“姓名”的值
    Data1.Recordset("数学") = Trim(Text3.Text)        '修改字段“数学”的值
    Data1.Recordset("英语") = Trim(Text4.Text)        '修改字段“英语”的值
    Data1.Recordset("专业") = Trim(Text5.Text)        '修改字段“专业”的值
    Data1.Recordset("物理") = Trim(Text6.Text)        '修改字段“物理”的值
    Data1.Recordset("政治") = Trim(Text7.Text)        '修改字段“政治”的值
    '显示当前所修改的记录
    Data1.Recordset.Bookmark = Data1.Recordset.LastModified
End Sub
```

⑥ Form6 窗体的事件过程代码如下。

```
Private Sub Form_Load()
    Data1.DatabaseName = App.Path & "\学生管理系统.mdb"
    '连接“学生管理系统”数据库中的"学生成绩"数据表
    Data1.RecordSource = "学生成绩"
    '如果是学生的身份登录主界面，则窗体上的“输入”“修改”“保存”按钮不可
用，反之，可用
    If admin = False Then
        Command3.Enabled = False
        Command4.Enabled = False
        Command5.Enabled = False
    End If
End Sub
```

说明：其他部分的事件过程代码，可参考以前章节的相关知识编写。

8.1.4 相关知识

数据库从结构上分为 3 类，即层次数据库、网状数据库和关系数据库。其中，关系数据库使用得最为广泛。Visual Basic 中使用的就是关系数据库。该数据库存储的是由列和行数据组成的二维表格，每一列称为一个字段，每一行称为一个记录。

1. 数据库中使用的相关术语

在 Visual Basic 中，常见的外部数据库（如 FoxPro、dBASE、Btrieve、Microsoft Excel、Lotus 1-2-3 和 ODBC）都可以通过数据控件绑定到应用程序中，而不用考虑它们物理上的文件格式。一个数据库由若干个数据表组成；每个数据表又由字段和记录组成。

1）数据表

数据表简称表，表是一种按行与列排列的相关信息的逻辑组，类似于工作表。例如，一张学生档案表包含有关学生的一系列信息，如他们的姓名、学号、出生日期、籍贯和特

长等。

2）字段

数据表中的每一列称为一个字段。表是由其包含的各种字段定义的，每个字段描述了它所含有的数据。

创建一个数据表时，应为每个字段分配一个字段名、数据类型、最大长度和其他属性。在学生管理系统数据库中建立了如表 8–1 所示的“学生信息表”，里面包括 6 个字段。各字段可以设置为学号（文本型，长度 8）、姓名（文本型，长度 8）、性别（逻辑型）、出生日期（日期型）籍贯（文本型，长度 16）、联系电话（文本型，长度 11），同样在学生管理数据库中继续建立如“学生成绩表”等其他数据表。

表 8–1　学生信息表

学　号	姓　名	性　别	出生年月	籍　贯	联系电话
090101	宋薇	女	90–01–11	山东	15103217842
090102	王保国	男	81–04–16	河北	15201023567
090201	陈红	女	81–09–12	山东	13756218907
090202	李一明	男	81–06–04	广西	1503107868
⋮	⋮	⋮	⋮	⋮	⋮
090801	张小飞	男	90–03–03	河北	13531096675
090802	赵键	男	90–08–05	陕西	1327605387

3）记录

数据表中各字段的相关数据的集合称为记录。如一个学生的有关信息存放在数据表的一行上，称为一条记录。对于一般数据表的记录，在创建时任意两行都不能完全相同。

4）数据库

多个数据表成员组成一个数据库。数据库是一个单文件，它存储着表的定义和数据。每个数据库中包含的内容是一个或多个表，每个表都被构建为以特定的格式存储信息。表的结构由一系列的字段来定义，这些字段说明数据是如何被记录的。一个表可以包含一个或多个字段。每个表的数据都按照所定义的格式来存储。

注意：同一个表中字段名不允许重名；表中同一字段的数据类型必须相同；所有记录具有同样的字段。

5）关键字

如果表中的某个字段或多个字段的组合能够唯一地确定一个记录，则称该字段或多个字段的组合为候选关键字。例如“学生基本信息表”中的“学号”可以作为候选关键字，因为对于每个学生来说，学号是唯一的。一个数据表中可以有多个候选关键字，但只能有一个候选关键字作为主关键字。主关键字必须有一个唯一的值，且不能为空值。

6）表间关系

表间关系是指定义两个或多个表间如何相互联系的方式。数据库可以由多个表组成，表与表之间可以用不同的方式相互关联。在定义一个关系时，必须说明相互联系的两个表中的共用字段。例如表 8–2 所示是一个“学生成绩表”，该表与“学生信息表”之间通过“学号”这个公共字段建立关系。这样“学生成绩表”中只需用一个学号字段就可以引用学生基本信息，而不必在成绩表中重复学生的基本信息。

表间关系分为一对一、一对多（或多对一）、多对多关系。例如，对于“学生信息表”中的每一个学生的“学号”，在“学生成绩表”中都有多条记录具有相同的“学号”，这是因为一个学生有多门课程成绩。

表 8–2　学生成绩表

学　　号	姓　　名	数学	英语	专业	物理	政治	总分	平均分
090101	宋薇	89	88	90	78	86	431	86.5
090102	王保国	…	…	…	…	…	…	…
090201	陈红	…	…	…	…	…	…	…
090202	李一明	…	…	…	…	…	…	…
⋮	⋮	⋮	⋮	⋮	⋮	⋮	⋮	⋮
090801	张小飞	…	…	…	…	…	…	…
090802	赵键	…	…	…	…	…	…	…

7）索引

为了提高存储效率，大多数数据库都使用索引。索引是根据表中关键字提供一个数据指针，并以特定的顺序记录在一个索引文件上，该索引文件仅列出全部关键字的值及其相应记录的地址。索引其实就是关键字的值到记录位置的一张转换表。查找数据时，数据库管理系统先从索引文件上找到信息的位置，然后再根据指针从表中读取数据。

8）Recordset 对象

在 VB 中，一个或几个表中的数据可构成记录集 Recordset 对象。记录集也由行和列构成，与表类似。在 VB 中数据库内的表格不允许直接访问，而只能通过记录集对象进行记录的操作和浏览，因此，记录集是一种浏览数据库的工具。

2. 数据库的建立

在 Visual Basic 中，数据库的创建有多种方式，可以使用 Visual Basic 自带的创建数据库的工具——可视化数据管理器（Visual Data Manager）；也可使用其他的数据库语言，如 Access、FoxPro、dBase、Microsoft Excel、Lotus 1–2–3、ODBC 等。本节主要介绍利用可视化数据管理器创建、管理数据库。

1）认识可视化数据管理器（Visual Data Manager）

可视化数据管理器是包含于 Visual Basic 之中的一个完整的数据库构造实用程序，它是随安装过程放置于 VB 目录中的。它具有如下功能。

（1）创建数据库。

（2）构造和设计数据表。

（3）完整地访问数据表中包含的数据。

（4）数据的输入。

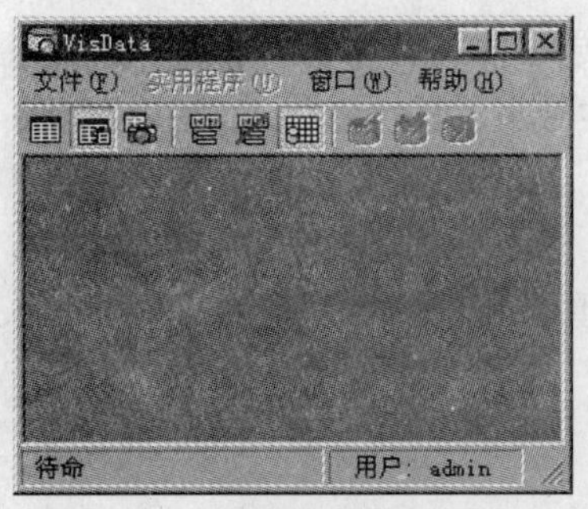

图 8–7 Visdata 窗口

（5）压缩已存在的数据库。

Visual Data Manager 实际上是一个独立于 Visual Basic 的程序。选择“外接程序”菜单中的“可视化数据管理器”命令就可以激活它，如图 8–7 所示。

当 Data Manager 显示之后，它并不自动打开任何数据库，只有利用其“文件”菜单才可以创建一个新的数据库、打开数据库、压缩或修复已存在的数据库。但 Visual Data Manager 的初始状态没有默认选择，只有根据用户的实际操作来显示。

2）利用可视化数据管理器创建数据库

（1）新建数据库。打开 Visdata 窗口中的“文件”菜单，在“新建”子菜单中列出了 Visual Basic 可用的数据库文件类型，选择“Microsoft Access”中的“Version 7.0 MDB”命令。

在出现的对话框中选择或直接输入将要建立的数据库路径和名称，如“学生信息.mdb”，单击“保存”按钮。在可视化数据管理器中出现数据库窗口，如图 8–8 所示。Access 格式的数据库文件使用的扩展名为.mdb。由于是新建的数据库，因此只有属性表而没有任何数据表。

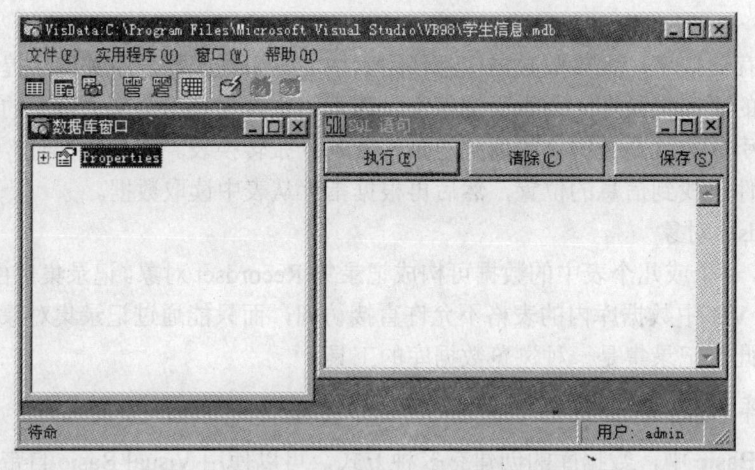

图 8–8 在 Visdata 中新建一个数据库后的界面

说明：使用可视化数据管理器建立的数据库是 Access 数据库（类型名为.mdb），可以被 Access 直接打开和操作。

（2）向库中添加数据表。在数据库窗口中右击，在弹出的快捷菜单中选择“新建表”命令，出现“表结构”对话框，如图 8–9 所示。利用该对话框就可以建立数据表的结构，可以向数据表中添加或删除字段、建立索引等操作。

（3）修改表结构。若数据表的结构不符合需要，则可在数据库窗口内右击要修改的数据表名，然后在弹出的快捷菜单中选择“设计”命令，即可进入“表结构”对话框进行修改。

（4）添加记录。如果向数据表中添加记录，在数据库窗口内右击要添加记录的数据表名，在弹出的快捷菜单中选择“打开”命令，然后就可以输入记录。

在 Visdata 窗口中，添加记录可以用两种方式实现。

方法 1：当单击 Visdata 窗口中的按钮时，表明使用的是 Data 控件，如图 8–10 所示。

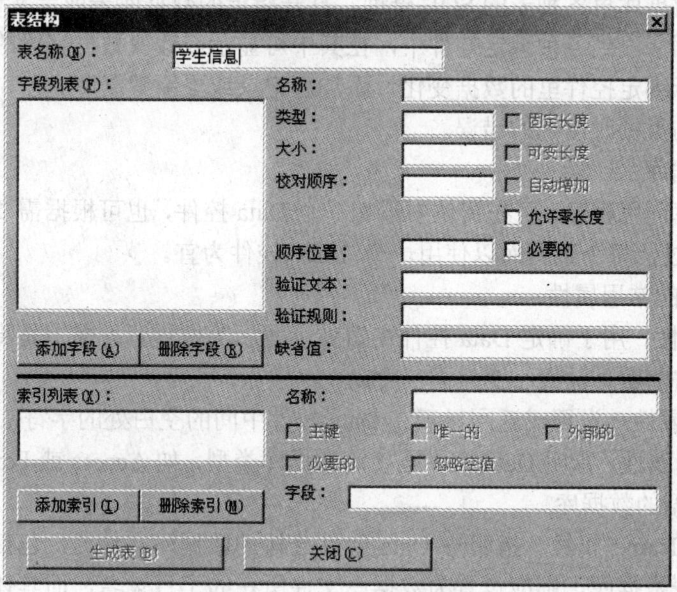

图 8–9 “表结构”对话框

方法 2：当 Visdata 窗口中的按钮按下时，表明使用的是 DBGrid 控件。

（5）为数据表创建索引。为数据表创建索引的目的是为了提高数据检索的速度。在“表结构”对话框中，若要建立索引，则单击“添加索引”按钮，打开“添加索引”对话框，输入索引名称，在可用字段列表中选择要建立索引的字段，单击“确定”后再单击“关闭”即可。

注意：创建索引包含对表中所有记录进行索引排序。如果在一个没有存储数据的空表中创建索引，几乎可以瞬间完成。如果有多条记录，则排序要花一定的时间。

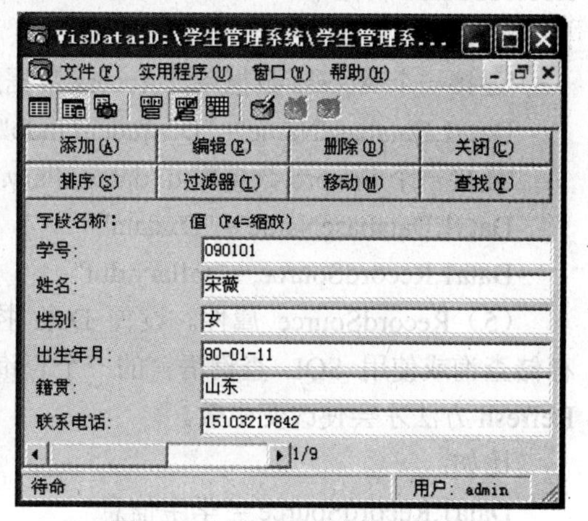

图 8–10　用 Data 控件添加记录

说明：也可以直接用 Access 直接建立一个 MDB 数据库。

想想议议：

总结一下，你目前了解的 VB 的外接程序有哪些？

3. Data 控件

Data 控件是数据库与 Visual Basic 的应用程序进行连接的控件之一。它利用 Recordset 记录集来访问数据库中的数据，而且提供了一些不需编写代码就能创建简单的数据库应用的功能。它在工具箱里的图标是。

1）Data 控件的功能

不需编写代码 Data 控件就能完成下列功能。

（1）与本地或远程数据库连接。

（2）基于该数据库里各种表的 SQL 查询，打开指定的数据库表或定义记录集。

（3）传送数据字段到各种绑定控件中，在其中可显示或改变数据字段的值。

（4）用于显示绑定控件里的数据变化，添加新记录或更新数据库。

（5）捕获访问数据时出现的错误。

（6）关闭数据库。

要创建数据库应用程序，可在窗体中添加一个 Data 控件，也可根据需要在窗体中创建多个 Data 控件。不过，每个数据库以使用一个 Data 控件为宜。

2）Data 控件的常用属性

（1）Align 属性。用于确定 Data 控件在窗体上显示的位置。习惯上是将其摆放在窗体的底部，并且控件将随窗体的大小变化同步变动。

（2）Caption 属性。设置或返回显示在 Data 控件中间的空白处的字符信息。

（3）Connect 属性。指明 Data 控件连接的数据库类型，如 Access 或 FoxPro 3.0 等。默认为连接 Access 类型的数据库。

（4）DatabaseName 属性。指明与 Data 控件连接的数据库文件名，包括所有的路径名。如果连接的是单表数据库，则应设置为数据库文件所在的子目录名，而具体的文件名则放在 RecordSource 属性中。

比如：

```
'连接一个 Access 数据库，Access 数据库的所有表都包含在一个 mdb 文件中
Data1.DatabaseName = "D:\student.mdb"
'连接一个 Foxpro 数据库 d:\data\sallary.dbf，它只含一个表
Data1.DatabaseName = "D:\data"
Data1.RecordSource = "sallary.dbf"
```

（5）RecordSource 属性。设置 Data 控件连接的基本表，属性值可以是单个表名、一个存储查询或使用 SQL 查询语言的一个查询字符串。若在运行时改变该属性值，则必须使用 Refresh 方法才会使改变生效。

比如：

```
Data1.RecordSource ="学生信息"
Data1.RecordSource ="Select * From 学生信息 Where 性别='女'"
```

（6）RecordSetType 属性。用于设置 Data 控件创建的 Recordset 对象记录集的类型。

① 表类型（dbOpenTable）：单个数据表的记录集合，用来添加、更新或删除记录。

② Dynaset 类型（dbOpenDynaset）：默认值，一个或多个表记录的动态集合，代表从一个或多个表取出的字段的结果。可对 Recordset 添加、更新或删除记录，并且任何改变都将反映在基本表上。

③ 快照类型（dbOpenSnapshot）：一个或多个表的记录的集合静态副本，字段不能更改，可用做数据查找结果或生成报告。

（7）BOFAction 属性。设置当 BOF 为 True 时，Data 控件所要进行的操作。BOFAction 属性的取值如下。

① 0：表示 Data 控件位于第 1 条记录时，单击“上一条”按钮，使用 MoveFirst 将记录集的第 1 条记录为当前记录。

② 1：表示 Data 控件位于第 1 条记录时，单击“上一条”按钮，使 Data 控件上的 MovePrevious 按钮失效，设置记录集的 BOF 属性为 True，Data 控件位于第 1 条记录上。

（8）EOFAction 属性。设置当 EOF 为 True 时，Data 控件所要进行的操作。EOFAction 属性的取值如下。

① 0：表示 Data 控件位于最后一条记录时，单击“下一条”按钮，使用 MoveLast 方法定位当前记录为记录集的最后一条记录。

② 1：表示 Data 控件位于最后一条记录时，单击“下一条”按钮，使 Data 控件上的 MoveNext 按钮失效，设置记录集的 EOF 属性为 True， Data 控件指针定位于最后一条记录上。

③ 2：表示 Data 控件位于最后一条记录时，单击“下一条”按钮，将自动调用 AddNew 方法添加一条新记录，Data 控件指针定位于新记录上。

（9）Exclusive 属性。指出 Data 控件的基本数据库是为单用户打开还是为多用户打开。默认值为 False，表示为多用户打开。

（10）ReadOnly 属性。设置 Data 控件的数据库是否以只读方式打开。默认值为 False，表示以只读方式打开。如果运行时改变了该属性的值，则必须调用 Refresh 方法才能使改变生效。如果仅想利用数据控件查询数据，则可将该属性值设置为 True，以防止数据库被不慎修改。

3）Data 控件的基本用法

使用 Data 控件创建简单数据库应用程序的基本步骤如下。

（1）把 Data 控件添加到窗体中。

（2）设置其属性（Connect、DatabaseName、RecordSource）以指明要从指定数据库的指定数据表中获取信息。

（3）添加各种绑定控件。

数据控件并不具有显示库中数据的功能，要想将库中的数据提供给用户，应使用数据绑定控件。数据绑定控件又称数据识别控件，在 VB 的数据库应用程序中可通过数据绑定控件来显示数据库中的信息。

在 Visual Basic 的内部控件中，具有数据绑定功能的控件有 Label、TextBox、CheckBox、PictureBox、Image、ListBox、ComboBox 和 OLE 控件；在 ActiveX 控件中，提供具有数据绑定功能的控件有 DataList、DataCombo、DataGrid、Data Repeater 和 MFlexGrid 控件等，后面还会详细介绍。

（4）设置绑定控件的 DataSource、DataMember 和 DataField 属性。

① DataSource 属性：指定该控件所要绑定的数据源。可以是已创建好的数据控件、数据环境、记录集对象。

② DataMember 属性：数据成员属性，指定该控件将要绑定到数据源中的哪个记录集。ADO 数据控件和用代码创建的 ADO 记录集对象只有一个记录集，因此不必指定该属性。

③ DataField 属性：指定该控件要绑定到记录集里的哪个数据字段。

当运行应用程序时，这些数据绑定控件会自动地显示数据库中当前记录对应字段的值。

说明：

① 修改显示在任何绑定控件里的值都能改变数据库中的信息。当单击 Data 控件的箭头按钮向新记录移动时，Visual Basic 会自动地提示并保存对数据所做的任何更改。

② 数据库引擎提供了大量的数据库和记录集的属性和方法。通过引用 Data 控件的 Database 和 Recordset 属性，可以直接与 Data 控件一起使用这些属性和方法。

例如：在本项目实例中显示学生管理系统数据库中“学生信息”表的记录内容。见图 8–4。

分析：在“学生信息”表中有 6 个字段，需要 5 个绑定控件与之对应。

界面设计如下。

（1）在窗体上放置 1 个数据控件 Data1、5 个文本框和 6 个标签。

（2）6 个标签的标题分别给出相关的字段提示说明，Data1 的 Connect 属性为 Access 数据库类型，DatabaseName 属性为要连接的数据库“d:\学生管理系统.mdb”，RecordSource 属性为“学生信息”表。

（3）5 个文本框 Text1、Text2、Text4、Text5 的 DataSource 属性都设置成 Data1。设置这些控件的 DataField 属性分别与表中的字段建立绑定关系。

4）Data 控件的常用事件

（1）Reposition 事件。当某一条记录成为当前记录之后，就会触发该事件。触发该事件的原因如下。

① 单击 Data 控件上的任意一个按钮，进行记录间的移动。

② 使用 Move 方法。

③ 使用 Find 方法。

④ 其他改变当前记录的属性和方法。

利用该事件可以进行当前记录的计算和窗体间的切换工作。

通常可以在这个事件中显示当前指针的位置，代码如下。

```
Private Sub Data1_Reposition()
    Data1.Caption = Data1.Recordset.AbsolutePosition + 1
End Sub
```

（2）Validate 事件。发生在一条记录成为当前记录之前，或是发生在 Update、Delete、Unload、Close 操作之前。

5）Data 控件的常用方法

（1）Refresh 方法。用来建立或重新显示与 Data 控件相连接的数据库记录集。并把当前记录设置为记录集中的第一条记录。如果程序运行过程中修改了数据控件的 DatabaseName、RecordSource、ReadOnly、Exclusive、Connect 等属性的设置值，就必须用该方法来刷新记录集。

（2）UpdateRecord 方法。用来将绑定控件上的当前内容写入到数据库中，即可以在修改数据后调用该方法来确认修改。可用这种方法在 Validate 事件期间将被连接控件的当前内容保存到数据库中而不再次触发 Validate 事件。

（3）UpdateControls 方法。用来将数据从数据库中重新读到绑定控件中，即可以在修改数据后调用该方法放弃修改。

（4）Close 方法。用于关闭数据库或记录集，并且将该对象设置为空。

例如：

```
Data1.Recordset.Close
```

在使用 Close 之前必须用 Update 方法更新数据库或记录集中的数据，以保证数据的正确性。

4. 使用代码管理数据库

Data 控件在数据库的应用中是一个比较重要的数据控件，以下主要介绍针对 Data 控件的代码编程。

1）记录的定位。

定位指的是记录指针在一个记录集中来回移动或者改变当前记录。可以使用数据控件的箭头进行定位，也可以用代码来完成同样的操作。

（1）当前记录。数据控件使用当前记录来确定记录集中当前哪一条记录可以被访问。在任何时刻，只有一条记录为当前记录，正是这条记录显示在任何与数据控件绑定的控件中。

（2）记录集的 BOF/EOF（Begin Of File/End Of File）属性。BOF 与 EOF 都为 False 时指当前记录的指针有效。

BOF = True：当前记录被定位于数据集的第一条记录的前面。当前记录的指针为无效。

EOF = True：当前记录被定位于最后一条数据记录的后面。当前记录的指针为无效。

BOF 与 EOF 都为 True：在记录集里没有记录行。当前记录为无效。

（3）利用 Move 方法移动记录指针。Visual Basic 支持以下 4 种 Move 方法。

MoveFirst：　移到第一条记录。

MoveLast：　移到最后一条记录。

MovePrevious：　移动到上一条记录。

MoveNext：　移动到下一条记录。

注意：当记录指针位于最后一条记录时，执行 MoveNext 方法使记录集的 EOF 属性为 True。当 EOF 属性为 True 时，再次执行 MoveNext 方法，Visual Basic 就会产生一个可以捕获的错误。同理，当记录指针指向位于第 1 条记录时，执行 MovePrevious 方法使记录集的 BOF 属性为 True，再次执行 MovePervious 方法，Visual Basic 同样产生一个可以捕获的错误。因此，在代码中使用这些方法时，必须考虑记录指针移动的范围问题。为避免这一错误的发生，应采用如下代码。

```
    ⋮
    Data1.Recordset.MoveNext
    If Data1.Recordset.EOF Then
        Data1.Recordset.MoveLast
    End If
    ⋮
```

要避免 MovePrevious 错误发生，可采取类似的方法。

（4）快速定位的方法。Visual Basic 支持 3 种快速定位的方法。

① Move ±n。

作用：将记录指针从当前位置向前（–）或向后（+）移动 n 条记录。

Move−5 表示记录指针从当前记录开始向前移动 5 条记录。若 Move 后面是正数，表示指针从当前记录开始向后移动 n 条记录。

② AbsolutePosition = n。

作用：将记录指针位置移到第 n 条记录。n 的取值范围在 0～总记录数之间.

③ Data1.Recordset.PercentPosition = f。

作用：按指定的百分比定位当前记录指针。这是一种不精确的定位方法。

2）记录的查找

（1）Find 方法。Visual Basic 支持 4 种 Find 方法在 dynaset 类型或快照类型的 Recordset 对象中定位记录。

① FindFirst 方法：　查找满足指定条件的第一条记录。

② FindLast 方法：　查找满足指定条件的最后一条记录。

③ FindNext 方法：　查找满足指定条件的下一条记录。

④ FindPrevious 方法：查找满足指定条件的上一条记录。

语法格式：记录集.<Find 方法> 条件表达式。

例如：

```
'在“学生信息”表里查找籍贯是北京的第一个记录
Data1.Recordset.FindFirst "籍贯='北京'"
'在“学生信息”表里从当前记录开始往后查找姓王的学生
Data1.Recordset.FindNext "姓名 Like '王*'"
```

如果在此表中满足条件的记录不止一条，那么若要查找所有满足条件的记录，还要有其他语句的配合。

注意：如果条件中包含变量，则必须使用字符串连接符&。

例如：

```
姓名＝“张三”
Data1.Recordset.FindFirst "姓名=" & "'" & 姓名 & "'"
```

（2）FindFirst 和 FindNext 方法的区别。当记录集中只有一条符合条件的记录时，使用两者中的任何一种方法，结果都是一样的；但当记录集中符合条件的记录不止一条时，由于 FindFirst 和 FindNext 查找的起点不同，因此将会产生不同的结果。例如，在“学生信息”表里查找男生的记录，分别用这两种方法输入。

```
Adodc1.Recordset.FindFirst "性别 ='男'"
Adodc1.Recordset.FindNext "性别 ='男'"
```

如果将两者分别放入两个不同的，如 Command_Click 事件中，运行时会发现，无论用多少次 FindFirst 方法，找到的总是记录集中满足条件的第 1 条记录。如在“学生信息”表里查找学号时，FindFirst 方法找到的总是学号为 990215 的这一条记录；而采用 FindNext 方法，则可以找到与条件相符的记录。

（3）Seek 方法。使用 Seek 方法可在 Table 表中查找与指定索引规则相符的第一个记录，并使之成为当前记录。其语法格式如下。

记录集.seek 比较运算符，<索引字段的取值>

注意：Seek 方法是通过索引字段快速找到符合条件的记录，使用 Seek 方法前必须先打

开其相关的索引。

（4）NoMatch 属性。在 Find 方法失败、当前的记录位置处于未定义状态，用户找不到符合条件的记录时，通常应用程序要给用户提示。在这里可以通过判断 NoMatch 属性值来实现。

当用 Find 方法或 Seek 方法查找记录时，若有满足条件的记录，则该属性设置为 False，当前记录即为满足条件的记录；若没有满足条件的记录时，该属性设置为 True。

下列代码利用 NoMatch 属性给用户以提示。

```
Private Sub Comfind_Click()
    Data1.Recordset.FindNext("姓名='张红'")
    If Data1.Recordset.NoMatch = True Then
        MsgBox ("无要查找的记录")
    End If
End Sub
```

（5）使用书签移动到指定记录。Bookmark 属性（书签）可保存一个当前记录的指针，设置 Bookmark 属性的值，能直接重定位到特定的记录。

这个值可以保存在 Variant 或者 String 型的变量中。以下代码可把当前记录重定位到一个以前已经保存过的 Bookmark 中。

```
Dim MyBookmark as Variant
MyBookmark = Data1.Recordset.Bookmark
Data1.Recordset.MoveFirst                    '离开该记录
Data1.Recordset.Bookmark = MyBookmark        '移回所保存的位置
```

3）添加新记录

（1）使用 AddNew 方法添加新记录。AddNew 方法能够实现向记录集中添加一条新记录，并使新记录成为当前记录。在新记录中每个字段内容将以默认值表示，如果没有指定，则为空白。当使用 Update 方法保存新的记录之后，使用 AddNew 方法之前的当前记录又重新成为当前记录。

新添记录在记录集中的位置取决于被添加记录的记录集是动态类型还是表类型。如果向动态集类型的记录集中添加记录，则新记录将出现在记录集的尾部，无论记录集是否是排序的；如果向表类型的记录集中添加记录，记录出现的位置将取决于当前的索引，如果没有当前索引，那么它将出现在表的尾部。如果将记录指针移动到刚刚添加的记录上，必须使用 LastModified 属性。

（2）操作步骤。要添加一条新记录，可按以下步骤操作。

首先，用无参数的 AddNew 方法创建一条空白新记录。

然后，在新记录中输入各字段值。

最后，用 Update 方法保存新记录。当前记录指针恢复为原值（记录指针的值优先于使用 AddNew 方法）。

以下代码在“学生管理系统.mdb” 数据库的“学生信息”表中添加一个新记录。

```
Data1.Refresh
Data1.Recordset.AddNew                   '创建一条新的空白记录
```

```
'设置字段值
    Data1.Recordset("学号") = "990308"
    Data1.Recordset("姓名") = "高峰"
    Data1.Recordset("性别") = "男"
    Data1.Recordset("出生年月") =  90-12-09
    ⋮
    Data1.Recordset.Update                    '将新记录保存到数据库中
```

4）编辑记录

（1）使用 Edit 方法编辑记录。

要改变数据库中的数据，可以用 Edit 方法来实现。但是必须先把要编辑的记录设为当前记录，然后在绑定控件中完成任意必要的改变。要保存此改变，只需把当前记录指针移到其他记录上，或者使用 Update 方法。对记录的修改只使用表类型或动态集类型实现。

（2）编辑当前记录的字段值。

编辑的具体步骤如下。

首先，使待编辑的记录成为当前记录（可用 Find、Seek 或 Move 方法实现）。

然后，用 Edit 方法指明对当前记录进行编辑。

然后，给要改变的字段指定新的值。

最后，使用 Update 方法或任何一种命令移动记录指针。

以下代码可实现编辑学号是 090203 的记录中“姓名”字段值。

```
Data1.Refresh
Data1.Recordset.FindFirst "学号 ='090203'"
Data1.Recordset.Edit
Data1.Recordset("姓名") = "李畅"
Data1.Recordset.Update                    '保存此改变
```

5）删除记录

（1）使用 Delete 方法删除记录。

对于表类型或者动态类型的记录集，可用 Delete 方法删除记录。对于快照型记录集中的记录则不能删除。

使用 Delete 方法会立即删除记录，不做任何提示，因此在使用该方法时一定要谨慎。由于删除记录后并不会自动将下一条记录作为当前记录且已删除的记录不再包含有效的数据，继续访问它会导致错误。因此每次删除以后都必须用 MoveNext 方法来改变当前指针的位置。

（2）操作步骤。

要删除一整条记录，需按以下步骤操作。

首先，把当前记录指针定位到要删除的记录上。

最后，使用 Delete 方法。

例如，要在“学生管理系统.mdb”数据库的“学生信息”表中删除一条记录。

代码如下。

```
Private Sub Command5_Click()
```

```
        If Data1.Recordset.EOF = False Then
            Data1.Recordset.FindNext "姓名='陈晨'"
            Data1.Recordset.Delete
            Data1.Recordset.MoveNext
        End If
        Data1.Update
    End Sub
```

若要删除多条记录时，则最好使用 SQL 语言的 Delete 命令。

例如：

```
Data1.Database.Execute "DELETE * from 学生成绩 where 数学 < 60"
Data1.Update
```

6）与记录保存有关的方法

（1）Update 方法。使用 Update 方法可以将数据缓冲区的内容保存到记录集对象中。最常用于更新记录集中基于通过 Data 控件或通过代码所做的更改。

（2）UpdateControls 方法。对于一些已经和数据控件连接的数据绑定控件，如果在这些控件中修改了记录的内容，则要放弃已做的修改，可使用 UpdateControls 方法从数据控件的记录集中再取回原来的记录内容，使这些控件显示的内容返回原先的值。

（3）UpdateRecord 方法。此方法类似于前面介绍的 Update 方法，它同样可以将修改的记录内容保存到数据库中。UpdateRecord 方法与 Update 方法的主要区别：前者可以避免引发 Validate 事件。

7）关闭记录集

用 Close 方法可以关闭记录集并释放分配给它的资源。

语法格式：

```
对象.Close
```

例如，下面的代码可关闭一个记录集。

```
Data1.Recordset.Close
```

在下列情况下，数据库和它们各自的记录集会自动关闭。

（1）针对一指定的记录集使用 Close 方法。

（2）卸载包含 Data 控件的窗体。

（3）程序执行了一个 End 语句。

当使用 Close 方法或者窗体卸载时，Validate 事件会被触发。在 Validate 事件中可执行最终的清除操作。

想想议议：

VB 如何访问 Microsoft Excel 电子表格？

5. ADO 控件

ADO 控件也是数据库与 Visual Basic 的应用程序进行连接的控件之一。

1）ADO 控件的功能

ADO（AxtiveX Data Objects）控件是 Visual Basic 6.0 新增的数据控件。它使用 ADO 数

据对象来快速建立数据绑定控件和数据源之间的连接。虽然可以在应用程序中直接使用ADO，但ADO数据控件作为一个图形控件，具有易于使用的界面，它使编程人员能用最少的代码来创建应用程序。ADO控件可连接多种类型的数据库文件。

ADO数据控件与数据库的连接有3种方式：数据链接文件（.UDL）、ODBC（DSN）和字符串连接。与Access数据库建立连接的常用方式是字符串连接。

2）添加ADO到工具箱中

ADO控件是一个ActiveX控件，在使用该控件之前，应首先将它添加到工具箱中。

（1）选择“工程”菜单中的“部件”命令或右击“工具箱”空白处，在弹出的快捷菜单中选“部件”命令，屏幕将出现“部件”对话框。

（2）在对话框内选择Microsoft ADO Control 6.0（OLEDB）选项，单击“确定”按钮，即在工具箱中添加了ADO控件，如图8-11所示。

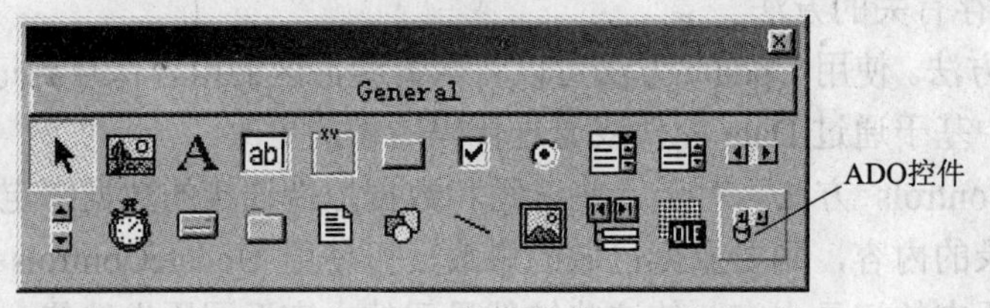

图8-11 向工具箱添加ADO数据控件及工具箱中的ADO控件

3）与数据库相关的ADO控件的常用属性

（1）ConnectionString属性。该属性是一个字符串，包含进行一个连接所需的所有设置。取值可以是连接字符串、OLE DB数据连接文件或ODBC数据源名称（DSN）。

（2）RecordSource属性。通常是数据库中要连接的记录集，可以是数据库中的数据表的名称，或是一条SQL语句，用于决定从数据库中检索什么信息。

（3）CommandType属性。告诉数据源RecordSource属性的情况，CommandType的设置决定了记录集如何组织。

（4）UserName属性。用户名称，当数据库受密码保护时，需要指定该属性。

（5）Password属性。访问一个受保护的数据库时，该属性是必要的。如果在ConnectionString属性中设置了密码，那么将在这个属性中指定值。

（6）CusorType属性。用于设置记录集的类型：是静态类型、动态类型还是快照类型（参见Data控件的RecordsetType属性）。

（7）LockType属性。决定当其他人试图修改正在编辑的数据时，如何锁定该数据。

（8）Mode属性。决定想用记录集进行什么操作。

（9）BOFAction和EOFAction属性。决定当该控件定位于记录集的开始和末尾时的行为。提供的选择包括停留在开始、末尾、移动到第一条或最后一条记录，或者添加一条新记录（只能在末尾）（参见Data控件的相应属性）。

4）ADO数据控件的事件

（1）WillMove事件。执行Recordset对象Open、MoveNext、Move、MoveLast、MoveFrist、MovePrevious、Bookmark、AddNew、Delete、Requery和Resync方法时发生。

（2）MoveComplete事件。在WillMove事件之后发生。

（3）WillChangeField 事件。在 Value 属性更改之前发生。

（4）FieldChangeComplete 事件。在 WillChangeField 事件之前发生。

（5）WillChangeRecord 事件。执行 Recordset 对象的 Update、Delete、CancelUpdate、UpdateBatch 和 CancelBatch 方法时发生。

（6）RecordChangeComplete 事件。在 WillChangeRecord 事件之后发生。

（7）WillChangeRecordset 事件。在执行 Recordset 对象的 Requery、Resync、Close、Open 和 Filter 方法时发生。

（8）InfoMessage 事件。当数据提供者返回一个结果时发生。

5）ADO 控件的基本用法

使用 ADO 控件创建简单的数据库应用程序的基本步骤如下。

（1）把 ADO 控件添加到窗体中。

双击工具箱中的 ADO 图标或拖动鼠标将其添加到窗体上，并调整 ADO 控件的大小和位置。位置由“Align”属性设置，ADO 控件通常放置在窗体底部（Align=2）。

（2）设置 ADO 的 ConnectionString 属性。

向该数据控件说明到哪里以及使用什么访问方式去访问数据源。

在属性窗口中找到 ConnectionString 属性，双击它或选定后单击右边的下三角按钮，出现如图 8-12 所示的“属性页”对话框。其中有 3 个选择项。

① 使用 Data Link 文件。

数据连接文件是一种定义与数据库如何连接的描述文件。

② 使用 ODBC 数据资源名称。

通过 ODBC 数据访问接口连接到数据库是传统的连接远程数据库的方法。

③ 使用连接字符串。

使用连接字符串是 Visual Basic 6.0 中常用的创建数据连接的方法。

（3）设置 RecordSource 属性。

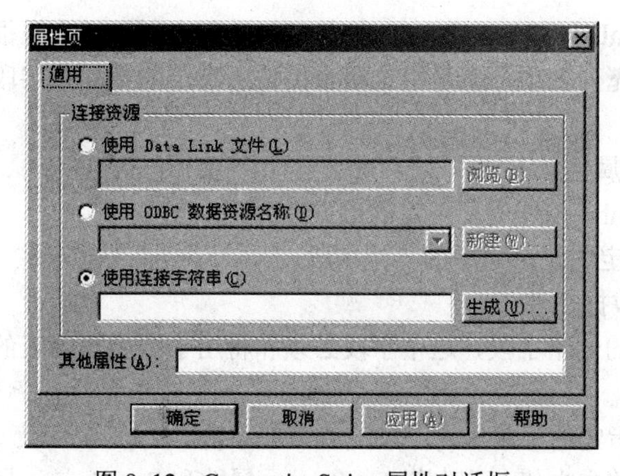

图 8-12　ConnectionString 属性对话框

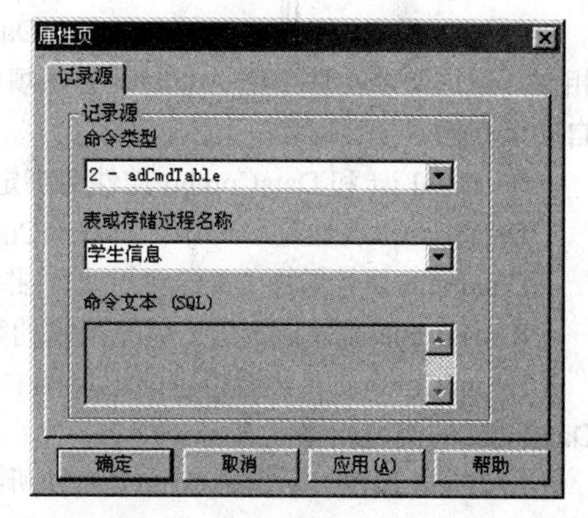

图 8-13　RecordSource 属性页

在 ADO 控件的属性窗口中选择 RecordSource 属性，出现它对应的属性页，对话框如图 8-13 所示。

至此，ADO 控件的两个属性就已经设置完成。此时该数据控件设置为接收数据，并与数据源连接。要想显示与 ADO 控件连接的数据表的字段数据，必须添加绑定控件。

想想议议：

Data 控件和 ADO 控件的异同点？

6. 数据绑定控件

ADO 或 Data 数据控件本身不能显示数据，需通过绑定具有显示功能的其他控件来显示数据，这些控件称为数据绑定控件或数据识别（感知）控件。Visual Basic 特别提供了一些具有数据感知功能的控件，借助于连接数据控件的过程，可以配合显示记录的内容。

当一个控件被绑定到数据控件（如 Data）后，运行时 Visual Basic 会把从当前数据库记录中取出的字段值应用于该控件。然后，控件显示数据并接受更改。如果在绑定控件里修改了数据，那么当移动到另一个记录时，这些改变会自动地写到数据库中。以下主要介绍绑定控件的使用方法及几个常用 ActiveX 绑定控件。

1）使用数据绑定控件的基本方法

把数据绑定控件添加到应用程序的步骤如下。

（1）在窗体里绘制一个绑定控件。

（2）设置 DataSource 属性，指定要绑定的数据控件。

（3）设置 DataField 属性，指定数据控件的记录集里的一个有效字段。

运行程序时，ADO 控件与数据库一起工作，以访问当前记录集或正在使用的记录集。使用数据控件的方向按钮可在记录间移动，而用绑定控件可查看或编辑从每个字段里显示出来的数据。无论何时单击数据控件的按钮，Visual Basic 都会自动地更新对记录集所做的任何改变。

在上述绑定控件中，DataGrid 控件和 MSChart 控件是绑定到整个记录集，而其他控件则是绑定到记录集中的某个字段。

对于不同数据类型的字段可以使用不同的绑定控件。

2）常用的数据绑定控件

（1）DataList 和 DataCombo 控件。DataList 和 DataCombo 控件与标准列表框和组合框很相似，但这两个控件不用 Additem 方法填充列表项，而是由这两个控件所绑定的数据库字段自动填充的。

① DataList 和 DataCombo 控件的绑定属性。

DataSource 属性是 DataList 和 DataCombo 控件所要绑定的数据控件。

DataField 属性是由 DataSource 属性指定的记录集中的一个字段。

RowSource 属性指定用于填充列表的数据控件。

BoundColumn 属性所指定的记录集中的一个字段，这个字段必须和将用于更新该列表的 DataField 的类型相同。

ListField 属性表示 RowSource 属性所指定的记录集用于填充列表的字段。

BoundText 属性是 BoundColumn 属性的文本值，可以将 DataSource 属性和 RowSource 属性都设为同一个数据控件，并把 DataField 与 BoundColumn 属性设为记录集中的相同字段，此时列表会用已更新的同一个记录集中的 ListField 来填充。

SelectedItem 属性。从列表中选择一项后，SelectedItem 属性就返回 RowSource 属性所指定的记录集中相应记录的标签。

② DataList 和 DataCombo 控件的具体使用。把绑定控件添加到应用程序的步骤如下。

- 在窗体里添加一个绑定控件。
- 设置 DataSource 属性，指定要绑定的 ADO 控件。
- 设置 DataField 属性，为 ADO 控件的记录集里的一个有效字段。

运行程序时，ADO 控件与数据库一起工作，访问当前记录集或正在使用的记录集。

使用 ADO 控件的方向按钮可使指针在记录间移动，而用绑定控件可查看或编辑从每个字段里显示出来的数据。无论何时单击 ADO 控件的按钮，Visual Basic 都会自动地更新对记录集所做的任何改变。

（2）DataGrid 控件。大多数可知控件一次只能显示一条记录，但 DataGrid 控件是类似于表格的数据绑定控件，以表格形式显示记录，是 Visual Basic 中包含功能较强的数据绑定控件之一。

① DataGrid 控件的常用属性。

DataSource 属性用来设置 DataGrid 控件所连接的数据控件，通过这个控件将当前控件连接到数据库上。在运行时不可用。

DataMember 属性用来指定将被使用的记录集。

② 使用 DataGrid 控件浏览数据库。可以使用 DataGrid 控件在类似于电子表格的界面中显示多条记录，可用于浏览和编辑。只要设置上述两个属性，就可以创建一个快捷而简单的表访问工具，不用编写代码，而且在几分钟内就能完成。

③ DataGrid 控件的具体使用。

- 将 DataGrid 添加到工具箱中。选择“工程”菜单中的“部件”命令或右击“工具箱”的空白处，在弹出的快捷菜单中选择“部件”命令，在“部件”对话框中选择 Misrosoft DataGrid Control 6.0（OLEDB）选项，单击“确定”按钮。
- 将 DataGrid 添加到窗体上。
- 设置 DataSource 属性为连接的数据控件 Adodc1。右击 DataGrid 控件，从弹出快捷菜单中选择“检索字段”命令，在出现的提示框中单击“是”按钮。
- 右击 DataGrid 控件，从弹出的快捷菜单中选择“属性”命令，在“属性页”对话框中单击“布局”标签，在打开的选项卡中从“列”下拉列表框中，选择不需要在 DataGrid 控件中显示字段，清除“可见”复选框，将该字段设为不可见。
- 单击“列”标签，设置在 DataGrid 控件中要显示字段的标题。若数据库的字段名为中文名称，则能够清楚地表达出字段所表达的意思，此步骤可以省略。
- 关闭“属性页”对话框。

（3）MSChart 控件。在设计数据管理系统时，经常需要进行数据分析，其结果以图表形式给出会更直观，此时可以用 MSCart 控件指定一个在图表格式中显示数据的窗体，以图形的方法表示数值数据。在 Visual Basic 6.0 中，该控件的功能有所增强。

想想议议：

显示数据表中记录的方法有几种？并比较优劣。

7. SQL 语言

SQL 语句已经成为数据库语言的通用标准，并且它的应用领域逐渐扩大。SQL 的完整名称是 Structure Query Language，中文一般译为“结构化查询语言”。但实际上它的功能不仅仅是查询，还包括操纵、定义和控制，是一种综合的、通用的、功能极强的关系数据库语言。我们所使用的 Visual Basic 或 FoxPor、Access 等应用程序都支持 SQL，有的甚至以 SQL 为运行的核心语言。

1）SQL 语言组成

SQL 语言一般由以下几部分组成。

（1）SQL 语言命令。SQL 语言一般分为 DDL（数据定义语言）和 DML（数据操纵语言）两类。如表 8–3、8–4 所示。

表 8–3 SQL 数据定义语言一览表

命　令	功能说明
CREATE	本命令用于建立新的数据库结构
DROP	本命令用于删除数据库中的数据表以及索引
ALTER	本命令用于修改数据库结构

表 8–4 SQL 数据操纵语言一览表

命　令	功能说明
SELECT	本命令用于查找满足某特定条件的记录
INSERT	本命令用在数据库中加入一批数据
UPDATE	本命令用来改变记录或字段的数据
DELETE	本命令用来从数据表中删除某条记录

其中最常用的命令是 SELECT 命令。该命令主要用于在数据库中查询满足特定条件的记录。该命令将在后面详细介绍。

（2）SQL 语言子句。SQL 子句是用来定义所要选中或要操作的数据，以搭配 SQL 语句的运行。表 8–5 列出了可用的子句。

表 8–5 SQL 子句一览表

子　句	功能说明
FROM	用于指定数据表
WHERE	用于指定数据需要满足的条件
GROUP BY	用于将选定的记录分成特定的组
HAVING	用于说明每个组需要满足的条件
ORDER BY	用于根据所需的顺序将记录排序

例如，要在“学生信息”数据表中选中满足条件式 condition1 的记录，语句表示如下。

SELECT * FROM　学生信息　WHERE　condition1

其中“*”指表中所有字段（列）。FROM 子句用于指定数据表。

（3）SQL 语言运算符。SQL 提供的运算符有两种，逻辑运算符和比较运算符。

① 逻辑运算符。逻辑运算符主要用来连接两个表达式，它通常在 WHERE 子句中使用。在 SQL 语言中，逻辑运算符包括 3 个，如表 8–6 所示。

表 8–6　SQL 语言的逻辑运算符

运　算　符	功能说明
AND	逻辑与，表示所连接的两个条件必须同时符合才满足选择条件
OR	逻辑或，表示所连接的两个条件中只要有一个符合就算满足选择条件
NOT	逻辑非，表示不符合其后的条件就算满足选择条件

例如，要在数据表中查找同时满足 condition1 和 condition2 两个条件的记录，SQL 语句表示如下。

SELECT * FROM 学生信息 WHERE condition1 AND condition2

② 比较运算符。比较运算符用于比较两个表达式的关系值，根据结果决定进行相应的操作。运算符及说明如表 8–7 所示。

表 8–7　SQL 语言的逻辑运算符

运　算　符	含义及用法
<, <=, >, >=, =, <>	比较两运算式的大小
BETWEEN	用于指定运算值的范围
LINK	用于模式相符的情况
IN	用于指定数据库中的记录

例如，从“学生成绩”数据表中筛选出英语成绩>=80 的记录，SQL 语句表示如下。

SELECT * FROM　学生成绩　WHERE　英语>=80

（3）SQL 语言内部函数。内部函数的功能是可以针对使用 SELECT 命令所选的记录，通过某种运算处理后获得一个结果值。使用 AVG 函数将会得到被选定记录数据的平均值。表 8–8 列出了 SQL 语言的所支持的函数。

表 8–8　SQL 语言内部函数一览表

函　　数	功　　能
AVG	用来求出特定字段的平均值
COUNT	用来求取选定记录的个数
SUM	用来求取指定字段中所有值的总和
MAX	用来求取指定字段中的最大值
MIN	用来求取指定字段中的最小值

例如，求出“学生成绩”数据表中“英语”课的平均成绩，SQL 语句表示如下。

SELECT AVG（英语） FROM 学生成绩

如果要动手练习 SQL 语句运行的功能，就要找个测试环境作为检查运行结果的界面。可视化数据管理器提供的“SQL 语句”窗口是个很方便的测试环境，可利用该窗口来检查各个 SQL 语句的表示语法并查看运行结果。

2）数据定义语言

数据定义语言可以用来定义数据库结构。如建立数据表及索引，在数据表中添加、删除字段或索引等操作。

（1）CREATE TABLE 语句。该语句主要用于在数据库中创建新的数据表，同时可以指定索引，形成一个完整的数据表结构。

① 建立数据表。在建立数据表时，不仅要指定建立的数据表的名称，还要指定其中的字段及其相关信息。完整的语法结构如下。

```
CREATE TABLE 数据表名称（[字段名称] 数据类型（长度），
                        [字段名称] 数据类型（长度），
                        [字段名称] 数据类型（长度），
                        ⋮
                        ）
```

例如：在可视化数据管理器的“SQL 语句”窗口中输入下列代码单击“执行”按钮，就可以创建一个 table1 数据表，其中包括 Field1 和 Filed2 两个字段。

CREATE TABLE table1 ([Field1] Text(10),([Field2] Text(20))

② 建立数据表的同时建立索引。在建立数据表时，不仅可以建立数据表结构，同时还可以在字段之后加入 Constraint 子句来建立索引。由于篇幅有限，不能详细介绍，有兴趣的读者可参阅有关参考书。

（2）CREATE INDEX 语句。除了在建立数据表的同时建立索引外，还可以利用 CREATE TABLE 语句建立索引。完整的语法结构如下。

CREATE UNIQUE INDEX index1 名称 ON 数据表名称（字段名称）

例如，要在 Table1 数据表中建立以 Field1 字段作为索引的表示方法如下。

CREATE UNIQUE INDEX index1 ON Table1(Field1）

（3）ALTER TABLE 语句

ALTER TABLE 语句具有添加、删除或者修改数据表中字段的功能。

① 添加字段。

在 ALTER TABLE 语句中加入 ADD 关键字，即可用来添加某个字段。例如，在 table1 中添加 Field3 字段，ALTER TABLE 的语法结构如下。

ALTER TABLE table1 ADD COLUMN Field3 Text（30）

② 删除字段。

在 ALTER TABLE 语句中加入 DROP 关键字，即可用来删除某个字段。例如，在 table1 中删除 Field1 字段，ALTER TABLE 的语法结构如下。

ALTER TABLE table1 DROP COLUMN Field

③ 修改字段。

修改某个字段的设置，实际上相当于先删除一个字段和再添加一个同名的不同设置值字段的组合。

3）数据操纵语言

（1）SELECT 语句。SELECT 语句是 SQL 语言的核心语句，该语句的一般格式如下。

SELECT　字段表　FROM　数据表（或视图）　IN　数据库
[WHERE　条件表达式]
[GROUP BY 列名 1 [HAVING 内部函数表达式]]
[ORDER BY 列名 2 [ASC|DESC]]
WITH　OWNERACCESS　OPTION

该语句的含义：根据 WHERE 子句的条件表达式，从基本表中选出符合条件的记录，按 SELECT 子句中的目标列选出记录集中的分量形成结果集。如果有 GROUP BY 子句，则按指定的列来分组；如果有 ORDER BY 子句，该结果则按指定的列来排序。其中各语句成员可根据具体情况选用。下面通过例子来具体介绍 SELECT 语句。

① 字段表。在 SELECT 关键字之后的字段表指定将要作为查询的对象。例如，将“学生信息”数据表中的学号和姓名作为查询对象，SELECT 的语句如下。

SELECT 学号，姓名 FROM　学生信息

如果它的查询范围是整个数据表，就需要使用“*”通配符，其语法格式如下。

SELECT * FROM　学生信息

如果它的查询涵盖了不止一个数据表中的字段，那么应在字段名的前面加入数据表的名称，并用圆点将其与字段名分隔。例如：查询“学生信息”“学生成绩”数据表中的姓名和英语成绩字段，语法格式如下。

SELECT 学生信息.姓名，学生成绩.英语 FROM　学生成绩

② WHERE 子句。在 SELECT 语句中，WHERE 子句用来指定查询条件。例如，从“学生信息”表中查询所有姓“陈”的学生学号、姓名，其语法格式如下。

SELECT 学号、姓名 FROM 学生信息 Where 姓名 LIKE“陈*”

③ GROUP BY 子句。在处理数据库时，总是习惯将具有相同属性的记录进行分类，以便计算，GROUP BY 子句就具有此功能。例如，将“学生信息”表中的记录按“性别”进行分类，其语句表示如下。

SELECT 性别 GROUP BY　性别

④ HAVING 子句。HAVING 子句的功能是用来指出筛选条件的。该子句专用于搭配 GROUP BY 子句使用，将满足筛选条件的记录进行归类。例如，将“学生信息”表中籍贯是山东省的字段值进行归类，语句表示如下。

SELECT 年龄 FROM 学生信息 GROUP BY 年龄 HAVING 籍贯=“山东”

⑤ ORDER BY 子句。在查询数据时，为了便于查找，经常会用到排序。在 SQL 语句中可以加入 ORDER BY 子句指定这些记录的排列顺序。在对记录进行排序时，有两种方式：分别是 ASC（升序）和 DESC（降序），如果不特别指出，默认值为升序。例如，要获取“学生信息”表，指定要以“出生年月”字段的降序方式排列，其语句表示如下。

SELECT * FROM　学生信息 ORDER BY 出生年月 DESC

⑥ WITH　OWNERACCESS　OPTION。WITH　OWNERACCESS　OPTION 语句的作

用是限制用户查看查询结果的权限，通常用于多用户应用程序。

⑦ INTO 子句。在 SELECT 语句中加入 INTO 子句，即可将查询结果记录保存。

例如，将学生成绩表中的英语成绩<60 的记录存放在一个“不及格”的数据表中。语句表示如下。

SELECT * INTO 不及格 FROM 学生成绩 WHERE 英语<60

（2）INSERT 语句。使用 INSERT INTO 语句可以在数据表中添加一条记录，其语法格式如下。

INSERT INTO 数据表名称（字段名 1，字段名 2，……）
VALUE（数据 1，数据 2，……）

此式表示 VALUE 后括号中的参数是新添加记录的对应字段的值。必须注意数据与字段名的对应关系。

（3）UPDATE 语句。使用 UPDATE 语句可以根据 WHERE 子句的指定条件，对满足条件的记录进行修改。其语法格式如下。

UPDATE 数据表名称 SET 新数据值 WHERE 条件式

如果要一次有规律地修改多条记录，使用 UPDATE 方法更为有效。例如：将“学生成绩”表中的英语成绩和数学成绩均加权 5%，语句表示如下。

UPDATE 学生成绩 SET 英语=英语*5/100，数学=数学*5/100

（4）DELETE 语句。使用 DELETE 语句可以删除满足由 WHERE 子句指定条件的记录。其语法格式如下。

DELETE（字段名称）FROM 数据表名称 WHERE 条件式

一般删除整条记录时，“字段名称”这一项可以省略。利用它同时删除多条记录是非常方便的。

8.2 知识进阶

以前的 Visual Basic 使用 Crystal Reports 来创建数据报表，这是一个外接程序，使用起来很不方便。在 Visual Basic 6.0 中新增了数据报表设计器，实现了在 Visual Basic 内部设计完整报表的功能，还可以将报表导出到 HTML 或文本文件中。报表的实现便于用户浏览或打印信息，以下主要介绍如何为数据库创建报表。

1. 创建报表

1）创建报表的步骤

（1）打开报表设计器。

双击“工程窗口”中的默认报表设计器（DataReport1）或从“工程”菜单中选择“添加 Data Report”项，均可打开一个“报表设计器”，如图 8-14 所示。

（2）更改每一 Section 对象的布局，编程改变数据报表的外观和行为。

（3）使用数据报表控件修饰报表。

可在工具箱中单击“数据报表设计器”按钮，则列出了用于创建数据报表的可用控件，如图 8-15 所示。

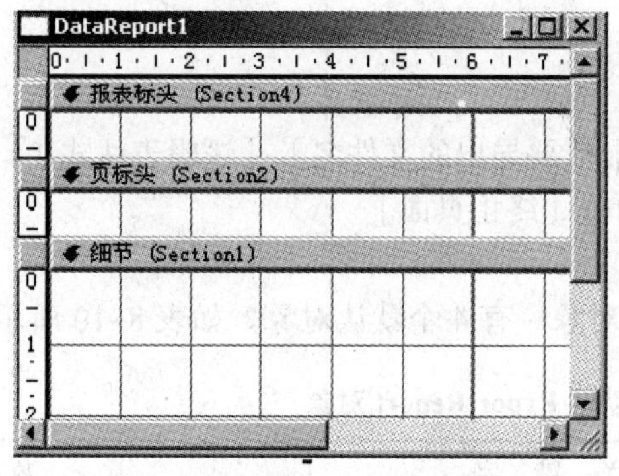

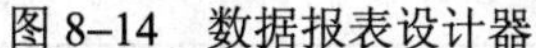

图 8–14　数据报表设计器

图 8–15　数据报表控件

数据报表控件的使用与普通控件的使用一样，如双击 Rptline 图标，将在页眉区添加一个直线控件，可设置它的属性；双击 RptLable 控件，将在页眉区添加一个标签控件，用于放置报表的标题。

（4）运行数据报表。

① 设 DataReport1 为启动对象，单击运行。

② 用代码启动，在窗体上添加一个命令按钮，该控件的代码设置如下。

```
Private Sub Command1_Click()
    DataReport1.Show
End Sub
```

这时单击该按钮即可显示或预览数据报表。

说明：通过使用 PrintReport 方法可以打印报表。

2）创建报表分页

数据报表设计器为了增加报表的可读性，允许在分组标头/注脚和报表标头/注脚的前后强制分页。实现方法：选中要分组的标题或注脚，设置属性窗口中的 ForcePageBreak 属性值。该属性有 4 种不同的取值，如表 8–9 所示。

表 8–9　ForcePageBreak 属性的取值及对应常数

常　数	值	说　明
RptPageBreakNone	0	不分页（默认值）
RptPageBreakBefore	1	在当前部分的前面分页
RptPageBreakAfter	2	在当前部分的后面分页
RptPageBreakBeforeAndAfter	3	在当前部分的前面、后面都分页

3）添加标题、页号、日期和时间

右击数据报表设计器中报表和页的标头或注脚，在弹出的快捷菜单中的“插入控件”子菜单中选择要插入的控件，根据需要设置新控件的属性值。

2. 将报表导出到 HTML 上

如果希望生成的报表能以 HTML 文件的形式在 Internet 上发布，则使用数据报表设计器的 ExportReport 方法可以实现。

ExportReport 方法的语法格式如下。

```
对象名.ExportReport [下标], [要导出的文件名], [逻辑表达式 1], _
[逻辑表达式 2], [范围], [起始页面], [终止页面]
```

参数说明如下。

（1）下标：指定使用的 ExportReport 对象。有 4 个默认对象，如表 8–10 所示。

表 8–10 默认的 ExportReport 对象

对　象	关 键 字	常　数
ExportReport（1）	Key_def_HTML	rptKeyHTML
ExportReport（2）	Key_def_UnicodeHTML_UTF8	RptKeyUnicodeHTML_UTF8
ExportReport（3）	Key_def_Text	rptKeyText
ExportReport（4）	Key_def_UnicodeText	rptKeyUnicodeText

（2）要导出的文件名：指定要导出的文件名。若省略此项，会显示导出对话框。

（3）逻辑表达式 1：决定文件是否被覆盖。

（4）逻辑表达式 2：决定是否显示“另存为”对话框。若未指定 ExportReport 或要导出的文件名，那么即使该参数设置为 False，也会显示“导出”对话框。

（5）范围：设置一个整数，决定是包括报表的所有页面还是其中的一定范围的页面。RptRangeAllPages 或 0 表示所有页面；RptRangeFromTo 或 1 表示指定范围的页面。

（6）起始页面和终止页面：一个数值表达式，只有在范围为 1 时才有效。

例如，将下面的代码放入某命令按钮的 Click 事件中，即可导出全部页面到 d：\htmBB 文件，覆盖已存在的同名文件。

```
Private Sub Command1_Click()
    DR1.ExportReport rptKeyHTML, "d:\htmBB",True,,RptRangeAllPages
End Sub
```

运行程序，在 D 盘的根目录下创建了一个 htmBB.htm 文件。将该文件写入到一个活动 Web 目录，Web 浏览器就可以使用它了。

想想议议：

除 VB 以个，你还了解哪些其他可以进行数据库管理的软件？使用数据库和文件来进行数据管理，有什么异同点？

项目交流

分组进行交流讨论会，讨论内容如下。通过对项目实例学习，本项目主要完成的功能是什么？本项目用了几张数据表？项目界面用到了哪些控件？如果你作为客户，你对本章中项目的设计满意吗（包括功能和界面）？找出本章项目中不足的地方，加以改进。在对项目改进过程中遇到了哪些困难？组长组织本组人员讨论或与老师进行讨论改进的内容及改进方法的可行性，并记录下来。编程上机检测改进方法。

项目改进记录

序号	项目名称	改进内容	改进方法
1			
2			
3			
4			
5			
6			
7			

并交回讨论记录摘要。记录摘要包括时间、地点、主持人（即组长，建议轮流当组长）、参加人员、讨论内容等。

基本知识练习

1. 什么是数据库？关键字的作用？
2. 表之间的关联关系的作用是什么？
3. Data控件和ADO控件各有什么特点？
4. 为什么要使用数据绑定控件？常用的有哪些？
5. SQL语言的命令有几类？

能力拓展与训练

一、调研与分析

分小组对学校图书馆进行调查，了解“图书管理系统”的作用，并进行需求分析和概要设计，写出设计报告。

二、角色模拟

假设学校想开发一个学生宿舍管理软件，分组扮演用户和研发人员进行项目需求分析，并初步设计出满足用户要求的用户界面。

三、自主学习与探索

讨论分析下面的问题，搜索相关资料提交一份学习报告。

1. 在数据库中如何建立表之间的关联关系？

2. 软件在实际运行过程中往往需要进行软件维护，试分析软件维护的重要性。在软件实现过程中，注意哪些原则能够有效提高软件的可维护性？

3. 软件修改会带来副作用，什么是软件修改的副作用？采取哪些措施可以最大限度避免？

4. 有最好的软件工程方法，最好的编程语言吗？总结一下你所感受到的VB的特色。

5. 软件文档有哪些？软件文档的作用是什么？

6. 如何快速掌握一种软件开发工具？谈谈你的经验和教训。

四、我的问题卡片

请把在学习中（包括预习和复习）思考和遇到的问题写在下面的卡片上，然后逐渐补充上简要的答案。

问 题 卡 片

序号	问题描述	简要答案
1		
2		
3		
4		
5		
6		
7		
8		
9		
10		

你我共勉

吾生也有涯，而知也无涯。——庄周

附录一　常用算法综合举例

1. 交换变量的值

【例 1】输入两个变量 x 和 y，交换两者的值。运行结果如图 1 所示。

基本思想：在程序设计时，交换两个变量的值通常采用的方法是定义一个新的变量，借助该变量完成交换。

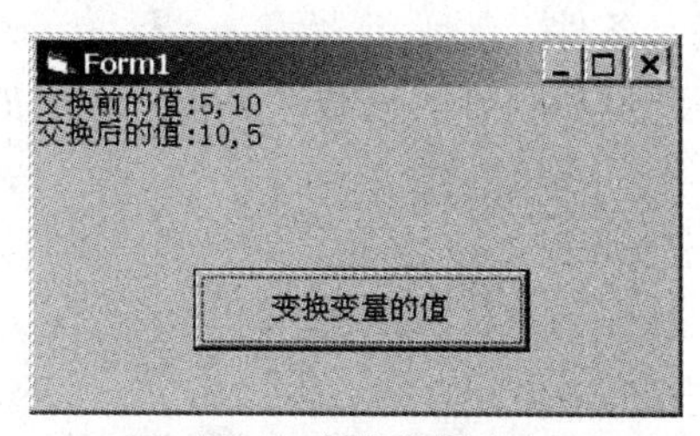

图 1　变换变量值

程序代码如下：

```
Private Sub Command1_Click()
    Dim x As Single, y As Single
    x = Val(InputBox("请输入"))
    y = Val(InputBox("请输入"))
    Print "交换前的值:"; x & "," & y
    t = x
    x = y
    y = t
  Print "交换后的值:"; x & "," & y
End Sub
```

2. 数列问题（累加、连乘）

【例 2】求 1 至 200 的 5 的倍数或 7 的倍数的和（积）。

基本思想：在程序设计时，累加、连乘算法通常用循环结构实现。累加是在原有和的基础上一次一次地每次加 1 个数；连乘则是在原有积的基础上一次一次地每次乘以一个数。

程序代码如下。

```
Private Sub Command1_Click()
    Dim s As Single, i As Integer
    s = 0                                   '若求积，则改为：s=1
    For i = 1 To 100
        If i Mod 5 = 0 Or i Mod 7 = 0 Then
```

```
                s = s + i                    '若求积，则改为：s= s * i
            End If
        Next i
        Print s
End Sub
```

3. 枚举法

【例 3】我国古代数学家在《算经》中出了一道题：“鸡翁一，值钱五；鸡母一，值钱三；鸡雏三，值钱一。百钱买百鸡，问鸡翁、鸡母、鸡雏各几何？”。

基本思想：枚举法也叫穷举法，一般采用循环结构实现。枚举法也就是将可能出现的各种情况一一测试，判断是否满足条件。

设 x、y、z 分别为鸡翁、鸡母和鸡雏的只数，易得方程组如下：

$$\begin{cases} 5x+3y+z/3=100 \\ x+y+z=100 \end{cases}$$

程序代码如下。

```
Private Sub Command1_Click()
    Dim x%, y%, z%
    Print "有以下几种买法:"
    Print "公鸡                母鸡                小鸡"
    For x = 0 To 100            '可改为 For x = 0 To 20
        For y = 0 To 100        '可改为 For y = 0 To 33,改后循环次数减少了多少?
            z = 100 - x - y
            If 5 * x + 3 * y + z/3 = 100 Then
                Print x, y, z
            End If
        Next y
    Next x
End Sub
```

4. 递推法

递推法的基本思想是把复杂过程转化为简单过程的多次重复。每次重复都从旧值的基础上递推出新值，并由新值代替旧值。

【例 4】小猴摘了若干个桃子，第 1 天吃掉一半多一个，第 2 天吃掉剩下的一半多一个，以后每天吃掉尚存桃子的一半多一个，到第 7 天时只剩 1 个了， 问小猴共摘了多少个桃子？

分析：这是一个递推问题，先从最后一天推出倒数第二天的桃子，再从倒数第二天的推出倒数第三天的桃子……，易得：$x_n = 0.5x_{n-1} – 1$，即：$x_{n-1} = (x_n + 1)*2$

程序代码如下。

```
Private Sub Command1_Click()
    Dim x%, n%, i%
```

```
        x = 1
        Print "第 7 天的桃子数为：1 只。"
        For i = 6 To 1 Step -1
            x = (x + 1) * 2
            Print "第"; i; "天的桃子数为："; x; "只。"
        Next i
End Sub
```

5. 最值问题

【例 5】输入 n 个数到数组中，选出其中最小的数。

基本思想：在若干数中求最小值，一般先取第一个数为最小值的初值（即假设第一个数为最小值），然后，在循环体内将每一个数与最小值比较，若该数小于最小值，将该数替换为最小值，直到循环结束。

求最大值的方法类同。

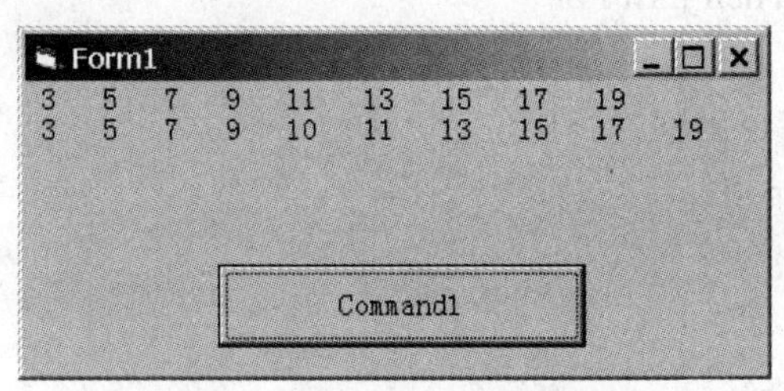

图 2 有序数组中元素的插入

程序代码如下。

```
Private Sub Command1_Click()
        Dim x() As Integer, i%, j%, n%, min%
        n = Val(InputBox("输入总个数:", "输入框"))
        ReDim x(n)
        For i = 1 To n
            x(i) = Val(InputBox("输入一个数:", "输入框"))
        Next
        min = x(1)
        For j = 2 To n
            If x(j) < min Then min = x(j)
        Next
        Print "最小值：" & min
End Sub
```

6. 数组中元素的插入和删除

【例 6】有序数组中元素的插入。设有数组 a(1 To 9)的有序数组，要将一个数 10 插入到该数组中，使插入后的数组仍有序（注意此时数组元素个数加 1），如图 2 所示。

基本思想：首先查找插入的位置 k（1≤k≤n−1），然后从 n−1 到 k 逐一往后移动一个位置，将第 k 个元素的位置腾出，最后将数据插入，数组元素个数加 1。

程序代码如下:

```
Private Sub Command1_Click()
    '声明数组时要比实际元素个数多 1 个。
    Dim a%(1 To 10), i%, k%
    '生成有序数组并在窗体上显示。
    For i = 1 To 9
        a(i) = 2 * i + 1
        Print a(i); " ";
    Next i
     '查找要插入的数 10 的位置 k。
     For k = 1 To 9
        If 10 < a(k) Then Exit For
    Next k
    '从最后元素开始往后移，腾出位置。
    For i = 9 To k Step -1
       a(i + 1) = a(i)
    Next i
    a(k) = 10
    '打印插入后的结果，注意 i 的终值为 9+1=10。
    Print
    For i = 1 To 10
        Print a(i); " ";
    Next i
End Sub
```

【例 7】有序数组中元素的删除。设有数组 a(1 To 9)的有序数组，要将 13 从该数组中删除，使删除后的数组仍有序（注意此时数组元素个数减 1），运行结果如图 3 所示。

基本思想：首先查找删除元素的位置 k，然后从 k+1 到 n 逐一向前移动一个位置，最后将数组元素个数减 1。

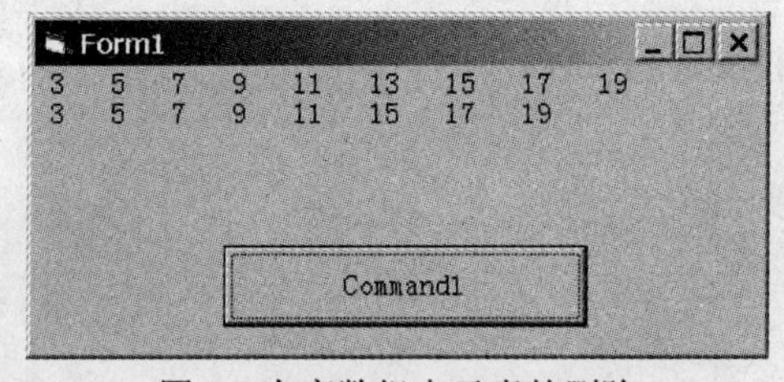

图 3　有序数组中元素的删除

程序代码如下：

```
Private Sub Command1_Click()
```

```
    Dim a%(1 To 10), i%, k%
    For i = 1 To 9
        a(i) = 2 * i + 1
        Print a(i); " ";
    Next i
    '查找要删除的数 13 的位置 k。
    For k = 1 To 9
        If 13 = a(k) Then Exit For
    Next k
    '从 k+1 到 9 逐一向前移动一个位置。
    For i = k + 1 To 9
       a(i - 1) = a(i)
    Next i
    '打印删除后的结果，注意 i 的终值为 9-1=8。
    Print
    For i = 1 To 8
       Print a(i); " ";
Next i
End Sub
```

7. 查找

（1）顺序查找法

【例 8】使用顺序查找法在数组中查找指定的元素 k。

基本思想：顺序查找是根据要找的关键值与数组中的元素逐一比较，若相同，则查找成功，否则查找失败。

程序代码如下：

```
Private Sub Command1_Click()
Dim a(), k, n%
a = Array(1, 3, 5, 2, 4)
k = Val(InputBox("输入要查找的关键值:"))
Call search(a, k, n)
If n = -1 Then
    Print "没找到。"
Else
    Print "要查找关键值"; k; "在数组中是第"; n + 1; "个元素。"
End If
End Sub
Private Sub search(x(), ByVal key, index%)
    Dim i%
```

```
    For i = LBound(x) To UBound(x)
        If key = x(i) Then   '找到后将元素下标保存在 index 中，结束查找。
                index = i
                Exit Sub
        End If
    Next i
        index = -1              '没找到，index 值为-1
End Sub
```

（2）二分查找法

【例 9】使用二分查找法在数组中查找指定的元素 k。

☆ 注意：使用二分法查找的前提是数组必须有序。

基本思想：将要找的关键值与数组的中间项元素比较，若相同则查找成功结束；否则判别关键值落在数组的哪半部分，然后保留一半，舍弃一半。重复这一过程，直到查找到或数组中没有此关键值为止。

查找子过程是用递归调用来实现，每次调用使查找区间缩小一半。终止条件是查找到或查找区间无此元素。

程序代码如下:

```
Private Sub Command1_Click()
    Dim a(), n%
    a = Array(1, 3, 5, 7, 9)
    k = Val(InputBox("输入要查找的关键值:"))
    Call half_ search(a, LBound(a), UBound(a), k, n)
    If n = -1 Then
        Print "没找到。"
    Else
        Print "要查找关键值"; k; "在数组中是第"; n + 1; "个元素。"
    End If
End Sub
Private Sub half_ search(x(), ByVal low%, ByVal high%, ByVal key, index%)
    Dim mid%
    mid = (low + high) \ 2
    If x(mid) = key Then
        index = mid
        Exit Sub
    ElseIf low > high Then
        index = -1
        Exit Sub
    End If
    If key < x(mid) Then
```

```
            high = mid - 1
        Else
            low = mid + 1
        End If
        Call half_ search(x, low, high, key, index)
End Sub
```

8. 排序

（1）选择法

【例 10】将数组 a(1 To 10)升序排列，运行结果如图 4 所示。

基本思想：

设置变量 p，用于存放较小者的指针，即数组元素的下标。

第 1 轮是将 a(1)与 a(2)比较，指针 p 指向 1，若 a(1)>a(2)，则将 p 指向 2。再将 a(1)与 a(3)，a(4)，a(5),…，a(10)依次比较，并做同样的处理，进行完后 p 就指向 10 个数的最小者，然后将 a(p)和 a(1)交换。

第 2 轮是将 a(2)与 a(3)，a(4)，a(5),…，a(10)依次比较，并做同样的处理，这样 p 就指向第 1 轮余下的 9 个数中的最小者，然后将 a(p)和 a(2)交换。

继续进行第 3 轮、第 4 轮……直到第 9 轮结束后，余下的 a(10)自然就是 10 个数中的最大者。

至此，10 个数已按升序存放在 a(1)～a(10)中。

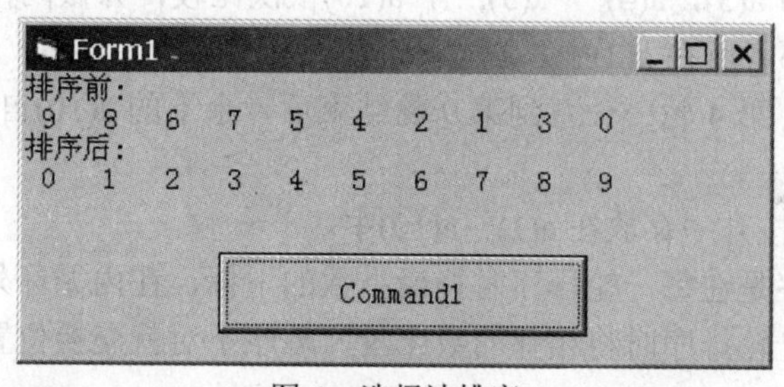

图 4　选择法排序

程序代码如下：

```
Private Sub Command1_Click()
  Dim a%(1 To 10), i%, j%, t%, p%          '变量 p 用于存放较小者的指针
    Print "排序前:"
    For i = 1 To 10
        a(i) = Val(InputBox("请输入:", "输入框"))
        Print a(i); " ";
    Next i
    For i = 1 To 9
        p = i
        For j = i + 1 To 10
```

```
                If a(p) > a(j) Then
                    p = j
                End If
            Next j
            If p <> i Then
                t = a(i): a(i) = a(p): a(p) = t
            End If
        Next i
        Print
        Print "排序后:"
        For i = 1 To 10
            Print a(i); " ";
        Next i
    End Sub
```

（2）冒泡法（比较法）

【例 11】将数组 a(1 To 10)升序排列。

基本思想：

第 1 轮是将 a(1)与 a(2)比较，若 a(1)>a(2)，则将两者值互换，a(1)存放较小者。再将 a(1)与 a(3)，a(4)，a(5),…，a(10)依次比较，并做同样的处理，进行完后最小者就在 a(1)中。

第 2 轮是将 a(2)与 a(3)，a(4)，a(5),…，a(10)依次比较，并做同样的处理，这样第 1 轮余下的 9 个数中的最小者就在 a(2)中。

继续进行第 3 轮、第 4 轮……直到第 9 轮结束后，余下的 a(10)自然就是 10 个数中的最大者。

至此，10 个数已按升序存放在 a(1)～a(10)中。

区别：选择法排序是在每一轮排序时找最小数的下标，在内循环外交换最小数的位置；而冒泡法排序是在每一轮排序时将相邻的数比较，顺序不对就交换位置，在内循环外最小数已冒出。

程序代码如下：

```
Private Sub Command1_Click()
    Dim a%(1 To 10), i%, j%, t%
    Print "排序前:"
     For i = 1 To 10
        a(i) = Val(InputBox("请输入:", "输入框"))
        Print a(i); " ";
    Next i
    For i = 1 To 9
        For j = i + 1 To 10
            If a(i) > a(j) Then
                t = a(i): a(i) = a(j): a(j) = t
```

```
                End If
            Next j
        Next i
        Print
        Print "排序后:"
        For i = 1 To 10
            Print a(i); " ";
        Next i
    End Sub
```

附录二 错 误 调 试

在编写程序的过程中难免发生错误，程序调试就是查找和修改错误的过程。通常可以将程序错误分为：编辑错误、编译错误、运行错误和逻辑错误。

1. 错误分类

（1）编辑错误

当用户在代码窗口中输入完一行代码时，VB 会对程序直接进行语法检查。当发现错误时，VB 会弹出一个对话框，提示出错信息，用户单击“确定”按钮，关闭提示对话框后，出错的那一行以红色显示，提示用户修改。如图 1 所示。这类错误往往是由于用户没有输入完整的语句就按了回车键或关键字错误等情况引起的。

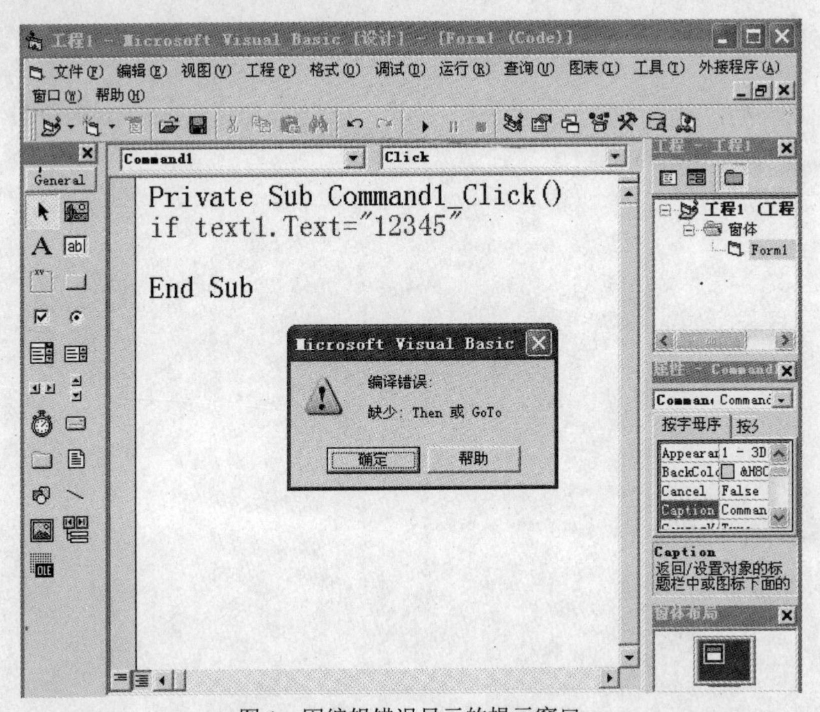

图 1　因编辑错误显示的提示窗口

（2）编译错误

编译错误通常是由语法错误造成的。错拼、使用非关键字或传递函数的参数数目不对等错误统称为语法错误（Syntax Errors）。如图 2 所示。出错部分被高亮度显示，同时停止编译。VB 可防止大部分的语法错误成为编译错误。在键入程序时就开始检查，只要有语法错误就发出“嘟嘟”的声音，并显示错误信息，因此这比全部输入后再进行查找错误要容易得多。如果先输入全部程序代码再处理错误，则可以到“工具”菜单的“选项”对话框的“环境”选项卡中取消“自动语法检查”（Syntax checking）选项。

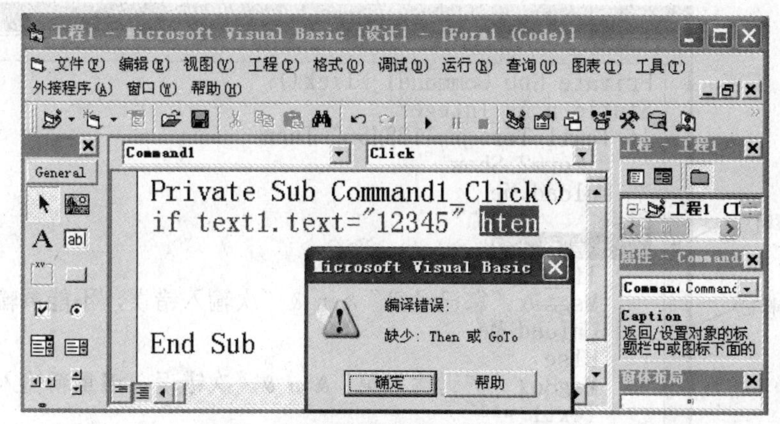

图 2　因编译错误显示的提示窗口

（3）运行错误

当一个语句试图执行一个不能执行的操作时，就会发生运行错误。运行错误通常是容易解决的，其中最常见的运行错误原因有以下两种：

1）类型不匹配，即子过程或函数参数的数据类型与所要求的不一致。

比如，下面的语句将会产生运行错误：

N = CStr(A$)

这是因为 CStr 函数要求数值型参数，而不是字符型。

2）试图引用一个不存在的数组元素而造成的。

例如：如果 MyArray 有 100 个元素，那么引用 MyArray(101) 将会产生运行错误。这类错误需要对程序逻辑（如循环边界的定义等）进行严格检查。

（4）逻辑错误

若一个程序既没有语法错误也没有运行错误，但执行结果却不正确，这就产生了逻辑错误。逻辑错误是最难解决的一种错误。VB 不能测试它们，也不能给出有用的错误信息，必须仔细检查“症状”、做出诊断并解决问题，然后测试程序代码，以确保彻底解决问题，这种定位和修复逻辑错误的过程称为调试（Debugging）。

2. 排错

在 VB 中通常可以使用以下方法进行排错。

（1）设置断点和逐句跟踪

在设计模式或中断模式下，单击怀疑存在错误的语句行左侧的窗口边框或按 F9 键，边框上出现●，即设置了断点。当运行程序到断点语句位置（该语句未执行）停下，进入中断模式，此时将鼠标停留在正要查看的变量上，将显示其值。按 F8 键将执行下一句语句，代码窗口左侧边框上显示 ⇨，标记当前位置。如图 3 所示。

（2）调试窗口

通过分析程序的数据、观察数据在程序中的变化，可以修正一些程序设计中的逻辑错误，调试窗口（在执行时会自动显示）能方便地监视或修改程序中的数据、表达式、变量、程序代码等。调试窗口包括立即窗口、本地窗口和监视窗口。

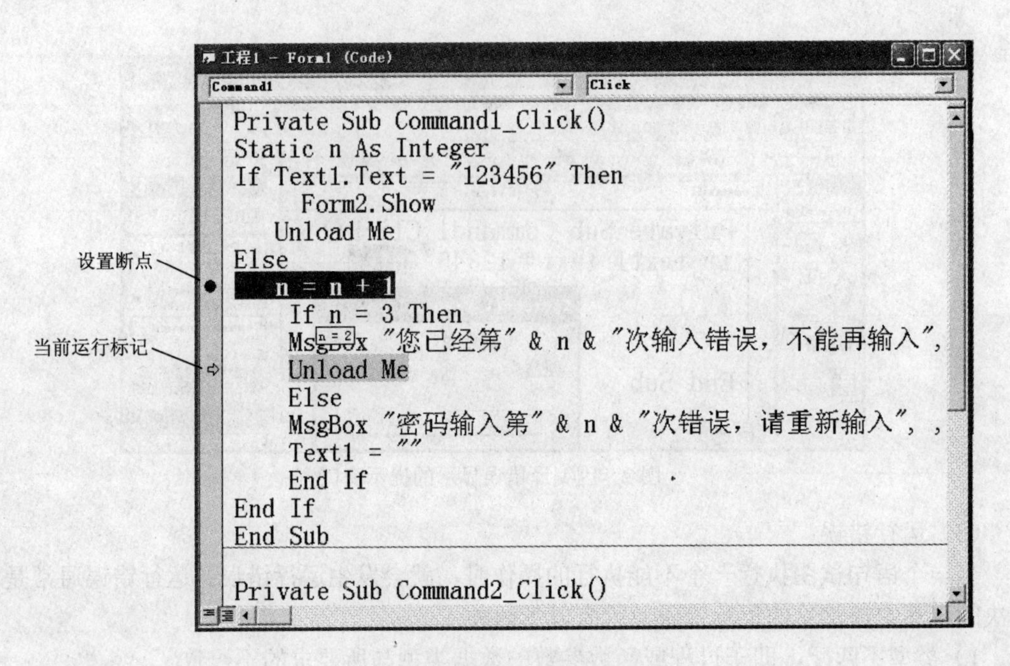

图 3 设置断点和语句跟踪

1）立即窗口

立即窗口是功能最强的调试工具，它可用来直接输入 VB 语句。如可键入一般的赋值语句给各种属性和变量赋值，也可用 Print 语句显示各种对象和变量的值。通常，任何语句或语句组（如循环）都可以写到立即窗口中，只要它们能在同一行上（多条语句用冒号分隔）即可，同样,Debug 对象的 Print 方式的输出也显示在立即窗口中。

2）本地窗口

本地窗口自动显示当前过程中声明的变量以及变量的值。如果本地窗口是打开的，那么当程序从运行状态转换成中断状态或浏览堆栈时，该窗口会自动刷新对变量所做的修改。

3）监视窗口

监视窗口用来监视各种变量和表达式的值，通过将变量和表达式加到监视表达式列表中，就可选出要让 VB 监视的变量和表达式，这样当前的监视表达式就会出现在监视窗口中。过“调试”菜单中的“添加监视”命令，可加入一列监视表达式。“调试”菜单中的“快速监视”命令显示被监视变量或表达式的当前值。若要编辑监视表达式，则从“调试”菜单中选择“编辑监视”命令即可。

3. 调试工具

表 4 VB 的一些调试工具

工　具	作　用
中断	暂停程序执行
调用堆栈	显示所有的活动过程调用
Debug 对象	直接发送调用信息到 Immediate 框中

续表

工　具	作　用
清除所有断点	取消程序中设置的全部断点
立即窗口	以实时方式执行 VB 的函数、语句和方法
快速监视	检查表达式的值
单步	单步执行程序代码，把子程序、函数当作一步处理
设置下一条语句	设置下一条执行语句到程序的不同行上（跳跃执行）
显示下一条语句	在 Code 框中显示一条执行语句
跟踪	单步执行程序代码，并转到子程序或函数调用之中
Stop 语句	在程序中暂停程序执行
切换断点	设置或取消程序中的一个断点
添加监控	设置一个监视表达式
编辑监控	编辑一个监视表达式

4. 常见错误列表

表 5 常见 VB 语言错误列表

错误号	错误提示	错误原因及解决方法
3	Return 无与之相对的 GoSub	• Return 语句没有对应的 GoSub 语句
5	无效的过程调用或参数	• 参数值可能超出了允许的范围 • 如果所要调用的过程不适于当前平台的话，也会发生此错误。例如，有些程序可能只应用到 Microsoft Windows 或 Macintosh 中
6	溢出	• 赋值、计算或数据类型的结果的转换太大，以致于不能在变量类型所允许的范围内表示出来 • 给属性的赋值超过属性能接受的最大值 • 试图在计算中使用一个数字，并且该数字被强制为一个整数，但是结果超过了整数的范围
7	内存溢出	• 打开了太多的文档或资源文件。关闭不需要的应用程序、文档或资源文件 • 模块或过程太大了。将庞大的模块或过程分成几个。虽然这样不能节省内存空间，但可避免 64K 段边界限制 • 在 Microsoft Windows 标准模式下执行。按增强方式重新启动 Microsoft Windows • 在 Microsoft Windows 增强方式下执行，但超出了虚拟内存的空间。空出一些磁盘空间以增加虚拟内存，或至少确保有空余的空间 • 一些驻留程序在运行。减少一些驻留程序 • 设备驱动程序装载的太多。减少一些不需要的设备驱动程序

续表

错误号	错误提示	错误原因及解决方法
9	下标越界	● 引用了不存在的数组元素。下标可能比下标范围大或小，或是在应用程序中这一边的数组没有指定范围 ● 声明数组时没有指定元素的数目。必须使用 Dim 或 ReDim 来指定数组中元素的数目 ● 引用了不存在的集合成员。可以用 For Each...Next 结构代替指定元素下标
11	除数为零	● 表达式的值作除数使用，但其为 0 ● 检查在表达式中变量的拼写。拼写错误的变量名会被当成数值变量并且初始值为 0。检查表达式中变量的前一个操作，尤其是从其他过程传送给过程的参数
13	类型不匹配	● 变量或属性类型错误。例如，一个整型值的变量不能赋给字符串值，除非整个字符串可识别成为整型 ● 尽量在兼容的数据类型间赋值。例如，Integer 可以被赋给 Long，Single 可以被赋给 Double，而任何类型（除了用户类型）可以赋给 Variant
16	表达式太复杂	● 浮点表达式包含太多嵌套子表达式
35	Sub，Function，或 Property 未定义	● 过程名称拼错 ● 试图从另一个工程调用过程，但并没有在“引用”对话框中将该引用添加到该工程中
52	错误的文件名或号	● Open 语句中没有指定或虽有指定但已经关闭 ● 用 Open 语句中指定此文件名。注意，如果调用 Close 语句时没有参数，就会不小心关闭当前所有打开的文件，使所有的文件号无效 ● 超出文件号范围(1 – 511) ● 无效的文件名或文件号
53	找不到指定的文件	● 如 Kill、Open 或 Name 等语句，引用到一个不存在的文件。应检查文件名的拼写以及指定的路径 ● 试图调用动态链接库(DLL)中的过程，但找不到在 Declare 语句的 Lib 子句中所指定的库文件名。应检查文件名的拼写以及指定的路径 ● 在开发环境中，如果试图打开并不存在的工程或装载不存在的文本文件，将发生错误。应检查文件名或工程名的拼写以及指定的路径
54	文件模式错误	● 将 Put 或 Get 语句指定给了顺序文件。Put 和 Get 只能在以 Random 或 Binary 访问方式打开的文件上使用 ● 将 Print # 语句使用在非 Output 或 Append 访问方式所打开的文件上。可以用其他的语句把数据放到文件中或以合适的模式重新打开文件 ● 将 Input # 语句使用在非 Input 访问模式所打开的文件上。应用其他的语句把数据放到文件中或以 Input 模式重新打开文件 ● 试图对一个只读文件进行写。应修改文件的读/写状态或放弃写入
55	文件已打开	● 对一个已经打开的文件，执行顺序输出模式的 Open 语句。必须将要打开成其他方式的顺序访问方式文件先关闭 ● 如 Kill、SetAttr 或 Name 等语句，引用到一个打开的文件
57	设备 I/O 错误	● 当程序在使用像打印机或驱动器这类设备时，发生了输出/输入错误。应确保设备操作正常，然后重试一次

续表

错误号	错误提示	错误原因及解决方法
58	文件已存在	● 此错误发生在运行时要添加一个新文件名时，例如，在 Name 语句中所指定的文件名和已存在的相同 ● 当使用“另存为”命令来保存当前所装载的工程，此工程名已经存在。如果不想代替其他工程的话，应使用不同的工程名
59	记录长度错误	● 记录变量长度和其 Open 语句所指定的不同。应确保在定义了记录变量类型的用户定义类型中，固定长度变量应与 Open 语句的 Len 子句所描述的值相同 ● Put 语句中的变量是(或包括)一个变量长度字符串。在用 Put 语句随机访问文件时，因为两字节长的描述符总要添加到变量长度字符串上，所以变量长度字符串必须比 Open 语句的 Len 子句所指定的记录长度至少小 2 个字符 ● Put 语句中的变量为(或包括) Variant。和变量长度字符串一样，Variant 数据类型也需要两个字节的描述符。包含变量长度字符串的 Variant，需要 4 个字节的描述符。因此，对于 Variant 中的变量长度字符串，其字符串长度必须比 Len 子句所指示的记录长度至少小 4 个字符
61	磁盘已满	● 磁盘没有足够的空间完成 Print #、Write # 或 Close 操作。应将一些文件移到其他磁盘或删除掉一些文件 ● 磁盘没有足够的空间来创建所需文件。应将一些文件移到其他磁盘或删除掉一些文件
62	输入超出文件尾	● Input # 或 Line Input # 语句要到已读完文件或空文件中读入数据。应在 Input # 语句之前直接使用 EOF 函数来测试是否处在文件的结尾 ● 在以 Binary 访问所打开的文件上使用 EOF 函数。EOF 只能用在顺序 Input 访问所打开的文件上。在 Binary 访问所打开的文件上应使用 Seek 和 Loc
63	记录号错误	● Put 或 Get 语句中的记录号小于或等于 0。检查产生记录号的计算应正确。确保含有记录号的或在计算记录号时使用的变量，其拼写应正确。除非在模块中加上 Option Explicit，否则变量名拼错了，会被视为隐含声明，且将其初始值设置为零
70	权限被否定	● 用顺序 Output 或 Append 方式，打开一个写保护文件。应用 Input 方式打开文件，或者修改文件的写保护属性 ● 用顺序 Output 或 Append 方式，打开有写保护的磁盘上的文件。应从磁盘上删除写保护，或者使用 Input 方式打开 ● 写入已被其他进程锁定的文件。应等其他进程释放后再打开此文件 ● 试图访问注册表，但用户权限不包括此类注册表访问。在 32 位 Microsoft Windows 系统上，用户必须有访问当前系统注册表的权限。应改变用户权限，或由系统管理员来修改
75	路径/文件访问错误	● 文件指定的格式不正确。文件名可以包含完整限定的（绝对）或相对的路径。完整限定的路径以驱动器名称（如果路径在另一台驱动器上）为开始，并且列出从根目录到文件的路径 ● 试图保存到只读文件上。应修改目标文件的只读属性或以其他文件名保存 ● 在顺序 Output 或 Append 模式下试图打开只读文件。应以 Input 方式打开文件，或是要修改文件的只读属性
76	路径未找到	在文件访问或磁盘访问期间，例如，Open、MkDir、ChDir 或 RmDir，此时操作系统不能找到指定的路径

续表

错误号	错误提示	错误原因及解决方法
91	对象变量或 With 块变量没有设置	● 试图使用的对象变量，还没有用一个正确对象的引用来赋值 ● 试图用的对象变量已经被设为 Nothing ● 此对象是正确的对象，但没有被设置，因为在对象库中，在“引用”对话框中没有被选择。应在“添加引用”对话框选择对象库 ● 在 With 块内 GoTo 语句的去向。不要跳进 With 块。应确保块使用 With 语句进入点以执行初始化 ● 当选了“设置下一条语句”命令时，在 With 块内指定了一行。With 块必须用 With 语句执行初始化
92	For 循环未初始化	● 跳转到了 For...Next 循环中。应将跳入循环中的操作删除，放置在 For...Next 循环中的标签不能推荐使用
290	数据格式错误	● 应用程序提供了数据，但其数据格式不能被 VB 识别 ● 应用程序向 PictureBox 提供了文本数据，或者向 TextBox.提供了图片数据
380	属性值无效	● 试图为对象或控件的属性设置允许范围之外的值
384	窗体最大化或最小化时不能被移动或调整尺寸	● 当窗体最大化或最小化时，试图采用 Move 方法或者改变窗体的 Left、Top、Height 或 Width。应在使用 Move 方法之前先检查窗体的 WindowState 属性，或者禁止用户最大化或最小化窗体 ● 当窗体最大化或最小化，并且其中的代码试图改变窗体的 Left、Top、Height 或 Width 时，Resize 事件发生。应重写 Resize 事件过程的代码，以检查窗体的 WindowState 属性，如果 WindowState 是 1（最小化）或 2（最大化），则退出过程
385	使用属性数组时必须指定索引	● 试图引用属性数组中的元素，却省略了指定元素的索引值。应改变代码使其包含索引值，如 List1.List 是无效的，而 List1.List(3) 是有效的
422	属性未找到	● 此对象不支持指定的属性。应检查属性名的拼写，也有可能访问 "text" 之类的属性，而此对象所支持的是 "caption" 或类似的指定属性。应检查对象的文档
424	要求对象	● 程序代码中使用的对象在界面上不存在 ● 对象名输入有误或代码中引用的对象名与属性窗体中的 Name 属性不一致
445	对象不支持这个动作	● 此对象不支持引用的方法或属性
446	对象不支持命名的参数	● 访问的对象方法不支持指定的参数
449	参数不是任选项	● 不正确的参数。应提供所有必须的参数，例如，Left 函数需要两个参数；第 1 个表示要处理的字符串，第 2 个表示从字符串左边返回的字符数。因为参数不是任选项，所以必须全部提供 ● 省略的参数不是任选项。只有调用的是用户自定义过程，且过程声明中参数声明为 Optional 时，才可以省略参数。可以在调用时提供所有需要的参数，或是将参数声明为 Optional

续表

错误号	错误提示	错误原因及解决方法
450	参数错误或无效的属性赋值	● 在调用过程时，所给的参数和过程所要求的不一样。应与程序声明或定义进行比较，检查调用中的参数列表 ● 为控件指定的索引不在控件数组中。指定的索引作为一个参数解释，但既不是所要的索引也不是所要的参数，所以发生错误。可删除索引，或在过程后新创建控件数组。在控件的属性外壳或设计时的属性窗口中，将 Index 属性设为非 0 值 ● 要给只读属性进行赋值，或要赋值给不存在 Property Let 过程的属性。给属性赋值与将值当作参数传送给对象的 Property Let 过程是一样的。应正确地对 Property Let 过程进行定义；它必须具有比对应的 Property Get 过程参数多出一个以上的参数。如果属性是只读的，就不能给它赋值
31001	内存不足	● 对所指定的操作，用户的系统不能分配或访问足够的内存或磁盘空间
31036	文件保存错误	● FileNumber 属性值无效 ● 文件不是以 Binary 方式打开的 ● 磁盘空间不够
31037	文件加载错误	● FileNumber 属性值无效 ● 文件不是以 Binary 方式打开的 ● 文件保存不正确（设置 Action = 11） ● 文件已毁损 ● 文件位置没有定位于一个有效 OLE 对象的开头

附录三　软件职业道德规范

下面是由 IEEE-CS/ACM 软件工程师道德规范和职业实践（SEEPP）联合工作组制订的一个规范，希望对大家有帮助。

原则一　公众软件工程师应当以公众利益为目标，特别是在适当的情况下软件工程师应当：

（1）对他们的工作承担完全的责任；

（2）用公益目标节制软件工程师、雇主、客户和用户的利益；

（3）批准软件，应在确信软件是安全的、符合规格说明的、经过合适测试的、不会降低生活品质、影响隐私权或有害环境的条件之下，一切工作以大众利益为前提；

（4）当他们有理由相信有关的软件和文档，可以对用户、公众或环境造成任何实际或潜在的危害时，向适当的人或当局揭露；

（5）通过合作全力解决由于软件及其安装、维护、支持或文档引起的社会严重关切的各种事项；

（6）在所有有关软件、文档、方法和工具的申述中，特别是与公众相关的，力求正直，避免欺骗；

（7）认真考虑诸如体力残疾、资源分配、经济缺陷和其他可能影响使用软件益处的各种因素；

（8）应致力于将自己的专业技能用于公益事业和公共教育的发展。

原则二　客户和雇主在保持与公众利益一致的原则下，软件工程师应注意满足客户和雇主的最高利益，特别是在适当的情况下软件工程师应当：

（1）在其胜任的领域提供服务，对其经验和教育方面的不足应持诚实和坦率的态度；

（2）不明知故犯使用非法或非合理渠道获得的软件；

（3）在客户或雇主知晓和同意的情况下，只在适当准许的范围内使用客户或雇主的资产；

（4）保证他们遵循的文档按要求经过某一人授权批准；

（5）只要工作中所接触的机密文件不违背公众利益和法律，对这些文件所记载的信息须严格保密；

（6）根据其判断，如果一个项目有可能失败，或者费用过高，违反知识产权法规，或者存在问题，应立即确认、文档记录、收集证据和报告客户或雇主；

（7）当他们知道软件或文档有涉及到社会关切的明显问题时，应确认、文档记录、和报告给雇主或客户；

（8）不接受不利于为他们雇主工作的外部工作；

（9）不提倡与雇主或客户的利益冲突，除非出于符合更高道德规范的考虑，在后者情况下，应通报雇主或另一位涉及这一道德规范的适当的当事人。

附录四　VB常用术语释义

（1）项目（Project）：是用户创建的文件集合，这个集合包括用户的Windows 应用程序。

（2）控件（Control）：是Toolbox窗口中用户置于窗体上的工具，用于配合用户控制程序流程。

（3）代码（Code）：是所写的编程语句的另一个名字。像素（Pixel）：代表图形元素，表示监视器上最小的可寻址的图形点。

（4）全局变量（Global Variable）：就是在整个模块内或整个应用程序内均可使用的变量。

（5）函数（Function）：是一个例程，接受零个、一个或多个参数并根据这些参数返回一个结果。

（6）死循环（Infinite Loop）：是一个永不终止的循环。

（7）语法错误（Syntax Error）：是由于拼错一条命令或使用不正确的语法引起的一种错误。

（8）消息框（Message Box）：是为向用户提供信息而显示的对话框。

（9）循环（Loop）：就是一组重复执行的程序指令集。

（10）赋值语句（Assignment Statement）：是用来给控件、变量或其他对象赋值的程序语句。

（11）结构化程序设计（StrUCtured Programming）：是一种程序设计方法，用它来把长程序分成几个小过程，尽可能分得详细一些。

（12）调用过程（Calling Procedure）：是触发其他过程执行的过程。

（13）被调用过程（Called Procedure）：是由其他过程调用的过程。

（14）标准函数过程（Standard Function Procedure）：是一个独立的非事件过程，当被其他过程调用时，它完成一定的工作并返回一个值给调用者。

（15）标准子程序过程（Standard Subroutine Procedure）：是一个独立的非事件过程，当被其他程序调用时，它完成一定的工作。

（16）引用传递（By Reference）：是一种传递值并允许被调用过程修改这些值的方法。它也叫做通过地址传递（By Address）。

（17）值传递（By Value）：是一种传递值并保护调用过程的传递数据，因而被调用过程不能改变此数据的方法。

（18）编辑掩码（Edit Mask）：是一个格式字符串，例如“#，###，##”，它指定怎样显示数字和字符串数据。

附录五 ASCII 码表

$b_7b_6b_5$ / $b_4b_3b_2b_1$	000	001	010	011	100	101	110	111
0000	空白（NUL）	转义（DLE）	SP	0	@	P	、	p
0001	序始（SOH）	机控$_1$（DC1）	!	1	A	Q	a	q
0010	文始（STX）	机控$_2$（DC2）	″	2	B	R	b	r
0011	文终（EXT）	机控$_3$（DC3）	#	3	C	S	c	s
0100	送毕（EOT）	机控$_4$（DC4）	$	4	D	T	d	t
0101	询问（ENQ）	否认（NAK）	%	5	E	U	e	u
0110	承认（ACK）	同步（SYN）	&	6	F	V	f	v
0111	告警（BEL）	阻终（ETB）	′	7	G	W	g	w
1000	退格（BS）	作废（CAN）	（	8	H	X	h	x
1001	横表（HT）	载终（EM）	）	9	I	Y	i	y
1010	换行（LF）	取代（SUB）	*	:	J	Z	j	z
1011	纵表（VT）	扩展（ESC）	+	;	K	[	k	{
1100	换页（FF）	卷隙（FS）	,	<	L	\	l	|
1101	回车（CR）	群隙（GS）	-	=	M	]	m	}
1110	移出（SO）	录隙（RS）	.	>	N	∧	n	~
1111	移入（SI）	元隙（US）	/	?	O	—	o	DEL

参 考 文 献

［1］王柏盛. Visual Basic 6.0 程序设计［M］.徐州：中国矿业大学出版社，2000.

［2］蒋加伏，张林峰.Visual Basic 程序设计教程［M］. 北京：北京邮电大学出版社，2004.

［3］龚沛曾，陆慰民，杨志强.Visual Basic 程序设计简明教程［M］. 第 2 版. 北京：高等教育出版社，2003.